古書古書話

荻原魚雷

本の雑誌社

古書古書話　目次

2014

2015

2016

2017

2018

初出
「小説すばる」(集英社)連載「古書古書話」
二〇〇八年一月号~二〇一八年三月号
東江一紀が遺した翻訳書「本の雑誌」二〇一五年一月号
釣りの達人の研究「本の雑誌」二〇一五年二月号
奨励会という鬼の棲家「本の雑誌」二〇一五年三月号
辻征夫の年譜を読みながら「本の雑誌」二〇一五年七月号
高見順没後五十年「本の雑誌」二〇一五年八月号
雨の神保町、下駄履きで早稲田「本の雑誌」二〇一五年十月号
二軍と戦力外の戦い「本の雑誌」二〇一五年十一月号
クセモノのヒーロー「本の雑誌」二〇一六年二月号

※本書に掲載されている情報は発表当時のものです。
一部、情報を改めています。

初出(切り絵)
「小説すばる」(集英社)連載「古書古書話」挿絵より
二〇〇八年十一月号、二〇〇九年五月号、二〇〇九年八月号、
二〇〇九年十月号、二〇一〇年四月号

古書古書話

困った時の横井庄一

夜中、JR中央線の高円寺界隈の商店街をよく散歩する。近所に深夜まで営業しているタレント本や格闘技関係などのヘンな本ばかり売っている「ZQ」という古本屋があり、ふらっとはいってみると、ちょうど古本三〇%引のセール中だった。

店内を見わたすと、横井庄一著『無事がいちばん　不景気なんかこわくない』（中央公論社、一九八三年）という本があった。

著者は戦時中グアム島に上陸するも、戦争が終わったことを知らないまま、一九七二年の一月に〝発見〟されるまで、ずっとジャングルの中で暮らしていた人だ。

帰国後の第一声「恥ずかしながら、生きながらえて帰ってまいりました」は当時の流行語にもなっている。

この本を読むすこし前、わたしは山口瞳の『世相講談』（文藝春秋、一九六六年）という本を再読していた。第一話は「生き残り」という作品で、初出は「オール讀物」（一九六五年一月号）だから、横井さんが日本に帰国する七年前に書かれている。

「私」は飲み屋で中井さんという男に会う。中井さんは戦争中、ラバウル行きの混成部隊にはいり、その後、ソロモン諸島のブーゲンビル島を経て、ニュージョージア島の近くのムンダという島に上陸していた。

しかしあるとき撤退命令が下ったが、七十人から八十人の兵隊のうちの半分くらいしか逃げられなかった。中井さんはその「生き残り」である。

中井さんはタクシーの運転手をしていて、ある日偶然「私」はその車に乗り、次のような会話をかわした。

「まだ、いると思うかね」

「いますよ、絶対だよ。絶対にいるよ」

「どうして」

「だってね、ムンダの洞穴からジャングルを抜けて集結するときにね、被服も靴も重いものはみんな投げちゃってね、そいで歩いてきたんだけど、いっぱいいたからね、ゴロゴロしていたからね。足のないのや腕のないのやマラリヤや、いっぱい道端にいたよ。手をあわせておがんでるんだよ、連れてってくれってさ。疲れちゃってるのもさ。それがおがんでるんだよ。なかには殺してくれって頼んでるのもいたよ。足でもって引金ひいて自決したのもいたけど……」

日本が東京オリンピックで盛り上がっていたころ、山口瞳は戦場に残された人々の探索を打ちきった政府に抗議するためにこの作品を書いた。そのころ、横井さんはまだジャングルの中をさまよっていたわけだ。

横井さんの『無事がいちばん』は、こんなふうにはじまる。

「いまでも、私はジャングルと洞穴の夢をよくみます。夢のなかでは、私はたいてい、逃げているか隠れているかのどちらかです」

横井さんは敵に見つからないように自分の足跡を消しながら歩いた。いちどにたくさんのヤシの実をとると、人のいることがバレてしまうのですこしずつしかとらない。ガマガエル、ネズミ、カタツムリなど、なんでも食った。毒のある植物かどうかは、虫や動物がそれを食っているかどうかを見てたしかめた。ケガや病気はひたすら寝て治した。

また何人かの兵隊と逃げまわっていたころ、いちばんの貴重品は銃や手榴弾といった武器よりもレンズだったという。なぜかというと、レンズがあると簡単に火をおこせるからだ。

「あの島で、あの暮らしを続けているかぎり、お金というものは、何億円あっても価値がありませんでした。お金よりもヤシの実がたいせつだったし、そして、さらにワイングラスを割って作ったこのレンズのほうが、はるかに貴重で、もっていない者にとっては、それこそヨダレが出るほどほしいものでした」

この本を読んだ翌日、さっそく文房具店でルーペを買った。自慢じゃないが、わたしはすぐ読んだ本に感化されてしまうのだ。でもひょっとしたらこのレンズによって助かることがあるかもしれないではないか。備えあれば憂いなしだ。

横井さんは文字通り「命がけ」で生きるための知恵を身につけていく。

でもジャングル生活をしているとき、勉強しておけばよかったと切実におもうことが二つあった。

それは薬草の知識と地質学である。

横井さんはジャングルの植物を見るたびに、この中に薬が隠されているかもしれないと無念だった。また住居のためにひと月くらいかけて穴を掘っても、水の層にぶつかると寝床が水びたしになる。さすがの横井さんもこれには途方にくれたそうだ。

さっそくわたしは薬草と地質学の本を……以下略。

いっぽう横井さんがジャングルの中を四半世紀以上も生きのびることができた「秘訣」は、次のような心のもちようだった。

「なげいたり、くさったりしたら、とたんに穴ぐらでの生活は耐えがたいものになってしまう。それは身にしみてわかっていましたから、どういうことになろうとも、毎日、やるべき仕事（いわゆる家事です）をひとつひとつ規則正しくこなして過ごしていくことだけを考えるようにしていました」

中学を卒業して洋服店に奉公していた横井さんは、ジャングルの中で木の皮をはいで糸をつくり、服や靴をつくっていた。

帰国後、若い人に会うと「なにか特技をひとつ身につけなさい」といい続けた。

『ホームレス中学生』の麒麟・田村裕にも読んでほしい。泣くとおもう。

セントーとフロシキ

朝寝て、昼起きて、古本屋をまわり、喫茶店に行く。週末は古書展に行く。そんな生活を十数年も続けているうちに、何万、何十万冊の本を見ても、なんともおもわなくなった。暮らしがマンネリになってくると、わたしは外国人の書いた日本滞在随筆が読みたくなる。

というわけで、先日、西部古書会館（杉並区高円寺）の古書展でマーティン・B・プレイの『碧眼随想　日本生活見聞記』（春陽堂書店、一九五三年）という本を買った。

帯に「外人が日本語で書いたぶらりひょうたん」とある。「ぶらりひょうたん」というのは、高田保の本のタイトルで、東京日日新聞（現在の毎日新聞）の名物コラムだった。「碧眼随想」も「ぶらりひょうたん」のあと、やはり同じ新聞で連載されていた。

「私は三年日本に住んでいましたから、帰る前にみんなの日本人のために、キネンを出したいでした」（はじめに）

わざと外国人っぽく書いたような文章だが、読んでいるうちに、これがだんだん癖になってくる。それもそのはず、連載するにあたり「東京日日新聞の社会部長の戸川幸夫さん、専門的な立場でアドバイスして下さいました」とマーティンさんは書いている。『碧眼随想』が出た二年後、戸川幸夫は「高安犬物語」で直木賞を受賞、日本の動物文学の開祖となり、戦記、時代小説など幅広い分野で活躍した。ちなみにこのとき直木賞を同時受賞したのは「ボロ家の春秋」の梅崎春生である。

著者のマーティンさんは当時青山学院大学の教授だった。「ドレミの歌」もしくは「ウルトラマンタロウ」のウルトラの母役で有名なペギー葉山さんもその教え子である。巻頭の写真をみると、三十代前半くらいのなかなかのやさ男だ。

終戦後、しばらくアメリカに帰国していたのだが、再び日本にきた理由のひとつは「日本のオ風呂」が気にいったからだという。

「日本でいちばん面白いのはセントーです。私の国のオ風呂はさびしいです。ヤオヤさん、ニクヤさん、オマワリサンがみんなここでうわさします。私はセントーへときどきいきます。背中に絵のある人がみたいから」（オ風呂）

とくに好きなのは「木のオ風呂」。セントーを出たあと、タオルを肩にかけて、ユカタとゲタでさんぽするのが、マーティンさんの楽しみだった。ただし、銭湯のお湯の熱さには「疲れます」と閉口している。

たしかに東京の銭湯は熱い。背中に絵のある人はあまり見かけなくなったかわりに、肩や二の腕に絵や文字のある人が増えた。

この随筆が連載されてたころの銭湯の値段は十二円。今、東京は四百三十円。

一九五〇年代のはじめ、アメリカと比べて、日本の物価は安かった。ものがあふれる豊かな国から来たマーティンさんにとって、高度経済成長前の日本は、古きよきものが残っている国でもあった。
当時のアメリカ人のあいだでは、チャルメラの「さびしいオト」が人気だった。国に帰るときのおみやげになっていたらしい。
「そのほか面白いのオトは、日本のチキチョクいうゲタオト、毎朝のナットーやさんのオト。（中略）お父さんが会社へ行く時の、子供のイッテラッシャーイ、ぼくの国にはアイサツありません。玄関のリンリンのオト、これも日本らしいオト」（日本の音）
マーティンさんは、日本の文化を学びたいという意欲が旺盛で、琴、踊り、オ茶、三味線、柔道、オ花（生花）を習った。
ヒマさえあれば、日本の映画を見ていた。
「学校でする歴史のべんきょうを、アラシカンジュロとハセガワカズオが、たった二時間で教えてくれるのはステキでしょう。ワラジに陣笠、東海道でサムライと別れるのがいやで泣く娘さん、こういう風景昔の日本をよく教えます」（チャンバラ）
勉強熱心なマーティンさんは漢字の学習法もユニークだ。
「はじめはヤマテ線で勉強やりました。毎日丸くのって下りる。えきのカンバンがローマジとひらかなとカンジですから、ならうのやさしいです。ヤマテ線をソツギョーしましたから、中央線で勉強しました」（日本語）
日本の家の習慣を身につけようと、畳の家に住んだ。玄関で靴をぬぐ習慣は、たいへんいいアイデアだといい、「世界でいちばんの家」は「向うのシャワ、台所、ゴフジョウ、居間と、日本のオ風呂、客間、庭」というスタイルではないかとのべる。

いっぽう日本の芸術、政治、教育、宗教、経済だけでなく、「オ百姓の毎日の生活」を理解しないかぎり、日本をわかったことにならないと力説。炯眼だとおもう。

そんなマーティンさんが日本の習慣で西洋よりもはるかに優れていると絶讃しているのが「フロシキ」だ。

「日本で買物いく時、小さいフロシキいっしょに持っていきます。ゼンゼン持っていく場所いりません。ポケットに入る、ハンドバッグに入る。それから、ほしいもの買ったら、フロシキ中に入れてむすびます。もっともっと買物買うとき、同じフロシキで入る。タクサン買うならば、二つフロシキの中にすぐ出来ます。そして、この反対に、家からたくさんニモツいっしょにお出掛けならば、ぜんぶフロシキの中です。そして、あちこち出します。すぐおわり、フロシキ、ポケットの中にはいる。とてもベンリなこと」（フロシキ）

うーん、これから古本屋通いをするとき、「フロシキ」を持参しようかなあ。

そんなことをぼんやり考えていたら、たまたまＮＨＫの「みんなのうた」で水木一郎の「なんのこれしき　ふろしきマン」という曲が流れてきた。

フロシキブーム、きてるのか？

タマキング探し

古本にはだいたいの相場がある。客の立場からすれば、すこしでも相場より安く買いたいとおもうものだ。とはいえ、古書価は常に動く。いつの間にか知らないうちに高くなったり安くなったりする。

とくにここ数年はインターネットの古本屋の普及によって、変動が激しくなった。

話はかわるが、この一ヶ月くらい、わたしはずっと宮田珠己著『東南アジア四次元日記』（文春文庫プラス、二〇〇一年）という本を探していた。この本は昨年秋の「第3回酒飲み書店員大賞」の受賞作なのだが、二〇〇八年一月末現在品切（重版未定）になっている。

さて、そうなると、どうなるか。

『東南アジア四次元日記』は、二〇〇八年一月二十五日のアマゾンのユーズドで千百九十三円という値段に……。送料をいれると、定価の倍以上になってしまう。

そういう数字を見ると、意地でも自分で見つけたくなる。

宮田珠己の本を読んだのは最近の話。近刊の『ときどき意味もなくずんずん歩く』（幻冬舎文庫、二〇〇七年、『52％調子のいい旅』旅行人の改題作）を一読して、なぜこんなにおもしろい人をいままで知らなかったのかと悔やんだ。

この『ときどき……』に所収の「旅と意表」というエッセイは、「以前、サラリーマンが通勤途中にふと思い立って温泉に行ってしまうCMがあったが、私もそういうふうに旅立ってみたいと常々思っていた」という一文からはじまる。

就職経験はないが、わたしもよくそうおもう。しかし予定を立てず、突然、旅に出るのはむずかしい。

まったくおもいもよらなかった瞬間に考えたことすらなかった場所に行く。計画性があってはならない。

サラリーマン時代の宮田さんは「年三回の大型連休には必ず有給をくっつけてぐいぐい引き延ばし、いつも海外旅行にばかり出掛けては、上司に『たいした根性だ』とスポーツマンのようによく褒められた」(「大型連休は全力でリラックスだ」/『わたしの旅に何をする。』幻冬舎文庫、二〇〇七年)そうだ。

ほかにもジェットコースターやウミウシや巨大仏や盆栽や迷路の本なども書いている。とりあえず、手にはいる本を片っ端から買いそろえ、宮田ワールドにどっぷりつかった。

ただし『東南アジア四次元日記』と『旅の理不尽　アジア悶絶編』(小学館文庫、一九九八年)が、予想以上に入手困難なのであった。さきほど、どっぷりつかったと書いてしまったが、正確には、半身浴くらいのかんじである。

早く残りの未読の二冊を読みたい。

ところが、一日数軒、古本屋をまわるも、これがなかなか見つからない。あらためて文庫の品切本探しのたいへんさをおもいしった。「小学館文庫」や「文春文庫プラス」といった文庫は、大手出版社の文庫ではあるが、まだまだ「初《うぶ》」な文庫のため、古書相場が定まっておらず、一般の古本屋ではけっこう探しにくいのである。

というわけで、連日、都内のブックオフをはじめとする「新古本屋」をはしごした。だが、ない。

電車賃や時間を考えたら、たとえ定価の倍の値段であったとしても、アマゾンのユーズドで買ったほうが安い。しかしわたしはクレジットカードを持っていない。ついでにいえば、パスポートも自動車免許もない。パスポートや自動車免許はともかく、クレジットカードがないと、アマゾンの古本は買えない。

だったらカードを作ればいいじゃないかとおもうかもしれないが、何度か作ろうとしたところ、どういうわけかことごとく審査を通らなかったのだ。

この原稿のしめきりの前日も仕事をそっちのけで古本屋通いを続けた。

そしてようやく『東南アジア四次元日記』（旅行人、一九九七年）の単行本を見つけることができた。しかもサイン本だった。

「何でも海外旅行というと、あちこち観光して回ったり、うろうろしてひとつところにじっとしていられない旅行者は馬鹿にされる傾向があるが、そういう風潮には納得しかねる。私に言わせれば、右も左もわからない土地でうろうろしているうちに、もとへ戻れなくなって、にっちもさっちもいかなくなったり、行きたいところにたどり着けなくておろおろすることこそが旅の醍醐味である」（「迷子マイラブ　パガン、ピンダヤ」／『東南アジア四次元日記』）

宮田さんの紀行文のおもしろさは、準備万端とはほど遠い状態で海外に出かけ、当然のように理不尽な目に遭い、旅先で起こしがちな失敗を着実に積み重ねながら、その国の土地柄や人柄をつかんでしまうところかもしれない。

たまに常軌を逸した誤解をしているときもあるが、けっして美化や揶揄はしない。いろいろ総合すると、こういう人こそ「旅の達人」ではないかとおもえてくる。

ついてこいといわれたら、のこのこついていく。頭の中では充分警戒しているにもかかわらず、見事なまでに行動がともなわない。そのあたりの複雑かつ迂闊な心理描写は、ぜひ本書を入手し、存分に味わってもらいたい。

さて、残すところ未読の宮田珠己の本は一冊、『旅の理不尽　アジア悶絶編』のみとなった。この本は先日倒産した新風舎から一九九五年に自費出版で刊行したデビュー作で、いきなり文庫化されたものだ。

ちなみに、アマゾンのユーズドでは七百五十三円だった。

クレジットカードがほしい。

その後、『東南アジア四次元日記』は二〇一〇年に幻冬舎文庫、『旅の理不尽　アジア悶絶編』は二〇一〇年にちくま文庫で復刊。

古本の大予言

毎日毎日、同じような生活をくりかえしていると、この先の世の中もあんまり変わらない気がしてくる。なんとなく今日は昨日の続きのようにおもえてくる。

でもそんなことはない。十年もすれば、かならず、こんなはずじゃなかったという現実が待っている。すくなくとも、わたしの未来は、こんなはずじゃなかった。二十一世紀には、ロボットが人間のかわりに仕事をしてくれる世の中になっていて、ずっと遊んで暮らしていられるはずだったのだ。

いつだって未来は予想外だ。

というわけで、今回は最近古本屋で見つけたデヴィッド・ワルチンスキー他著『ワルチン版大予言者』（大出健訳、二見書房、一九八二年）、『ワルチン版大予言者2』（大出健訳、二見書房、一九八二年）という本を紹介したい。著者のひとり、デヴィッド・ワルチンスキーは一九四八年カリフォルニア生まれ。奇書蒐集と旅行が趣味の徹底した菜食主義者で、現在もフリー・ジャーナリストとして活躍している。

『ワルチン版大予言者』は、霊能者、科学者、ジャーナリスト、SF作家など、三百人による一九八二年から二〇三〇年までの予言の集大成である。

予言者といえば、ノストラダムスやエドガー・ケイシーの名前をおもい浮かべる人もいるかもしれないが、本書は霊能者の予言も学者の予測も同じ扱いで並べているところがおもしろい。

この本が刊行された一九八〇年代前半は「東西冷戦」の時代でもあった。そのせいか、核戦争、第三次世界大戦を予言している人が多い。

たとえば、デイヴィッド・サリバン（外交アナリスト）は、一九九三年までに「欧州及び日本はソ連によって支配される」といい、ロジャー・ウィリアム・ウェスコット（カナダおよび合衆国言語学協会の元会長）は二〇〇五年から二〇〇九年のあいだに「第三次世界大戦の勝利国がすべての国を征服する」と予言した。

いっぽうT・N・デュパイ陸軍大佐は一九九九年に「ドイツがふたたび統一される」といい、「地球の友」の英国代表のエイモリーとハンター・ロビンスは一九九五年から二〇〇五年のあいだに「ソビエト帝国が国内の政治的混乱から完全に崩壊する」といった惜しい予言もある。

ベルリンの壁の崩壊（一九八九年）やソビエト連邦の解体（一九九一年）は、今となってはなるべくしてそうなった気もするが、十代のころ第三次世界大戦の悪夢におびえていたわたしには、突然それが起こったというかんじだった。未来だけでなく、過去の自分の感覚もわからなくなっている。

本書を読むと、氷河期の到来を予言している人がけっこういる（巻末には『大氷河期の襲来』という題の本の広告も！）。

そんな中、気象学者のスチーブン・H・シュナイダー博士は地球温暖化を予想していた。

「今後もひきつづき、エネルギー生産にともなう石炭、石油、天然ガスの燃焼は二酸化炭素を発生させ、地球を取り巻く大気圏に蓄積する。

現在の理論によれば、この状態は、いわゆる『温室効果』を通じて地球の気温を高くする。もしこの理論が正しければ、気温の上昇は二〇〇〇年ごろに顕著となる」

氷河期と地球温暖化。どっちが的中したほうがよかったのかは悩むところだ。

また翻訳版であるこの本には「日本人による大予言」という章もあり、占星家の流智明は一九九〇年に東京市場の暴落により、「それまでは繁栄を謳歌してきた日本経済もいっきょにどん底に落ちこむにちがいない」といい、一九九一年には自民党政治が崩壊し、新しい政党が誕生、社会党は名前だけの弱小政党に没落すると予言していた。

ちょっと時期はズレているが、かなり的確な予想だ。

ところが流智明は一九九九年にプルトニウム爆弾によって、地球は大破局を迎え、人類の大部分は死滅するといい、二〇〇一年には他惑星から宇宙の支配者が来訪し、新しい地球の指導者になるというのだ。

「この予言は、おそらく荒唐無稽のシロモノとして一笑に付されるだろう。だが、わたしは信じて疑わない」

この「一笑に付されるだろう」という予言は見事に的中した。

ほかにも二〇〇〇年くらいまでに、世界が大破局を迎える予言、老化を防ぐ薬が発明され不老不死になるという予言、虫歯がなくなるという予言、コンピュータとテレビ電話の普及によって通勤地獄が解消されるという予言、家庭や学校にコンピュータが設置され百科事典がなくなるという予言、世界の人口が増えて食料難になり、昆虫を食うようになるという予言、月面にはじめての病院が設置されるという予言もあった。

ＳＦ作家のアーサー・Ｃ・クラークは、予言ではなく、推定であると断りながら、一九九〇年に「腕時計式電話」が登場し、「ちょうど一世紀前に電話の出現がひきおこしたと同様の、経済的社会的革命の再来を招く」と述べている（『ワルチン版大予言者２』）。

たしかに腕時計式の携帯電話は発売されたが、あまり売れなかった。しかしまわりの友人が携帯電話を持ちはじめたときですら、「こんなものが普及するわけがない」とおもい続けていたわたしにはこの推定を笑う資格はない。

人の世が続くかぎり、おもいもよらなかった発明や発見、技術の進歩はかならずある。過去の出来事、歴史の常識がくつがえることだってあるだろう。

そんなわけのわからない未来を見るためだけでも、この世は生きるに値する。長生きしたいものだ。

スポーツと恋愛

今月の『小説すばる』はスポーツ小説の特集だ。

スポーツ小説といえば、わたしは虫明亜呂無《むしあけあろむ》の本を集めている。直木賞候補になった『シャガールの馬』（旺文社文庫、一九八五年）、『野を駈ける光』『時さえ忘れて』『肉体への憎しみ』（玉木正之編、ちくま文庫、一九九六年）の三部作など、数々のスポーツ関係の小説、評論、エッセイがあるのだが、現在、新刊書店では虫明亜呂無の作品はすべて入手不可である。古本屋でも『クラナッハの絵　夢のなかの女性たちへ』（北洋社、一九七七年）はほとんど見ない。

すっかり入手難の作家になってしまった虫明亜呂無だけど、かつて井上ひさしとの対談で、「スポーツというのは恋愛とすごく似ているとおもいますね。恋愛のわからない人はスポーツもわからない」と語っていたことがある。

先日、高円寺の西部古書会館で虫明亜呂無の『愛されるのはなぜか　好きにさせる女性の才覚』（青春出版社、一九七五年）という恋愛指南本を見つけた。

頁をめくると、シルクハットをかぶり、指で煙草をはさみ、港にたたずむ男の逆光のモノクロ写真があった。

えっ？　これが亜呂無？

二千円の値札を見ずに買ってしまった。相場よりちょっと高かったかもしれないと後悔した。しかし恋愛とスポーツに熟知した男になれるのであれば、安いものだと気をとりなおす。

読んでみた。なるほど、男は恋を手に入れるまでに情熱を燃やし、女は恋がはじまったときから「恋の女」になるのか。スポーツでいえば、男はゲームがはじまるまでの練習に情熱を燃やし、女はゲームがはじまってから本気を出すということか。無理矢理、スポーツと恋愛を結びつけるのはやめたほうがいいんじゃないか。

虫明亜呂無は、男性と女性では恋愛や結婚にたいする考え方は「地球人と火星人」くらいちがうといい、「女性が知らない男のたくらみ」というエッセイでは、男性が女性に魅せられたとき、結婚しようとおもうとき、どんなことを考えているか、四点あげている。

「一、この女と寝たとき、この女はどんな反応をみせてくれるか?（男性は彼の想像力を全力をあげて駆使し、そのときの女性の容貌や姿態を思いうかべる）

二、この女といっしょになったとき、これからも、俺の生活のリズムは保たれてゆくだろうか?

三、この女といっしょになったとき、俺は何もいわずに、黙って、彼女の傍らで疲れた体をやすめるだろうか?　それでも、この女は文句もいわず、泰然自若としていられる女だろうか?

四、もう飯をつくったり、外食をするにはあきてしまった。結婚して、いつでも温かい飯にありつけるのは有難いことだ。彼女は、黙っていても飯をつくってくれるだろうか?」

例外なく男はそう考えていると断言する。つまり「男性は女性の考えているような『愛』や『恋愛感情』はひとつも持ちあわせていない」というのが虫明亜呂無の見解なのだ。

また男性の恋の対象は、女性にかぎらず、「蒸気機関車や、ジェット機や、ラグビー」ということだってありうるともいう。

「僕はまたラグビーの素晴らしいゲームをみていると、あの遠い沖からよせてくる白い波頭の連続に似た性的興奮が全身を走りぬけ、射精寸前に追いこまれることをしばしば経験している」

大丈夫か、亜呂無? わたしは平気だが、これを読んでいる女性読者のことがだんだん心配になってきた。

『ラグビーへの招待』(平凡社カラー新書、一九七五年)で、虫明亜呂無は、幼いころからラグビーを愛していたといい、ラグビーこそが自分の感情の源泉だったと告白する。

一九二三年の生まれの彼は、青春期と戦争が重なる「戦中派」である。学生時代に、自らスポーツを楽しむ経験はなかった。おそらく異性とも自由に交遊できなかったにちがいない。

虫明亜呂無の恋愛本を読んで、正直なんかヘンだな、とかんじていたのは、彼の「感情の源泉」をわたしがとらえきれなかったからだろう。素晴らしい文学には、なんらかの形で、作者の「感情の源泉」が溶け込んでいるものだ。

「スポーツに何を発見するか」(『時さえ忘れて』ちくま文庫)というエッセイでは、「僕がスポーツの魅力にとりつかれたのは、スポーツをする人間の持つ意志の集中力やゲームやレースの流れや、人間そのものの肉体の微妙な機能がはたす、きわめて繊細な差異が、人間の動きを決定的に支配してしまうことのはかりしれない神秘さであった。それから、男性と女性の生理や、心情が、それぞれ、独特の作用をして、男性でなくては感じない感性や、女性でなくては感じない想像力をうみだしていくことにも興味をおぼえていった」と述べている。

虫明亜呂無はそうした「感性」や「肉体の微妙な機能」を表現するために、独自の修辞技法をあみだしてゆく。三島由紀夫や寺山修司も彼の作品の愛読者だった。

スポーツのたのしみは「体でわたくし自身を表現する」ことであり、スポーツをみるたのしみは「他人が体で表現した他人自身を読みとる」ことだというのが虫明亜呂無の持論である。スポーツがわからなければ、自分や他人の体（生理）もわからない。自分や他人の体（生理）がわからなければ、恋愛もわからない。

ちょっと強引な三段論法のような気もしないではないが、スポーツも恋愛も、つまらない駆け引きよりも、強引さが決め手となることもあると……。

2008.6

くる日もくる日も

最近、〝わめぞ〟という早稲田、目白、雑司が谷の三十代くらいの古本屋や雑貨屋によるグループが、新しい古本イベントを次々と仕掛けている。目白台の月の湯という銭湯でおこなわれた古本市もそのひとつ。新聞、週刊誌などでもとりあげられたので、ひょっとしたら、ごぞんじの方もいるかもしれない。開始前、外に行列ができるほどの大盛況だった。古本屋だけでなく、東京と関西の本好きも出品した。

わたしも参加した。もちろん売るだけでなくいろいろ買った。

というわけで、今回は月の湯の古本市で見つけた『アプダイク作品集』（鮎川信夫訳、荒地出版社、一九六九年）という本を紹介したい。訳者の鮎川信夫は、詩人であり、批評家、コラムニストとしても活躍し、コナン・ドイル、エラリー・クイーン、ウィリアム・S・バロウズなどの翻訳もしている。

アプダイクは、「アップダイク」と表記されることが多い。

『アプダイク作品集』の中には「くる日も、くる日も……」という作品があるのだが、これが素晴らしい短篇で、一読、この作者と主人公のファンになってしまった。

舞台は、アメリカのハイスクール。主人公は、ちょっとさえない国語の教師のマーク・プロッサー。先生はシェークスピアの「マクベス」に出てくる「くる日も、くる日も、くる日も、この取るに足らぬ小きざみな歩みで匍《は》いつづけてゆく」という一文の意味をピーターという生徒に質問する。

「だいたい書いてある通りのことを意味していると思います」

いかにもアメリカの高校生がいいそうだ。

そのあとも「マクベス」をめぐり、生徒たちのさまざまな意見が出た後、先生はこう語る。

「シェークスピアはその作家生活の中ごろにハムレットやオセロやマクベスのような人間——つまり、その環境か不幸な運命、あるいは何か自分自身のちょっとした欠陥によって自分がなれたかもしれない偉大な人間になることができない人間たちの劇を書いた。この時期のシェークスピアの作品は喜劇でさえ世界を皮肉に扱っている」

興味深い講義だとおもうが、先生が喋っているあいだ、アメリカのハイスクールの生徒は、イタズラをしたり、口紅をつけていたり、机につっぷして寝ていたりする。

しだいに教室はざわめいてくる。そんな中、先生はこんなことを考える。

「ひどい窮地に陥った王がだれにも理解できない詩句をつぶやいたりするような『文学』にすっかり夢中になっている自分の姿は、この生徒たちの目にはどんな奇妙なものに見えることだろう」

くる日も、くる日も、古本に夢中になっているわたしは、この先生の心のつぶやきがけっこう身につまされた。

話はこのあと「そうくるか」というような展開になる。読後、なんだかもやもやした釈然としないかんじがのこる。その余韻がまたいいのである。

『アプダイク作品集』は、十二の短篇がおさめられている。『同じ一つのドア』という文庫もあって、これは十六篇収録で、『アプダイク作品集』の短篇もすべて入っている。文庫版の『同じ一つのドア』は、角川文庫（一九七〇年）と新潮文庫（一九七二年）の二種類あり、それぞれ訳者がちがう。

気になったので、とりよせてみた。

鮎川信夫訳の「くる日も、くる日も……」は、角川文庫の武田勝彦訳では「明日に明日がつづいてる」、新潮文庫の宮本陽吉訳では「明日が、そして明日が、またその明日が」という題になっていた。

同じ作品でも訳者によって、ずいぶんちがった印象になる。題名もそうだが、台詞ひとつで登場人物の性格が変わってしまうのだ。

たとえば、プロッサー先生が、悪ふざけしていたバリーという生徒を注意するくだりがある。

「『バリー、もう一度やったら、外へ出るんだぞ』とプロッサー氏は言った」（鮎川信夫訳）

「『もう一度やってみろ、バリー』とプロッサー先生はどなった。『そうしたら、外へ出してしまうぞ』」（武田勝彦訳）

「『もう一度やったら、教室の外へ出すぞ、バリー』とプロッサー先生は言った」（宮本陽吉訳）

鮎川訳だと、先生が怒りを抑えながら注意しているかんじがするし、武田訳だと、癇癪をおこしているように読めてしまう。言葉づかいのほんのすこしのちがいが、小説の出来不出来を左右する。わかりやすければいいのかといえば、そうでもない。

さきほど先生にあてられたピーターは女の子の間で人気があったという説明のあとに続く文章なのだが――。

「この年ごろの女の子は蛾のように心がない」（鮎川信夫訳）

「その年ごろの女の子は、蛾のように何かにひきつけられやすい心を持っている」（宮本陽吉訳）

このふたつの文章を読み比べてみると、後者の宮本訳のほうが意味がすんなりわかって親切な訳だとおもう。

最初に鮎川訳を読んだとき、「どういう意味なんだろう?」と引っかかった。「蛾のように心がない」という比喩はひどいなあとおもいつつ、なぜか笑いがこみあげてくる。

さらにいうと、その年ごろの女の子を「蛾」のように単純と考えるか、「蛾」のようにわけがわからないと考えるかで、この短篇の読後感がまるで変わってくるのだ。だから、この小説のオチが知りたい人は、鮎川信夫訳で読むことをおすすめしたい。

何？　原文で読んだ？　失礼しました。

ええ〜、本日の講義はここまで。

シャボテンと人間

今、龍膽寺雄《りゅうたんじゆう》（一九〇一年〜一九九二年）の著作はちょっと入手難だ。新刊書店で入手できるのは、講談社文芸文庫の『放浪時代／アパアトの女たちと僕と』くらい。でも名前が竜胆寺雄になっている。別人みたいだ。

龍膽寺雄は、シャボテン（サボテン）の研究家としても有名だった。プロフィールには、日本沙漠植物研究会長、国際多肉植物協会連合会員といった肩書も記されている。

慶應義塾大学医学部中退。もともと医師を目指していたが、一九二八年、「放浪時代」が「改造」の懸賞小説に一等当選し、モダニズム文学の旗手となる。その後、プロレタリア文学（小林多喜二、葉山嘉樹ほか）に対抗して「新興芸術派倶楽部」を結成した。この「新興芸術派」には、吉行淳之介の父吉行エイスケや久野豊彦もいた。

『人生遊戯派』（昭和書院、一九七九年）によると、青春時代の龍膽寺雄は、文学と科学、いずれの道に進むかでずっと迷っていた時期があった。

科学であれば、ニュートンがいなければ、誰かがニュートンの仕事をし、アインシュタインがいなくても、誰かがアインシュタインの仕事をしたはずだという。

「しかし、ボッカッチョがいなくて、デカメロンが生まれたか、セルバンテスがいなくて、ドンキホーテが生まれたか、芸術はそれを産みだす人の才能に宿命的に課されたもので、それは天上天下唯我独尊、彼ひとりのものだ、という見解で、文学の道を選ぶことになった」

いっぽう龍膽寺雄は、「川端康成を中心として、私を否定抹殺しようという動きがある」(『M・子への遺書』前後／『人生遊戯派』)とおもいつづけていた。

一時代を築いた(これは事実である)自分の作品がどうして文学全集に収録されないのか。それは川端康成や伊藤整が、自分を含めたモダニズム文学を葬り去ろうとしているからにちがいない、直木賞候補になったときも、川端康成に否定された……というようなことを延々と書きつらねている。

その後、文壇に背を向け、龍膽寺雄はシャボテンと戯れるようになる。当時、シャボテンはまだ非常に高価な栽培品だった(今の金額でいえば、一鉢数万円)。一九三五年、中央線の高円寺から小田急線の中央林間に引っ越す。そのとき、すでにトラック三台分のシャボテンがあったという。

すこし前に古本屋で龍膽寺雄の『シャボテン幻想』(北宋社、一九八三年)という本を見つけた。けっこう珍しい本だ。初刊は一九七四年に毎日新聞社から出ている(その後、二〇一六年にちくま文庫から復刊)。毎日新聞社版のほうはまだ見たことがない。インターネットで検索したら一万円以上の値がついていた。ちなみにわたしは三百円で買った。

この本の中に「砂漠が生んだ近代造型」という文章がある。

シャボテンは地上に砂漠が生まれ、その極度に乾燥した気象に適応することのできた植物群であり、出現したのは四、五万年前だという。
龍膽寺雄いわく、シャボテンは「もっとも新しい、近代的な、ハイカラな植物」らしい。シャボテンは、ホモ・サピエンスが地上に誕生した時とほぼ前後した年代に生まれている。それゆえ、厳しい砂漠の中を生きてゆく上で、シャボテンと人間は同じ「宿命」を背負っていた。人間は稼ぎに稼ぎ、貯めに貯めないと食っていけない。シャボテンもまたひたすら水と養分を貯蔵する。

そんなシャボテンと人間との関係を説明しながら、龍膽寺雄は次のように問いかける。

「それにしても、人間はなぜ、こんなに変化を求めるのだ？
そのために、なぜこんなに忙しく、あわただしいのだ？
なぜ、息せき切って、いつも走りまわっていなければならないのだ？
なぜ、建築の様式を前よりも新しくするのだ？　なぜ、衣類の意匠を、年々変えるのだ？　なぜ去年のパラソルの柄の長さが、今年は通用しないのだ？　なぜ自動車の型を、しょっちゅう新しいのと変えるのだ？　なぜプロペラ飛行機を、ジェット機に変えるのだ？　なぜ、男の髪の長さや女の眼のまわりのお化粧が、昔と変わったのだ？　なぜ、ミニスカートをロングに変えるのだ？　なぜ、こういう変化のスピードを、年々せきたてられるように早くするのだ？」

龍膽寺雄にいわせれば、それはホモ・サピエンスの宿命なのだそうだ。人間は環境を変化させる。環境の変化は人間を進化させる。

進化するということは「種」として未完成であることを意味する。シャボテンもまた変化のスピードが早い。人間もシャボテンも変化への適応性が乏しいものは滅びる。

ちょっと強引な気もするが、そこがおもしろい。もちろん人間がシャボテンに魅かれるのは似ているからだけではない。

「シャボテンは、――この不思議な植物は、それが生えていた砂漠の、人煙絶えたはるかかなたの世界の孤独を、一本々々影ひいて持って来ている」

そんなシャボテンの姿を見ていると「人の世の昼間の利欲の争い」も「はるか遠いかなた」に感じられるらしい。

今年四月に新装版が出た久住昌之原作、谷口ジロー作画『孤独のグルメ』（扶桑社）の「第16話　東京都豊島区池袋のデパート屋上のさぬきうどん」で、昔の流行作家が「シャボテンというのはね、人の来ない　それは淋しい砂漠に生えとるんです」と語りかけるシーンがある。

漫画では白髪に眼鏡でややふっくらとしたおじいさんに描かれている。名前は出てこない。若いころの写真しか見たことがないので、似ているかどうかわからないが、まちがいなく、モデルは龍膽寺雄だろう。

平野威馬雄の降霊会

オバケあるいは幽霊なんてものは幻覚もしくは錯覚だという意見がある。では、正常な知覚で理解できるものだけが、この世のすべてなのか。いきなり雲をつかむような話で恐縮だが、わたしは、まあ、そういうものがいても別におかしくないなあくらいの気持でいる。

平野威馬雄《いまお》（一九〇〇年～一九八六年）は、フランス文学者で児童文学から科学者の伝記まで、二百冊をこえる著作があり、オバケやUFOの研究者でもあった。

平野レミのお父さんで、トライセラトップスの和田唱のおじいさんでもある。

ちなみに、平野威馬雄の父は、フランス系アメリカ人のヘンリー・パイク・ブイという法学者でヴァイオリン奏者だった。

一九六八年の夏、平野威馬雄は「お化けを守る会」という会を作った。

人間は死んだらどうなるのかわからない。あの世のことを知るためには「お化け」「幽霊」「物質化させたタマシイ」に聞くしかないというのが、会を発足させた理由らしい。

「ぼくはもう、柳の下で、ぼんやり両手をだらりとたらして立っている旦那や女の子ばかりをお化けだと思ってきた古くさい考えからぬけ出して、もっと高級で、学の形における、心霊現象をとっつかまえ、それを手なづけて、いろいろあの世のことをきいてやろう……これがいち

ばんの早みちだ……と、おもった」（「この世の枠外の連中」／平野威馬雄著『枠外の人々』白夜書房、一九七八年）

「お化けを守る会」の入会資格は「お化けの存在を頭から否定しない」。それだけ。平野威馬雄は古今東西のお化けに関する膨大な文献を読みあさり、日本だけでなく、欧米のお化け屋敷も訪れたりもしている。

『お化けの住所録』（二見書房、一九七五年）によると、「二十歳のころから、ロンブローゾや、コナンドイルや、フラマリオンの、世にも不思議な心霊実験の記録や、降霊会などに深い興味をもち、ずいぶんいろいろなお化けの研究会（心霊現象の研究会）に行ったり、怪談をききにいったりした」そうだ。

時は一九二三年、すこし前に異国にいる父親が亡くなり、遺産整理がとどこおっていたので、なんとか死んだ父とコミュニケートしたくて、降霊術を試してみようと考える。

弟も心霊学の本をよく読んでいて、そのことを家族に話すと、母も賛成したという。

部屋を薄暗くして、食卓のまわりを囲む。はじめは威馬雄、母、弟、その他親しい人を含めて六人。正座して目をつぶり、両手を開いて、触れるか触れないかくらいのかんじでテーブルの上に置く。精神統一して、心霊に呼びかける。しばらくすると、「ミシリ……ミシリ……ミシリ……」。

このときは怖くなって途中でやめた。

二回目は、新教の牧師さんと奥さんの八人で食卓を囲んだ。

また「ミシリ……ミシリ……」がはじまった。平野威馬雄は、指先でテーブルの裏を叩いてみた。

数分後、かすかな叩音（ラップ）が返ってきた。

その席には、商船学校の青年もいた。その青年が「アナタハ　ドコデスカ」とモールス信号を送ると、「アメリカ……アメリカ……」という返答があった。

「ココニ　アツマッテイルモノ　ミナ　アナタヲ　ナツカシクオモッテイマス」とモールス信号を送る。

「ヴァイオリン……ヴァイオリン……」

平野威馬雄は、父が残した黒い木箱に入ったヴァイオリンを食卓の上においた。

すると、箱の中から弦の音が聞こえてきたという。

「ああ！　父の霊魂が、アメリカからはるばる海をこえて、この世田ヶ谷の一隅へ！……指で弦をはじく音であった。

ぼくはひとりでに涙が出てきた……お父さん！　ありがとう……と、口のなかでいった」

（『お化けの住所録』）

さらにそのあと英語がまったくできない中学生の弟がトランス状態になって、たどたどしいアルファベットのような文字で自動筆記をはじめた。

英語で「一年待て」というようなことが書かれていた。

一年後、父の遺産がはいってきた。

この体験によって「誰がなんといおうと霊魂の存在を確信するようになった」という。

だが、一九二三年の平野威馬雄は、コカイン中毒になっていた。『陰者の告白』（話の特集、一九七五年、後にちくま文庫）に大震災後、薬局がほとんど焼けてしまい、コカインが買いにくくなったという話が出てくる。

その後、威馬雄の弟も「数理の神はおれだ。微分の天使もおれだ。皆ついて来い！」といったことをプラットホームで叫んで、警官につかまった。

威馬雄自身、コカイン、モルヒネ、クロラールなどを乱用し、何度もブタ箱に入り、生死の境をさまよった。

『陰者の告白』によると、中毒になった威馬雄は「そのうちに、架空の会話から、うそをうそとも思わず真剣に語るようになり、妻も子も、ぼくの前では、ナマリの人形でしかなくなった」そうである。

うーん、降霊会の話もウソなのか。コカイン・パーティーの幻覚だったのか。謎だ。もしあの世にいるのなら教えてほしいものだ。『アウトロウ半歴史』（話の特集、一九七八年）には、「麻薬の乱用と並行して、夜行性の思索と夢に我れをわすれる日が多く、死後の生存などの幻影に陶酔した」とある。

オバケだけでなく、念写や透視、ＰＫ（サイコ・キネシス）にも興味をもっていた。

若いころ「早熟の天才児」といわれていた平野威馬雄にとって、理屈や常識の範囲でわかるようなことはどうでもよかったのかもしれない。

旅のおともに『ミスコショ』

夏、古本旅行の季節である。これまでは旅に出るときには、かならず『全国古本屋地図』の必要な頁だけコピーして持参していた。しかし『全国古本屋地図 21世紀版』(日本古書通信社)の刊行は二〇〇一年。残念ながら、この七年のあいだに古本屋の数はずいぶん減った。インターネット通販専門になった店も多い。

昔、二十五歳までに四十七都道府県の県庁所在地の古本屋を全部まわってみようとしたことがある。当時、教育雑誌の仕事をしていたので取材であちこちの地方に行くことが多かった。そのついでに古本屋をまわった。

一九九〇年代はまだ東京と地方で古本の相場に開きがあって、旅先で買った漫画を東京で売ると交通費くらいは捻出できた。

東京でセットだと数万円になる楳図かずお、永井豪、藤子不二雄の漫画が定価の半額くらいで売っていた。大学を中退してフリーライターになったのはいいが、原稿料収入は月五、六万円。絶版漫画の転売(セドリ)はちょっとした副業になっていた。

お金がないから宿に泊れない。いや、宿に泊るお金があったら古本を買いたい。二十四時間営業のコインランドリーでよく寝た。古本旅行で新幹線に乗るようになったのは三十歳すぎてからだ。

ところで、『ミス古書』という言葉をごぞんじだろうか。

『ミス古書』とは、野村宏平著『ミステリーファンのための古書店ガイド』(光文社文庫、二〇〇五年)の略。北海道から沖縄までの古書店、リサイクル書店、あるいは古本屋ではないが古本を売る店を可能なかぎり網羅した古書店ガイドである。カメラ屋兼業の古本屋、レンタルビデオ屋兼業の古本屋、クリーニング屋兼業の古本屋、煙草屋兼業でおばあさんが営む昔ながらの貸本屋といった店まで紹介している。

タイトルに「ミステリーファンのための」とあるが、ミステリー以外の古書蒐集家(わたしもそう)も「ここまで調べたのか」と驚愕した本だった。なんといっても、文庫だから旅行のとき手軽に持っていけるのもいい。

著者は、ミステリー&特撮研究家で『ゴジラ大辞典』(笠倉出版社、二〇〇四年)、『乱歩の選んだベスト・ホラー』(ちくま文庫、二〇〇〇年)といった編著もある。

「古書蒐集家のあいだでも、珍しい本に巡り会えたと話題になることが多いのが北海道・東北と四国・九州である。東京や大阪周辺の古書店はあらかた荒らされてしまっているが、日本の両端には、まだ貴重な本がひっそりと埋もれているのかもしれない」(「北海道/東北」/『ミステリーファンのための古書店ガイド』)

古本屋通いをはじめたころは、古本であれば何でもよかった。本を買えば充たされた気分になった。でもしだいにちょっとやそっとの本では満足できなくなり、ほしい本がだんだん入手難のものばかりになる。

多かれ少なかれ、古本好きなら誰もが通る道だ。

たしかに以前と比べれば、インターネットで検索すれば、探している本は見つけやすくなった。家にいながら、マウスをクリックするだけでどんどん本が送られてくる。そのかわり古本屋ではなく、支払いのため銀行や郵便局に通うはめになる。そして生活が荒む。

『ミス古書』の野村さんは古本屋めぐりの楽しみは「たんに欲しい本を手にいれるだけ」ではないという。

「未知の店を求めて見知らぬ町に行くから、観光も楽しめるし、地理にも詳しくなる。とにかく歩きまわるから、足腰が鍛えられ、体力もつく。いつしか同好の士も増え、人間関係が広がる。そのうえ、探し求めていた本が手に入るかもしれないのだ」(「古本屋まわりの楽しみ」)

低迷する古本生活を打破するためには、旅に出るのがいちばんだ。旅先で買った本は、手にとるたびに、見つけたときの記憶がよみがえってくる。また小説の舞台や作家の故郷をいちどでも訪れたことがあると、読書の味わいも深まる。

『ミステリーファンのための古書店ガイド』によると、東日本では山梨県、西日本では鳥取県と島根県がもっとも古本屋の少ない県だそうだ。

とはいえ、三年前のデータである。ためしにインターネットの「iタウンページ」で検索(「古本」と入力)してみたところ、古本屋が「30件」(ダブりあり)以下の県は、秋田県(30)、山梨県(24)、福井県(25)、和歌山県(25)、鳥取県(23)、島根県(25)、高知県(22)という結果が出た（二〇〇八年七月末）。

というわけで、現在、日本で古本屋のもっとも少ない県は鳥取県ではなく高知県なのだ。

古本屋の多い都道府県のベスト5は、東京都（1005）、大阪府（415）、神奈川県（309）、埼玉県（301）、愛知県（299）。

ちなみに『ミス古書』の中で著者がいちども古本屋を訪れたことのない県もある。

さて、どこでしょう。

答えは、三重県。「伊賀上野城や赤目の四十八滝や名張の江戸川乱歩生誕地など、何回か訪れているのだが、古本屋だけは一軒も行ったことがない」（「中部／三重」）

わたしの生まれ故郷だよ。

どケチのすすめ

最近、スーパーに行ったら、八個入りの卵のパックというのがあった。十個入りのときと値段は変わらない。ティッシュペーパーも一箱四百枚（二百組）だったのだが、三百二十枚（百六十組）になっている。なんとなくトイレットペーパーも薄くなった気がする。パン、スパゲティ、乳製品、さらには光熱費など、原油価格の高騰の影響でいろいろなものが値上がりした。

物価は上がれど収入は増えず。このままでは古本もおもうように買えなくなってしまうではないか。どうすればいいのか。

やはり自分の生活は自分で守るしかないのか。もちろん倹約につかう時間や労力を収入を増やすためにつかったほうがいいのではないかとおもうこともないわけではない。しかしそうもいってられないのも現実だ。

今回は吉本晴彦著『どケチ生活術 〃狂乱〃時代を勝ちぬく２００の悪知恵』（サンケイ新聞社出版局、一九七四年）を紹介したい。

いつかこういう日が来るとおもい、何年か前に、早稲田の立石書店でこの本を買っていたのだ。たしか三百円だった。先見の明といえよう。

著者は「大日本どケチ教」の教祖で、ほかにも『どケチ商法』『どケチ人生』『どケチ兵法』

（いずれもサンケイ新聞社出版局）などのケチに関する本を何冊も出している。

幼少のころ、吉本晴彦は両親を亡くし、祖父のもとで育てられた。中学生のときにその祖父が死去。莫大な財産を相続するも、後見人の叔父に命を狙われる。その後、軍隊に召集、戦後の混乱で相続した土地（現在の大阪駅前）は激減。その土地も不法占拠されていたため、無法地帯と化していた大阪駅前周辺の土地に建っていたバラックは強制撤去となる。それから長い法廷闘争を経て、梅田駅前の「大阪マルビル」のオーナーになった（現在、「大阪マルビル」は大和ハウスのグループ会社に）。

この『どケチ生活術』は、オイルショック後の「狂乱物価」とよばれた時代に刊行された。この本が出た一九七四年は、日本経済が戦後初のマイナス成長を記録した年で、節約や倹約が見直された年でもある。

世はちょっとしたケチ・ブームだった。

本書は「食費の徹底節約術」「衣料費の徹底節約術」「住居費の徹底節約術」「交際費の徹底節約術」「教養・娯楽費の徹底節約術」「保健衛生費の徹底節約術」の六章立てになっている。

食費の節約術では、「一週に一度は、一銭も使わない日をつくる」とアドバイス。

「つまり、一週のうち、水曜日なら水曜日と日を決めて、その日は食費に一銭も使わんようにしますのや。冷蔵庫に入ってる、ありったけの残りものを、有効に使うんですわ。これ、実行してみたら、ずいぶん気持ええもんでっせ」

何かしらルールを作って、楽しみながら節約する。制約の中で、あるものだけでなんとかのりきる。それが「どケチ」の教えだ。

衣料費の節約術では、「中年肥りを防いで、プロポーションを一定にする」というものがある。体型が変わると、服を新調しなくてはならない。どケチ教の教祖いわく「不経済このうえないわ」とのこと。

あと同じ柄の靴下を何足もまとめ買いしておくと片方に穴があいても、残りを捨てなくてすむという意見には「なるほど」とおもった。シャツも汚れが目立たない色でアイロンをかけなくてもいいものをすすめている（わたしもそういう服が好きだ）。

また住居費の節約術では、セロハンテープの芯は鍋敷になるといった意表をつくアイデア（？）が満載だ。

「古うなったスポンジでんな。あれ薄く切って石けん箱の底に敷くんですわ。石けんが水にとけてはよなくなるのをふせいでええですわ。カンヅメの空カン。あれ、キリで穴いっぱいあけて、タワシ入れに使えまっしゃろ」

ほかにも使用済みのマッチの軸を削ってつま楊枝にするとか使い終わった口紅の容器を朱肉入れにするとかカーテンはかけずに窓ガラスにレース模様を描くとかジャガイモやショウガの皮むきはビールの王冠で代用できるといった提言もあるのだが、それをしたからといってどれほどの節約になるのかわからない。でも、ひょっとしたら、いつか役に立つ日がくるかもしれない。

そして交際費の節約術になると、だんだん過激になる。

相手の留守の時間を狙って電話し、むこうからかけさせる。パーティや宴会に出席したときには水筒持参で残った酒をもらう。客にはにがいお茶を出す。客の食事にはきらいなものを出す。他人の家を訪問するときは、食事どきを狙う。バーでは人のボトルを飲む。人に会ったら「今日は誕生日だ」という。

実践すれば、人間関係が気まずくなってしまいそうな助言である。

今の雑誌やテレビでとりあげられる「ちょっとお得」ってかんじの節約術とちがい、吉本晴彦の「どケチ」は、なりふりかまわない凄みがある。

そんな吉本晴彦は「四ない主義」というものを唱えている。

「一、買わない。

二、捨てない。

三、ムダに使わない。

四、流行を追わない」

この四つをいつも頭の中に入れておけという。

ちなみに「大日本どケチ教」のお経は、「ああ、もったいない、もったいない、もったいない」だ。

「どケチ」の道はエコロジーに通じるかもしれない。

シェー!!の自叙伝

今月八月二日、〝ギャグ漫画界の巨匠〟の赤塚不二夫が亡くなった。七十二歳だった。十年以上前の話だけど、漫画家の梁山泊とよばれたトキワ荘に関するものなら何でもほしくて、全国の古本屋をまわっていたことがある。当時、トキワ荘メンバーの初期作品は非常に高騰していて（もちろん今でも高い）、収集をはじめてまもなく「これは無理だ」と断念した。そこで方針を変更し、漫画ではなく、せめて関係者のエッセイや自伝だけでも揃えたいとおもうようになった。それでもむずかしい。たとえば、寺田ヒロオ編著「『漫画少年』史」（湘南出版社、一九八一年）、藤子不二雄の『二人で少年漫画ばかり描いてきた』（文春文庫、一九八〇年）や石森（後、石ノ森）章太郎の『ぼくの漫画ぜんぶ』（廣済堂出版、一九七七年）などは、かなり入手にてこずった。

中でも困難をきわめたのが、赤塚不二夫の『シェー!!の自叙伝　ぼくとおそ松くん』（華書房、一九六六年）である。

赤塚不二夫が三十歳のときの本。漫画以外では、はじめての書き下ろし作品だから、ファンとしては何がなんでも読みたい。探しにさがし、ようやくみつけた。状態はボロボロ。にもかかわらず、三千円の値段がついていた。

ちょっと迷ったが、買って悔いなし。読みたい本は、読みたいときに買う。それが古本を買うときのわたしの鉄則だ。

「ぼくは、この十年間ひたすらに漫画をかいてきました。

二十四時間の一日のうち、二十時間は漫画のことだけを考えていました。夢の中でも漫画のことばかり考えていました」(『シェー!!の自叙伝』)

一九三五年九月十四日、旧満州熱河省承徳の生まれ。不二夫の父は憲兵だったが、その仕事が合わず、警察官を志願する。

「職務は八路軍ゲリラ相手の、国境警備だったようで、ぼくら家族は、辺境をあちこちと移りあるかねばならない……」

終戦後、父はシベリアに抑留。一九四六年、十一歳のときに佐世保に引き揚げ、無一文で母の実家の奈良にたどり着いたが、生後一年半の妹は栄養失調で亡くなった。

日本の小学校に編入した不二夫は、勉強についていけず、「学業をなげうつ」決心をする。そして六年生のとき、貸本屋でみつけた手塚治虫の『ロストワールド』に感激し、毎晩ミカン箱を机に漫画をかきはじめた。

「このころのぼくは一日も欠かさず漫画をかいていたものです。ですから宿題というものは学校を終えるまで、一度としてやったことがありません」

それから月日が流れ上京し、工場で働きながら、毎月『漫画少年』に投稿するようになる。その雑誌の読書欄で宮城県にいた小野寺(石森)章太郎が、漫画の研究会を作ろうと呼びかけ、

「東日本漫画研究会」を結成する。東京の同人には、その後赤塚不二夫を〝命がけの友情〟で支え続けた長谷邦夫もいた。

まもなく石森章太郎も東京に来て、新宿区の西落合のアパート、そして豊島区椎名町（当時）のトキワ荘に移る。

一九五六年、赤塚不二夫もトキワ荘の石森の隣の部屋に引っ越した。荷物は雑誌と漫画の道具のみ。仕事がなく、石森のアシスタントをしたり、横山光輝のアシスタントにも通ったりしていた。まわりの仲間たちが人気漫画家になっていくなか、かきたい作品がかけず、劣等感がつのり、漫画家の道をあきらめかけそうになる。

「本当の話、ぼくはドアボーイにでもなろうと思って、寺田ヒロオさんに相談しにいったりしました。

しかし寺田さんは、言葉少なに、そんなことは止めろといい、お金を貸してくれたのです。ぼくはまた漫画にしがみつきました」

このとき寺田ヒロオが赤塚不二夫に渡した金額は、藤子不二雄Ⓐの『愛…しりそめし頃に…』（小学館、二〇〇三年）の五巻によれば、六万円だったそうだ（いろいろな説があり、真相はさだかではない）。当時の公務員の初任給は一万円ちょっと。かなりの大金である。

寺田ヒロオは物心ともにトキワ荘の若い漫画家たちを支えた。

『シェー!!の自叙伝』には、ひとりの漫画家が世に出るまでの経緯だけでなく、売れっ子になった三十歳の赤塚不二夫の困惑も綴られている。

「最近はテレビ、ラジオ、サイン会、座談会等々、漫画本来の仕事とは何の関係もないことに引っぱり出されることが非常に多くなりました。

映画や本をみる時間もなくなってきました。ベビー・フェイスといわれた顔もだんだん老けてきたといわれます。

悲しいことです。つまらないことです。

ぼくはもっと漫画そのものの仕事に没頭したいな、と思い続けているのです」

酒に溺れるようになってからのことはさておき、「ギャグ漫画家はまじめでなければならない」というのが彼の持論だった。

もし赤塚不二夫が、ひたすら漫画に没頭する人生を選んでいたら、どうなっていたか。

多忙、幅広い交遊、酒、放蕩、女性関係、そうしたもののすべてが、赤塚作品のハチャメチャさにつながっていることを考えると、やっぱり「これでいいのだ!!」というほかない。でも若き日のわたしは『シェー!!の自叙伝』を読んで、仕事が忙しくて、映画や本をみる時間がなくなるのはいやだとおもった。

幸か不幸か、その心配は杞憂に終わり、三十歳になるまで風呂なしアパートで、トキワ荘時代の赤塚不二夫のような貧乏生活が続いた。流し台でからだを洗い、似たような境遇の仲間とチューダー（焼酎をサイダーで割ったもの）パーティをやったこともある。

どこかにテラさんみたいな人がいて、金貸してくれんかなあ。そんなことばかり考えていた。

2008.12

ねてる間に金をもうける

「まあ、だまされたとおもって」という誘い文句にのるとロクなことがない。そんなことは長年の経験でいやというほど知っているつもりだが、本のタイトルに関しては、いまだにしょっちゅうひっかかる。読書にはだまされる楽しみというのもある。

ベン・スイートランド著『ねてる間に金をもうけよう』（花田達二訳、恒文社、一九六三年）も、ほんまかいな、とおもいながら、つい買ってしまった。

この本が出た一九六〇年代は高度経済成長期で、ねている間に給料（物価もだけど）が上がっていった時代である。

今のように低成長時代にそんな虫のいい話があるのかどうか、半信半疑で読みはじめてみたのだが、結論をいうと、『ねてる間に金をもうけよう』は、金もうけのノウハウを伝授する本ではなかった。

著者はアメリカの臨床心理学者で「スイートランド健康法」（足を高くして頭を下げてねる）の提唱者としても知られている。

「まずたいせつなことは、自分で思っているよりも実際にはもっと自分は立派なのだと思ってスタートすることである。本書を読み終わるまでに、次のことを知るだろう」

何を知るのか。おそらく一番重要だとおもわれるのは「成功の輝かしい未来図をえがき、一つ一つ言葉と行動を積み重ねて、それに達する方法」である。

とにかく自分のことを成功者だとおもうこと。自分は何をやってもだめだとあきらめている人と何でもいいから希望や目標を持っている人とでは、同じような不遇な身であったとしても、五年後十年後にはずいぶんちがってくる。ほんのちょっとした気持の差、心がけの差が「ねてる間」に大きな差になる。

「成功の輝かしい未来図」があるかないか。それによって思考や行動が変化してくる。たとえおもいこみや勘ちがいであっても「できない」とおもうより「できる」とおもったほうがいい。

つまり、前向きになれというわけだ。

とはいえ、あまりにもめちゃくちゃで無謀な未来図をえがいてしまうと、思考や行動がともなわない。だから自分の能力をどう評価するかも問われる。「できる」とおもうことによって自信がつき、気力が充実してくる。すると、いつのまにか、潜在意識があなたを成功に導いてくれるらしい。

本書はひたすらその効果を説いている。

読んでいるうちに、ちょっとその気になってきた。だまされているのか。スイートランド氏は、自分を疑ってはいけないという。懐疑のない人間は単なるバカなんじゃないかというシニカルな考えは、ひとまず忘れることにしよう。

そんなことといっても、どうやって自信をもてばいいのかわからない人もいるかもしれない。

そういう人にいちばん足りないのが、自分は「できる」とおもう力なのである。「できる」とおもうだけで成功するのであれば、誰も苦労しない。そうおもい続けることがむずかしいのだ。何度失敗しても「できる」とおもいつづけることは、まぎれもない能力、いや、偉大な才能といってもいい。

スイートランド氏は「人の九十五パーセントは、消極的である」と述べる。

ということは、九十五パーセントの人は『ねてる間に金をもうけよう』なんていうタイトルを見れば、そんなに簡単にうまくいくわけがないとおもうはずだ。

しかしそうした疑いがあるうちは、成功できない。

「あなたが落伍者に会っているとき、彼の考え方に注意してみるとよい。境遇が彼らの考えに強く反映していることがわかるだろう。彼らは『俺にはできない』という言葉で考える。なぜ現在以上のことができないかについて、あらゆる種類のいいのがれを持っている。そして、彼ら自身それが正当な理由だと考えている」

逆に成功者は「できない」と考えず、どうすれば難問を解決できるのかとおもい、心をおどらせる。

ねてる間に金をもうけることができる人になるには、ねてもさめても、どうすれば、金がもうかるかを考える人になる必要がある。

それって単なる守銭奴じゃないのか、とは考えてはいけないのである。

話はちょっとズレるかもしれないが、古本好きのあいだでは「ほしいとおもいつづけている本はかならず見つかる」という格言がある。

わたしはねてもさめても古本のことを考えている。いつも読みたい本がある。その本を読みたい気持が強ければ強いほど、古本屋に行く回数が増えるから、それだけ見つかる可能性は高くなる。

その本がどうしても読みたいとおもえば、その本の作者についての情報を知りたくなる。知りたいから調べる。調べれば調べるほど情報が集まる。漠然と探すよりも、発行年や出版社、本の大きさなどを知っているほうが、はるかに見つけやすくなる。

スイートランド氏のいう「成功の輝かしい未来図をえがき、一つ一つ言葉と行動を積み重ねて、それに達する方法」は、古本探しの秘訣とそんなにかけ離れてはいない。

だとすれば、わたしが古本に注いできた情熱を金もうけに向けていたら、今ごろ大富豪になっていたかもしれない。

もしそうなっていたら今ごろ全国の古本屋のガラスケースの中の稀少本を買い占めることもできたのに……。

まあ、別にほしくないんだけどね。

あ、ちがう。「できたのに」ではなく、「できる」と考えなければいけないのだった。

うーん、前向きって、むずかしい。

四畳半から宇宙へ

宇宙航空研究開発機構の山崎直子さんが、スペースシャトル「アトランティス号」に二〇一〇年二月以降搭乗予定というニュースがあった。その会見で、子どものころ、松本零士の『宇宙戦艦ヤマト』や『銀河鉄道999』を見たのが、宇宙をめざすきっかけになったと語っていた。

当時、松本零士作品の影響で宇宙に興味を持った子どもは、たくさんいたとおもう。わたしもそのひとりだ。中学、高校と進むにつれ、宇宙への興味は薄れたが、ますます漫画が好きになり、松本零士の四畳半シリーズに夢中になった。

松本零士の四畳半漫画といえば、『元祖大四畳半大物語』、『男おいどん』をはじめ、『聖凡人伝』、『思春期100万年』、サラリーマン四畳半ものといえる『ひるあんどん』、『出戻社員伝』、あと『ワダチ』、『親不知讃歌』、『恐竜荘物語』、『大草原の小さな四畳半』、『大純情くん』などいろいろある。

中でもわたしが好きなのは『大純情くん』（全三巻、講談社、一九七八年）という作品だ。『大純情くん』の主人公の物野けじめは中学生でアパートでひとり暮らしをしている。けじめの顔は『999』の星野鉄郎とそっくりで、『宇宙海賊キャプテンハーロック』のヤッタランとそっくりの友人も登場する。

けじめの隣の部屋には、おにぎりとみそ汁をさしいれしてくれる島岡さんという謎の美女がいる。けじめがお礼に行くとその部屋はどこにもなく、『古代催眠術大事典』というボロボロの本が残されていた。

本の頁をひらくと、「ナピカ・マナムーメ」という人のこんな言葉が書いてある。

「できると
信じていることは
ときとして
できることがある
できないと
信じていることは
絶対に　できはしない」

けじめの住むアパートがある町は、昭和っぽいのだが、その周囲は超高層ビル街になっている。アパートの地下には未来の地下鉄みたいなものが走っている。

謎の女性の島岡さんは、けじめに「ぜんぶ機械化された自動的にうごくらくなところへいきたくはないの?」とたずねる。

けじめは答える。

「いまはここでなんとかすることでせいいっぱい」

「ここでなんとかならなんだらどこへいってもなんにもできない」

けじめはしょっちゅうバイトをクビになり、同級生からはいつもバカにされている。外では強がっているが、トイレの中でひとり泣く。

「くそ……泣くまいとおもったのに……きょうもまたここで泣いてしまった……」

物語後半、けじめの住む四畳半は、機械化された地球の中で最後の楽園だったことがわかってくるのだが、話はしりきれとんぼで終わる。『大純情くん』は、『銀河鉄道９９９』と同時期に連載がはじまった作品だった。物野けじめは、『９９９』の星野鉄郎のように宇宙を旅することもなく、ボロアパートに住み続ける。そういう意味では好対照な作品といえるかもしれない。

「いろいろなことが
おこるけど　けじめは
ここで　生きていくより
手段がない
どんなことがあっても
この四畳半にかじり
ついて　やっていくより
ほかにない」

どんなに不遇でも、四畳半シリーズの主人公たちは、歯を食いしばって「いまにみちょれ」とおもっている。自分の信念を貫き、他人を本気で心配する。

彼らはみな貧乏だけど、しぶとい。けっして強くはない。ケンカになったら、いつも負ける。

負けても笑いものになっても、すぐ立ち直る。胸をはって生きぬこうとする。くやしさ、みじめさ、悲しさが「男の中の男」を作る。『大純情くん』は、そんなメッセージにあふれた作品なのだ。

一九三八年生まれの松本零士は、戦後、九州（小倉）に移り住み、イモの作り方、雑草の食べ方、毒キノコの見分け方、カニや魚の捕り方など、食うことばかり考える「原始時代」のような環境に育った。そのことが科学へのあこがれを強めたともいう。

「私の頭の中での科学文明は、アメリカの科学文明など、とっくに飛び越してしまい、遠い未来の空想科学的妄想の世界へ突入してしまったのである」（「零士自伝」／『零次元宇宙年代記』大和書房）

敗戦直後、松本零士が胸をときめかせながら読みふけった漫画には未来の夢がつまっていたという。そんな少年時代の妄想が、後の松本零士のＳＦ作品につながってゆく。

「三十年前、赤本に読みふけった頃、そこに描かれた未来世界が実現する事を、小さな世代は信じて疑わなかった。大人は笑い、馬鹿にしたが、子どもは信じて夢をもった」

その後、松本零士は『９９９』のモデルとなったC62型蒸気機関車に乗って九州から上京した。そして本郷の四畳半のアパートに住み、漫画を描き続けた。

「できると信じていることはときとしてできることがある」

宇宙飛行士の山崎直子さんはそのことを証明した。わたしも松本零士（松本あきら）作品をコンプリートする夢に向かって古本屋通いを続けたい。

つかこうへいインタビュー

夜、酒を飲みに行こうと家を出た。行きつけの飲み屋は定休日だった。帰り道、高円寺にある古書十五時の犬という古本屋をのぞくと、『つかこうへいインタビュー　現代文学の無視できない10人』(集英社文庫、一九八九年)という本があった。

こんな本があるなんて、知らなかった。というか、つかこうへいの本を読んだことがなかった。初出誌は『すばる』で、一九八六年一月号から九月号までとなっている。インタビューされているのは萩原健一、阿佐田哲也、小池一夫、島尾敏雄、長島(嶋)茂雄、高橋忠之、大竹しのぶ、井上ひさし、中上健次の九人。十人目はつかこうへい自身ということか。いきなり謎である。

萩原健一のインタビューでは「すみません、ちょっとトイレ行っていいですか。ゆっくりやりましょう。僕は、ビールはトイレが近くなるから。あれもらおうかな、梅割り。風邪？　気にしないで下さい。今日はノッてます。ちょっと言葉が遅いですけれども、こういう機会ないですからね」といった、あってもなくてもいいような、ふつうのインタビュー記事なら削ってしまいそうな言葉がいろいろはいっている。

「大麻吸ってた時なんか、体調がおかしかったですよ。やっぱり普通じゃなかったね。いまなんか、長生きの秘訣の本読んでるんですよ」

当時、ショーケン、三十六歳。現代の文学者が無視できない彼の発言も紹介したい。

「役者に毒がなくなったのは、作家にも責任がある。それは文士がいなくなってきたことね。我々の仕事は、作家に書いていただいたものを演じるんです。（中略）だいたい文士という言葉自体が懐かしくなってくる世の中になってますよね。そういう文士がきちんと、背負ってくれなかった。そここそ責められるべきだと思うんですよ、ごめんなさい」

そういう意味では、阿佐田哲也（色川武大）はまぎれもなく「現代文学の無視できない」作家であり、「文士」とよべる人物だろう。わたしがこの本を買ったのも、彼のインタビューが収録されていたからだ。

つかこうへいは、阿佐田哲也に「博打うちをやめようと思われた、その理由は何ですか？」とたずねる。

阿佐田哲也はこう答える。

「唐辛子中毒で、これで廃人に近い状態だったんです」

酒代がなくて、早く酔っぱらいたい。それで焼酎に唐辛子をいれて飲んでいたそうだ。

「そば屋に入って、たるの唐辛子を、ふたをあけてかきまわして、赤いドロドロになったのをワーッと一気に飲むと胃袋がやられて、ほとんど一日食べられない。それを繰り返していたんです」

阿佐田哲也は「井上志摩夫」「杉民也」「青木某」（某が何かはわからない）というペンネーム

で雑誌に小説を書いていた。井上志摩夫名義の本は刊行されているが、杉民也はほとんど知られていないのではないか。古雑誌でこの名前を見つけたらなんとしても手にいれたい。

インタビューにかぎった話ではないけど、やっぱりその人の知識よりも体験を語っているところのほうがおもしろい。読む前に期待していた島尾敏雄や中上健次のインタビューが、物足りなくかんじたのは、体験を語るにしても整理されすぎているせいかもしれない。中上健次は、海外文学や現代思想やニューアカデミズムのことなどを熱心に語っているのだが、ちょっと空回り気味だった。中上健次の本領は、そこじゃないのに。でも、その自覚のなさが、魅力といえば、魅力だ。

いっぽう井上ひさしの「文学青年はどなたも同じだろうと思うんですが、目標とする作家を、十代ですとラディゲとか、芥川龍之介とか、二十五歳になったら二十八歳で処女作を発表した人とか、どんどん変えていくんですね」という話は興味深かった。

夏目漱石のデビューが三十八歳、松本清張の芥川賞受賞が四十三歳。

「とにかくこの二人を目標にして、三十八歳から四十三歳までに何とかしようと、放送の台本を書きながら思っていました」

ちなみに、井上ひさしは三十八歳で直木賞を受賞している。

「いい仕事をしながら、じりじりと頭角を現わしていくことが大切なんで、一年でのし上がろうとすると、一年で奈落へ落ちる」

肝に銘じておきたい言葉である。

このインタビュー集で、もっとも無防備で、わけのわからない魅力にあふれているのは大竹しのぶかもしれない。

結婚後の主婦生活を語る大竹しのぶの話はちょっとした不条理小説のようだ。

「主婦の立ち話なんかもしてるのよ。ああいうの大嫌いだったの、私。でも、いつの間にかそれに入っていって、この間、知らない女の子に石ぶつけられちゃった」

その石は肩に当たった。けっこう大きかったらしい。「なんでぶつけられたんだろう」とおもうでしょ。ところが、話はこう続く。「でも、痛いと言うと傷つくと思って、違うところに投げようと思ったのにねって言ったら、私に投げたんだって（笑）。びっくりしちゃった。その子のおかあさんが、『何投げたの？』ときいて、『石』。それで終わっちゃうの。だから怖い世界だって思った」

いろいろな意味で怖い。

つかこうへいのインタビューは、その人の語り口調を克明に再現し、自分をどう見せようとしているか、どうおもわれたいのか、それとも何も考えていないのか、そうした作為、無作為をあぶりだす。わたしが古本で読んだせいかもしれないが、時間が経つにつれ、語られている内容が古くなり、話の意味が薄れている分、語り手の人となりが鮮明になっている気もした。

「現代文学」を志している人は、読んでおいて損のない本だとおもう。

淳之介流恋愛作法

吉行淳之介は、随筆、対談の名手で文壇一のプレイボーイといわれた。とにかく、モテたらしい。たしかに、若いときの写真を見るとかっこいい。

そんな吉行淳之介は恋愛に関する本をいくつか書いている。『戀愛作法』(文藝春秋新社、一九五八年)、『私の恋愛論』(大和書房、一九七〇年)、『恋愛論』(角川文庫、一九七三年)、また『ぼくふう人生ノート』(集英社文庫、一九七九年)の半分は「恋愛論風ノート」という章が収録されている。『恋愛論』以外は品切だけど、古本屋で入手するのはそれほどむずかしくないとおもう。

時代とともに男と女のあり方も変わる。前述の著作もかれこれ三十年から五十年くらい前の本だから、内容が古くなっているところもある。そもそも今の若い人は恋愛論自体を読まないか。いや、わたしが二十代のころも、そういうものを読むことは、なんとなくかっこわるいという風潮があった。

だが、吉行淳之介の恋愛論は、すぐれた人間論にもなっている。

たとえば『私の恋愛論』の中に「青春の本質にあるもの」というエッセイがある。

何かの講演会で吉行淳之介は、「青春という時期は、胸のふくらむような、明るい充実した時期であると同時に、不安定な、べたべた心にからまりついてくるような、陰湿な時期だ」というような話をした。

この時期にある若者は、「心と体とうまくバランスのとれた愛し方を求めるのは、内分泌の具合からいっても精神の練れ工合からいっても無理なことだ」という。その結果、極度にプラトニック・ラブに走るか、反対にセックス一本槍で突進するかになる。

別のエッセイでは、若いころの男は女性にたいしてロマンチックな幻想を抱きがちで、人間にそういう時期があるのは「造物主のおぼしめし」だと述べている。つまり、そうした勘違いがあるからこそ種族維持がうまくいくのだそうだ。

わたしもずいぶん勘違いをしていた。そんな不安定な時期に読んだからか、吉行淳之介はずいぶん大人の作家のようにおもえた。

ある雑誌のQ&Aで「大人になるには……」という問いにたいして、吉行淳之介は「自分が世の中という『平面』の中に動いている一つの『点』という認識が、いつも持ててるっていうのが大人だと思う」と答えている。

彼はこうした認識に過剰なくらい神経をつかっていた作家だった。

『私の恋愛論』の「誘惑」という項目では、ある女性のこんな意見を紹介している。

「女の子を誘惑するときには、もっと手際よく、サーッとどこかへ連れて行ってしまわなくてはダメよ」

躊躇しつつ、曖昧な態度で女性を誘っても、なかなかうまくいかない。吉行淳之介はその理由を次のように分析する。

「彼女の言葉にもう一度注意を向けてみると、もう一つのことが分ってきます。活発な女性だから、誘惑にもスピード感を要求する、ということもあるが、その他に男性の速力に巻き込まれておもわず誘惑されてしまった、という形を取りたい気持が潜んでいるようです。気がついたら誘惑されていた、という弁解を、自分自身のために用意しておきたいのです」

この意見が正しいかどうかはわからない。わたしはそんなことを考えたことすらなかった。「サーッとどこかへ連れて行ってしまわなくてはダメよ」といわれても「そういうものかなあ」とおもうだけだ。なぜそうなのかということまで考えがおよばない。

頭でわかっていても、だからといって実行できるとはかぎらない。それなりに場数をふむ必要がある。いろいろ痛い目にあったり、失敗したりして身につけるしかない。

吉行淳之介によると、多くの男の場合、恋をすると、不器用さが最大限に発揮されてしまうものらしい。いい雰囲気になりかけたときに、お腹がゴロゴロ鳴ってしまったり、相手がまったく興味のない話を熱心に喋り続けたりする。

うう、すべて身におぼえのある話だ。

おそらく内分泌の具合のせいだろう。

では、女性の場合はどうか。吉行淳之介の『恋愛作法』には、女性向けの「恋のカケヒキ」もしくは「愛の告白の技術」を次のように要約している。

一、追わずに追いかけさせる、ということ。

二、適当にお世辞を言うこと。

つまり男は相手が自分に夢中になったとおもうと、にわかに興味を失う連中が多く、またどんな利口な男でもお世辞にモロい。

「永遠につづく恋、というものは稚い観念の上にだけ住んでいるもので、この世の中にはそういうものは存在していない、ということも申し上げて置きましょう。もし、そういう外見を示している恋があるとすれば、その恋は二人の努力、あるいは技巧によって、過ぎてゆく瞬間々々に新しいものに作り変えられているのです」

それから男性は、女性にたいして可愛がられたいタイプと可愛がりたいタイプの二つに分類できるといい、この二つのタイプを見極めたら、「徹底的に甘ったれるか、徹底的に可愛がるか」の態度をはっきり決定したほうがいいという。

かならずしも、そうではないような気もしないでもないが、実績のない人間が何をいっても説得力をもたないのが、恋愛論のつらいところだ。

ちなみに吉行淳之介は「古今東西の恋愛小説の傑作を一つ挙げよ」ときかれ、ラクロの『危険な関係』と答えている。

二百年以上前の小説だが、恋愛の構造を描き尽していて、「一行として古くなっている部分がない」そうだ。

この作品、映画にもなっているので、興味のある人はＤＶＤでも借りて観てください。

モノの値段の話

古本を読んでいて、ときどき戸惑うのが物価の変動である。時代時代でモノの値段はちがう。たとえば、「給料十円」と書いてあったとしても、当時の物価がわからないと、どのくらいの価値があったのか判断できない。そんなときに重宝するのが、週刊朝日編『値段の明治・大正・昭和風俗史』（上・下巻、朝日文庫、一九八七年）である。

江戸前寿司、ラーメン、塩、味噌、ビール、電車、バスの運賃、郵便料金、総理大臣の月給、公務員の初任給、日雇労働者の賃金、文房具、背広、たばこ、総合雑誌、家賃、水道料金、理髪料金、定期預金利息など、昔の生活を知るためには欠かせないモノの値段に関するエッセイと年表が収録されている。

エッセイは、「金太郎飴」を田村隆一、「寝台車料金」を松本零士、「時刻表」を松本清張、「タクシー」を長新太、「劇場観覧料」を戸板康二、「巡査の初任給」を山田風太郎、「絵具」を安野光雅、「自転車」を田中小実昌、「英和辞典」を古井由吉、「放送受信料」を三國一朗、「大学授業料」を吉行淳之介、「下宿料金」を小島信夫、「質屋の利息」を川崎長太郎など、そうそうたる顔ぶれが執筆している。

山本夏彦は「私はこの『値段の風俗史』の熱心な読者で、『週刊朝日』が届くといち早く切りぬいておく。単行本になるとすぐ買うのだから切りぬくには及ばないのに、それまで待ちきれないのである。さまざまなこと思いだす桜かな、というが、値段もまたさまざまなことを思いださせるのである」(「コロッケ」/同書)と記す。

わたしがかけだしのフリーライターだったころ、この本は「一家に一冊」といわれていた。今、家にあるのは文庫版だけど、一九九〇年に刊行された『新値段の明治・大正・昭和風俗史』という本もある。今、調べたら、いずれも入手不可になっていた。また週刊朝日編『値段史年表　明治・大正・昭和』(朝日新聞社、一九八八年)という年表の部分だけをまとめた本もあり、こちらのほうがアイウエオ順になっていて調べやすい。

『値段の明治・大正・昭和風俗史』は、一九七九年十月から一九八三年末まで続いた『週刊朝日』の連載で、とりあげた物やサービスの値段は二百十八項目におよんでいる。

たとえば、「岩波文庫」の値段は、昭和十八年に二十銭だったのが、昭和二十五年には三十円、昭和五十年から六十二年までは百円になっている。これが高いのか安いのか。文庫の値段だけを見ても、よくわからない。

そういうときは「銀行の初任給」(もしくは「公務員の初任給」)を調べてみる。

「銀行の初任給」(大卒)は、昭和十八年は七十五円、昭和二十五年は三千円、昭和五十年は八万五千円、昭和六十二年は十四万六千円である。

つまり昭和二十五年の岩波文庫(三十円)は、銀行の初任給(三千円)の百分の一ということになる。

現在の銀行の初任給は二十万円くらいで、その百分の一は二千円だから、当時の岩波文庫はけっこう高かったということがわかる。昭和十八年から昭和二十五年の七年間で岩波文庫の値段は百五十倍、銀行の初任給は四十倍になった。

戦後の「ハイパーインフレ」である。平成生まれの人からすれば、考えられないような物価の上昇率だろう。わたしもそんなインフレは経験したことがない。

昭和二十五年は繊維品や印刷用紙などの価格統制が撤廃された年だが、そのころラムネが十三円、ラーメン一杯が二十五円、映画館入場料が四十円、総合雑誌が九十円、白米（十キロ）は四百四十円、乗用車（ダットサン）は六十万円だった。

それぞれ今の物価だと何円くらいか？　計算してみてください。

戦前から戦後（昭和五年から昭和五十五年）にかけて、物価の上昇率よりも所得の上昇率のほうが二十五％ほど大きいらしい。

こうした数字をみると、日本人の生活水準はよくなっていることがわかる。

この十年くらいを見ても、パソコンや携帯電話、デジタルカメラなど、どんどん性能がよくなって値段が安くなっている商品がある。

一九八〇年代半ば、わたしが高校生だったころ、ＮＥＣのＰＣ９８００シリーズが百万円以上していた。当時の銀行、公務員の初任給のほぼ十倍だ。

そのころから米や卵や野菜の値段はほとんど変わっていない。パソコンは十分の一以下の値段ではるかにいいものが買える。

つまり月十数万円（昭和六十年代の初任給くらい）の収入でも、自炊中心の生活さえすれば、それなりの暮らしができるというわけだ。

ん？　家賃が上がっているって？

では、下宿料金を見てみよう。

下宿料金は、昭和五十五年の文京区本郷の下宿（六畳・二食付）は月五万三千円。現在、東京都内の下宿（二食付）は七万円前後が相場だから、三十年間で初任給が約二倍になったのにたいし、下宿料金は約一・三倍の値上げということになる。

昭和五十四年、東京都板橋区の一戸建て、もしくは長屋形式（六畳、四畳半、三畳、洗面所）の物件は四万四千円で借りることができた。今、長屋自体が減ってしまったから比較はむずかしいけれど、もし板橋区で同じような部屋を借りるとすれば、六、七万円はするだろう。

それでも一・三倍から一・六倍だ。

ただし、風呂なしの物件であれば、銭湯に行かねばならない。

昭和五十四年の東京都の銭湯の入浴料は百七十円。現在は四百五十円だから約二・六倍の値上げだ。この数字は、所得の上昇率をはるかに上回っている。三十年前とくらべて風呂なしアパート住まいの人は、暮らしにくくなったといえそうだ。

それでも物価の推移という点では、世の中はどんどんよくなっている。

昭和二十五年、銀行の初任給が三千円だったころ、一本八百三十円もした国産のウイスキーを飲みながら、しみじみそうおもった。

古本ライター事始

三月下旬、ブックマーク・ナゴヤ（開催期間は、三月七日から二十九日まで）に行き、リブロ名古屋店の古本市と名古屋駅から歩いて十分くらいのところにある円頓寺商店街でひらかれた一箱古本市を見てきた。

今回のブックマーク・ナゴヤでは、わたしも関わっている『ｓｕｍｕｓ』という同人誌のメンバー（林哲夫、岡崎武志、山本善行、南陀楼綾繁、扉野良人）といっしょに地下鉄東山線本山駅そばのシマウマ書房でトークショーもした。

一浪のころ、わたしは名古屋の予備校に通っていた。当時、千種から今池のあいだの新刊書店と古本屋、あと鶴舞から大須観音までの古本屋をよくまわった。

二十年前の話である。

三重県民は近鉄電車で行ける都市（名古屋、京都、大阪）には親近感がある。いっぽう「東京は人が多くて物価が高くて怖いところだ」とおもっていた。

ところが、浪人中、受験直前くらいになって気が変わった。

神保町に行ってみたい。

そんな理由で進路を決めた。

上京後、毎日のように古本屋に通いつめ、大学も中退し、就職せず、フリーライターになり、今に至っている。

今おもうと、予備校時代、名古屋の古本屋で見つけた一冊の古本の影響かもしれない。

竹中労著『ルポライター事始』（みき書房、一九八一年）である。竹中労の本は一時期古書価が高騰していた。十年前に『決定版　ルポライター事始』として、ちくま文庫から出たが、それまでは入手難の本だった。

とはいえ、わたしが浪人中の一九八八年には、まだ古本屋の均一台で買えた。

「モトシンカカランヌー、……という言葉が沖縄にある。

資本（もとで）のいらない商売、娼婦・やくざ・泥棒のことだ。顔をしかめるむきもあるだろうが、売文という職業もその同類だと、私は思っている」

ルポライターとは、「ルポルタージュ」（仏語）と「ライター」（英語）をあわせた言葉。竹中労は「ルポライター」以外にも、「トップ屋」「えんぴつ無頼」「文筆ゲリラ」「よろず評論家」などと名のっていた。

在韓被爆者、沖縄問題から芸能、音楽の本まで、その仕事は多岐にわたる。革命家あるいは扇動家としても活動した。

父、竹中英太郎は、夢野久作、江戸川乱歩などの本の装画で知られる。

『ルポライター事始』は、ルポライターになるための入門書ではない。

いわば、思想書（竹中労は、「思想」を「志操」と記した）なのである。

「……人は、無力だから群れるのではない。あべこべに、群れるから無力なのだ。（中略）メダカやイワシのように群れるな、ペンの牙を磨ぎすまして、個々に出撃し退却せよ」

読むたびに、からだがかっと熱くなる。

言葉に力がある。

そして中毒になる。次から次へと竹中労の本が読みたくなる。だから古本屋通いがやめられなくなる。また本の中に出てくる怪しい人名も気になってくる。

同書には「敗戦三文オペラ（青春・焼跡放浪記）」というエッセイが収録されている。

青春時代の回想録で、わたしが大正時代に興味をもつようになったのは、この文章がきっかけだった。竹中労は、大正時代を「明治の付録のような、あるいは昭和の前座のような時代」と書いた。

大正時代にはダダイストの辻潤、アナキストの大杉栄、山犬と呼ばれた作家の宮嶋資夫、テロリストの難波大助と和田久太郎、演歌師の添田唖蟬坊、舞踊家の石井漠、バンドマンの小沢美羅二、コラムニストの高田保、浅草オペレッタの伊庭孝、座付作者の獏与太平、シナリオ作家の寿々喜多呂九平、ほか大泉黒石や若き日の今東光もいた。

十代後半のわたしには「誰それ?」とおもう人物ばかりだった。

本を読んでいるうちに、これまで知らなかった人物の姿形がぼんやりと浮かぶようになってきて、そのつながりが見えてくる。逆に目は活字を追っているつもりでも、無意識のうちに、知らない人名を読みとばしてしまうことは多い。

どんなに自戒していてもそうなる。

文庫版の『決定版　ルポライター事始』を読むと、雑誌のレイアウトにあわせて、人名などが行で切れないよう文字数を計算しながら執筆することをすすめている。

ひさびさに再読してみて、そうしたこまかい文章の工夫、リズムに脱帽した。個性のある文体ほど、模写しやすいという例として、山田風太郎、八切止夫、吉行淳之介の名をあげているのも印象に残った。

わたしは竹中労の本にいざなわれて、古本屋通いにのめりこむうち、一九九一年の春、大正思想史研究会をひらき、辻潤をはじめ、奇人変人の研究者で竹中労とも親交のあった玉川信明さんと知遇を得た。玉川さんは、思想信条をこえて、一癖も二癖もある人をいろいろ紹介してくれた。

竹中労には会えなかった。

一九九一年五月、会う前に帰らぬ人になってしまったからだ。

はじめて竹中労の本を買った名古屋の古本屋もすでにない。

二十年前、古本街をめざして上京したわたしも紆余曲折をへて……なんで、こうなっちゃったんだろ。

「貧乏神を生涯の伴侶とし、火宅を終の栖とするところに、この職業のよろこびはあり誇りもまたあるのだ」

肝に銘じたいとおもう。

センザンコウと「精神の鎧」

筒井康隆著『私説博物誌』（新潮文庫、一九八〇年）という動物の生態絡みのエッセイがある。イボイノシシ、コモリガエル、アズマヤツクリなど、五十項目の生物を解説しながら、深い人間批評を展開している。

ちなみに筒井康隆の父は動物学者で、大阪の天王寺動物園の技師、後に園長をつとめていた。かつてわたしは学生時代に『私説博物誌』の「センザンコウ」を読み、大げさにいうと、人生観が変わるほどの感銘を受けた。

若き日の筒井康隆がガールフレンドと道頓堀を歩いていると、街頭写真家に絡まれる。相手は四人、こちらはひとり。片手で頭、片手で眼をおさえ、からだを丸めてうずくまった。その間、足蹴にされ続け、女の子は逃げてしまった。

そんな話のあと、鉄に疵をつけるほどの鱗に覆われたセンザンコウ（穿山甲）という動物を紹介している。

センザンコウには、肉食獣の爪や牙も通じない堅い鎧がある。敵に襲われるとからだを丸めてしまう。「貧歯目」のアリクイ、アルマジロと似ているが、センザンコウは「有鱗目」に分類されているそうだ。

ほかにも外敵から身を守るためにからだを堅いもので武装している貝類、カニ、エビ、カメなどを挙げ、「人間も鎧を身にまとう」と述べる。

その鎧は多種多様である。

「いちばん多いのが常識を身にまとってしまう人間だろう。馬鹿と罵られようが、頑迷固陋《がんめいころう》と嘲笑されようが平気である。それによって傷つくような柔らかい部分は、すべて鎧の下にあるからだ。しまいには、その柔らかい部分さえ、あまり活動させないものだから干涸びて、こちこちになってしまう。あとは常識だけで生き続けるのだ」

当時のわたしのまわりにもこういう大人がたくさんいた。今もいるだろう。

何をいっても通じず、「おまえは世の中をわかっていない」というようなことをいわれる。悔しいから、いろいろ本を読む。理屈っぽくなる。

筒井康隆は、そんな若者にたいしてもきびしい。

「理論武装というのは、主として若い連中の鎧である。一種の借着なので身にあわぬ部分が多い。しかもこれを鎧っている間はほかの理論を寄せつけないので、いつか身にあわぬと知って鎧を脱ぎ捨てた時、あとには何も残っていないことになる」

わたしは十七歳から二十三歳くらいまで、反体制運動に関わっていた。

そういう場所で、あいまいな、中途半端な態度をとっていると、すかさずつけこまれ、自分を否定されるような言辞をあびまくる。自分を守るためには、理論武装が必要だと信じるようになった。

そのころ、筒井康隆のこのエッセイを読んだ。身にあわぬ鎧を着ている状態だなあと痛感し、「センザンコウ」のように布団の中で丸まって、無気力な日々を送ることになった。

それからほぼ十年近く、精神の鎧を脱いだ後遺症みたいなものを癒すために文学作品を読み続けた。その後、引っ越しやら立退きやらで、しょっちゅう蔵書を整理するはめになり、筒井康隆の本も紛失してしまった。

先日、神保町を歩いていて『私説博物誌』の文庫を見かけ、「センザンコウ」のところを読んで、再びいろいろなことを考えさせられた。

精神の鎧は必要なのかどうか。

なければ、身がもたない。柔らかい部分を守る。そのためにも、あるていど精神の鎧はいるような気もする。

筒井康隆は、自分が十年前に書いたものを読み返すと、おどろくほど考えがまとまっていないが、現在はほぼ首尾一貫していると述べる。

そのことにたいし、あらゆる論理を駆使して、たんに自分を肯定している結果にすぎないのではないかと懐疑する。

「たいていの人間は自分の境遇に満足していず、自分を不遇だと感じているが、中年を過ぎるともう自分がそれ以上どうにもならないことを知り、現在の自分を肯定しようとして、なぜ不遇であるかという理由、その原因を自分以外のものに求め、今度はそれでもって自己正当化し、身を鎧ってしまう」

その結果、論理はすべて自己肯定の道具になる。他人に何をいわれようと、気にならない。自分を一切変えようとはしない。自分を少しずつ肯定していき、今の自分を正当化する。それもまた鎧のひとつだろう。

体力や気力がおとろえ、無理なく自分を運営していくためには、なんらかの保身の思想を必要とする。

精神の鎧だけでなく、面の皮も厚くなる。煮ても焼いても食えないようなおっさんになる。世間の荒波にさらされて、鍛えられたせいともいえるが、あまり強固な鎧を身につけると、中身が腐ってしまうおそれがある。

『私説博物誌』は一九七五年、筒井康隆が四十代のはじめに、毎日新聞の日曜版で連載されていた。

今年わたしも四十歳になる。

中年になると、本を読んでいても、だんだん趣味や興味がかたまってきて、知らないジャンルの本にあまり手を出さなくなる。無意識のうちに、「これは自分には関係ない、必要ない」とおもうことが多くなる。

以前とくらべると、読書後、自分の考え方や行動が変わるという経験はほとんどなくなった。蔵書もまた精神の鎧になるのかもしれない。

部屋の中で長年ずっと動かない本棚の列を眺めながら、もうすこし新陳代謝をはからないといけないかなあとおもった。

2009.7

本の利殖は可能か

二十年前に上京して、はじめの二年くらいテレビがなかった。アルバイト代は酒と古本に消えた。しょっちゅう電話、電気、ガス、水道が止まり、銭湯に行く金がなく、五分百円のコインシャワーをよく利用した。その金がないときは流し台でからだを洗った。

はじめて古本屋に本を売りに行ったときはものすごく緊張した。

「お金に困っている」とおもわれるんじゃないか。「こんな本、読んでいるんだ」と自分の頭の中を見すかされるんじゃないか。

とはいえ、お金がないし、本の置き場所もない。背に腹はかえられない。

だんだん慣れてくる。慣れてくると、欲が出てきて、すこしでも高く買い取ってもらえるよう、本のジャンルによって売る店を変えるなど、いろいろ工夫するようになる。

必要になったら、また買う。買い直すことができないときは諦める。

古書の転売をするようになったのは、金がなかったからである。

百円で買った本を二百円で売る。それでも十冊売れば千円の儲けになる。毎日自転車に乗って、古本屋を何軒もまわっても、時給に換算したら二百円くらいにしかならない。

ひまだったんだなあとおもう。

ここ数年、趣味と実益をかねて、わたしは高円寺の古本酒場コクテイル、仙台のブックカフェ火星の庭、池袋古書往来座の「外市」など、あちこちで古本を売っている（今はやっていない）。※ひまさえあれば、本を磨き、パラフィンをかけている。仕事のあいまに値付をする。これがいい気分転換になる。

ちょっとした稀少本を安く見つけ、喜んで家に帰る。中を見ると、何ページにもわたって赤のボールペンの線が引かれている。

「だから、安かったんだ」

結局、古本を売る場合、自分が読んでおもしろかった本、さがすのに苦労した本を売るにかぎるとおもうようになった。そういう本が売れると、うれしい。素人商売だから、古本屋めぐりにつかった交通費をかんがえると、儲けはほとんどない。副業といえるレベルにはほど遠い。

関根二郎著『本の利殖コレクション』（日本文芸社、一九七五年）という本がある。

この本が刊行されたころは、石油ショックの影響で本の定価（紙の値段も）が急激に上昇し、本も利殖の対象になっていた。つい何年か前に新刊書店で買った本（初版本）でもあっという間に高い古書価がついた。わずか数年で定価の五倍、十倍になることもあったそうだ。

「要するに、インフレ、稀少価値、著者の知名度、世間の風潮（ブーム）などが微妙に影響し合って、古本の値段を釣り上げているわけだが、全般的にみて、今後も上昇傾向にあるという点が、本のコレクターにとっては心強い」

はっきりいって、当時と今とでは状況はまったくちがう。でもわたしはどういうわけか実用価値を失った実用書が好きだ。

二十一世紀以降、古本の相場は、一部の例外をのぞいて、どんどん安くなっている。その例外も、移り変わりがはげしい。

とくにアマゾンのユーズドなどで、在庫のだぶついている本は、値下げ合戦がくりひろげられ、一円で売られていたりする（たとえ一円でも送料の利ざやが多少は入るらしい）。

また客の年齢層が変われば、売れる本も変わってくる。

そう遠くない将来、古本人口のボリューム層が、団塊の世代から団塊ジュニアの世代に移ることが予想される。

団塊ジュニアといえば、主に一九七〇年代の前半の生まれだ（こまかくいうと、いろいろな説があるのだが、そういうことにしておく）。

つまり、現在三十代後半くらいの古本マニアのあいだで人気のある作家、作品が値上がりするかもしれない。世代の関心からすれば、漫画がメインになっていくだろう。

先日、三重県鈴鹿市の親元に帰省したら、歩いて五分くらいの近所に巨大な古本屋ができていた。

店名には「古本」の文字がついているが、漫画をはじめ、ゲーム、CD、DVD、フィギュア、食玩、古着と何でもありのリサイクルショップだった。ほかに金・プラチナ、釣具も扱っていた。

文芸書の本棚は一列しかなかった。

店の中は、十代、二十代の若いお客さんであふれていた。

その光景を見たとき、もしかしたらこれが古本屋の未来なのではないかとおもった。

未来、まさか、そんな……。

いつの間にか、いや、もうずっと前から、地方や郊外のほうが、時代の先を行っている。ときどき、そんな気がするのだ。

過疎の村は、少子高齢化社会が進んだ世の中を先取りしているともいえるし、財政破綻の自治体も、膨大な借金をかかえる日本の未来といえる。

話が大きくなりすぎたので、古本の話にもどそう。

「本の利殖ブーム」からだいたい四半世紀後、「携帯セドリ」といわれる人たちが登場した。彼らは店の商品を瞬時にインターネットで検索し、転売できる商品を買う。

このあいだ、古本好きの友人に「最近は沿線の古本屋よりも、国道沿いの郊外の古本屋のほうが、ほりだしものが多いですよ」と教えてもらった。

深夜〇時ちかく、友人の車に乗せてもらい、ロードサイドを走っていると、五分か十分おきくらいに、古本のチェーン店があった。

なんだか夢のようだった。でも自分がおもいえがいていた夢とはちがい、なんとなく、釈然としなかった。

ウォーク・ドント・ラン

三年くらい前に、直筆原稿が古本屋に流れているという村上春樹の手記が雑誌に発表され、ちょっとした騒動になったことがある。

現役作家の生原稿（しかも翻訳の原稿）が百万円以上になることにおどろいた。ふつうはありえないことだ。その値段が、作家の人気や価値の目安になっていることは否定しない。もちろん、自分の好みと古書相場は別問題である。

最近までわたしは村上春樹の小説を読んだことがなかった。はじめて読んだのが『１Ｑ８４』（新潮社）である。

「村上春樹ロングインタヴュー」（『書下ろし大コラム Vol.２ 個人的意見』新潮社、一九八五年）によると、『１Ｑ８４』と同じように二つの小説が交互に並行してすすんでゆく『世界の終りとハードボイルド・ワンダーランド』について、「僕は構成というのはほぼつくらないんです。どんどん書いていくと、最後はつながっちゃうんですよ。――たとえば今ここにビールの缶があるじゃない、で、それと別にウサギがどこかを走ってる風景があるじゃない、その二つの話を別々に書いていくと、どこかでその二つが出会っちゃうんですよね」と語っている。

はじめに考えるとこじつけになる。それより勢いを重視する。でもかならずどこかで結びつ

く と確信しているそうだ。

いいインタビューだなあ。インタビュアーは村上春樹の原稿を古本屋に売っちゃった人だけど……。

それはさておき、今回紹介したいとおもっている本は、村上龍と村上春樹の対談集『ウォーク・ドント・ラン』（講談社、一九八一年）である。

今、インターネットで調べたら古書相場は八千円から一万円くらい。作者が復刊を拒んでいるという噂もある。

入手難と知ると読みたくなるのが、古本好きの性といえよう。近所の古本屋で相場の半額くらいで売っていたので、買ってみた。

この対談は、村上龍が二十八歳、村上春樹が三十一歳のときにおこなわれている。

そのころ村上春樹はジャズ喫茶の店長をしながら小説を書いていた。

店に十人来たとする。気にいってくれる人は一人か二人、どうでもいいとおもう人が五、六人、あとの三、四人は二度と来ない。

それでも店はやっていける。また来てくれる人は十人に一人でいい。小説も同じなのではないかというようなことを語っている。

店の経営、小説にかぎらず、人間関係についてもいえるかもしれない。

よくわからない理由で好かれたり、嫌われたりする。そういう他人の気持というのは、どうにもならないところがある。

わたしは村上春樹、村上龍作品の常連客ではない。おそらく、どうでもいいとおもっている五、六人にふくまれるだろう。ところが、ファンの中には、どうでもいいとおもう立場の気持を理解できない人もいる。

「なぜ読まないんですか?」

たまにそう詰めよられる。

読める本にはかぎりがある。ほかに読みたい本がたくさんある。とくに理由もなく、なんとなく、読む気にならないこともある。

ちなみに、村上龍は「ぼくはもしお店やったら、十人全部が気に入ってくれないと、泣いちゃうんじゃないかと思うよ」といっている。

このあたりの性格のちがいは興味深い。

温和そうに見える村上春樹のある種の頑固さは、次の言葉にあらわれているとおもう。

「僕だってさ親切な人間になりたいと思ってさ、いろんな人に金貸したりしたよ。でも一銭だって戻ってこないんだよね。それでひと言『嫌だ』って言えるように一生けんめい自分を訓練したんですよ」

いやあ、真に迫ることばだなあ。

これは人生において避けては通れないテーマではないだろうか。三十歳前後くらいまでにそうした局面にたいするスタンスを持たざるをえなくなる。

いうまでもないことだけど、二十九年前の村上龍と村上春樹は若い。その後、それぞれ別の道を歩み、大家とよばれる作家になった。

自分のことを飽きっぽい性格だと分析する村上龍は、映画、音楽、F1、サッカー、キューバ音楽、カンブリア宮殿と貪欲に新しいジャンルにとりくみ、仕事の領域を広げていき、書いた期間と同じくらい休まないと次のものが書けないという村上春樹は周囲に左右されず、マイペースを貫いている。

『1Q84』の冒頭に、「歴史が人に示してくれる最も重要な命題は『当時、先のことは誰にもわかりませんでした』ということかもしれない」という一文がある。

八〇年代に『ウォーク・ドント・ラン』がこれほどまでに古書価が上がることを予想できた人はいなかったにちがいない。

対談集ではないけれど、村上春樹と川本三郎の共著『映画をめぐる冒険』（講談社、一九八五年）の古書価も高騰している。

今から二十五年くらい前の村上春樹のエッセイを読んでいたら、サインが高くなるのは遠藤周作、開高健くらいの世代までで、自分をふくめた若い作家の署名は「汚れ」みたいなものだというようなことを書いていた。

もちろん、今、村上春樹の署名本はかなりレアなお宝本になっている。

先のことはわからないものだ。

古本の甲子園

京都には二ヶ月にいちど、いや、それ以上、行く。仕事ではない。

三十歳前後、アルバイトをしながら、ミニコミに原稿を書く生活をしていて、もうこんなに仕事がないんだったら、東京にいてもしょうがない、京都に移住しようかなと悩んでいたこともある。

そんな食いつめていたころに参加することになったのが、東京と京都の古本好きが作っていた『ｓｕｍｕｓ』という同人誌である。

編集人代表の山本善行さんは『古本泣き笑い日記』（青弓社、二〇〇二年）や『関西赤貧古本道』（新潮新書、二〇〇四年）という著書もあり、知る人ぞ知る、というか、ほとんど知る人のいない古本ライターの世界では〃古本ソムリエ〃と呼ばれている。

『関西赤貧古本道』に「京都の三大まつり」というエッセイがある。

三大まつりといっても、葵祭、祇園祭、時代祭のことではない。春の勧業館みやこめっせ、夏の下鴨神社、秋の百万遍の知恩寺で行われる古本まつりのことだ。

「平日にもかかわらず、どこからともなく人がやって来るのだ。この道のベテランたちが集まってくる。自分のことは棚にあげてだが、みなさん仕事に行きなはれ、と言いたくなる」

山本さんは京都の古本まつりに行くとかならずいる。会うと「東京の人間に、京都の本を買うてかれた」と文句をいわれる。

八月の下鴨神社・糺の森の「下鴨納涼古本まつり」は、いつのころからか「古本の夏の甲子園」といわれるようになった。とにかく全国の古本好きが集結する。神社にもかかわらず、袈裟を着た古本マニアのお坊さんまでやってくる。

炎天下の京都、下鴨納涼古本まつり初日（八月十一日）の午前十時、古本にかけられたビニールシートが一斉に外される。汗だくになりながら、いい大人が腕をぶつけあいながら、古本にむらがる。

ざっと棚を見るだけで二時間くらいはあっという間にすぎる。本を買えば買うほど、重くなる。目がかすみ、腕がしびれてくる。思考能力がだんだん落ちてくる。

途中、何度か水分補給をする。ここ数年、わたしは冷却ジェルシートをおでこにはって参戦している。

古本マニアは、ＳＦ、ミステリ、時代小説、純文学、写真集、美術書、漫画のコレクターなど、ジャンルがいろいろわかれているため、かならずしも、すべての人がライバルというわけではない。

といって、地味でマイナーなジャンルであれば、競争がなくて楽かといえば、そうともいえない。「こんな本、誰もほしい人はいないだろう」とおもったときは、すくなくとも三十人は同じ本を探している人がいると考えなくてはならない。長年、ずっと探しているのに見つけることのできない本というのは、その前に自分よりもっと必死になって探している人が先に買っているわけだ。

わたしにとって、そのひとりが山本さんなのである。

今年七月五日、京都、出町柳の今出川通に古書善行堂がオープンした。

店主は山本善行さん。

自分の身近な人、蒐集ジャンルがけっこう近い人、さらにその蒐集において一歩も二歩も先に進んでいる人が、店をはじめると聞いたときにはほんとうに驚いた。もちろんうれしかった。

「私の場合、本は売る程あっても、しかも毎日古本屋に通っていても、古本屋になりたいとは思わない。買う方と売る方、同じ本を扱うのだけれど、警察と泥棒ほどちがうのではないか。どちらが泥棒かはよくわからないが。

私は、まだまだ、買うほうが楽しく、買う側にいたいと思っている」(『関西赤貧古本道』)

著書ではそう書いているが、店をはじめる何年も前から山本さんは新刊書店の京都のガケ書房、神戸元町の海文堂書店などで古本コーナーを持ち、蔵書を売っていた。ちなみに関西の新刊書店では、恵文社一乗寺店でも早くから古本コーナーがあって、そこでは『ｓｕｍｕｓ』同人の扉野良人さんも古本を売っている。

先日、京都に行ったときに、古書善行堂をたずねた。

京阪の出町柳駅で降り、レンタサイクルを借り、京都大学のキャンパスの前を通って、古書善行堂を目指す。

いい店だ。棚がきれいに整理されていて見やすい。制御不能になるくらいほしい本がある。レジに行って話をすると、さっき買取ったばかりという大量の上林暁の本が……。

おもわず「あっ」と叫びそうになったのは、花森安治の『風俗時評』（東洋経済新報社、一九五三年）だ（その後、中公文庫から二〇一五年に復刊）。千五百円。

「この本がこの値段ということは?」

手にとった本のほとんどが自分の予想より安い。価値をわかった上で、買った人がうれしくなるような値段をつけているのだろう。長年、古本屋めぐりをしている人だけに、古本好きの気持を熟知しているとおもった。

しかしオープンまもない知りあいの店から、店の看板になるような本を根こそぎ買ってしまっていいものだろうかと躊躇し、何冊か棚に戻した。

帰りの新幹線の中で「あれもこれも買っておけばよかった」と後悔した。

とはいえ、数週間後には、下鴨の古本まつりに行く予定である。それまでにわたしのほしかった本は売れてしまっているかもしれないが、また新しい本が入荷しているにちがいない。

こんどは遠慮しません。

書庫書庫話

本棚からあふれた本をどんどんダンボールに入れて、その箱が六箱くらいになったら古本屋に売る。飲み代、家賃の支払いに困ると、紙袋に本を入れ、近所の古本屋に売る。

買っては売って、買っては売ってをくりかえし、本を増やさないようにしてきた。

そのうち近所の飲み屋や知りあいの古本屋の棚、あるいは一般参加の古本イベントで自分がセレクトした本を売るようになった。はじめは蔵書を減らすのが目的だったが、だんだん楽しくなってきた。

自分の好きな作家の本が売れるとほんとうにうれしい。うれしいから仕入れにも力がはいる。といっても、仕入れた本がすべて売れるわけではない。三分の二は売れ残る。売れ残った本は値下げして出す。また三分の二は売れ残る。

在庫が生活空間を圧迫してくる。床に積んだ本で足の指をぶつける。部屋のあちこちで本のなだれが起こる。

本の置き場がなくなるにつれ、本を買うことがつらくなってくる。新刊書店や古本屋に行っても、消沈した気分で棚をながめてしまい、「この本はおもしろそうだ」という勘も働かなくなってくる。

だったら、在庫の本を処分すればいいとおもわれるかもしれないが、売れるとおもって仕入れた本をそのまま古本屋に売るのは、自分の失敗を認めたのも同然だ。

失敗じゃない、たまたまその日その場所にその本をほしいとおもう人があらわれなかっただけだ。いつの日か、きっと売れる日がかならず来る。その日が来るまで、手放してなるものか。

そうおもっているうちに、在庫は増えつづけ、ますます泥沼にはまる。

『小林秀雄対話集』（講談社文芸文庫、二〇〇五年）所収の小林秀雄と坂口安吾の対談（「伝統と反逆」）を読んだ。

いきなり坂口安吾が、文学の世界をはなれて、骨董趣味にのめりこむ小林秀雄にからんでいる。それにたいして小林秀雄は次のように反論（言い訳？）する。

「骨董趣味が持てれば楽なんだがね。あれは僕に言わせれば、他人は知らないけどね。女出入りみたいなものなんだよ。美術品観賞ということを、女出入りみたいに経験出来ない男は、これは意味ないよ。だけども、そういうふうに徹底的に経験する人は少いんだよ。実に少いのだよ。……狐が憑く様なものさ。狐が憑いてる時はね、何も彼も滅茶々々になるのさ。経済的にも精神的にも、家庭生活が滅茶々々になって了うんだ」

わたしはこの小林秀雄の言葉を読んで、ほんとうにそのとおりだとおもった。

もともと仕事のための資料集めもかねていた古本屋通いが、完全に仕事に支障をきたすようになった。なんで本業をおろそかにしてまで、副業に精を出すのか。

そうか、狐が憑いていたのか。

小林秀雄はこんなこともいっている。

「人間というものは弱いものだね。標準のない世界をうろつき廻って、何か身につけようとすれば、美と金とを天秤にかけてすったもんだしなければならぬ。一種の魔道だろうが、他に易しい道があるとも思えない」

骨董趣味の魔道におちいった小林秀雄は、文士との交友もやめ、「苦痛だ」「地獄だ」といいながら、あやしげな骨董屋とつきあうようになる。

商売ができるところまできわめなければ、陶器が判ったとはいえない。骨董に夢中になっていた二年間、小林秀雄は、原稿を一枚も書かず、陶器を売ったり買ったりして生活したという。その話を聞いた坂口安吾は「それはそうだね。やっぱり生活を賭けるということがなくちゃダメなんだろうね」と同意している。

趣味ではなく、それでメシが食えるところまでいかなければ、古本のことをわかったとはいえない。

二年前、住居から歩いて三分くらいのところに仕事場兼書庫を借りた。六畳の風呂なしアパートである。

近所に月八千円の貸倉庫もあって、そこを借りるかどうか迷っていたとき、同業で本のための部屋を借りた人から、「貸倉庫はやめたほうがいい」と忠告された。

「倉庫に入れてしまうと、本がとりだせなくなるよ。どこになにがあるかわからなくなるよ。気がついたら、本がカビだらけになるよ。それなら、古本屋に売ったほうがいい」

わたしもそんな気がした。

もう一部屋借りたとたん、これまでずっと抑制していた画集や写真集など大きな判型の本、全集や著作集を喜んで買いあさるようになった。

部屋を借りて二年、壁一列天井までの高さのある本棚（知りあいの古本屋にもらった）は、あっという間に埋まってしまった。

書庫の家賃分くらいは古本の転売でどうにかなるかなあとおもっていたが、そんなに甘いものではなかった。

赤字ではないが、儲けはほとんどない。

時間と労力をかけても、それが売り上げと比例するわけではない。前に仕入れて売れた本が次も売れるとはかぎらない。自分の売りたいものを売るだけでなく、売れるものをきっちり売る必要がある。その売れるものが何なのかがさっぱりわからない。

商売はきびしい。プロはすごいとおもう。しかしたとえままごと程度の副業であっても、本を売ることのむずかしさがわかったことは収穫だった。すったもんだして、できないこと、おもうようにならないことをいろいろ知る。

失敗から学ぶこともある。

自分は失敗をなかなか認めたくない人間であることがよくわかった。

来月、アパートの更新がある。

人生二倍の活用法

週末、高円寺の西部古書会館に行く。雨の日も風の日も二日酔いの日も行く。初日の開始時刻が近づくと、いつも入り口付近で押し合いへし合いになる。

七十歳くらいのおじいさんが背中をぐいぐい押してきた。一秒でも二秒でも早く本が見たいのだろう。そんなことをしても、開場時間が早まるわけではない。

歩くのがやっとってかんじのおじいさんもいる。大丈夫かなと心配していると、目の前をその人の手がさっと横切る。まさに目にもとまらぬスピードだ。

「何十年と古本屋通いをしているのに、まだほしい本があるのか」と不思議におもう。それにしても、なぜ、古本好きのおじいさんは、こんなに元気なのか。

古書会館に行くのは、ただ単に本を探すためだけではない。

作者も内容もわからない本の背表紙を見て、おもしろそうだとおもって手にとる。その勘が働くときと働かないときがある。

古書会館という古本漁りの猛者《もさ》が集まる場所では、そうした本にたいする勘がふだんよりも冴える気がする。うかうかしていると、いい本はどんどん他の人に買われてしまう。

職業も年齢も関係ない。趣味もバラバラだ。しかし同じ会場にいる以上、みんなライバルなのだ。

古本の世界では三十代四十代なんてまだまだひよっ子だ。

わたしもひよっ子だけど、読書には「何を読むかではなく、どう読むか」というおもしろさもある。古本屋通いをしているうちに、だんだんそういうことがわかってきた。齢とともに、本の読み方も変わってくる。

古本の場合、書かれている内容だけでなくその本が書かれた時代を読むことも楽しみのひとつだ。

先日、古書会館で本村儀作著『人生二倍の活用法』（千倉書房、一九三八年）という本を買った。ところどころ赤線が引かれたボロボロの本だった。

序文を読むと、いきなりヒトラー総統がどうのといった話にはじまり、国家存亡の難局を乗りきるには、国力を二、三倍に増大する必要があり、そのためには人の力を二倍、三倍にしなければならないといったことが書いてある。

お国のためにひとりひとりの人間が無病息災で長寿を保つことが大切というわけだ。

この本はいわゆる健康本である。健康本も時局と無関係ではない。

本村博士は、「出勤時間記入器械」（おそらくタイムカードのこと）を備えつけている会社を批判する。

人間は器械ではない。息づまるような緊張感は仕事の能率を低下させる。出勤時間に合わせるよりも、ひとりひとりの個性を認めたほうが、仕事もはかどる。

ちゃんと休憩時間をとる。昼休みは日光の下を散歩する。午後におやつを食う。睡眠は八時間とる。頭脳労働者は、頭だけでなく、からだも鍛えることを心がける。

素晴らしい提言だ。

本書の「『成功型』と『落伍型』」という章では、胃腸の弱い人は成功にはほど遠いと指摘する。

本村博士によれば、胃弱の人は「性質陰惨で、徒《いたづ》らに神経が過敏だから、仕事に頑張りが利かない」そうだ。

おまけにそういう人は空想にふけりがちで、自分ひとりで頭がよいと自惚れているが、その多くは偏見にとらわれているから、大事業の経営には向いていないともいう。さらに病弱感を抱きがちだから、人前に出るのが億劫になり、交渉事にも不向きらしい。

ちなみに、わたしは胃下垂である。そうか、それでか……。

大成するためには、丈夫なからだが必要だという。丈夫なからだを作るには、心身を鍛練しなければならない。

「名刀を仕上げるには、まづ、鋼材を撰ばねばならぬ」

つまり、鋼材が弱ければ、鍛えようがないというのだ。そもそも丈夫な人でなければ、鍛練しようがないということか。

健康で長生きな人は、時間に余裕のある豊かな暮らしをしている人が多いそうだ。

「貧すればドンする病する」

ちょっとミもフタもない意見だけど、現実はそういうものかもしれない。すべての人が成功するわけでもないし、長生きできるわけでもない。

精神も肉体も無理に酷使すれば、老化を早める。

本村博士が唱えている健康法は「眠くなったら寝る」「疲れたら休む」「ちゃんと栄養をとる」ということに尽きる。

精神をいつも爽快に保ち、余計なことに煩悶しないことも大切らしい。

「愚痴をこぼす事は、身を削る鉋《かんな》の様なものである」

一見、軍国主義の色彩を帯びた文章にもかかわらず、その内容は、もっとのんびりしろ、適度な運動をしろ、クヨクヨするな、といった話のくりかえしだ。

博士のお手本は戦前のドイツである。

第一次世界大戦後のドイツは、国民の健康問題に熱心だった。

「國を再興するには兵器の改造ばかりではいかない。この兵器を使ふ青少年の體質《たいしつ》から改造しなければならぬ」

そして「まず軍備よりも健康を」と訴える。その後の歴史を知る目で『人生二倍の活用法』を読むと、いろいろ考えさせられる。

あまりにも過度に健康を奨励するのはよくないのではないかと……。

今、巷《ちまた》にあふれている健康本も、後世の人が読めば、トンチンカンなことが書いてあるなあとおもうかもしれない。

長生きすれば、それがわかる。

フォーティー・クライシス

十一月某日、四十歳になる。

二十歳、あるいは三十歳のときは、これといった感慨もなかったが、四十歳をむかえるにあたり、いろいろおもうところがある。

わたしは学生時代からフリーライターの仕事をはじめた。当時、四十歳くらいの同業者といったら、ほとんど最年長といっていいくらいの年齢だった。ところが、自分がその年齢になってみると、まだまだ若手扱いなのはなぜなのか。

四十歳の人間がいつまでも若手でいたら、後の世代の人からすれば、いい迷惑にちがいない。迷惑だとはおもうが、こちらも好きで今の境遇に甘んじているわけではない。

もうすこし中年の自覚をもつべきなのか。飲み屋でだじゃれをいいまくって、若者に説教したほうがいいのか。

愚痴はさておき、わたしは昔から加齢における人間の変化に関心があった。古本屋でそういう本を見つけては買い、読んだり読まなかったりした。

そうした書物の中に、四十歳になったら読もうとおもっていた本が二冊ある。

一冊はW・B・ピットキン著『人生は四十から』（大江専一訳、中央公論社、一九三四年）、もう一冊はナンシー・メイヤー著『男性中年期　40歳から何ができるか』(山崎武也訳、サイマル出版会、一九八〇年)である。

ピットキンの『人生は四十から』は、まず「全世界は、いまや、より輝かしい四十歳の人々のために、改造されつゝあるといつていいのだ」と高らかに宣言する。

仕事は簡易かつ簡潔になり、遊戯の種類は豊富になり、機械の進歩は働く人の一日の仕事を軽減し、余暇の時間も長くなる。

それゆえ、四十歳からの人生は、それ以前の人生よりもっともっと面白くなって、もっともっと有利になるらしい。それと同時に、齢をとると変化を好まなくなる傾向があるともいう。

いっぽう『男性中年期』は、「四十歳というのは男性にとって難しい年であり、やりにくい時である」と記されている。

からだのあちこちに支障をきたすようになり、時の流れの早さを痛感する。無気力になるかとおもえば、大人とはおもえないようなおかしな行動をとることも増える。

これまでの習慣が変わる例としては「突如として減食や運動をまじめにするようになる。直感的瞑想、超能力に凝るようになる。煙草をやめ、その代りにマリファナを試してみたりする。(中略)途方もない衝動買いをして、若い時から夢にまで見た贅沢品を奮発したりすることもある」とか。

さらに離婚する人、仕事および全生活を変える人もいる。

どうやら思春期のように肉体の変化に気持がついていかなくて戸惑うかんじが「中年の過渡

期」にもあるようだ。

自制心が弱まって、たがのはずれた行動に走りがちなのも、そのせいだろう。体力や気力の衰えを痛感するたびに、「人生のピークがすぎた（すぎつつある）」という不安が生じ、冷静な判断ができなくなってしまう。

『人生は四十から』は〝変化を求めなくなること〟、『男性中年期』は〝極端な変化を求めてしまうこと〟の危険性を指摘する。

変化を求めつつ、それを億劫におもう気持もある。そのどっちつかずなところも四十歳くらいの特徴といえる。

仕事に追われ、生活に追われ、さらには趣味にも追われ、のんびり考える時間がない。齢とともに、どうしても時間が有限であるという意識が強くなる。

この先、新しい分野をどんどん開拓していったほうがいいのか。それとも、これまで探求してきた分野を掘りさげていったほうがいいのか。

『人生は四十から』を読んでいたら、「四十歳後、學ぶことは、何うすれば人生を有意義に生かせるかといふ問題なのだ」と書いてあった。

また『男性中年期』によると、三十九歳から四十二歳は「中年の過渡期」であり、「四十歳の時に苦しい思いをしておけば、その報酬として、将来の人生がより良く、より豊かになる」そうだ。

「フォーティー・クライシス」は、どうしたら乗りきれるのだろう。

夜中、ふと、これまでの半生をふりかえり、自分の時間をどれだけ無駄にしてきたかと後悔の念にとらわれる。

白髪が増え、肌がかわき、爪が割れる。認めたくないが、徐々にだが確実に、老化の階段をのぼっていることを日々、実感する。

これまで体力で補っていたことが、ことごとくできなくなり、仕事の疲れもとれにくくなる。そうした変化は自分ひとりだけに起こるわけではないとわかっていても、実際に直面すると困惑するものだ。

二冊の本を読みはじめる前は、楽観と悲観が半々くらいのかんじだったのに、だんだん、気がめいってきた。

老いにたいする心の準備を怠っていた証拠なのかもしれない。

今回の読書で得た教訓を自分なりにまとめてみる。

・ちゃんと休養をとることを心がける。
・一日のうちにあまりにも多くの予定をつめこまないようにする。
・自分にとって大事なことの優先順位を決める。
・急激な変化はなるべく避け、小さな変化から実践する。
・節度ある飲酒。
・不安は一過性のものだとやりすごす。

……以上です。

一箱古本市に行こう

東京の谷中、根津、千駄木の「谷根千」に〝不忍ブックストリート〟と呼ばれる通りがある。その名づけ親は、南陀楼綾繁《なんだろうあやしげ》さん。長年、フリーライター兼編集者として、本に関わる仕事を続けていて、「ミニコミ通」としても知られているが、今は「一箱古本市」の発案者としてのほうが有名かもしれない。

二〇〇九年十一月、南陀楼綾繁著『一箱古本市の歩きかた』(光文社新書)という本が刊行された。PR誌で連載中から刊行を楽しみにしていた本だ。

「谷根千」で第一回「不忍ブックストリート一箱古本市」という古本イベントが開催されたのは二〇〇五年四月——。店主は一冊ごとに、値段を書いたスリップをはさんだ本を箱にいれて売る。訪れた人は出店場所が記載されたマップをもらい、古本を買いながら、「谷根千」散歩も楽しむことができる。

第一回の「一箱古本市」には、わたしも参加した(そのとき売上冊数二位を記録)。

プロの古本屋とアマチュアの本好きがいっしょになって古本を売る。

こうしたブックイベントでは、自分の好きな値段で古本を売ることができる。この値段をつけるという作業自体が楽しい。三百円で売るか、五百円で売るか。百円、二百円の差が売れ行きを左右する。手にとってもらえる本、もらえない本がある。

「この本、探してたんですよ」

「わたしもこの作家のファンなんです」

一冊一冊の本を通して、お客さんと会話がはずむ楽しさもある。

「一箱古本市」は、あっという間に全国各地で開催されるようになった。

福岡の「ＢＯＯＫＵＯＫＡ（ブックオカ）」、名古屋の「ＢＯＯＫＭＡＲＫ　ＮＡＧＯＹＡ」、仙台の「Ｂｏｏｋ！　Ｂｏｏｋ！　Ｓｅｎｄａｉ」など、町（都市）ぐるみの大きなブックイベントまで誕生している。

東京では、二〇〇七年から早稲田・目白・雑司が谷の「わめぞ」という三十代の古書店主を中心としたグループが、池袋の古書往来座での「外市」、「月の湯　古本まつり」、「みちくさ市」など、次々と新しい古本イベントを仕掛けている。

谷中、根津、千駄木界隈に暮らす南陀楼さんは、不忍通り沿いの地図を作る話をしていたとき、かねてからやってみたいとおもっていた「一箱古本市」を提案した（この「一箱古本市」がはじまったころの事情は、南陀楼綾繁著『路上派遊書日記』右文書院にも詳しい）。

いざ、はじめてみると、次々と面白い箱が集まった。お客さんに一冊一冊、本の内容を解説しながら売る店主、くじ引きで値段を決める店主、屋号、本の並べ方に凝る店主……主催者側の予想以上に盛り上がった。

その後、「こんなに楽しいなら、秋もやりたい」と「一箱古本市」は、春秋二回開催になる。

地域イベントとしてはじまった「一箱古本市」は、またたく間に全国各地にひろまり、本好きたちの交流の場になった。

「一箱古本市」以前、わたしは古本の話ができる友人は数えるほどしかいなかった。たいていの古本好きはあちこちの古本屋、古本市、古書展を単独でまわっていた。

古書会館や古本市で知り合いと会うことはあったが、お互い、ひたすら本を探すのにむちゅうだから、なかなか親しくなれるような雰囲気にはならない。

「一箱古本市」では、プロの古本屋ではない人が多くの本を出品するから、珍しい本が破格の値段で売られることもある。当初はそんな楽しみもあって、あちこちの一箱古本市を見に行っていたが、そのうち「本を買う」「本を売る」ということ以外の楽しさのほうが大きくなっていった。

店主または客として、同好の士と知り合い、その後も連絡をとりあったり、お互いの家を行き来したりするようになった。

福岡、名古屋、仙台のブックイベントをまわったときに、いちばん印象に残ったのは、地元の書店員の熱心さだ。古書店も新刊書店も関係なく、協力しあっている。

すこし前まで考えられなかったことだ。

ブックイベントに参加して、古本屋になった、またなりたいという人も出てきた。これからも出てくるだろう。

『一箱古本市の歩きかた』では、ブックイベント事情のみならず、ここ数年の「本との出会い方」の変化も考察している(「第三部　書とともに街に出よう」)。

インターネットの普及と「一箱古本市」の盛り上がりも無縁ではない。本を買ったり読んだりするだけでなく、自らブログなどで情報を発信し「本と遊ぶ読者」が増えてきた。また古本屋や雑貨屋の中で個人がセレクトした古本を売る「店舗内店舗」、新刊書店で古本を売ることも珍しくなくなってきた。

かつては出版関係の人にそんな話をしても「どうせマニアの世界の話でしょ」と一笑に付された。

今はまだ変化の途中であり、これからもっと新しい動きが出てくるとおもう。

『一箱古本市の歩きかた』の巻末には「全国ブックイベント年表」(協力・書肆紅屋、退屈男)が付いていて、東京をはじめ、盛岡、仙台、高遠、小布施、名古屋、奈良、大阪、京都、神戸、広島、北九州、福岡、佐賀、鹿児島、那覇などのブックイベントの変遷がまとめられている。

南陀楼さんは、「いつ仕事してるんだ」「からだは大丈夫なのか」と周囲を心配させつつ、ほとんど毎月どこかで行われるようになったブックイベントを追いかけていた。

そして「ミスター一箱古本市」と呼ばれることに……。

家事今昔物語

その昔、ロシアのアナキストで地理学者のクロポトキン（一八四二〜一九二一）は、洗濯機の発明を知って、人民が家事労働から解放されると喜んだ。

二十一世紀のわれわれは、そのころとくらべて、はるかに快適な生活を送っているわけだが、それでも家事は面倒くさい。

どんなに便利な道具が発明されても、部屋は散らかるし、洗濯物はたまるし、排水口はぬめるし、レンジまわりは汚れるし、風呂場にはカビがはえ、せっかく分別したゴミを収集日に出し忘れる。

時代が変わっても家事の悩みは尽きない。

何年か前に古本市で買った『これからの家事』（主婦と生活社、一九六五年）を本棚からひっぱりだしてみた。こうした実用書は時間が経つにつれていい味が出てくる。

「ここ十数年の私たちの生活をふりかえってみると、むかしの人が十年間に経験したことを、一年で通り過ぎてきたほどの思いがします。衣食住という具体的な生活の場にも、つぎつぎと目新しいものが登場し、それを使いこなすためには、祖母や母から受けついできた知識では用が足りなくなってきました」

家庭の仕事は、肉体労働よりも頭脳労働の比重が高まった。

貿易の自由化によって、商品選択の幅がひろがり、何を買い何を買わないのかの基準をもつことが「これからの生活をささえる大きな力」になるという。

食材をまとめ買いすると料理が楽になる。アイロンのいらない布地だと労力が省ける。月に一回は「ぜいたくな外食」をして、家庭料理でつくれないものを食べる。

「洗濯にも新しい時代がきているのです」と洗濯機の使用をすすめている。

洗濯機には「渦巻式」「噴流式（ジェット式）」「攪拌式」「回転式」「振動式」などがあった。この時期、遠心分離式の脱水機のついた二層型の洗濯機も登場した。

「毎日の掃除時間は、たった50分ということです」と若奥さまが電気掃除機をつかっている写真がある。ほかにも「最近、ホーキーという名の軽便掃除機が売り出されて、かなりの人気を呼んでいます」という記事もある。「ホーキー」は電気をつかわない手動式のモップ（ブラシ交換可）みたいなものだ。

すでに家庭用の「ルームクーラー」や「陰イオン発生器（いわゆる空気清浄機）」があったこともこの本で知った。

いっぽう「愛鳥週間に巣箱をとりつけてはいかが」とか「牛乳びんは、よく洗って酒のカン用に使うと、たいへん便利」といったアドバイスもある。

「衣生活の管理」という頁では、夫と妻の一年間の衣装がイラスト付で紹介されている。

主な夫の衣装は「背広。各シーズンごとに二着が理想的」「替えズボン。冬一着。合・夏兼用二着」「ワイシャツ五枚」「靴下六足。正式な場所のために黒無地を一足用意のこと」「下着シャツは各シーズン三枚。予備に一枚」「ブリーフ三枚」。

主な妻の衣装は「冬・合着用ドレス各二着。スリーピースとワンピース」「夏用ワンピース二着。半袖とノースリーブと」「替えスカート。夏・冬とも二枚ずつ。タイトとプリーツのものを」「冬用ソックス二足」「ストッキング三足」「ズロース二枚」「ブラジャー二枚」「パンティ三枚」「七分丈のパンティ二枚。真冬にはぜひ必要」といったかんじだ。

衣類にかぎらず、食器類、調理用品（いずれも一覧表あり）など、所有するものの数を決めておく。なるべく最小限におさえ、あるもので間に合わせる。そうすれば、倹約にもなるし、整理整頓にもつながる。

「家庭経済の発展段階」という頁では、四段階に分けて、家計のあり方を考えている。「基礎確定期」は「結婚してから一人目のこどもができて、その子が幼稚園にはいる前後」、「活動期」は「こどもの教育方針がたてられ、その経済的裏づけの見通しがたつまで」、「安定期」は「こどもの教育もとどこおりなくでき、夫婦の老後の生活もまあやってゆけるだろうという見通しがついて、文字どおり物心両面ともに安定した状態」、「慰労期」は「こどもが一人前になり、家庭がふたたび夫婦だけの生活にもどる時」である。

このような「人生設計」がむずかしいことは昔も今も変わらない。

「ちょっとした気のゆるみ、わが家の経済状況を忘れた行動、計画性のない消費がたちまちあなたの生活をレールからはみ出させてしまいます」

おそらく『これからの家事』のデータは、一九六〇年代前半の首都圏のもので、当時としてはわりと裕福な家庭がモデルになっていたとおもわれる。

子どものいる共ばたらき夫婦の悩みの種は、「お手伝いさんという職業を希望する人が少なく、非常な求人難であることと、その給与が高くなっていること」だった。

かつては勤労年数に応じて、(夫の)地位や収入が上がった。そのことを前提に人生計画を立てることができた。今はその前提が崩れてしまった。

とはいえ、ものは考えようである。

現在は衣類も(収入比で)安くなったし、電化製品の性能も格段に進歩した。

洗濯機をつかうたびに「昔の人は川で洗っていたのだなあ」と感慨にふけってみる。脱水機がなかった時代は、手でしぼっていたのである。

右肩上がりがむずかしいのであれば、昔の生活に戻り、そこから徐々によりよい生活を目指すという手もある。

とりあえず、パンツ三枚の生活に戻ってみる。パンツが五枚になったとき、「がんばって働いてきた甲斐があったよ」と牛乳ビンの熱かんで祝杯をあげる。

そして「社内預金の利子は年一割」とか「結婚七年でわが家を建てよう」といった記述は、見なかったことにするといいだろう。

なんでもやってやろう

赤塚不二夫の『ギャグほどステキな商売はない』、石森章太郎の『ぼくの漫画ぜんぶ』、藤子不二雄の『二人で一人の漫画ランド』など、廣済堂出版のコミックパックシリーズ「ぼくのつくった漫画の本」は、古本漫画好きのあいだでは根強い人気がある。中には定価（四百八十円）の十倍から二十倍の古書価が付いている本もある。

つのだじろうの『なんでもやってやろう』もこのシリーズの一冊で、今、わたしの手元にある本は読みかえしすぎて頁がボロボロになっている。刊行は一九七七年。

「『なんでも知ってやろう!』

『なんでもやってみよう!』

ヨクバリズムというか、ぼくはこの精神でいままで生きてきました。

人間、好奇心はおう盛でなくちゃあ!

そして興味をもったものには、なんでも手をだしてみる。それが大切なんだな」

この本はそんな宣言からはじまる。後先考えずに行動する。とにかく体験する。無秩序な探求心、そして勇気、いや、蛮勇にあふれた半生記である。

一九三六年、東京台東区の生まれ（男五人女三人兄弟の次男坊。弟につのだ☆ひろがいる）。

戦争がはじまって、福島県に疎開した。田舎では学年トップを争う優等生だったが、中学生のときに再び東京にもどると、クラスのまん中より下に落ちてしまった。食料難のころは、道にはえている草を食って、よくおなかをこわした。まさに草食系男子だった。

高校時代に質のわるいゴムひもや歯ブラシをもって訪問販売のアルバイトをした。営業成績が優秀な学生いわく、「ぼくには父も母もいません」といってボロボロ涙を流せば、同情して買ってくれるらしい。つのだじろうは、そんな真似はとてもできないとおもい、漫画家になろうと決意する。

高校二年のとき、『冒険ダン吉』の作者の島田啓三に弟子入り。島田啓三が近所で野球をしていたときに、漫画を持ち込んで、批評をせがんだのがきっかけだった。

「島田先生の押しかけ門下に入ってからのぼくは、まさしく漫画家になるため以外、なにも考えない鬼でした。

他人が青春を謳歌し、恋を語らっているのを横目で見ながら、なぜこんな生き方ができたのか⁉

正直のところ、貧しく醜男の自分が非凡に生きる道は、ほかになかったからです」

その後、寺田ヒロオ、藤子不二雄らがつくった「新漫画党」に参加し、新宿の自宅からスクーターでトキワ荘に通いつめる。

つのだじろうは『その他くん』（全四巻、講談社、一九七六年〜）という漫画家志望の少年が主人公の作品も描いているのだが、登場人物のひとりが「新漫画党」の漫画家たちが一流になった理由を次のように語るシーンがある。

「よい友だちをもった!! すばらしいライバルをもった……」

「じぶんがなまけたくなって仲間の部屋にあそびにいくと……仲間は必死になって勉強している! これじゃいかんモタモタしてたら自分だけ仲間からとりのこされる……とあわててかえって勉強する……!」

俊英揃いのトキワ荘の連中と付きあいながら、つのだじろうは「非凡」の道を歩むために「いまだだれも手がけたことのない」漫画を模索した。

ギャグ漫画、麻雀劇画、ルポルタージュ漫画、空手漫画、オカルトブームを作った『うしろの百太郎』や『恐怖新聞』、UFO漫画、将棋漫画と次から次へと新しいジャンルにとりくんだ。

梶原一騎原作の『空手バカ一代』は、原作者が「まだ終わっていない」といっているにもかかわらず、つのだじろうは作画の仕事をやめてしまった。『空バカ』のテレビ化が決定した直後だったので、まわりからは「暴挙だ!」といわれた。

どんなに人気が出ても「描きつくした!」とおもったら、新しいことをはじめたくなる性分なのである。

第二部の「体当たり ドンキホーテ精神」では、スキー、野球、ゴルフ、極真空手、剣道、柔道、将棋、フラメンコ、お酒、民謡、書道、刀剣、辻村寿三郎人形、浮世絵など、自らの趣味を語る。その「ヨクバリズム」には脱帽するほかない。

彼は催眠術にも凝っていた。妻がコップを割り、手にガラスの破片がささったとき、「催眠術で痛みをとめ、ヨウジでホジくり出してやったことがある」そうだ。

またアメリカ心霊研究協会、イギリス心霊大学、日本ＰＳ学会、日本心霊科学協会の四団体の会員でもあった。

「私は確信を持って、心霊、超常現象、ＵＦＯ等は存在する！　と断言する」

ちょっとおもいこみが激しすぎる。しかしそのおもいこみがなければ、つのだじろうではなくなってしまう。

巻末には「新漫画家心得十カ条」がある。

すべてを紹介する紙数はないが、この中の「薪をたやさず火を燃やせ！」という教えは、長く仕事を続ける上で大事な心得だろう。

つのだじろうの漫画はどんなに理不尽で非合理な展開でも強引に読ませる。キャラクターの眼力の鋭さのせいかもしれないが、それだけではない。一作一作にくべられている薪の量がハンパではないのだ。

目先の仕事だけでなく、次の仕事のための薪を集めておくこと。ここで言う薪とは「次に発表できる企画」なのだが、もっと広く「興味」や「情熱」といった意味もふくまれている。

低迷しているなあ、行き詰っているなあとおもうときは、火を燃やし続けるための薪が足りないだけなのだ。

もちろん薪の管理には細心の注意が必要であることはいうまでもない。

湿気っていると、燃えにくいからね。

ユーモア・スケッチの世界

アメリカのコラムを読んでいると、「もし今、十分なお金と時間があったら」という書きだしで、自分の夢を語る文章をしばしば見かける。

もしお金と時間があったら、わたしは一から語学を勉強し直したい。

今年二月十四日に亡くなった浅倉久志が編訳した『ユーモア・スケッチ傑作展』（全三巻、早川書房、一九七八年〜）という本がある。文庫も出ているが、いずれも揃いで入手するのはむずかしい。同じく浅倉久志編訳『すべてはイブからはじまった　ユーモア・スケッチブック』（早川書房、一九九一年）という本もある。

浅倉久志といえば、SFやミステリの翻訳が有名かもしれないが、ユーモア・スケッチや海外コラムの訳者、紹介者でもあった。

わたしはジェイムズ・サーバー、E・B・ホワイト、ロバート・ベンチリー（孫は『ジョーズ』の作者ピーター・ベンチリー）の作品も浅倉訳で読んだ。

フランク・サリヴァンの「ひとりものの朝食考」や「紋切型博士、恋を語る」なんて、題だけで読みたくなる。もちろん中身もおもしろいことはいうまでもない。

浅倉訳のユーモア・スケッチ本でいろいろな作家を知った。

今、ウィル・カッピーという書評家で風刺作家だった人物のことが気になっている。『ユーモア・スケッチ傑作展』のなかにも、浅倉訳のウィル・カッピーの作品がいくつか収録されているのだが、一冊にまとまった邦訳書は（たぶん）ない。

ウィル・カッピーはアメリカ・インディアナ州生まれで、科学や博物学に精通していて、脚注を多用しながら、まじめな話をふざけて書き、ふざけた話をまじめに書く。ちょっと謎めいた人物で、都市騒音と花粉症から逃れるために隠棲していたこともある。

「カッピーの動物百科」（『ユーモア・スケッチ傑作展』第二巻）の「タコ」という項目を紹介しよう。

「ある動物に対する態度をきめる場合、たいていの人はたんなる外見の美だけにとらわれ、性格とか内面的価値をまったく無視するようである。わたしにも若干その傾向があるが、もっかそれを克服すべく努力中だ」

この文章の脚注には「克服できたらおなぐさみ」とある。

こうしたひとりボケツッコミをはじめ、語り口に工夫がほどこされていて、どんなシリアスな内容（「いかに絶滅するか」という作品もある）でも楽しく読める。

『ユーモア・スケッチ傑作展』には、ウィル・カッピーと同じく別名義（ジョン・リデル）で書評をしていたコーリイ・フォードの作品も入っている。

「透明人間の手記」という作品は、レストランに入って、店の人になかなか気づいてもらえなくて、自分は透明人間なのではないかと考える話だ。

一読たちまちファンになった。その後、コーリイ・フォード著『わたしを見かけませんでしたか?』（浅倉久志訳、ハヤカワepi文庫）は繰り返し読んだ。

小説家だけではなく、編集者、脚本家、評論家、コラムニスト、ジャーナリスト、コピーライター、コメディアン、アメコミのライターなど、ジャンルの垣根をこえた作者がユーモア・スケッチを書いている。

短い作品だけに雑誌への投稿がきっかけでデビューするということも多かったようだ。ひとつひとつの文章は短く、身辺雑記、不条理小説、社会観察、科学記事まで、英米の多種多様な作風を味わうことができるから息ぬきの読書にはもってこいだ。

「ごらんのように、会場には、小説とも随筆ともつかぬ、しかし、明らかに笑いを意図した短文が並んでおります。こうした作品がもてはやされ、質量ともに全盛をきわめたのは、一九二〇年代から三〇年代にかけての、いわゆる『アメリカン・ユーモアの黄金時代』でした。（中略）この時代の作品は、日本でも同時期、つまり昭和の初期に、雑誌『新青年』などで紹介され、その頃は〝ナンセンス物〟とか〝コント〟の名で呼ばれていたように記憶します」（浅倉久志「ごあいさつ」／『ユーモア・スケッチ傑作展』第三巻）

アメリカでもこのジャンルには決まった呼び名はないらしい。

戦後まもないころ、浅倉さんは古本屋で米軍の前線文庫で〝Humorous Sketches〟というカテゴリーがあったことをおもいだし、これらの作品群を「ユーモア・スケッチ」と総称することにした。

本の世界に入ってみると、いろいろな部屋がある。狭いけど落ちつく部屋もあれば、広くてどこに何があるのかさっぱりわからない部屋もある。

もう行き止まりかも、読み尽したかも、とあきらめかけたころ、隠し扉を見つけてしまい、さらに奥の奥にひきずりこまれる。

もしこのアンソロジーを読んでいなかったら、わたしはずっと海外文学とは縁のない生活を送っていたとおもう。

はじめてユーモア・スケッチの世界を知ったときは、学生時代に英語の勉強をしてこなかったことをほんとうに悔やんだ。しかし今はグーグル翻訳がある。「機械、あなどれない」とおもいましたね。ひまつぶしの読書であれば、十分使える。当然、ヘンな日本語に訳されることもあるが、突如自分の頭がよくなったのではないかと錯覚するくらい読めてしまう。暗号解読の気分も味わえる。

できることなら、世界中のユーモア・スケッチを読んでみたい。わたしが知らないだけで、英語圏以外の国にもきっとあるだろう。

もしお金と時間があったら……。

見るもの食うもの愛するもの

長年、ピエール・ダニノス著『見るもの食うもの愛するもの　へそまがりの英米探訪』（堀口大學訳、新潮社、一九五八年）という本を探していた。この本はフランスで大ベストセラーになった『見るもの食うもの愛するもの　へそまがりのフランス探訪』の続編にあたるユーモア小説である。「フランス探訪」のほうは、ときどき見かけるのだが、「英米探訪」は古本屋の棚で見たことがない。

ところが、インターネットで検索したら、すぐ出てきた。

迷わず、注文する。

数日後、届く。

文明の力は素晴らしい。素晴らしすぎて、ちょっとあっけない。

ピエール・ダニノスは、一九一三年フランス生まれのジャーナリストで作家（二〇〇五年一月七日没）。ちなみに、弟のジャン・ダニノスは、フランスの高級車ファセル・ベガを作った会社の創業者である。

日本人は外国人が書いた日本論が好きだというが、どこの国の人だって、外国人の書いた自分の国の話は気になるのではないか。まあ、断言できるほどの自信はないが、わたしはそうおもっている。

『見るもの食うもの愛するもの』の主人公はトンプソン少佐（ウイリアム・マーマデューク・トンプソン）というイギリス人で、著者のダニノスは、少佐の友であり通訳者という立場で登場する。

作中の「英国興信録」には、トンプソン少佐の略歴（イラスト付）を掲載。一九〇二年十月八日生まれでオックスフォード大学を卒業、『メソポタミアに於けるアラブ民族』、『南亜に於ける蝶類に関する研究報告』といった著書がある。さらに結婚歴、職業および赴任先、趣味や所属クラブなどが細かく記述されている。

『フランス探訪』は、ほとんどトンプソン少佐によるフランス（人）の悪口で、「常識を自国の主要輸出品にしているかと思うと自国内には殆んど常識の影さえ留めておらず、内閣が成立したかと思うと忽ちこれをぶっ潰してしまい、フランスを大切に自分たちの心の中に抱いているくせに財産となると全部これを国外に投資し（以下略）」といったかんじの文章が延々と続く。

話の合間合間に少佐自身あるいは訳者（ダニノス）による脚注（弁解）がついていて、これまたおもしろい。

今読んでも、非凡かつ斬新な小説である。この作品は二十数カ国の言語に翻訳、「トンプソン少佐の手帳」というタイトルで映画化（プレストン・スタージェス監督、ジャック・ブキャナン主演）もされた。

堀口大學のあとがきには、フランスではトンプソン少佐が実在すると信じて疑わない人が後をたたなかったとある。ラジオ局からトンプソン少佐の住所が知りたいという電話があったり、読者から英語の原文も発表してほしいとせがまれたりしたらしい。

ダニノスは、トンプソン少佐に関する問い合わせにとぼけつづけた。

続編の『英米探訪』は、トンプソン少佐とダニノスが交互にペンをとっている（脚注も同様）。さらに同書にはポシェ君というフランス人も登場する。

ポシェ君やダニノスが、イギリス人の慣習やイギリスの文化に文句をつけ、それにたいして、トンプソン少佐が反論するという構成になっている。たとえば、ポシェ君がイギリスの料理がまずいといえば、トンプソン少佐はフランス人は胃袋の奴隷になっているなどといいかえす。

英仏両国の登場人物たちは、互いの国を誤解したまま、大西洋を渡って、アメリカに向かう。

トンプソン少佐は、いきなりアメリカにキレる。

「僕らの国家がすでに千年以上も安住の地を得ていた時分に、いまだに居所さえ定まらなかったアメリカという国は、僕らの国語を借り出して行きおったあげく、とうとう返してよこさなかった！　これだけでも非常に口惜しい事なのに、その上どうだ、愛すべき僕らの国語に、最悪の変化を与えたあげく、その市民どもが僕らの言うことを解さないふりをすることは、一体これは何事だ！」

トンプソン少佐とダニノスは、それぞれ自国との価値観のちがいに困惑する。ヨーロッパの人々の多くは、幸福とは儚いものだと教え込まれているが、アメリカ人はちがう。

「幸福は、最低生活にあってさえ、基本条件の一つになっている」

トンプソン少佐は、「アメリカ市民は甘やかされた少年並みの心構えで人生の現実に立ち向う」といい、その結果、三十歳をすぎると、精神分析医の金儲けの種子にされると述べる。『見るもの食うもの愛するもの』を読むと、フランスもイギリスもアメリカも変な国であることがよくわかる。いや、あらゆる国はよその国から見れば変な国なのである。

「つまり問題はいつも、同じだ。フランス、イギリス、アメリカなぞのように、個性の豊かな国にあっては、原則を作ると、早速その例外が見つかるというわけだ。（中略）人たちは大雑把に、イギリス人、フランス人、アメリカ人なんかと言うが……さて彼らの一人に会って見ただけで、これを複数にまでおしひろげる勇気は、諸君から消えてしまう」

五十年以上前に書かれたダニノスの小説は、国民性やお国柄といったものがあてにならないことを教えてくれる。あてにはならないけど、まったく外れているわけでもない。そのあたりの妙も、この作品の味わいどころといえる。

ああ、もっとダニノスの小説が読みたい。

でもほとんど未邦訳。

残念なり。

国際人クニ・マツオ

学生時代に大正思想史研究会という読書会に参加していた。その読書会を通じて、気になった人物に松尾邦之助（一八九九年～一九七五年）がいる。

静岡県引佐《いなさ》郡（現・浜松市）引佐町金指の生まれ。滞欧二十六年。終戦の翌年、帰国した。フランスを訪れた数々の日本の作家や芸術家の世話をしたことから「パリの文化人税関」と呼ばれ、アンドレ・ジッド、ロマン・ローラン、現代のソクラテスと称されたアン・リネルといった西欧の作家や哲学者とも交流があった。

森の石松が好きで、子供のころから野人型の反逆児だった。

邦之助の父は大酒飲みの享楽主義者で呉服商を営んでいた。父はかなり奔放な性格だったらしいが、経理の面では意外としっかりしていた。そのおかげで、一九二二年、大正末に邦之助は、私費で留学することができた。

ちなみに、フランスに行きたかった理由は「みの虫みたいにこの島国にいてくすぶりたくない」というものだった。

最近、松尾邦之助著『わが毒舌』（春陽堂書店、一九五七年）を読み返し、やはり、この人はただ者ではないとおもった。

海外生活が長かった松尾邦之助の目には、祖国日本は個人を育てない因習の壁に囲まれた社会に見えた。

「かつて、『八紘一宇』とかいう正体のつかめない文字の魔術にひっかかって大それた戦争をやった国民である。鳩山前首相のいった『友愛精神』でも、岸首相のいう『三悪追放』でも、魔術的な言葉である。貧困にならされ、自己を放棄した国民が、ア・ラ・ゲール風の社会で政治家から無抵抗の美風を教えられている現状がいつまでつづくだろうか?」

鳩山前首相は今の鳩山由紀夫首相(いつ前首相になってもおかしくないが)の祖父の鳩山一郎、岸首相は自民党の安倍晋三元首相の母方の祖父の岸信介、「三悪追放」の「三悪」は「汚職、貧乏、暴力」、「ア・ラ・ゲール」は「戦争的」という意味である。

今の日本でも首相が「友愛」といったり、勝間和代が「怒らない」「愚痴らない」「妬まない」の「三悪(毒)追放」を唱えていたりする。歴史はくりかえす。

松尾邦之助はその思想や哲学に関係なく、「憑かれた人」とは与《くみ》しない生き方を貫いた。あるとき、新聞で宮本武蔵をからから趣旨の記事(ほんとうはからかってはいない)を書いたところ、非難の投書が殺到する。

投稿者はつねに自分と同じ意見でないと癪にさわり、自分が偶像視している人物をけなされるとカンカンに怒る。

「こうした投書人は、みな『宗教人』で、自分の信ずること以外をすべて敵視する人々であり、このような人たちに限ってユーモアもエスプリも皆目ない」

松尾邦之助は、彼らのことを「ファナチック（熱狂者）」と批判したが、宗教そのものを否定していたわけではなく、その寛容や神秘性については賛辞を惜しまず、禅や仏教に関する本の仏訳もしている。

日本人はつねに新しいものにばかり眩惑され、古いものを冷酷に忘れるといい、社会のスピード化は、現代人の神経や頭脳を機械化し、みな、時間通りに動くロボットみたいになっていると嘆いた。

「考える人は行動せず、行動する人は考えない……日本人がバカではないが、偉大になれないのは、そのためでしかない」

今年、松尾邦之助著『巴里物語　2010復刻版』（社会評論社）が刊行された。

初刊（一九六〇年、論争社）の裏表紙には、「著者は日本人を廃業し、国際人マッツォと生まれかわった。そのかわり『純粋貧国』の国の王子となり、絶えず金銭に苦しめられながら、恋と自由を財産に、フランス、イタリー、ドイツ、スペイン、トルコをわたり歩いた」とある。

この本の冒頭付近では、松尾邦之助流の読書論が述べられている。

「道楽や暇つぶしに読む物語は別として、自分の思索を刺激し、視野を広げるのに役立つ書物以外は、わたしには興味がなかった。読んだものを自分で考え、それが好きになれるか、いやになるかを決定するものは、結局、自分自身の持って生まれた性格でしかない」

では、松尾邦之助の性格は、いかなるものだったのか。

失敗しても、すぐそれを足場にし、次のスタートを切ろうとする。

「後悔を深めて行って苦悶する代りに、早くあきらめて、方向を転換し、次の瞬間に、別の地平線を見て歩み出すといったわたしの習癖は、幸福な生き方のひとつかも知れない」

大正思想史研究会を主宰していた玉川信明さんにいわせると、松尾邦之助は「寸暇を惜しんで何かしている人」であり、わたしの読後の印象をつけくわえるならば、面倒見のいい、好き嫌いのはっきりした、反骨の人だった気がする。

誰が何といおうが、自由にふるまいたい。国際人マッツォにとって、歴史や環境にとけこみ、過去にとじこもる愛国心は「コッケイな偏見」としかおもえなかった。また祖国から遠く離れた異国で、東洋や日本の文化がことごとく無視され、無知による偏見にさらされていることにも憤りをおぼえていた。

「わたしは、日本人からパリで非国民だといわれたとき、内心うれしかった。非国民であるがゆえに、わたしは、人類全部を愛しつつ日本を熱愛しているのだ。コスモポリートにあらざる愛国者ぐらい、世に危険なものはない」

彼の思想形成には、華やかな恋愛遍歴（色修業）も大きく関係しているのだが、その件に興味のある人は、ぜひ新刊の『巴里物語』をご一読ください。

叡山電車の古本市

六月十三日、左京ワンダーランド〈ファイナル〉イベント「風博士と行く一箱古本列車inエイデン号」というガケ書房のうめのさんが発案した企画のために京都に行ってきた。

エイデン号は、叡山電車のこと。正式名は、叡山電鉄株式会社。

風博士は「定住所を持たず、CDとライブと古本の売り上げだけで各地を転々とし生活しているミュージシャン」だそうだ。

とはいえ、当日までどんな催しになるのか、まったく予想できなかった。

古本列車は二両編成。一両目は、ライブやDJをするためのステージ、二両目は、古本の販売ブース（あと占いコーナー）である。

電車は出町柳駅から八瀬比叡山口駅を二往復（片道五・六キロ）する。終点の駅で約九十分停車し、そこでパンの販売や喫茶コーナーで珈琲やチャイなどを飲むこともできる。

午後十二時、出町柳駅前に集合。東京からは不忍《しのばず》ブックストリートの「一箱古本市」の発起人の南陀楼綾繁さん、古本ライターの岡崎武志さんも参加している。

前もって送ったダンボール箱はすでに車内の座席の上に置いてある。箱を開け、手にとりやすいように本を並べる。

わたしの隣では京都の町家古本はんのき（三人の店主の共同経営）の中村明裕さんが電車の窓に本を飾っている。わたしも真似する。

「でも電車動いたら、落ちるよね」

「たぶん」

準備が終わる。お客さんがどんどん乗ってくる。

ガッタン（電車が動く音）、パラパラ（本が落ちる音）、うわー（乗客の悲鳴）。

車掌の格好をした風博士が挨拶し、車内ライブがはじまる。隣の車両から「線路は続くよどこまでも」が聞こえてくる。

ライブも見たいのだが、店番も忙しい。お金を受け取り、本を渡して、お釣りを出す。慣れていないせいか、一々緊張する。

まわりの人がお客さんに「ありがとうございます」と声をかけている。わたしもいおうとする。電車の音で聞こえなくなるくらいの声しか出ない。

京都在住の飲み友だちが『コルボウ詩集』を買ってくれた。京都の詩人、天野忠が作っていた年刊アンソロジー。その後も、値段を高めにつけた本からどんどん売れていく。

これまでも京都の古本イベントで何度か本を売っているのだが、東京とは売れる本の傾向がちがう。京都の人は、安いだけでは買わない。そのかわり珍しい本は高くても買う。

ときどき窓の外を見ると、通過していく駅のホームから鉄道マニアの人が写真を撮っている。

満員電車に乗っていて楽しいとおもったのは、生まれてはじめてかもしれない。

あっという間に終点の八瀬比叡山口駅に着いた。

到着してからも古本を販売する。わたしが出品した本はあまり売れない。薄花葉《はっか》っぱというバンドのボーカルの下村よう子さんが、朗読用の古本を借りにくる。

尾崎士郎著『相撲随筆』（六興出版）を持っていった。

車内のスピーカーから風博士の歌が聞こえてくる。外から恵文社一乗寺店の店長のＤＪ（電車に関する曲を選曲）を見る。

ホームで売っていたフリペとミニコミ『ぱんとたまねぎ』の〝発酵人〟が選んだというパンはあっという間に売り切れた。参加していた友人と「本もパンくらい売れたらなあ」と愚痴をこぼす。

二往復目には岡山在住のカメラマンで友人の藤井豊さんが乗車し、ときどき店番を代わってもらったので、ゆっくり車内を動きまわることができた。

「値段はどこに書いてあるのですか？」

「どうしてこの本は定価よりも高いのですか？」

サンリオ文庫のレイ・ブラッドベリの短篇集を手にした二十代くらいのお客さんから質問された。ハローキティのサンリオは、昔、海外文学の本を数多く出版していて、マニアのあいだでは人気があるというようなことをしどろもどろに説明する。

一般参加の古本イベントの醍醐味は、そういうところにある。

また一箱古本列車くらいの小規模のイベントだと、主催者側、参加者同士の距離が近く、なんてことのない話ができるのもいい。

午後五時四十分終了。なんとか交通費くらいの売り上げになった。

打ち上げでは、京都だけでなく、大阪や神戸の古本屋事情もいろいろ聞くことができた。固有の鼻歌という名前のオンライン古本屋さんには、大阪から東京までワンコイン（五百円）の高速バスがあることを教えてもらった。

固有の鼻歌さんは今回の一箱古本列車で並べていた本が素晴らしかった。

中年になると、だんだん何かをはじめる前から、なんとなく、結果を予想できてしまうと錯覚することが増えてくる。

そんなことやっても意味がない。どうせ売れない、儲からない。

でもほんとうは意味がないこと、儲からないことには先がある。よくわからないことをやってみることで、面白かった、大変だったという経験を積むことができたり、次はこうしようというアイデアが出てきたりする。

ここ数年、全国あちこちで行われているブックイベントのほとんどは、ひとり、もしくは少数のおもいつきから、はじまっている。

時には、見切り発車も大事ということだ。

開高健ごぞんじの小話

炎天下、ぼーっと神保町を歩きながら、いつものように均一台の本を漁っていた。

熟練の釣り師は、エサのつっつき方で見えない水の下にいる魚の種類や大きさがわかるというが、この日のわたしもそんなかんじだった。背表紙を見たとたん、なにかピンとくるものがあった。

すでに持っている開高健の『食卓は笑う』（新潮社、一九八二年）の単行本を手にとり、ページをめくる。すると、なんと署名本だった。

署名本といっても、名前が記されているわけではない。開高健の特徴のある丸っこい字で、本を送った相手の名前の横に「ごぞんじ」とある。

開高健は電話をかけるときに「あわれな開高ですが」と名のる。そして手紙の文末にはよく「ごぞんじ」と書いた。

さっきインターネットで「開高健　ごぞんじ」と検索してみたら「開高健メモリアル大吟醸ごぞんじ」という日本酒が限定発売されていることを知った。

ちなみに「あわれな開高ですが」という電話は、もともと二日酔いのときにドナルド・キーン（ではなかったかもしれない）に電話したときに「プア・カイコウ・スピーキング」といったところ、相手が大笑いした。それに味をしめ、「あわれな」をつかうようになった。あるとき丸山真男に「あわれな開高ですが」と電話したら、「もっとあわれな丸山ですが」といい返されたという逸話もある。

何がいいたいのかというと、やっぱり古本は手にとってみるべしと……。言葉をかえると、単なる戦利品自慢ですね。

話を戻すと『食卓は笑う』は世界各国の小話（小咄）を集めたジョーク集である。月に一回、サントリーの新聞広告として発表された。本文中には柳原良平や加藤芳郎、ロナルド・サール、ヴァージル・パーチのイラストも入っている。

西洋の食事では「御鳴楽《おなら》をしてもいいから小話は忘れるな、というのが最大のエチケット」であり、西洋だけでなく、南米でも小話はさかんで、その心得がないとほとんど食事の席につくことができないという。

たとえば、開高健の十八番にこんな小話がある。

軍隊で兵隊たちがいっせいに「女房がこわい」といいだす。隊長は「女房がこわいようでは戦争なんかできないぞ」と説教する。兵隊は「戦争なんかヘッチャラです、今からでも行きます、だけど女房は戦争よりこわいです」と訴える。

そこで隊長は百人の兵隊に、「女房のこわい兵隊は右へ出ろ」といったところ、九十九人の兵隊が右に出た。

右に出なかった兵隊はたった一人。

隊長はその男のところへかけより、「おまえだけがほんとの人民英雄だ」と肩を叩く。ところが、男は「いいえ、ナニ、私、女房にいつも、みんなのあとについていってはいけないと、いわれつけているもんですから」と恥ずかしそうに答えた。

開高健はこの小話を北京の宴会の席で聞いた。それ以来、自由主義国、社会主義国、先進国、途上国、どの地域で話してもこの小話をするたび、男たちから歓迎され、拍手されるようになった。

開高健は小説が書けなくなったとき、武田泰淳にルポルタージュを書くことをすすめられ、実行した。その後、釣りをはじめ、世界各国に旅行をするようになった。

『食卓は笑う』を読んでいると、世界をかけまわって旅して集めた小話の背景にふれた文章も出てくる。

「左翼だろうと右翼だろうと、独裁体制にのしかかられた無告の民の苦痛は変わらない。そこで彼らは日が暮れると酒や食事の席で小話の交換にかかる。笑いは弱者の最後の武器である。(中略) 小話が痛烈であればあるだけその国の現実には何かあると、これはもう確信してよろしい」

本の最後のほうでは小話に関する注意点をいくつかあげている。

・インテリは祖国の悪口をよくいうが、外国人であるあなたはその話に同調しないこと。
・他人が小話をはじめたときに、それ、知っているといわないこと。
・ダーティー・トーク、下ネタは、一座のメンバーの気質を把握してからすること。

・たとえ小話が面白くなくても笑うこと。

この注意点は、対人関係を円滑にするための秘訣ともいえるかもしれない。

開高健著『開口閉口』（新潮文庫、単行本は毎日新聞社、一九七六年）所収の「小さな話で世界は連帯する」というエッセイでは、外国を歩きまわり、外国人と話す愉しみのひとつは、その国の作者不詳の諺《ことわざ》、小話、民話を聞くことだと綴っている。

そこにはその国の人が歳月をかけて練りに練り、削りに削った英知があり、ヘタな文明批評など足下にも及ばないリアリティがあるというのが開高健の持論である。

このエッセイでも中国人民軍の隊長が兵隊に右へ出ろと命令する小話を紹介していて、「恐妻病というこの業病には〝東〟も〝西〟も、昔も今もあったものではないらしい」と考察している。

さらに開高健は、中国古代の民話集に「右へ出ろ」の小話の元ネタ（隊長が閻魔様になっている）があることを突き止める。

旅に出る前に、かならず恐妻家の小話を仕込み、酔っぱらっていても英語やフランス語で流暢に喋る。それで見ず知らずの人から、酒をおごってもらったこともあった。

そんな開高健本人にまつわる小話も負けず劣らずおもしろいとおもう。

昭和十九年、ある青年の日記

ときどき内容がさっぱり予想できないものが読みたくなる。わからなければ、わからないほどいい。そこで、先日届いた古書目録にあった昭和十九年の日記を注文してみた。

黄色いカバーの『當用日記』は大阪の宋榮堂のもので、サイズは四六判の単行本よりすこし小さい。状態はとてもよい。

巻頭には「決戦生活訓」「銃後奉公の誓」「勝ちぬく誓」という訓令があり、巻末には「大東亜戦決戦暦」「書簡文用語（時候の挨拶）」「郵便電信要覧」「度量衡便覧」などが所収されている。中には「戦時防諜誡」といった頁もある。

たとえば、こんなかんじ。

○必勝の信念を堅持し如何なる事態にも動ぜぬ事
○軍用列車、輸送船等の出発、通過時刻など口外しないこと
○慰問文等に内地の国防上の秘密事項、出征将兵に不安の念を起こさせるようなことを書かないこと
○物資不足、生活上の不満は決していうな
○外国又は外国系及発信人不明の者から宣伝図書の配布があったら速かに届出で。

日記の持ち主は学生だが、名前は不明である。一日も休むことなく頁いっぱい（ときには欄外まで）びっしりと書きこまれている。お世辞にも字がうまいとはいえない。ところどころ、電車の使用済みの切符や映画館の半券も貼られている。東京の京王線笹塚・明大前と印字された切符が多い。

一月一日、七時四十分起床。十時新年祝賀式。親戚が来てトランプで遊んだ。

一月十日、「今日から授業。今学期こそ必死に頑張ろう」と記す。物理や幾何の勉強や剣道の寒稽古に励んでいる。

二月一日、陸軍兵器学校を志望していたのだが、身体検査で不合格になった。身長が足りなかったようだ。検査官と面会するも合否はくつがえらず、「残念無念」と綴る。それでも別の学校に進学が決まった友人の吉報を素直に喜んでいる。いい奴である。

父母、兄と弟と妹がいる。母は病気がちで、栄養不足ではないかと案じる。

二月六日、妹を連れて新宿で映画。「日本ニュース　ラバウルの攻防戦」「大相撲後半戦」「飛行機を造れ」「ドイツ映画　母の瞳」を見る。半券から当時の映画の値段は八十五銭だったことがわかる。

三月二十四日、兵器学校から電波工専に志望を変え、受験することになった。

科目は数学、国史、物象。物象とは旧制中学科目で今の物理や化学などの総称である。

二十九日の口頭試験では、出身校、兄弟の人数、父の勤務先、これまで受験した学校について聞かれた。「大東亜戦の原因を一言で答えよ」という質問もあったそうだ。ものすごい難問だ。

四月一日、無事、合格する。

電波工専は、昭和十九年に開校した久我山電波工業専門学校のこと。後にこの工専は久我山大学と改称されるが、一九五〇年に廃校になった。

入学後は寮生活を送る。電気関係、機械、工業材料などの授業以外に、工場で実習がある。日々の食卓には、魚（鮭、ニシン、ホッケ）、佃煮、みそ汁が並ぶ。「いつもより飯が多く満腹した」との記述あり。かとおもえば、六、七月くらいには「味噌パン」ばかりになる。そのせいか腹を壊してばかりいる。

八月四日、夜、警戒警報。「犬死だけは絶対したくない」といつもより筆圧の高い字で記されている。でも次の日にはプールで泳ぎ、疲れたとぼやく。

八月十六日、神田の本屋に行く。岩波書店、廣文館、三省堂その他で本を七、八円くらい買う。次の日も神田の書店、そのあと丸善（日本橋）へ。電気工学や機械学の本を探すも、収穫なし。

このあたりからハーモニカとタンブリング（トランポリン）に夢中になる。

九月二十二日、「普段の不勉強を悔ゆるのみ」と綴る。

十月三日、「自分の進歩なきを恥、悔いた」「自分は未だ人物が小さい」と記されている。何があったのか。

十一月六日、帝国生命のグラウンドで体力検定があった。手榴弾投げ十八メートル、懸垂六回、百メートル走十八秒。

十一月二十九日、空襲で神田方面がやられた。体調不良が続く。サルマタを汚すことも。ちょっと心配だ。

十二月二日、「人は一生努力しなければならぬ」といいつつ、胃の具合がわるく、勉強に身が入らないと反省する。

翌日、空襲で荻窪駅付近の陸橋が破壊され、中央線の中野・西荻窪間が不通になる。このとき爆撃地点の近くにいて地響きが伝わってきたという。歩いて家に帰る。

十二月六日、大空襲の噂を聞く。もし自分の命を失うことがあれば、「大日本帝国の繁栄を祈り、併せて父母の御恩に報いざるを悔ゆるのみ」と記す。

十二月三十一日、「本年は人間の人間たる所を磨くに終わる。然し、来年は決戦の年なり。何と云っても若い者が頑張らなければならぬ。挺身奉公あるのみ」という文章で結んでいる。

その後、青年はどうなったのか。無事、戦後を迎えることができたのか。

個人の身辺雑事が綴られた日記も時が経てば、貴重な歴史の証言になる。

古い日記は、ごくたまに遺族が蔵書を整理したさい、本といっしょに古本屋に売られてしまうことがある。この日記もそんな一冊なのかもしれない。

続きが気になるが、知る術はない。

落第名士たちの回想

わたしが古本屋通いのおもしろさを知ったのは浪人時代である。

当時、名古屋駅前の予備校に通っていて、ひまさえあれば、上前津《かみまえづ》から鶴舞にかけての古本屋めぐりをしていた。

冬季講習の受講料をちょろまかして、古本を買っていたのが母親にバレて、真冬に本といっしょにホースで水をかけられたのも今となってはいい思い出だ。

現役のときは関西方面の大学をすべて落ちた。一浪のときも再び大阪か京都の私大を受けるつもりだった。

ところが、願書提出の直前に、講師の人と雑談中、「将来、文章を書く仕事がしたい」と相談すると、「だったら、東京に行ったほうがいいよ」といわれた。

それで急遽、東京の私大の文学部を受けることにした。

またしても関西の私大は不合格だったものの、明治大学の文学部にひっかかった。その後、ほとんど授業に出ないまま（大学の近くの神保町の古本街にはいりびたっていた）、中退することに……。

先日、部屋の掃除をしていたら、辰野隆編『落第読本』（鱒書房、一九五五年）という本が出てきた。

その帯には「百万の学生浪人に希望と勇気を！」とある。

執筆者の名前をあげると、編者の辰野隆（東大名誉教授）をはじめ、安倍能成（学習院大学学長）、中島健蔵（文芸評論家）、松永安左エ門（電力中央研究所理事長）、中原和郎（癌研究所所長）、徳川夢声（随筆家）、藤井丙午（八幡製鉄常務）、坪田譲治（児童文学作家）、岸道三（同和鉱業副社長）、中野好夫（文芸評論家）の十名。

名文家として知られた中島健蔵は、松本高校に入るまで四回落第している。

一高を二回落ち、名古屋の八高も落ちた。

浪人中、音楽に夢中になり、受験には何の役にも立たない本ばかり読んでいたそうだ。

「落第は自慢にならない。しかし、まけおしみではないが、一度も落第したことがなく、一度も失脚したことがない人間には、気をつけた方がいい。同情心において欠けるところがあるかもしれないからである。しかし、あまり何度も落第するものではない。わたくしが、そのひけ目から完全に足を洗うことができたのは、なんと四十歳すぎてからのことであった」

活動弁士で随筆家の徳川夢声は、明治四十四年に府立一中を卒業し、一高を目指していたが、落第する。その間「恋愛事件」（内容については詳しく記されていないが、相手は人妻だった）が起こり、勉強どころではなくなる。

「今度もし落第したらどうする？」

「もう一年遊んで三回目を受けるか？」

「そうだ、いっそ落語家になるか?」

再び落第した夢声は、父に「ハナシカをやってみたいと思います」と告げる。政党の仕事をしていた父は、「だが、俺のツトメがツトメだから、今、落語家になられては世間に対して困る。カツベンはどうだな、あれなら暗いところで喋るのだから、まあ差支えあるまい」といわれたらしい。

その言葉がきっかけで、夢声は活動写真弁士になり、戦後はラジオやテレビでも活躍した。「びわの実学校」を主宰し、児童文学者の育成にも力をそそいだ童話作家の坪田譲治は岡山中学の受験に失敗して以来、試験になると極度に煩悶するようになった。何よりやりきれなかったのは「オチたという情報がその日のうちに村中へひびきわたることであった」とふりかえる。

中学で二回、高校で一回落第した。さらに早稲田大学の予科時代に、岡山郊外の牧場で半年遊び、このあと一年志願兵にとられたり、呼吸器の病気をわずらったりして、三回もダブリを記録する。

でも齢をとるにつれ、一年や二年、五年くらい遅れたところで、たいしたことないとおもえるようになるという。

「スタートでは必ずしも順調でなくとも、いつかは追いつく人生街道という、おおらかな気持があれば、必ず追いつけるようである。途中で挫折するのは、むやみに自分のペース以上のもので走ろうとするからで、永続きをしないのではなかろうか」

もっとも何度も何度も落第することが許されるのは、かなり恵まれた境遇の人だといえる。

ただし、恵まれた境遇にいると、周囲のプレッシャーも強く、失敗や挫折をしたときの痛手は大きいのかなあ、ともおもう。

『落第読本』は、受験の失敗や留年だけでなく、就職試験の話も出てくる。中には、銀行にコネがあったのに自ら辞退したとか、外交官試験に落ちたとか、衆議院選挙の落選といった、華々しい落第エピソードもある。

この本に登場する「落第名士」たちに学ぶことがあるとすれば、落第を人生の転機とし、遠回りしたことをよしとしているところだろう。失意と焦燥の日々を送ったことは、無駄ではない。いや、無駄なことなんて何もないと彼らは教えてくれる。

古本を読んでいて、昔の人が今の自分と似たようなことで悩んだり考えたりしていたことを知ると、よくもわるくも「このくらい、どうってことないな」と気が楽になる。

今でもたまに浪人中の高校生でも大学生でも社会人でもない、ふわふわした気分を懐かしくおもう。

まあ、当時の自分は、まさか大学を中退して、フリーライターになったものの、何度となく仕事を干されて、そのたびに浪人生の気分を味わうことになるとは想像すらしていなかったわけだが。

パーキンソンの教訓

C・N・パーキンソンは、「命ぜられた仕事をしあげる場合、時間はいくらあっても余るということはない」「かねは入っただけ出る」といった皮肉と諧謔《かいぎゃく》に満ちた警句をたくさん残した歴史学者である。

「ノー」というかわりに「善処します（考えておきます）」といって、あらゆる仕事を引きのばしたり、上に下に横に責任を転嫁したりする組織を執拗に茶化し続けた。その思想は「パーキンソンの法則」（同タイトルのシリーズを何冊も刊行している）と名づけられ、一九六〇年代に日本でもビジネスマンを中心に広く読まれた。人間や集団にたいする深い洞察は今読み返しても古びていない。

わたしは優れた英国のエッセイストとしてパーキンソンの著作に親しんだ。

中でもとくに愛読しているのが『パーキンソン氏の風変りな自伝』（福島正光訳、至誠堂、一九六六年）という本だ。

「本を書きたいと考えるひとは多い。そしてそのひとたちが書こうという本は、たいていは自分自身を材料にしたものである。（中略）私にも、自分のことを語りたがるという性向があるわけだから、私はその性向にたづなをひきしめてかかった」

そこでパーキンソンは「知人」のことを書くことで自分を語るという手法をとる。その「知人」には自分が大きな影響を受けたと認めざるを得ない人物を選んだ。

最初に登場するのは、父、ウィリアム・エドワード・パーキンソンである。

パーキンソンの父は、中学校の絵の先生だった。もともとよい身分の出だったが、ほとんど財産を相続せず、常にささやかな金で紳士の道を歩んだ。

王立美術学校時代、パーキンソンの父は、あらゆる科目で「優」をとった。

そんな父にたいし、「将来たいへんすぐれた絵かきになる人間が、彫刻にもまた高等幾何学にもひとしくひいでているものだろうか?」と疑問を投げかける。

卓越した才能の持ち主であれば、試験結果はきっと、もっとむらが出るか、あるいは何かがひとつ突出して優れているというかたちをとるはずだ、と。

当時の英国の芸術家のあいだでは、不規則な生活、奇異な服装、左翼趣味などが流行していたが、父は敬虔なキリスト教徒で保守派で非のうちどころのない道徳家だった。

「だからひとは、彼が商売を間違えたのではないかという気にさせられるのだ」

パーキンソンは父から節約を学んだ。父はやりくり上手で、魔法のように古い木箱や屑鉄をほしい品物に作りかえた。

「どのような芸術・工芸においても、根本に努力の節約がある」

すぐれたペンキ屋は必要以上に塗らない。熟練した大工は必要以上の力で釘を打たない。すぐれた著者は最小の言葉で最大を語る。後年、パーキンソンが、役人や会社組織の無駄、非効率を広範な知識を用いながら批判する学者になったのも父の影響だろう。

大学時代の恩師、歴史学者のエドワード・ウェルボーンは、二十世紀のケンブリッジ大学が生んだ最も有能な人物のひとりだそうだが、性格にはいろいろ問題があった。博愛家や社会改良家にたいし、不信の念を持つ皮肉屋であり、不毛で見栄っぱりな学識よりも常識を好んだ。

パーキンソンが書いた歴史の論文にたいし、ウェルボーンはこういった。

「どうしてそれがわかったかね？」

若き日の彼はその簡潔にして鋭利な質問にたじたじとなった。以来、どんな所説であれ、常に事実と理論で武装しておく必要をおぼえた。

師の歴史の教えは、ただ事実を伝えるだけでなく、辛辣な批評が含まれていた。

「一八七〇年にはひとびとは鉄道がみなを豊かにしたということがわからなかった。それどころか、彼らはみなを豊かにしたのは、メソジスト教会と子どもたちをむち打つこと、自己否定と自助の精神だと思っていた」

ウェルボーンの毒にやられたパーキンソンは「他の教授たちがいやがるような痛烈な主張をするくせのある男になった」という。

性格俳優で劇作家のエヴァン・ジョンは「仲間のあいだでは最もひとを刺激する人物のひとり」だったと回想しながら、彼から最後にもらった手紙を紹介している。

「ただ一言だけ言おう。ひとびとがその結婚が破れたことについてどんな理由をあげようとも、ひとはつねに、それはまちがった理由だということを確信するものだ」

この手紙は、パーキンソンの最初の結婚が破綻し、失意の日々を送っていたころに届いたものだった。逆にパーキンソンは「このように人生の一面を欠いたその諸著作はある程度までしか成功しなかった」と彼の作品を評している。

パーキンソンは、懐疑をふくんだ愛情によって、一癖も二癖もある自分の恩師、あるいは知人たちをスケッチし、さまざまな教訓をひきだしてゆく。ある師からは「人間の限界」を学び、また別の師からは「歴史をやさしく正確に書くこと」を教えられた。

読者は、パーキンソンが恩師から受けた影響をいかに吸収し、発展させ、逸脱していったかを学ぶことになる。

別の見方をすれば、この本は非凡な能力を有しながら、ある種の欠陥や不運によって報われなかった人々の記録であり、哀惜の書である。彼らはみな、その能力を自身の幸福に結びつける才覚がすこし足りなかった。

おそらくパーキンソンは彼らの残した業績以上に、その融通のきかない不器用な生き方を愛していた気がする。

わたしは「文学」として読んだ。

百年前の日本人の予言

先日、都内某所の喫茶店でスーツ姿の男性客が「本ばっかり読んでいるやつはだめですよ」と大声で話していた。

「今の時代、本に書いてある情報なんか古すぎてまったくつかえない」

その二、三席隣でわたしは古本を読んでいた。その隣の若い学生も椅子に書店の袋を置いて、一心不乱に文庫本の頁をめくっている。

補足すると、都内某所とは神保町である。

それはさておき、この日、わたしが喫茶店で読んでいたのは『日本人の予言《今は昔の今なりや?》』（竹内書店、一九六七年）という本だった。帯には「明治１００年記念出版」と記されている。

大正九年（一九二〇年）、三宅雪嶺が主宰していた『日本及日本人』において「百年後の日本」という特集を組んだ。

一九二〇年といえば、日本最初のメーデーが行われ、全国に普選運動が広まるなど、大正デモクラシーの全盛時代だった。かつての識者たちは、将来（二〇二〇年）の日本および世界がどうなると考えていたか。そのアンケートを復刻した本なのだ。

当時の未来予想は、その大半は荒唐無稽である。今の人も百年後を予言すれば、大方、トンチンカンなものになるだろう。

中には「日本の人口は一億八千万人になっている」「漢字がローマ字になる」「首都が福岡になる」「平均年齢百二十五歳」という予想もあった。

残念なのは、ほとんどの識者が「そんな先のことはわからない」といったかんじのお茶をにごした回答をしていることだ。

「百年後の日本は、今の日本でないことはたしかであり、百年後の日本であることも疑いない」（法学士・櫛田民蔵）

「焦眉の問題応接に暇あらず、百年後のことを考慮するの余裕を有し申さず候」（陸軍大将・井口省吾）

なんだよ、まちがってもいいから予想せんかい、といいたくなる。

詩人で小説家の室生犀星は「百年後の日本を考えると、ほかのことよりも思い浮べることは、すべての女性が、食物の進化（主として肉類などから）にしたがって、非常に美しく繊細な明るい女がふえるだろうと思います」と答えている。

また近い将来、日米戦争が起こり、その勝敗如何で日本の運命が定まるとし、「来たるべき戦争において日本に勝算ありや。残念ながら私は結果をあやぶむ」（法学博士・末広重雄）と論じていた人もいる。

さらにふみこんだ意見としては「なによりもまず、このままでの帝国ではなくなるでしょう。日本人の性格から考えてみて、現在のロシアや支那のそれのようになることはあるまいが、とにかく一度外国と大戦争があって、それによって粉みじんに蹂躙されるでしょう。そして、はじめて真に目ざめるでしょう」(詩人・山村暮鳥)という回答もあった。

山村暮鳥は萩原朔太郎や室生犀星と交友のあった詩人で、このアンケートに答えたとおもわれる年には結核で療養中だった。特集の四年後、四十歳で死去。詩も素晴らしいですよ。

あとわたしがいちばん唸らされたのは、次の予言である。

「この間に、支那は真に大国としてますます発展し、米国と提携して日本をいじめることとなるでしょう。台湾や朝鮮は、むろん日本の手をはなれてしまいます」(小説家・仲木貞一)

仲木貞一はオカルトマニアのあいだでは「キリスト日本人説」の提唱者もしくは「ムー大陸」の紹介者として知られている。

それにしても百年前に超大国化した中国とアメリカにはさまれて、日本がいじめられると予言しているというのはすごいことだ。ひょっとしたら、キリストは日本人でムー大陸は実在したのかもしれない。

百年前(というか九十年前なのだが)の予言を読んでいると、未来予測をするさい、現在の枠(前提)でものを考える人とそうでない人がいるということがわかる。

たとえば、エネルギー問題についても、百年後、石炭が不足するからその確保が急務だと訴える学者もいれば、他国に先駆けて太陽光の利用法を研究せよという学者もいた。

今の目で見れば、前者のまちがいは明白だけど、百年前であれば、後者は空想小説のように受け止められていた可能性が高い。

この先も国境が変わることもあれば、国がなくなることもある。ひとつの発明が世の中を激変させてしまうこともある。

今、当たり前の常識も、百年後にはまったくちがったものになる。過去の未来予想を読むと、そのことがよくわかる。

未来を見通すためには、最新の情報だけでなく、今の常識にとらわれない目と洞察力が必要である。

先のことはわからないが、わからないことを考えることは無駄ではない。過去の成功例や失敗例を知り、未来にたいする悲観と楽観の幅を広げながら、不測の事態に備えることも大事だとおもう。

現実に縛られすぎたり、目先のことにとらわれすぎたりすると、そうした未来は見えにくくなる。

それは小説にもいえるかもしれない。

あまりにも現代の流行や価値観を反映しすぎた作品は風化するのも早い。逆にその時代の枠をこえすぎた異端の作家は同時代の人の評価が得られにくいこともある。

まあ、古本マニアからすれば、どちらもおもしろいんですけどね。ただし、前者の本はあまり古書価はつきません。

インドを語る

日本に生まれて、知らず知らずのうちに日本のしきたりに従って、人と適度な距離をとりながら暮らし、あらゆることは自明であると錯覚し、ほんとうはもっと自由に、不徹底に、めちゃくちゃなことをおもったりしてもいいはずなのに、それができない。

だから、ときどき自明をゆさぶってくれる本を読みたくなる。

松山俊太郎著『インドを語る』(白順社、一九八八年)はそんなときに読みたい一冊である。四年くらい前にJR中央線の阿佐ケ谷駅の北口にあった風船舎(現在はオンラインと目録専門の古本屋)で買った。

読んでも読んでも、あまりにも壮大で、頭がくらくらして、わけがわからなくなる。読んでいる途中、お湯を沸かしていたのを忘れてヤカンを焦がしたこともある。

『インドを語る』は東京・神田の美学校の講義を再構成し加筆したものだ。

松山俊太郎は、一九三〇年生まれのインド学者。学問はひまつぶしにすぎず、無意義だから続けられるといい、インドや蓮など、何の役にも立たない研究に人生を捧げている奇才である。

空手の達人でゲージツ家の篠原勝之(クマさん)の師匠で、澁澤龍彥、種村季弘とも交遊があった。

「インドというのは、わたくしにとってはたいへん好ましい味わいのひとつなんです。文化の味わいというか、とにかく、インド人の考えることにしても、デタラメと思って噛みしめると、ほかにない、こたえられない面白いデタラメであるとか、そういう魅力はふんだんにあるわけで、要するに、わたくしはそういうところに惹かれるわけです」

インドには、呼び屋の元祖といわれる人物に「魔法使いを探してこい」といわれて行ったのが最初だった。そして「水の上を歩く男」や「自称二百歳の男」と会う。「水の上を歩く男」は、ホテルのプールで歩こうとしたら、たちまち水に沈んで逃走する。「自称二百歳」はどう見ても六十歳ぐらい。でも本人は嘘をついていることすら忘れている。

「とにかくインド人というのは、人もだましたいけれど、自分もだまされたいわけです」

そんな話からはじまって、インドの歴史、宗教、哲学を縦横無尽に語る。

インドの文化は、幻想にもとづいていて、ありえないようなものをあるとおもい、不思議な思想をいろいろ作る。輪廻もそうだし、神様もそう。考えることの九十五％はデタラメで、ホントとウソの境界もめちゃくちゃで、ほかの国の人が考えない非常識なことばかり考えている。

インド人は、フロイトやユングのずっと前から潜在意識や集合無意識といったことを考えていたり、宇宙と自分が融合した境地を求めたり、あらゆる思想が現実と関係ないところに進んでしまう。

生まれてくる人がいれば、死ぬ人がいるのも、幸福があれば、不幸があるのも当たり前で、それをどうにかしようとはおもわない。

ある意味自由だが、過酷だ。

またインド人は紀元前五世紀ごろには〈一〇の二十二乗〉くらいまでの数の呼び名を作っていた。さらに紀元前二世紀くらいの本には、アサンクエーヤ（漢字では「阿僧祇」と書く）と呼ぶ数が出てくる。

簡単にいうと「一」に「〇」を五十九個つけた数（つまり六十桁）である。

さらに「華厳経」でもっとも大きい数である「不可説」は十進法で記すと「一〇の三十七乗」桁になる。松山俊太郎の説明によれば、これまでに出た世界中の本の活字をすべて足しても「一〇の十八～十九乗」くらいだそうで、とにかく想像できないほど大きな数としかいえないらしい。

このあたりの話は読んでいるだけで知恵熱が出てくる。

数の大きさだけでなく、「小は大よりも大きい」とか「いちばん短い〈刹那〉という時間のほうが、もっとも長い〈劫〉という時間よりも長くなりうる」といった考えもある。

松山俊太郎は、インドの荒唐無稽さを語ることで、現実の世界の小ささ、わからないことの領域の広大さを浮び上がらせる。

「華厳経の中の宇宙のことを考えれば、これはデタラメには違いないでしょうが、しかし、そういうデタラメがいっぱいある中の一つにすぎない〈娑婆世界〉の約束なんか、『そんなものに縛られなくたっていいや』というふうに思って、わたくしには、ものすごい解放感があったわけです」

この本を読むと、いろいろなことがどうでもよくなる。こんな陳腐な世界で何をぐだぐだ悩んでいるんだろうという気分になる。ただ、この気分が長く続くと、日常生活に支障をきたしてしまうのだが。

竹熊健太郎著『篦棒《ベラボー》な人々　戦後サブカルチャー偉人伝』（河出文庫、二〇〇七年）には、東京大学の大学院を出たばかりの松山俊太郎をインドに行かせた〝伝説の呼び屋〟康芳夫《こうよしお》のインタビューが出てくる。

「それであいつ、インドに二ヵ月ぐらい行ってたんだけど、ロクなネタを見つけてこないんだよ。一つ目小僧とかさ。空中浮遊人間がいるとか。でも肝心の写真を持ってないんだもん。それで金がなくなったら、また送れっていってきてね。結局、インドを一周して、ブラッと帰ってきたわけだ」

結局、興行の形にならなくて、「アラビア魔法団」（アラブ人はひとりもいない）という企画をする。初日に、三島由紀夫が見に来て、「これはなんなの」と呆れて帰っていったとか。

インド人をデタラメ、デタラメといいつつ、松山俊太郎自身、デタラメな人だった。

その時、本棚は動いた

三月十一日の午後二時四十六分、わたしは京都にいた。

地震があったことにも気づかず、出町柳界隈の古本屋をレンタサイクルでまわっていた。ガケ書房の店長さんにノートパソコンを見せてもらい、震災のニュースを知った。

「これはたいへんだ」

翌々日、東京に帰ってきて、あるていど覚悟はしていたけど、部屋の散乱ぶりは予想以上だった。

玄関、台所、居間、仕事部屋の本棚から本が落ち、床に積み上がった本は腰の高さをこえた。かきわけて前に進むこともできない。

函入りの本の函が壊れたり、帯が切れたり、頁がバラけたりした。

阪神大震災のあと、神戸在住の古本好きの知人からは「寝る部屋にはあんまり本を置かんほうがええよ」と忠告されていた。

知り合いの古本屋からは「重い本は（本棚の）上のほうに置いてはいけない」と教えてもらっていた。

一年ほど前に、住居の賃貸マンションの上の階から水もれがあり、工事に来た人に「本棚をちゃんと固定しなさい」といわれ、L字型の金具や強力な粘着シール付の耐震グッズを導入していたおかげで、本棚は倒れなかった。

今回の地震で学んだのは、玄関付近に本をたくさん置くと、それが崩れたら、外に出られなくなるということだ。

基準値をこえる蔵書量を誇る友人たちと会うと、かならずといっていいほど、本が崩れた話になる。古本マニアという人種は壁があれば本棚を置かずにいられない。そしてたいてい天井まで本を積み上げ、あらゆるすきまを本で埋める。

「やっぱり、また崩れるとおもうと元に戻せない。それに行方不明になっていた本が出てきて、つい読みふけってしまうから、ちっとも片づかないんだよね」

「電車が止まって、会社から四時間かけて家に帰ったら、本棚が倒れていて、布団がひけなかった。あれにはまいった」

「今回のような大きな地震があると、古本を売る人が増えて、古本屋の倉庫がいっぱいになるらしいよ」

住居から徒歩三分くらいのところに本を置くための木造の風呂なしアパートも借りていて、毎日、行ったり来たりしながら、本を片づけていた。

その途中のゴミ捨て場に本が捨てられている光景を何度も目にした。そうした本を拾って古本屋や廃品回収業者の市場に売りに行くプロもこの業界にはいる。

三月は引っ越しシーズンだから、一年でもっとも本が動く季節である。そこに今回の地震が重なったから、古本屋の買取が激増しているという話も聞いた。

今も散らばった本の片づけをしながら仕事をしている。

心ここにあらず、どこになにがあるかわからず、先の見通しも立たず、平静を保つこともままならぬ日々だ。

脇村義太郎著『東西書肆街考』（岩波新書、一九七九年）は、古本街の歴史を知る上では欠かせない本である。

一九二三年の関東大震災のとき、神田の古本街は大きな被害にあった。

「大量の書物を持っていたために、耐震力の弱い神田書肆街の店舗は一瞬にして崩壊をしたものが多く、そのため犠牲者も出た。そしてその間にあちこちで火を出して、九月一日の夕刻までに神田の本屋街はほとんど燃失し、さらにその火は南風が吹きすさんで駿河台小川町・淡路町方面にまでひろがり、商店街・学校街のほか高台住宅地まで焼け野原になってしまった」

この震災で、江戸期からの古記録や図書が回復できないほど焼失したといわれている。店や本を失い、建物の材料、工事のための労働力もなく、神田の復興は困難をきわめた。しかし、都内の古書店はすさまじい底力を見せた。

「彼らは真っ先に神田の焼け野原に仮営業所を建て、書物に飢えた人々が殺到し大いに営業を伸ばすことができた」

バラック建築で営業を再開した店もあれば、建築資材が整うのを待たず、テントを張って営業をはじめた店もあった。

脇村義太郎は「神田古書店街の過去百年間の発展は、強い個人主義に立つ古書店オーナーたちによって支えられてきた」といい、さらに古本業者は、先を争って被災しなかった地方都市に出かけ、従来の価格のままで並べている本を買い漁り、巨額の利益を出したとも綴っている。当時、娯楽がすくなかったとはいえ、震災後の困難な時期に、それだけ本が読みたいという人がいたわけだ。

三月十一日、神保町の古書会館で古書展が開催されていた。建物がぐらぐら揺れる中、何事もなかったかのように、本を読み続けている人もいれば、会計の列に並び続けている人もいたそうだ。

あの日を境に、何もかも変わってしまった気分になっていたのだが、この話を聞いて、すこし気持が落ちついた。

毎日、古本屋に行きながらも、被災地や原発事故、物不足や停電のニュースを見るたびに、「こんなことをしている場合なのか」とおもっていた。しかし、考えてみれば、わたしはこれまでもずっと「仕事もせず、古本ばかり読んでいていいのか」とおもいながら、古本屋通いをしていたのである。

何の役にも立たなさそうな古本だって、幾多の困難を乗り越え、今、ここにある。

また日本は復興するとおもうよ、きっと。

SMに市民権を与えた作家

今年五月六日、団鬼六が亡くなった。

いわずと知れたSM小説の第一人者だけど、『真剣師小池重明』（幻冬舎アウトロー文庫）をはじめ、将棋関係の本も多い。

数ある著作の中で、わたしがもっともおすすめしたいのは、『SMに市民権を与えたのは私です』（勁文社新書、一九九五年）である。

『SMに…』は、『蛇のみちは』（白夜書房、一九八五年）を全面改訂した本で、その後の後半生などを加筆している。後に『蛇のみちは　団鬼六自伝』（幻冬舎アウトロー文庫、一九九七年）と題を戻して再刊――。

団鬼六は一九三一年生まれ。父は滋賀県の彦根で映画館を経営していた。

父は金を借り、株に手を出すが、太平洋戦争前に相場で失敗し、映画館は人手に渡る。戦後、関西学院大学法学部に入学したころには、一家の生活は成り立たなくなっていた。

追いつめられた彼は、芦屋の高級住宅街でセーラー服を着た可憐な女学生や和装の美しい人妻を見て、圧倒される。

「疲労困憊の極に達していた私にはこうした階級層に対し、得体の知れぬ復讐心理が生じたのかも知れない。後年、書く事になった悪魔小説の女主人公にその時、眼にした令夫人と令嬢のイメージがつながった事はたしかである」

とはいえ、最初からポルノ小説を書いていたわけではない。

一九五七年、投稿作が「オール讀物」に入賞し、小説を読んだ〝東西芸術社〟の社長が本にしたいという手紙を送ってきた。

その本は『宿命の壁』という題で刊行される。ただし、黒岩松次郎（団鬼六の本名は黒岩幸彦）名義だった。

団鬼六のオフィシャルウェブサイトの〝作家の人生〟には、一九五八年に『宿命の壁』を五月書房より処女出版」とある。

有名作家が別名義で書いた本は、古書価が上がる傾向があるのだが、この『宿命の壁』も入手困難な本として知られている。

同年、二作目の『大穴』（こちらも黒岩松次郎名義）という相場小説が大ヒットし、松竹で映画化、後にテレビドラマ化もされた。

順風満帆のデビューのようにおもえるが、ここからだんだん雲行きがあやしくなる。

大金を手にした若き日の彼は、新橋に遊びに行く。その隣には試写会で知り合った女優の卵、水江がいる。

「私は今、幸福に酔い痺れていた」

水江といっしょに新橋のバーに入ると、ホステス達が浮かない顔をしている。バーテンの話によると、店が売りに出されることになったという。

譲渡権利は二百万円。酔っぱらって気分が大きくなり、「俺でよかったら、この店、買ってもいいよ」といってしまう。

なんとか金を工面して、店をオープンさせたとたん、凶悪な人相の男達がやってくる。

「この店は百五十万円の担保に入っているんだぜ」

つまり、ペテンにひっかかったのだ。

さらに彼の才能に期待し、出版記念会を開催してくれた文藝春秋の地下のクラブの支配人には、「おめえ、飲み屋の亭主になるつもりか。俺はおめえがものかきになると思うから、これまで随分と面倒を見て来てやったつもりだ」と絶交をいい渡される。

「こういう状態に落ちこむと、当然の事だが原稿が全く書けなくなった」

原稿用紙に向かうが、いっこうに筆が進まず、自分用の猥文を書きはじめる。花巻京太郎というペンネームで大阪の「奇譚クラブ」という雑誌に投稿した。

タイトルは「花と蛇」――。

SM文学の金字塔が誕生した瞬間である。

だが、波乱は続く。店をまかせていた水江はバーテンと逐電し、売り上げを持ち逃げする。借金だらけで、従業員の給料も払えない。

そこで一か八かの勝負に出ることにした。

店を担保に金を借り、小豆相場に挑む。

借金はふくらみ、債権者に追いまわされ、東京にいられなくなり、気がつくと、神奈川県の三浦半島、三崎の中学の代用教員に……。

教師になって半年、三浦海岸でくすぶっていた彼のところに一通の手紙が届く。

「奇譚クラブ」に発表した「花と蛇」が人気を呼んでいるから、続きを書いてほしいという依頼だった。

そのころ、同じ学校の英語の女教師と結婚していた。妻は夫がポルノを書いていることを知らない。

「だから、私は家でエロを書く事が出来ないので、学校で生徒に自習させ、教室の机でエロを書いた事もあった」

「奇譚クラブ」の社長には、SM小説に転向しろ、あんたみたいな人間が教育者になるって事が間違っているのや、と諭される。社長の言葉に背中を押され、中断していた「花と蛇」を再開する。そのさい、ペンネームを変えた。

「これからは純文学など生意気な事は考えるまい。周囲に対する気兼ね、気づまりなど一切、排除し、鬼のような気分で淫靡残忍ないやらしい小説を書こうじゃないか、と、心に誓ったのである」

かくして作家、黒岩松次郎は、SM作家、団鬼六になる。

その後も、成功しては調子に乗って失敗することのくりかえし。団鬼六はそうした負の経験を肥やしにし、かならず次の作品に昇華させた。

緊縛小説の大家の生涯は、まさに「禍福はあざなえる縄のごとし」だった。

2011.8

ピルロニスト無想庵

武林《たけばやし》無想庵《むそうあん》の名を知ったのは、上京してしばらく経った二十歳前後のときだ。わたしは毎日のように古本屋にいりびたり、ダダイズム関係の本を読みあさっていた。わかるものよりも、わからないものを読みたいとおもっていた。わからないだけでなく、ちょっと不遇な人物にも興味があった。

『無想庵獨語』（朝日新聞社、一九四八年）所収の「ピルロニストのように」という随筆のような小説がある。

ピルロニストとは、古代ギリシアの哲学者「ピルロン（ピュロン）の徒」という意味で「懐疑主義者」と訳されることもある。

なぜ生まれたのか、なぜ老い朽ちて、なぜ死ななければならぬのか。「ピルロニストのように」は、そんな問いにはじまり、あとはひたすら愚痴と情事の告白が続く。

文章を書く気になれない。新橋か柳橋に出かけて、美人を大勢呼んで豪遊したいが、金はない。友と話をしたいが、彼らはしょせん他人だ、やっぱりやめる。芝居や寄席にも行く気がしない。ぶらぶら散歩するのもくだらない。

そんなことをぐだぐだ書いている。

「――人は希望に生き、満足に死す。というような諺をば、子供のとき耳にしたことがあった。考えてみると、わたしには、いま、全く希望というものがない。そうして、ただ現在の満足だけがのこっている。諺の言葉に準ずると、わたしは死んだ人間といわなければならぬ」

この文章を書いていたころの無想庵は三十九歳。文末には一九一九年とある。

「わたしのような人間が多くなれば、その社会はかならず堕落する。その国家はかならず滅亡する。（中略）あきらかにわたしは穀つぶしである。社会にとって有害無益な人間である。けれどもそれにたいして、わたしは責任をもつことができぬ。わたしは勝手に生れたのではない。生れたくて生れたのではない。わたしの父母もわたしのようなものを生みたくはなかったであろう」

かくして、家財道具と書物を売りはらい、ノートや原稿を焼き払い、鞄ひとつで、放浪したいと望むようになる。

友人からは、君に必要なものは「愛」と「仕事」だと忠告する手紙をもらうが、無想庵は聞かない。

「ピルロニストのように」は、どこがおもしろいのか、説明に困る。無想庵の作品のほとんどは、構成がなく、行き当たりばったりである。たいてい尻切れトンボで、途中、ぐだぐだになる。それでも、やけくそでやぶれかぶれの文章が放つ熱のようなものはある。

無想庵は、ひたすら愚痴を書いた。どうにかして一生の愚痴を書き残して死にたいとおもっていた。

愚痴を綴りながら「わたしは何を書いているのだ?」「何人に向って何を理解してもらおうとしているのだ?」と自問する。

『むさうあん物語　別冊　武林無想庵追悼録』で、伊藤整は無想庵のことを、自らの経験を書くとき、人を納得させるだけの技術や我慢が持てない人だったようだといい、「その無邪気さと徹底癖とにおいては、多分近代文学史上に類のない人だったと思う」と述べている。またその精神構造や生き方は「よく分らぬ所」が多いと批評した。

武林無想庵は、幸田露伴や谷崎潤一郎が一目を置くほどの教養人だった。しかし山本夏彦は『無想庵物語』(文春文庫)で、「物を識ることと物を創ることは全く別だと知った」と綴っている。

武林無想庵、辻潤の博識あふれる会話を聞いた少年時代の山本夏彦は、「二人は共に野心がない欲がない、ひとを凌ごうとする気がない。これらはいわば『ダメな人』だと突然私には分った」と冷めた目で見ていた。

山本夏彦の『無想庵物語』は、無想庵の生きた時代を縦横に描き、彼と関係のあった有名、無名の人物が次々と姿をあらわす。

武林無想庵は、東京帝大の英文科時代にラフカディオ・ハーン、夏目漱石の講義を受けている。学生時代の同人誌仲間には、劇作家の小山内薫や歌人の川田順がいる。谷崎潤一郎と佐藤春夫をひきあわせたのも無想庵である。家には居候がいる。帝大中退後、京都に移り、多くの文人たちと知遇を得る。山本夏彦の父、山本露葉も無想庵の友人で、「ピルロニストのように」

の中で、無想庵に手紙で忠告した人物でもある。

一九二〇年、無想庵は中平文子（＝武林文子、宮田文子）と知り合い、帝国ホテルで盛大な結婚式を挙げた。この年、二人は渡欧し、十二月、長女イヴォンヌが生まれる。

ところが、親（養父）譲りの財産を食いつぶし、パリで妻に捨てられる。

その顚末の一部を『COCU（コキュ）のなげき』という作品に書き、当時の文壇では話題になった。

文子は何人かの男と親しくなり、その一人にモナコでピストルで撃たれる（一命はとりとめる）というスキャンダルを起こした。

彼が書き残したかった愚痴は、ふつうの愚痴ではない。当時の一般家庭であれば、一生安楽に暮らせるだけのお金を一年かそこらで使いはたしてしまうような人間の愚痴に共感できる人はそういないだろう。

長身で美男、和漢洋の深い学識があり、語学や数学も得意とし、芸事にも長けていた無想庵は、自分が何をすればいいのかわからない人でもあった。何かが足りないために、ありあまる才能を持て余し続けた。

まあ、だからこそ、一部の古本好きには熱烈に愛される作家になったともいえる。

わたしもそのひとりだ。

わたしのホーソーン道

古本屋に入ってみたものの、ほしい本が見つからない。でもなんとなく手ぶらでは帰りたくない。顔なじみの店だと、何か一冊くらいは買わないと気まずい。そんなとき、わたしは自分の守備範囲外の昔の海外文学の本を買うことにしている。

日頃、日本の私小説ばかり追いかけているせいか、「世界文学全集」に収録されているような有名な外国の作家のことは穴だらけで、何を読んでも新鮮におもえる。

国書刊行会のバベルの図書館シリーズを見かけたら、未読の巻をちょこちょこ買う。薄い青の函入りの縦長の本で、J・L・ボルヘスが編纂し序文を書いている、海外文学のファンのあいだでは人気のシリーズである。

先日もそういう理由で近所の古本屋でバベルの図書館のN・ホーソーン『人面の大岩』を買った。収録作の中では表題作より「ウェイクフィールド」がよかった。

「ウェイクフィールド」は、ボルヘスも「ホーソーンの短篇のうちの最高傑作であり、およそ文学における最高傑作の一つと言っても過言ではない」と賛辞を送る。断っておくと、このシリーズのボルヘスはものすごく褒め上手である。

ナサニエル・ホーソーンは一八〇四年七月、アメリカのマサチューセッツ州のセーラムの生まれ。「ウェイクフィールド」が発表されたのは一八三五年五月だ。

一八三〇年代の日本は江戸時代、天保の大飢饉や大塩平八郎の乱などがあった。同い年の日本人には蘭学者の高野長英がいる……といっても、ホーソーンの話とは関係ありませんね。でも関係ないことを調べて脱線するのも、古典文学を読むときの楽しみではないかとわたしは考えている。

「ウェイクフィールド」は、昔、新聞か雑誌で知ったある男の実話という設定で、その男の仮の名をウェイクフィールドとしておくというところから話がはじまる。

ある日、ロンドン在住の彼は妻に旅へ出るといって姿を消す。ところが、家のすぐ隣の通り（町）に部屋を借り、妻にも友人にも誰にも知られぬまま、二十年以上の時が流れる。彼は亡くなったことにされ、妻は財産を相続するのだが、ウェイクフィールドは、再び家に帰ってきて、何事もなかったかのように優しい夫に戻る。

そんな珍事件のあらましを紹介した後、作者（ホーソーン）は、ウェイクフィールドはどんな人物だったのか、何を考えていたのか、行方をくらましていた月日はどうしていたのかといったことを想像し分析する。

作者でなくても、二十年ものあいだ、ウェイクフィールドはどうやって食っていたのか、妻も友人も探そうとしなかったのか、何かと考えさせられる。それゆえ二十頁にも満たない短篇にもかかわらず、いや、だからこそ忘れがたい奇妙な余韻が残る。

ホーソーンの短篇はいずれも長篇になりそうなくらい密度が濃い。詩人のロングフェロー

（ホーソーンと大学の同級生だった）は彼の短篇を「天才の筆」と激賞した。

わたしも「天才の筆」にすっかり魅入られてしまい、知人に会うたびに「ホーソーンはすごいよ」といいまくっていたら、「なんで、急に」と怪訝な顔をされた。ただ、海外文学に詳しい知人から、N・ホーソーン、E・ベルティ著『ウェイクフィールド／ウェイクフィールドの妻』（柴田元幸、青木健史訳、新潮社、二〇〇四年）という本を教えてもらった。「ウェイクフィールドの妻」は、アルゼンチンの作家が、突然自分の目の前から夫が消えてしまった妻の側から書いた物語である。

古典の換骨奪胎のお手本のような小説だなとおもった。

その後、『ホーソーン短篇小説集』（坂下昇編訳、岩波文庫）を読んだのだけれど、人生訓話もあれば、伝奇小説もあり、不条理小説もあり、寓話風だったり、随筆風だったり、一作ごとに作風がちがう。

この短篇集の収録作の中では「デーヴィッド・スワン」がとんでもなくすごかった。英米文学の研究者からすれば、何を今さらといったかんじなのかもしれないが、もし未読の人がいたら「（これを知らないのは）人生損しているよ」といいたい。

わたしも損していた。文庫本でわずか十頁ちょっとの掌篇といってもいいような作品なのだが、人間の運命の不思議さと儚さがつまっていて、星新一のショート・ショートや藤子・F・不二雄の短篇マンガと似た味わいもある。

訳注によると、「わが国でも古くから人気のある作品」だったそうだ。

ホーソーンは、森田思軒や岡本綺堂も訳していて、明治大正期の日本の学生には広く読まれていた。

ほぼ毎日、古本屋めぐりをしていても、知らず知らずのうちに未読の名作傑作の前を通りすぎている。それでも好きな作家がひとり増えるたびに棚の見方が変わる。気がつくと、英米文学の「ホ」の棚を探し、さらにホーソーンと親交のあった人物まで追いかけている。

ホーソーンはボストンやセーラムの税関で働きながら小説を書いていた。一八五〇年に代表作の『緋文字《ひもんじ》』を発表、一八五三年に大学時代の友人のフランクリン・ピアースが大統領に就任し、イギリスのリヴァプール領事に任命される。

一八五三年といえば、ペリー提督が日本に来航した年である。ペリーがホーソーンに「日本遠征記」の執筆を依頼したという逸話を知って（ホーソーンは親友のメルヴィルを推薦したらしい）、今、幕末の日米関係史の研究をしようかどうか迷っているところだ。

木山捷平の生家

かれこれ何年も前のことだが、岡山県在住の写真家の藤井豊さんから、家の近所に木山捷平《きやましょうへい》の生家とお墓があると聞いて、いつか訪ねてみたいとおもっていた。

今年八月、その願いがかなった。

藤井さんの運転する車で小田川沿いの道を通り、岡山と広島の県境に近い笠岡市山口に向う。途中、岡山の天文台に寄った。このあたりは、年間降雨量が少なく、空気が澄んでいて、星がよく見える。

森と田畑に囲まれた集落に近づくと、道路沿いに「木山捷平生家」の看板があった。

生家は石垣の上に堀があるけっこう大きな屋敷だった。家の縁側には古い缶の箱があって、中には「木山捷平　その人と文学」と題されたコピーが入っていた。

木山捷平は一九〇四年三月二十六日生まれ。詩人として世に出て、後に太宰治らと同人誌を作った。

一九六八年八月二十三日、逝去。享年六十四。没後、『感恩集　木山捷平追悼録』（永田書房、一九七〇年）という限定三百部の本が編まれた。井伏鱒二、尾崎一雄、檀一雄といった作家から中学時代の同級生による追悼や回想、書簡が並んでいる。

木山捷平は農家の長男だった。父も文学青年で漢詩を書いていた。死後、土蔵を整理していたら、詩稿が見つかった。中には教えを乞うた先生の「君有詩才。他日文壇馳名（君詩才あり。他日文壇に名を馳す）」と朱筆で記された稿もあった。

「私は漢文のことはほとんど分らぬが、薄暗い土蔵の二階でこの讃辞を解読した時は、ぱっと自分の両の頰が紅に染まるのをどうすることもできなかった。勘当さえ受けた自分の父のことではあるが、ひとりでに微笑が口許にうかび出た」（「春雨」／『耳学問・尋三の春』旺文社文庫）

農夫だった木山捷平の父は、からだが丈夫ではなかった。毎朝十時ごろまで寝ていた。夜一、二時まで机に座り、本を読んだり、詩を書いたりしていたからだ。

あるとき、木山捷平は「お父ッつぁん、おらを東京の文科へやってくれ」といったところ、「東京の文科の如き、不良少年の行くところじゃ」と一蹴される。

木山捷平の「春雨」という短篇は、父と郷里のことが描かれている。

また「子におくる手紙」という父が木山捷平に送った手紙をもとにした小説もある。

一時期、木山捷平は郷里の小学校の教師をしていた。しかし、すぐやめてしまった。当時の勤務態度を校長に聞いた父は手紙にこう記した。

「欠勤遅刻早退を屁とも思わず、大切な人様の子供を預りながら教室にありては十分なる授業をなさず、職員室にありてはろくろく事務も執らず、他の教師に良からぬ影響を及ぼし居りし由、まことに呆れ果て候」

いつまで経っても定職につかず、東京でふらふらしている息子を叱咤する父の手紙。いっぽう父は、職探しに困窮し悩める息子にこんな手紙も送っている。
「決して狼狽してはならぬ。心がすさんではならぬ。人を羨んではならぬ。天を怨んではならぬ」

木山捷平の生家を訪れ、何をするでもなく、縁側に座って、ぼんやりしていた。のどかな田舎である。ここに文学の道を歩もうとした親子が暮らしていたといわれても、ちょっとピンとこない。

木山捷平は多くの作家に愛された。そのわりに売れなかった。そのかわり古本屋で大切に売られている作家のひとりになった。

二十代のころ、わたしは釘を屑屋に売って得た小銭で軽石を買ったり、銭湯に行って下駄の上に座ってアイスクリームを食べたり、店舗を持たない不動産屋といっしょに下宿を探したりする木山捷平の小説をくりかえし読んだ。無頼や破滅型の文士とはまったくちがう、ぱっとしない地味な作家のとぼけた文章がおかしかった。

当時のわたしも定職につかず、中央線沿線の高円寺のアパートでくすぶっていた。田舎に帰省するたび、親から「就職しろ」と説教された。

わたしは酔っぱらって、木山捷平の「子におくる手紙」をアパートに出入りしている似たような境遇の友人知人の前で朗読したことがある。

「そなたの帰ることは第一他の子供たちのために非常なる悪感化を及ぼす。
一、ろくな勉強をせざること

二、仕事をせざること
三、朝寝坊夜更かしすること
四、その他
そなた以外のうちの子供には勤勉の徳を養成せしむるつもりなり」

あまりにも身につまされすぎる言葉に、友人のひとりが「もうやめてくれえ」と腹をかかえて笑った。

しかし、多かれ少なかれ、大正、昭和のはじめに文学を志すことは、親不孝になることだった。作家になろうとおもえば、親孝行や勤勉をよしとする因習に逆らい、家を出て、自分本位に生きようという意志が必要だった。その意志の有無は、詩才や文才よりはるかに大切だったかもしれない。

わたしは木山捷平の作品を読みながら、自分に都合のいい教訓を無理矢理ひきだし、我が身の不甲斐なさを肯定した。

どんなに売れなくても、心をすさませず、人を羨まず、人生の苦渋をユーモアでくるみ、自らの文学に昇華させた木山捷平の作品から学ぶべきところは多い。

わたしは生家の裏山の墓前で手を合わせ、「いつの日か木山捷平の第一詩集『野』を入手できますように」と祈った。

ミケシュとケストラーの友情

三十代後半の読書低迷期（活字がちっとも頭にはいってこない時期）に好きになった作家にジョージ・ミケシュがいる。ミケシュはハンガリー生まれでイギリスに亡命したユーモア作家。コラムやエッセイにも定評があり、紀行文やルポルタージュも書いていた。

ミケシュの本を読んでいるうちに、同じハンガリー出身の亡命作家のアーサー・ケストラーを知った。

ミケシュとケストラーは、ともにユダヤ系のハンガリー人なのだが、「水と油」といっていいくらい性格も作風もちがう。ミケシュは一九一二年生まれ、ケストラーは一九〇五年生まれだから、齢も七歳ちがう。

ジョージ・ミケシュ著『ふだん着のアーサー・ケストラー』（小野寺健訳、晶文社、一九八六年）はそんなふたりの友情の物語である。

もともとミケシュはハンガリーの文学者の作品を凡庸などうでもいいものとおもっていた。あるとき、知り合いの家でケストラーの『地上の屑』をすすめられる。

「二、三日して読みはじめると、やめられなくなった。もう一度あちこち拾い読みしてみた。誠実そのもので、ゆたかな才能にめぐまれた現代の大作家に出会ったことは、明らかだった」

さらに旧ソ連時代のスターリン支配下における恐怖政治を描いたケストラーの代表作『真昼の暗黒』を読んで、完全に打ちのめされる。

「わたしにとって、ケストラーはすでにぜったい過ちをおかすことのない神になっていた。わたしは彼に会いたかった」

ミケシュはケストラーと知り合い、その後、三十年にわたって家族ぐるみの付き合いをするようになる。

ただし「(本気のことは一度もなかったが)ときには喧嘩もした。沈んでいるところを見たこともあり、わがままだと思ったこともあれば、無礼だと思ったことも少なくなく、理不尽だと思ったのも毎度のことだ」という。

一九五六年十月にハンガリー動乱が起こった。当時のソビエト連邦の支配にたいする祖国の民衆蜂起を知ったケストラーは午前二時半にミケシュに電話をかけ、「すぐやって来て、いっしょにハンガリー公使館の窓へ煉瓦を放りこんでくれ」と誘う。

ケストラーはハンガリー動乱に世間の眼を向けさせようと必死だった。ミケシュは、すでにラジオもテレビもハンガリー報道一色であり、そんな必要はないと考えた。

「明日会って、もっと何か効果的なやりかたがないか相談しよう」

すると、「また穏健主義か、バカヤロウ!」と怒鳴って電話を切った。

ケストラーは、ちょっと気にくわないことがあると、すぐ絶交してしまう癖があったが、友だちおもいでもあった。

たとえば、彼は眼を患ったミケシュを心配し、自分の知っているパリの名医を紹介しようとする。しきりに健康診断を受けたほうがいいと忠告する。

ところが、ミケシュはいずれも断る。

「ぼくは自分が病気になればわかると思うよ。しかし、気がつきそこねて手遅れになったとしても、そのばあいには考えがある。どういう考えだ? ふつうに死ぬのさ」

ケストラーはミケシュを無精でずぼらなオプティミスト、ミケシュはケストラーを妥協することを知らない神経質なペシミストと見ている。

性格も思想も趣味もちがい、話が合うわけでもない。似ているといえば、お互いに持論をほとんど曲げないことくらいである。

にもかかわらず、ふたりが長年にわたって友情を保ち続けたのは、亡命先の地でハンガリー語を話せる友だったこと、お互い、ハンガリー料理にたいする「胃袋の愛国心」の持ち主だったこともあるかもしれない。

一九八三年三月、ケストラーの死後(尊厳死といわれている)、何人もの知人から「ミケシュは自分が喧嘩をしなかった唯一の友人だ」と彼が語っていたことを知らされる。

ケストラーが癇癪をおこし、ミケシュと疎遠になったこともあった。でもそのあと仲直りしようと努力した。友人にパーティをひらかせ、自分とミケシュを招待しろ、費用はこちらが持つというようなやり方で。

またミケシュは大の猫好きで、ケストラーは大の猫嫌いだった。ミケシュは家に猫がいると、ケストラーが来なくなるのではないかと心配した。ところが、ケストラーはミケシュの家を訪れ、猫を撫でた。その姿を見たケストラーの妻シンシアは失神しそうになるほど驚く。「アーサーが猫を撫でたことなんてぜったいに——ぜったいに！——ないとシンシアは断言した」

ミケシュはケストラーのことを生化学、物理学、数学、天文学、生態学などに精通する「ルネッサンスから五百年後に現れた、さいごのルネッサンス的人間だった」と評している。それから「現代では、彼は奇人だった」とも……。

超心理学や神秘主義に傾倒するケストラーにたいし、ミケシュは冷淡だった。そのことで対立したこともあるが、ミケシュのケストラーへの尊厳と愛情はゆらぐことはない。「彼の方法は、感受性のするどい思想家、悩める天才のそれだった。わたしの方法は、浅薄単純な精神だけの、ユーモリストのそれだった」

かならずしもハッピーエンドとはいえない話なのに、最後の最後まで心地よく読める。

まさしく大人の文学ですよ、これは。ミケシュとケストラーを知らない人が読んでも、ぜったいに——ぜったいにおもしろいとおもう。たぶん。

まちとしょテラソ一箱古本市

先日、東京・西荻窪の飲み屋でつん堂さんという古本好きの知人から「長野門前古本地図」というものを手渡された。

「今、長野、おもしろいですよ」

もらった古本地図のあいだには「信州小布施まちとしょテラソ一箱古本市」のチラシもはさまっていた。

聞けば、都内在住のつん堂さんは、長野の古本イベントに通いつめているという。

この秋、長野では小布施の古本市のほかにも高遠・本の町をつくる会の「高遠・週末本の町」、追分コロニー主宰の「ホンモノ市」、長野市の遊歴書房主宰の「長野門前古本市」などが開催された。

わめぞ（早稲田、目白、雑司が谷）も小布施の古本市に参加することになっていて、「古本だけでも出さないか」と誘ってもらっていたことをおもいだした。

日程は十月二十二日（土）、二十三日（日）なのだが、土曜と月曜に仕事がはいり、行けるのは二十三日（日）だけ。せっかく長野まで行くのに日帰りはもったいないなと気がひけていたのだが、気が変わった。

「迷ったときは行け」

朝七時に家を出て、長野行きの新幹線に乗り、長野駅で長野電鉄に乗り換え、長野駅から三十分くらいで小布施駅に着いた。

長野県小布施町は人口約一万二千人。

「小布施方式」といわれる景観や歴史建造物の保存に力をいれた「まちづくり」でも注目を集めている町である。

チラシの裏の地図を見ながら、古本市の会場に向かう。

駅を出てしばらくは、こんなところでほんとうに古本市が行われるのか、ちょっと不安になる（新刊書店も古本屋もない町だと聞いていた）。

観音通りのかんてんぱぱショップの隣の土蔵に「出張わめぞ」のブースがあった。わめぞ関係者はわたしをふくめて十五人も東京から来ていた。その半数ちかくがすでに酒を飲んでいた。

着いて早々、目の前で獅子舞の演舞がはじまり、お祭り気分を堪能する。

すこし先に古書五っ葉文庫さん（愛知県犬山市のインディーズ系古書店）、二〇一一年六月にオープンしたばかりの長野市内の遊歴書房さん、つん堂さんが並んで本を売っていた。

古本市の会場のあちこちに屋台がある。

すぐ隣の大日通りでも「信州おぶせ六斎市」（農産物の収穫祭と骨董「蚤の市」）も同時開催していて、きのこ汁やおでん、そば、ほうとう、カレー、チヂミなど地元の名産品をつかった料理、地酒の日本酒やワインの屋台が並んでいる。

いずれも安くてうまい。歩いていると、試食品を次々と手渡され、それだけでもおなかいっぱいになる。

今まで数々のブックイベントに参加してきたけど、たぶんこれほど食の充実した古本市はないとおもう。

朝から何も食わずに来て正解。

ワインと日本酒を試飲して、昼前に酔っぱらい、里芋やきのこ、もち米、醤油などを買いこみ、行きはほとんど空っぽだった鞄がどんどん重くなる。

そのあと今回の一箱古本市を企画したまちとしょテラソという図書館に行く。

「自分の住んでいる町にこんな図書館があったらなあ」とおもうほど設備も蔵書も充実している。

館内に飲食持ち込み可というのがいい。

今回のイベントもこの図書館の館長が発起人である。前日の打ち上げに参加した知人によると、館長はかなり変わった人らしい。

「まちとしょテラソでは、『まちじゅう図書館』という構想を掲げました。『まちじゅう図書館』とは、図書館はもちろん、ご自宅の倉庫などに眠っている大切な本を、だれでも手に届くところに出していただき、本を通して交流していただくというものです」（まちとしょテラソ一箱古本市のチラシより）

さらに酒屋には酒の本、そば屋にはそばの本が並んでいるような町にしたいと考えているそうだ。

旅に出て、古本を買う。旅先での町歩きも込みで読書を楽しむ。本を通して、いろいろな人と知り合いになる。活字を読むだけでは知ることのできない、いろいろな土地の空気を吸う。離れた場所にいる同じ趣味の友人と会う。

全国各地で一箱古本市のようなブックイベントが開催されるようになったおかげで、そんな楽しみ方もできるようになってきた。

小布施は葛飾北斎や松尾芭蕉も訪れている歴史ある古い町である。一箱古本市や六斎市の会場を行ったり来たりしているうちに、昔の街道筋のにぎわいのようなものをかんじることができた。

小布施の町を歩いていて気づいたのは、いわゆるチェーン店がほとんど見当たらないこと。かといって、寂れているわけではない。

あちこちに美術館や博物館があって、古い建物をリノベーションした店も多い。温泉もある。来てよかった。すごくいいところだ。

小布施の一箱古本市は来年の春、そして秋にも開催が決まっていて、今から楽しみだ。

辻潤の『絶望の書』

古本を売っているのは古本屋だけとは限らない。わたしの家の近所ではレンタルビデオ屋、中古レコード屋、リサイクルショップ、古着屋などにも古本コーナーがある。新刊書店でも古本を扱う店が増えた。

骨董屋や骨董市で古本を買うこともある。ときどきすごい掘り出し物が見つかることがあるからあなどれない。

わたしの大学の先輩にフリーの骨董屋さんのKさんがいる。K先輩は大正から昭和の絵（とくに版画）や商業デザインの目利きなのだが、古本に関してもかなり詳しい。

「このあいだ、ちょっと状態はよくないけど、辻潤の『絶望の書』の署名本を入手してね。もちろん萬里閣書房版だよ」

わたしは学生時代、大正思想史研究会に参加していた。会を主宰していた故・玉川信明さんは、ダダイストの辻潤の研究者だった。『絶望の書』は辻潤の代表作である。

ただし、わたしは『絶望の書』の署名本をすでに持っていた。美本で手紙付のものを。値段は安くなかった。風呂なしアパートに住んでいたころの一ヶ月分の家賃くらいした。

K先輩は『絶望の書』の話を続ける。

「この署名本、齋藤昌三宛のものなんだよ」

齋藤昌三は『書物展望』の編集兼発行人であり、「書痴」といわれた古書学の大家である。『書物展望』には辻潤も執筆していた。

この『絶望の書』には辻潤の署名だけでなく、齋藤昌三の蔵書票（少雨荘藏）と蔵印も付いているという。

先日この本を見せてもらうことになり、この署名本の保存方法もふくめてどうするか話し合った。その結果、いったんわたしが買い取り、いずれしかるべきところにあずけるという話でまとまった。

「自分にとって、生きているということは恥を曝らすということにしか過ぎない。またぞろ、かくの如き文集を出す所以である。この書を読んで読者はしばらく自己の優越をかんじたまえ」

（「序」／『絶望の書』）

辻潤の『絶望の書』が萬里閣書房から刊行されたとき、「貧乏の王者辻潤が忽然五ヶ年の沈黙を破って何を嘯き、何を語らんとするか?」という広告が出た。

「全体、自分という人間はひどくわがままな上に恐ろしく気紛れな人間なのだ。しかしこれは生まれつきなのだから、恐らく死ぬまでなおりっこはあるまい」（ものろぎや・そりてえる）

「どんな人間でも、労働の嫌いな点で僕にかなう人間はいまい」（うんざりする労働）

「自分はどんなに不幸でも、どんなにツマラヌ人間でもやはり自分を愛している。これは負け惜しみかも知れない。しかし実感だから仕方がない。自分以外の人間になりたいとは思わな

い。思ったところでなんにもならない話なのである」（こんとら・ちくとら）

この愚痴と開きなおりが、辻潤の魅力である。辻潤は詩人であり、翻訳家であり、奇人であり、無能であり、アル中でもあった。関東大震災の後、大杉栄とともに虐殺された伊藤野枝の元夫、イラストレーターでエッセイストの辻まことの父でもある。

萩原朔太郎は辻潤のことを「低人教の教祖」と名づけた。『書物展望』の復刊号（昭和二十三年六月）の「辻潤追悼」では、西山勇太郎と齋藤昌三が追悼文を書いている。辻潤が亡くなったのは昭和十九年十一月、六十歳だった。『書物展望』もこの年に休刊した。

辻潤と親交のあった西山勇太郎は「全國の辻潤被害者の諸君。いかに辻潤と云へども、天國からは、諸君に對して暴行も、金やめしやアルコホルやのタカリなどしないであらう」と綴る。また齋藤昌三は「生前既に死んだことにされてゐたのを、辻潤は自笑してゐたが、此度は反對に生きてゐる筈にされてゐたのに、いつの間にかお陀佛になつてゐて、それも早二、三年も過ぎてゐたとは、陀仙らしい皮肉である」と哀悼した。

陀仙こと辻潤は戦前戦中も尺八（かなり巧かったらしい）を吹きながら放浪をくりかえし、最後は知り合いのアパートの一室で餓死した。

「私はただ自分の歩きたい方へノソノソと歩いて行くだけだ」といっていた辻潤は、世間の歩調に合わせようとしなかった。自由人ともいえるし、社会不適応者ともいえる。

臭いのする着物をまとい、冬になると知りあいに上着を借りた。誰かれかまわず金を無心し、酒をたかり、同居していた女性に暴力をふるうこともあった。書いているものはおもしろいが、けっして褒められた人物ではない。

没後、知人たちが記念碑を作るさい、谷崎潤一郎に寄付を頼んだところ、「辻は生きている間に大層迷惑をかけた。死んでからまで知るものか」と断られた逸話もある。

それでも辻潤の自嘲まじりの文章を読んでいると、気持が楽になる。強い主張がなく、押しつけがましいところが一切ない。ちょっとナゲヤリで愚にもつかないひとり言のような随筆なのに、はっとさせられる断片がちりばめられている。

「なぜ自分はくだらないのか？　自分の無知、無力を痛感しているからだ。（中略）人生に意義があろうとなかろうと、価値があるとあるまいと、それらのことに一切無頓着でくだらない人間なら、くだらないままで、そのあるがままに生きるという以外に私には生きようがないのである」（「痴人の手帖」／『絶望の書・ですぺら』講談社文芸文庫）

辻潤は、自己嫌悪と自己愚弄をくりかえしながら、どうにか自己肯定しようとする。その思索をたどっていくうちに、自分の悩みがくだらないものにおもえてくる。

救いのなさに救われる不思議な文章は病みつきになる。

男性のための恋愛論

愛読している鮎川信夫のエッセイ集に、こんな話が出てくる。大学の予科にいたころ、「きみは、詩かなにか書いてるんだってね」と先生にいわれる。鮎川信夫は戸惑い、顔を下にしてうつむいてしまった。長い間、詩について質問されるたびに、いつも狼狽していたという。

では、どう応じればよかったのか。

「ええ、詩は書いてますよ。しかし（と、ここで力をこめて）あなたがお好きな種類の詩ではないと思います」

それが鮎川信夫の答えだった。

「じつは、この答えは、先手必勝主義者スティブン・ポッターの本から教えられたものである」

（鮎川信夫『一人のオフィス　単独者の思想』思潮社、一九六八年）

先手必勝主義者？

スティブン・ポッター？

わかっているのはこれだけである。書名も出版社名もわからない。ずっと読んでみたいとおもっていたのだが、探しても見つからず、そのうち忘れてしまった。

ところが、先日、偶然古本屋でこの本を見つけてしまったのである。家に帰って頁を開くまで、まったくそのことに気づかなかったのだが……。

その本は、S・ポッター著『男性のための恋愛論 〈愛し方・愛され方〉』（鮎川信夫訳、荒地出版社、一九六六年）である。

ポッターはロンドン生まれ（一九〇〇年～一九六九年）。英文学の講師、劇作家ヘンリー・アーサー・ジョーンズの秘書、BBCの作家を経て、ユーモア作家になる。

一九二四年夏、若かりし日のポッターが、中年すぎの紳士に「えー、君はピアノか何かやりますか」と訊かれ、「はあ。まあ」としどろもどろになる。

「一九四七年十一月『必勝主義』の出版。一九二四年にあの男に『ピアノか何かやりますか』と聞かれて、面子をつぶされたことを思い出したポッターは、どう答えれば恥をかかずに済んだのかと考え、『先手必勝』という言葉を思いつき、そのやり方をいろいろと胸に浮かべる」（「履歴書」／同書）

その答えは「ええひきますよ、しかし（ここで力をこめ）あなたが聴いてみたいと思われるような種類のピアノではないと思います」とある。

この本だったのか。まさか『男性のための恋愛論』なんて題の本とはおもいもしなかった。『恋愛論』という言葉がふくまれているが、どちらかといえば、いや完全に「恋愛をしない」ための本なのである。

頁をめくると、「反恋愛というイキな思想」とか「紹介されてから1、2秒以内に女性から上手にはなれる14の方法」とか「女性の罠を避ける方法」とか「別れるための基本技術」とか

「意気投合することの危険性」といった文句が次々と目に飛び込んでくる。

ポッターにいわせると、恋愛をしていない状況はきわめてふつうであり、むしろ幸福であるらしい。恋をしないためにはどうすればいいのか。またやむをえず恋をしてしまったら、いかにして逃れたらいいのか。

「本書の著者およびそのグループは英国の上流社会に属する、いわばプレイボーイの本格派である。彼等の課題は、あくまでもフェア・プレイを原則とし、どうすればラブ・ゲームに必勝できるかということにある。（略）原題 Anti-Woo を文字通り直訳すれば『反恋愛』となるが、なにも恋愛してはならぬというのではなく、惚れる前に相手が自分にマッチしているかを、よく確かめた上で恋愛せよと、むしろスマートな恋愛術を説いている」

たとえば、好みではない女性を無理に引き合わされそうになったときに回避する方法をいくつかあげてみると——。
一、突拍子もないお世辞をいった後、「どうもいいすぎた」という顔をして立ち去る。
一、「五秒しかないんですが、失礼する前にどうしてもひとことお話したくって」といってさっさと逃げる。
一、「失礼します。立っているとよくないので」といい、女性が椅子までついてこないように気をつけながら、ステッキをついてその場を離れる。
そんなかんじで、相手の自尊心を傷つけないようにしながら距離をとるためのテクニックを紹介している。

また別れの手紙で「すまない」というのは禁句。「私のことをひどい残酷な人間と思うでしょう」とはけっしていってはならない。

そのお手本は次の通り。

「この手紙を何と名づけましょうか。愛しすぎていることへのお詫び――けっしてお別れすることのお詫びではありません。たぶん、これっきりお別れすると申しあげれば、あなたは解放感でボーっとなさるでしょう。拘束になった愛は美しさも意義も持ちません。だから私は、自分をとりもどすために、そして、自分の満足し得る境地を知るために、あなたとお別れするのです（後略）」

ちなみにこの文面の著作権は「先手必勝協会所有」と付記されている。

先手必勝主義（Lifemanship）のルールは「言い訳せず」「正当化せず」が基本。

訳者の鮎川信夫は、「私は、それを読んで驚きもし、あきれもした。そして、そこまで女性に気をつかわなければならない欧米の男性というものが、少々気の毒な気がした」という。

奥が深いというか、理解不能というか。わたしは英国上流階級の考え方が苦手なのかもしれない。常に、文末に小さく（※ただしイケメンと金持に限る）という注釈がついているかんじがする。何度挑戦しても、克服できないもののひとつだ。鬼門かも。

五十年前の原発と放射能の話

ＪＲ中央線の高円寺にある西部古書会館では「大均一祭」という催事がときどきひらかれる。初日は全品二百円、二日目は全品百円。値段をまったく気にせず、古本を買い漁ることができる。初日と二日目どちらも顔を出し、三十冊くらい買った。

中谷宇吉郎《なかやうきちろう》著『太陽は東から出る』（新潮社、一九六一年）もそのうちの一冊だ。雪と氷の研究の第一人者だった中谷宇吉郎（一九〇〇〜一九六二）は随筆家としても名高い。寺田寅彦の教え子でかつては助手を務めていたこともある。

寺田寅彦といえば、「天災は忘れた頃にやってくる」という有名な警句を残している。ところが、『中谷宇吉郎随筆集』（岩波文庫）所収の「天災は忘れた頃来る」というエッセイには、「先生の書かれているものの中には、ないのである」とあった。出所を調べようと片っ端から寅彦の著作を読み返してみたが、どこにもなかったらしい。

この件については、寺田寅彦著『天災と国防』（講談社学術文庫）の一節が要約されて広まったとする説が有力とされている。中谷宇吉郎も「書かれたものには残っていないが、寅彦の言葉にはちがいない」という。

話がちょっと脱線した。

大均一祭で『太陽は東から出る』を買ったとき、わたしは中身を見なかった。中谷宇吉郎の随筆ならおもしろいに決まっていると確信していたからだ。

目次をぱらぱら見ていたら、「原子力長期計画への疑問」「原子力発電と小型炉」という文字が目に飛び込んできた。

五十年前に〝雪博士〟は原発をどう考えていたのか。

一九六〇年代のはじめ、日本は「原子力ブーム」といわれる雰囲気があり、その五、六年前から「原子力時代」という言葉が脚光を浴びていた。

しかし中谷宇吉郎は「国を挙げて、今にも原子力発電ができ、電気は使い放だいの時代が、もうすぐ来るような錯覚に陥っていた」と苦言を呈す。

各電力会社は「原子力課」を新設し、政府も力を入れ、役人を盛んに海外に派遣し、大臣は「五年間に三百万キロワットの原子力発電所をつくる」という声明を発表しているのだが、中谷宇吉郎は「商業ベースには乗らない」と「原子力ブーム」に水を差した。

といっても原子力発電そのものに反対だったわけではない。

アメリカが開発中の出力千六百キロワットの、ヘリコプターで運べるような可搬用の原子力発電装置に関しては注目していた。

「原子力発電が商業ベースに乗るか否かは、地理的及び経済的条件できまる。石炭や石油のあり余っている国では、なかなか経済的になり立たない。しかし極地では、今日でもすぐ商業ベースに乗る」

動力としての原子力は、南極などの極地や離島や山奥の工場用の電源であれば、その真価を十分に発揮するだろうと考えていた。

この論考が雑誌に発表されたのは一九六一年である。同年の秋、福島県の双葉町議会、大熊町議会が東京電力の原子力発電所誘致を議決した。

「人道ごっこ」と題した文章では、一九五四年のビキニ事件（マーシャル諸島のビキニ環礁で行われた米軍の水爆実験で第五福竜丸が被曝した事件）のあとの放射能騒動についてもふれている。

当時、ガイガーカウンターをあてて、すこしでも放射能が計測された鮪は全部棄てなければならなかった。その後、鮪の肉や内臓など人間の食べるところにはほとんど影響がないことがわかり、この騒ぎはおさまった。

中谷宇吉郎は魚類学者の研究の結果、漁師たちが助かったことを心から喜んでいる。

「原水爆の恐ろしさを強調するために、放射能の害を、できるだけ大きくいうことが、人道的であるというふうな傾向が、この頃なくもない。科学者が人道ごっこをしていては、科学は進歩しない。というよりも、弊害の方がおそろしい」

「原水爆」を「原発事故」に変えれば、そのまま東日本大震災後の今でも通用する意見かもしれない。これも寺田寅彦の有名な警句だが、「正しく恐れる」ことが何よりも肝心である。ただし、そのむずかしさは昔も今も変わらない。

放射能の害については、専門家のあいだでも見解が分かれる。素人はどの説を信用すればばいいのか迷う。

『太陽は東から出る』所収の別のエッセイでは、科学の功罪について次のような文章もあった。

「科学は、人間が使って、はじめて役に立つものである。この一番大切なことを忘れて、科学がものごとを解決してくれるように考えていると、却って災害を招くことも、有り得る。科学がもたらすプラスよりも、科学に任せて気を抜くマイナスの方が大きければ、差し引きマイナスになる」

中谷宇吉郎は、物質だけでなく、人間の精神の研究をしないと災害は後を絶たないだろうと警告する。

「人間は、過失の動物である。過失をなくすことはできない。ただその過失を災害にまで成長させないことが、大切なのである」

東電の原発事故から一年がすぎた。

石川県生まれの中谷宇吉郎は「加賀のラジウム温泉に育ち、毎日放射能の温泉につかり、医者のすすめで、その温泉を飲んで育った」というのだが、原発事故と温泉の効能を同じと考えていいのかどうかわからない。

無暗に心配するのではなく、冷静に安全と危険を判断したいとおもいつつ、わたしは途方に暮れている。

八木福次郎と神保町

今年二月八日、「ミスター神保町」「古書店街の生き字引」といわれていた八木福次郎さんが、九十六歳で亡くなった。

長年、『日本古書通信』（日本古書通信社）を発行し、『古本屋の手帖』、『古本便利帖』、『古本屋の回想』（いずれも東京堂書店）をはじめ数々の古本関係の著作を残している。上記の三冊を再編集した『新編　古本屋の手帖』（平凡社ライブラリー、二〇〇八年）は、古本の世界と神保町の歴史を知る上で必読の一冊といってもいいだろう。

八木さんの半生を知りたい人には、南陀楼綾繁編『私の見てきた古本界70年　八木福次郎さん聞き書き』（スムース文庫、二〇〇四年）という小冊子もある（その後、二〇一六年に刊行された南陀楼綾繁著『蒐める人　情熱と執着のゆくえ』皓星社に収録）。

インタビューは南陀楼綾繁さん、当時三十代前半の古本屋の岡島一郎さん（早稲田・立石書店）、松川慎さん（自由が丘・西村文生堂）、向井透史さん（早稲田・古書現世）の四人が担当している。

そのころ八木さんは八十八歳だった。

一九一五年四月十七日、兵庫県の明石に生まれ、一九三三年に上京する。八木さんの兄（八木敏夫＝後に八木書店を創業）が神保町の一誠堂書店にいて、先輩には反町茂雄（後に古書肆「弘文荘」を開業）がいた。

あるとき八木さんの兄が「弟を東京に呼びたいんだけど」と反町茂雄に相談する。もともと反町茂雄は出版社をやりたかったのだが、岩波書店（最初は古本屋だった）の岩波茂雄に「出版をやるんなら、その前に古本をやった方がいい」といわれる。

なぜ古本屋を経験した方がいいのか。

《八木　仕組みよりもね、何が売れるか売れないか、あるいは何が読者に求められているかということを、古本屋がよく知っているということですよ。だから、はじめから出版の世界に入るよりは、古本屋で勉強してから出版に入ればいいんじゃないかって薦めたんです》（『私の見てきた古本界70年』）

ところが、八木さんは、古本屋ではなく、駿河台の古今書院という学術書の出版社を紹介され、翌日から働くことになった。

このあたりのいきさつは『新編　古本屋の手帖』の「神保町むかしといま」の「わたくしごと」にも記されている。

就職の相談を受けた反町茂雄は、東京帝国大学理学部地理学教室の助手をしていた友人の佐々木彦一郎に話をした。

「佐々木先生は古今書院から本を出しておられたので、先生の推薦で古今書院へ入ることになったのである」

上京したのが三月九日、古今書院に入ったのは三月十二日。当時、住込みの月給は八円。コーヒー一杯がだいたい十銭、五十銭あれば休日一日遊べたから、給料に不満はなかったという。

それから三年後、兄が創業した日本古書通信社に入り、『日本古書通信』の編集を手伝うようになる。

そのころの神保町には露店の古本屋が四、五十軒あった。

《八木　露店というのは、一畳ぐらいの板の上に本を並べたり、ゴザか新聞を敷いて本を並べたり、後ろに座って売っているのもありました。（中略）露店を出すには権利がいるんです。そこを仕切ってる人がいて、場銭をとる。だから、勝手に店を出すわけにいかない》（『私の見てきた古本界70年』）

その後、この冊子の編者の南陀楼さんは谷根千（谷中・根津・千駄木）で一箱古本市を、そして向井さんと岡島さんは〝わめぞ〟（早稲田、目白、雑司が谷）で外市やみちくさ市をはじめる。いずれも路上で行われる縁日形式の古本市なのだが、そのルーツは戦前の露店の古本屋といえるかもしれない。

「夏のそぞろ歩きの一時や、冬の凩に本の頁がパラパラとめくれる前で、しゃがみこんで本を見ている風景は、街の風物詩であった」（「街の風物詩――露店の古本屋」／『書国彷徨』日本古書通信社、二〇〇三年）

しかし昭和十五、六年になると、露店は、燈火管制によって姿を消す。さらに戦前の言論統制は、古本屋にも多大な影響を与えた。せっかく買い取った本も発禁になったら、警察に提出しなければならない。

「昭和十五年七月十日、全国一斉に思想もの約二百点の大禁止が行われた。（中略）神保町の古本屋はほとんど軒並みに押収され、なかにはトラック一台分程もやられた店もあったようだ」（「神保町むかしといま」／『新編　古本屋の手帖』）

一九六三年、八木さんは兄から「日本古書通信」を譲り受けて独立する。新聞、雑誌その他を合わせると、二千本をこえる古本に関するコラムを書いた。

わたしが二十代のころから愛用し続けている『全国古本屋地図』（日本古書通信社）の編集発行人も八木さんである。

二十一世紀に入り、インターネットの古本屋が急速に普及し、古本の世界にも大きな変化をもたらした。八木さんは戦前から現代に至るまでのそうした変化も見続けてきた。

「古本屋に足を運び、書棚に並んだ本を手にとりながら、その内容や美汚を確かめ、気に入った本を求めることは喜びである。古本屋や古書展へ足を運ぶことによって、目指す本だけでなく、それに関連する本を見つけることもできる。時にはこんな本もでていたのかと気付くこともある」（『新編　古本屋の手帖』あとがき）

世界一の古書街・神保町で八十年ちかく本一筋の生涯を送った人物の言葉である。

この春、上京した人にはぜひこの街を歩いてほしい。

山羊を飼うアナキスト詩人

先日、荻窪のささま書店で秋山清著『昼夜なく　アナキスト詩人の青春』（筑摩書房、一九八六年）という本を買った。

帯には「アナキズム運動に燃え、なぜか東京で山羊飼いをし、業界紙記者として木場をゆく青年詩人。混乱の時代を見据えた、貴重な生活史」とある。

わたしは十代、二十代に古本屋通いをはじめたころから、秋山清（一九〇四年～一九八八年）の本を見つけては買っていた。ところが最晩年の自伝『昼夜なく』は未読だった。

古本屋の棚からこの本を抜き出し、ぱっと適当な頁をひらくと、「下落合、上高田」という章が目に入った。

「私が当時はまだ郊外だった下落合や上高田に住んでいたその昔は、自分一人にとっても、友人知人たちの上にも、これという方向の上に安定する生活を、ほとんど誰も持ちつづけ得ぬ時代であった」

この地に移り住んだのは一九二九年の秋、秋山清、二十五歳。朝日新聞社で「夜のエレベーターボーイ」をしていたが、突然、クビになってしまう。

『昼夜なく』は、昭和の十五年戦争の時代を「どのようにやり過ごして来たか」という記憶を辿ろうとする。

権力の弾圧があり、活動家同士の対立もあった。アナキスト詩人の秋山清にとって、それは「冬の時代」といってもいい。

ところが、秋山清が思い出すのは、東京の郊外で畑を借り、山羊を十六、七頭飼っていたころの生活なのである。

秋山清が中野区上高田二丁目に移転し、山羊を飼いはじめたのは一九三四年三月——。

「早朝に山羊を小屋から外に出す。小屋の掃除をする。山羊の乳をしぼる。山羊のための草刈りに行く。程近い幾軒かに山羊乳を配達する。それから朝食をとる。それから特約してある豆腐屋に山羊の飼糧用の豆腐の殻をとりに行き、それだけのことで正午を越える日も多かった」

山羊乳は一本（一合）七銭、一日に二十本売って一円四十銭、母とふたりの生活は苦しかったが、同時に「ささやかな自由の思い」もあった。

畑でアスパラガスやトマトやチシャ（レタス）や玉ネギをつくり、桃や柿を育てた。

「いわばまるで世間も社会もわからずに、毎日をただすごしただけのことかもしれない」

畑で野菜を作り、山羊を飼う暮らしは三年くらい続いた。

岡田孝一著『詩人秋山清の孤独』（土曜美術出版販売、一九九六年）には、上高田時代の逸話が出てくる。

「特高の刑事が秋山の動静を監視するために、度々訪ねてくるが、母親は刑事に対して『清は絶対に悪いことをするような人間ではない。目をみればわかるだろう。あんたの人相の方が余程わるいではないか』と文句を言っていたという」

秋山清は仲間うちでも母親思いで知られていた。

『昼夜なく』では、山羊を飼っていたころをふりかえり、「自分の周辺のかすかな変化と、わだかまるようではっきりとはしない、ある質的な転移とでもいえそうなことを、たしかめたい」と綴っている。

寺と墓地の近くの崖の外れで暮らし、草を刈り、山羊の乳をしぼり、配達しながら、詩人の植村諦《たい》と機関紙の編集もしていた。

「植村が結婚して、中央線の高円寺近くに家を持って、そこは極く自然にぼくらの溜まり場にもなった。細君の黎子さんもやさしい人だったから、『詩行動』の頃には長谷川七郎や清水清や、その他が集まっていた。私は夕方、毎日の山羊の世話が終わってから、東中野から高円寺まで片道五銭の国電に乗った」

秋山清は「将来に向けての不安すらも自覚せぬ、或るしあわせめいた、展望を持たぬ夜と昼がつづいているかのようであった」とこの時期を回想する。

しかし一九三七年五月、山羊飼いをやめた(母の病気がその理由ではないかとおもわれるが、詳しくは書かれていない)。

同年七月から茅場町付近の『木材通信』の編集部に勤める。仕事を斡旋したのは詩人仲間の長谷川七郎である。

「これまで私の生活は行き当たりばったりそのものだった。何を仕事とするか、その目的が生涯に及ぶか、などのことについては考えもせずに来た。自分にはそのつもりはなかったが、働きに出ることの中には、自分が何ものかに縛りつけられるという不安があった」

とはいえ、秋山清は働くときはよく働き、どんな仕事でも面白がった。そして飽きたら別のことをやるのが信条だった。

「下落合から上高田、を移り変わっているうち、戦時気分があらわとなり、やがて戦争と敗戦、それから戦後と過ぎた十五、六年間。それ以降の方がずっと長いのに、私の思いにこたえて来ることでは、山羊の時期の三、四年の方がどっしりと目方がある」

読み終えた後、わたしは秋山清にとっての「山羊の時期」の意味を考えた。もちろん、そう簡単に答えはでない。いや、答えなんてないかもしれない。

「しずかな心のたたずまいの中で、何かが移っていった、それが自分の無自覚の季節であったとしても、うたがいもなくそれのみがわが時間であり、わがものであった、と漸く理解し、はずかしさを伴う思い出だ、といえそうだ」

秋山清は、自らを形づくる記憶と経験を大事にしてきた。

記憶と経験が個人を作る。

だから個人はそれぞれちがう。

ただし、記憶と経験がどう作用するかは本人にもわからない。

関根潤三の育成方針

ペナントレース中は、寝ても覚めてもプロ野球のことが頭から離れなくなる。

毎日、テレビやラジオで野球を観たり聴いたり（球場でも観戦する）、インターネットでファーム情報や対戦相手のデータを追いかけたりしていると、それだけで丸一日潰れてしまうこともある。

ひいきのチームが逆転負けを喫すると、その後、落ち込んで仕事にならない。ヤケ酒、そして宿酔。もう不治の病とおもって諦めている。

古本屋に行っても野球の本を見つけると、つい手が出てしまう。

先日、神保町のスポーツ書籍専門の古本屋で、関根潤三著『一勝二敗の勝者論』（佼成出版社、一九九〇年）を買った。

扉には長嶋茂雄、ビートたけしの推薦文も載っている。

この本は予想以上に読みごたえがあった。

関根潤三は一九二七年東京・雑司ケ谷生まれの原宿育ち。東京六大学野球のスターで、現役時代は近鉄パールス（後にバファローズ）で投手として、後に打者に転向し、いずれも大活躍している。投手と野手の両方でオールスターに出場した唯一の選手である（その後、北海道日本ハムファイターズ時代の大谷翔平選手も投手と野手で出場)。

一九八〇年代、低迷していた大洋ホエールズ、ヤクルトスワローズの監督に就任する。

「昔から借金生活をやりくりすることが好きであり、慣れてもいた。自分の性分に、ふさわしいのが〝土台づくり〟であり、〝貧乏世帯の立て直し〟であった」

弱小球団が三連戦で勝ちこしを意識すると、逆に三連敗しかねない。だから関根監督は、三連戦で一勝することを目標にした。

関根さんの野球人生は負けることが多かった。スワローズの監督時代は、一年目が四位、二年目が五位、三年目が四位で勝率五割をこえたことはない。

でもスワローズのファンからすれば、関根監督になって、若い選手がどんどん出てきて、チームの雰囲気がよくなったことはおぼえている。

「口はばったい言い方だが、〝勝つ〟ことだけに目標をおかずに、ゆとりをもって、明るく楽しく生きたいと思う。(中略)そして、『一勝二敗』に耐えられる人が、真の勝者であると言ったら言いすぎであろうか」

現役引退後、広島カープのコーチになってくれないかという話がきたとき、法政大学野球部の恩師で近鉄パールスの初代監督だった藤田省三(思想史家じゃないほう)に相談する。恩師は「(契約金を)半額にしてもらえ」と助言する。

その教えに従い、関根さんが「契約金を半額にしてくれるなら行く」と答えると、広島球団がびっくりしたらしい。

一九七五年、巨人軍のヘッドコーチ、翌年から二軍監督、一九八一年オフに横浜大洋ホエールズ、一九八七年オフにヤクルトスワローズの監督に就任する。

大洋とヤクルトの監督時代は、いずれも選手の育成に力を注いだ。

関根潤三著『若いヤツの育て方』（日本実業出版社、一九九〇年）は、若い選手の育成方針について語った本なのだが、冷静に考えると、三年連続Bクラスの監督の本に需要があるのかどうかは微妙である。

しかし中身はすごくおもしろい。

前年最下位だったヤクルトの監督を引き受けたとき、「我慢して若手の育成に徹しよう」と決意する。

「万年Bクラスに低迷するようなチームの場合は、選手層が薄い。いきおい中堅・ベテランに頼る傾向が強くなる。確かに彼らは実績もあるし、計算もできる。だが、彼らの実力が、いま以上にレベル・アップするとは思えない。せいぜい、現状維持がいいところだろう。

ならば、多少、力は落ちても無限の可能性を秘めた若手の有望選手にチャンスを与えたほうがチームの将来のためにはプラスである」

しかしそれで試合に勝てるかどうかはまた別の話だ。負ければファンから痛烈に批判される。それでも根気よく若い選手を起用し続けた。

関根監督時代のスワローズは「のびのび野球」といわれた。

育てながら戦う。

負けることを怖れない。

当時、スワローズのクリーンナップは三振ばっかりしていたのだが、関根監督はそのことを咎めなかった。

「結局、指導者が若い選手にしてやれるのは、基本を教え、チャンスを与えてやることだけなのだ。（中略）背中をポーンと押してやることはできる。だが、そこから先は自分で道を探しながら歩いていかなければならない。この道をいけば一流になれるなどというガイドブックなどありはしない。自分を育てるのは、最後は自分でしかないのだ」

いっぽう、「お前な、来年、もっとうまくなれる自信があるか?」と訊ね、口ごもるような選手には、「だったら辞めろ。そしてちゃんとした実業につけ。そのほうが絶対にお前のためだ」と引退をすすめた。

いつも穏やかな表情をしていたけど、実は怖い人だったという逸話もけっこうある（ピッチャー交代のとき、ふがいない投手の足をスパイクで踏んでいたとか）。

次の監督の代に自分の育てた選手が活躍して優勝できたら、それでいい。

関根監督が退任後、一九九〇年代のスワローズは、野村克也監督の〝ＩＤ野球〟で黄金期を迎える。でもその〝土台づくり〟をしたのは、関根監督である。

懐かしいなあ。でも今回は外野席の酔っぱらいの与太話になってしまったなあ。

今日もこれから野球を観ます。

グレアム・グリーン自伝

散歩中、ＪＲ中央線阿佐ケ谷駅北口のコンコ堂で『グレアム・グリーン自伝』（田中西二郎訳、早川書房、一九七四年）を買う。

出生、幼年期から「小説の第一作が出版社に採用されたあと数年間つづいた失敗の時代」までの回想を綴った半自叙伝で、原題は「A SORT OF LIFE（ある種の人生）」となっている。

グレアム・グリーン（一九〇四〜一九九一）は英国の小説家。代表作に『スタンブール特急』や『第三の男』などがあり、旅行記や戯曲や絵本でも知られる。

「不幸というものは子供の場合、彼には暗いトンネルの終りが見えない故に、積り積ってゆくものだ。一学期の十三週間はまるで十三年間と同じことだった」

十四歳から十五歳にかけて、グリーンはカータァという少年が作った「精神的拷問の組織（システム）」の渦中にいた。少数の味方のひとりだったウォトスンもカータァについた。若き日の彼はカータァではなく、誰よりもウォトスンのことを恨んだ。

このエピソードは、グレアム・グリーンの短篇小説「復讐」にそっくりそのままつかわれている。ほとんどおなじといってもいい。

卒業後も当時の屈辱を晴らしたいというおもいは「石の下に隠れた虫」のように生きてい

た。ところが「わたしはものを書きはじめ、すると過去はその力のいくらかを失った——書くことでわたしは過去をわたしの外へ追い出したのだ」と心変わりする。

グリーンの復讐の話は、吉行淳之介が「私はなぜ書くか」というエッセイの中でもとりあげている。二十代のはじめに読んで深い感銘を受けた。

「この世の中に置かれた一人の人間が、周囲の理解を容易に得ることができなくて、狭い場所に追い込まれてゆき、そこに蹲まってようやく摑み取ったものをもとでにして、文学というものはつくられはじまる」（「私はなぜ書くか」／『なんのせいか　吉行淳之介随想集』大光社、一九六八年）

さらに吉行淳之介は、パブリックスクール時代のグリーンの心のあり方をこう述べる。

「少年の頃、激しく傷つくということは、傷つく能力があるから傷つくのであって、その能力の内容といえば、豊かな感受性と鋭い感覚である」

グリーンにとって学校という場所は「奇妙な習俗と説明のつかない残忍性とにみちた野蛮国」だった。

「わたしは逃避、ごまかしが巧くなった」

学校を抜け出し、ポケットに一冊の本を入れ、静寂な小道を通り、畑地の生け垣に身を隠しながら、詩や小説を読みふけった。

苦難の時期を乗りこえられたのは「ずる休み」のおかげだった。

作家になったグリーンは「ひとは曲がりくねった途を通って文学に辿りつく」とそのころを

ふりかえる。

一九五一年十二月、四十七歳のグリーンは、クアラルンプール（一九五七年までイギリスの支配下にあった）でウイスキーを買おうとしたとき、小さな口髭をはやした狐のような顔の男と会う。

男はウォトスンだった。

グリーンは名前を聞いても一瞬誰だかわからず、復讐を考えていたことすら忘れていた。ウォトスンは懐かしそうに昔話をはじめる。彼の中ではグリーン、カータァ、ウォトスンは仲良し三人組のままだった。

若き日のグリーンを追いつめたカータァが戦死したことも知らされる。

「あのウォトスンと死んだカータァがいなかったら、あの数年間の屈辱がわたしに、何か得意なものがあることを実証したい、たといそのための努力がどれほど長くかかろうとも、という過度の熱望をわたしに与えなかったら、わたしは果して一冊の書物でも書いただろうか?」

その後も作家になるまで、いや、作家になった後も「曲がりくねった途」は続く。精神分析医の元に通ったり、思春期の性欲に悩まされたり、婚約者のいる年上の女性に惚れたりもした。オックスフォードを卒業後、職を転々とし、新聞社に勤めた。新聞の編集助手の経験は、作家としての技術を身につける上でかなり役に立ったらしい。

「彼は報道記者の常套句を使うことをやめる。彼は記事の効果を失わずにできるだけ短くきりつめることを学ぶ。冗漫なスタイルの文章家はこのような徒弟修業からは生まれるはずはない。これは行数を延ばして稼ぐ安原稿書きとは正反対の修業である」

もし作家にならなかったら、勤務時間中に本が読めて、好きなだけビールが飲める新聞社の仕事をずっと続けていたかったともいう（たぶん今の新聞社ではそれができない）。

グリーンの自伝は、単なる回想録ではなく、作家になるための教訓もさりげなく語られる。また苦境を逃れ、豊かな人生を送るための助言もちりばめられている。

彼の自伝を読んでいると、傷つく能力や逃避癖に加えて、教養や技術も備わっていたことがわかる。あと自分の作品にたいする冷徹な分析力も。

読みごたえがありすぎて頭が痺れた。

ちなみに、グレアム・グリーンは有名な古書収集家でもあった。

この本のほかに『逃走の方法』（高見幸郎訳、早川書房、一九八五年）という自叙伝やマリー・フランソワーズ・アランとの共著『グレアム・グリーン語る』（三輪秀彦訳、早川書房、一九八三年）というインタビュー集もある。

さっき、インターネットの古本屋で注文したばかりだ。パソコンの電源をオフにし、仕事をサボって隠れながら読みたい。

恋愛と結婚の話

「恋愛論を読んでも恋愛はわからない（できない）」

昔からよくいわれている言葉である。わたしも酒の席で何度となく聞いた。そもそも恋愛論は、恋愛を成就させたり、モテるようになったりすることが目的で書かれているわけではない。その多くは、恋愛中の人間の滑稽さを自戒をこめて綴られたものだ。

吉行淳之介著『恋愛論』（角川文庫、一九七三年）には、「原則として、男の十代の恋は『頭にくる』。二十、三十となると、すこし下って心臓にくる。四十になると、もっと下って臍のあたりにくる。『頭にきている』ときが、やはり一番醜態を示すことになる」という記述がある。

だから男が結婚の相手を決めるのは三十歳以降がいいというのが、吉行淳之介の持論だった。この説は、『ぼくふう人生ノート』（集英社文庫、一九七九年）の「女を観る目」というエッセイでも主張している。

友人の息子が結婚したいといってガールフレンドを連れてきた。息子は二十四歳、相手も大学時代の同級生である。友人はふたりの結婚を許した。ところが、婚約したとたん、彼女は彼の父（つまり吉行氏の友人）にたいし、傍若無人な態度をとりはじめる。

吉行淳之介は友人の息子のような立場の男性たちに「早過ぎる結婚は男にとっては損だとい

うのが私の意見である」と助言する。

「最良の配偶者を選ぶ道程の最初の障害は、十代のはじめ（晩熟の男なら二十代のはじめ）に待ち受けている。春機発動して、女に対してロマンチックなイメージを抱くようになる。女とは、神々しくてキレイでいい匂いでスベスベした肌をして……、といった幻想の虜になってしまう」

それは動物の本能のようなものであって、種族維持のため、男が女に近づかざるをえない状態にさせられているというのが、吉行氏の見解である。

「女がキレイに見える時期にはけっして結婚してはならない。というのが、女の選び方の第一段階である。（中略）十分に、遊びを経験し、女の本性を明確に知り尽す頃になると、男は三十歳を過ぎる」

結婚はそのくらいになってから考えればいい。その相手は「長年一人の女とつき合うのだから、なるべく暮らしやすい方がよい」といい、そのためには「まず、健康な女を選べ」と付け加える。

わたしは「健康」とは、「よく笑い、よく食べ、よく寝ること」と解釈した。

もっとも吉行淳之介は、二十代で結婚し、その後、三角関係だか何角関係だかに陥って、ずいぶん女性で苦労し、その泥沼の関係を元にした小説も書いている。また本人は「病気のデパート」といわれるくらい不健康だった。

ほかにも吉行説と似たような説を述べている作家がいる。

ジョージ・マイクス著『不機嫌な人のための人生読本』（加藤秀俊監訳、ダイヤモンド社、一九八六年）の「結婚について」というエッセイでは、「人生の伴侶を選ぶにあたって、愛している人を選ぶことほど不適当な相手はいない。愛に陥ることは、急性の精神疾患のようなものである」と忠告している。

「みなさんは、愚かさを賢明に、気取りをほんとうの魅力に、わがままをほんの冗談に、そしてきれいな顔を人類がなしえた最高の創造物であるかのように勘ちがいする最悪の時期に、未来の伴侶を選ぶことを求められているのである」

ジョージ・マイクスは、結婚するよりも一緒に暮らすことのほうがむずかしいという。吉行説もマイクス説も「恋愛と結婚は別のものとして考えよ」という教えだ。でも「春機発動」し「急性の精神疾患」にかかっているときには、この意見は通用しないだろう。

それでも恋愛や人生にたいする免疫がなかった時期に、先達の意見を知ることができたのはよかったとおもっている。

わたしは三十二歳のときに結婚した。吉行説に従って、というか、かなり真に受けて、かたくなに三十歳すぎまでは結婚するまいと決めていた。いや、その機会が訪れなかったといったほうが実情に近い。さらに独身時代に、豊かな恋愛経験を積んだわけでも、人を観る目が養われたわけでもなかった。

でもひとり暮らしの経験は、結婚生活の役に立った気がする。

ひとり暮らしをすると、それなりに家事をおぼえる。日々の家事は、完璧にこなすのではなく、手を抜けるところは抜いたほうがいい。手抜きにもセンスや技術がいる。そのことがなんとなくわかってきたのは、だいたい三十歳すぎだ。

ちなみに、『ぼくふぅ人生ノート』の旧版には、「恋愛と人生のQ&A」というインタビューも収録されていた。

「Q．恋は人を成長させるか……」という問いへの吉行淳之介の答えは以下の通り——。

「個人差はあるんだろうけど、たいてい見ていると、同じことを繰返す奴が多い。われひともにね。なんか一つの個人のパターンがあって、さんざん懲りているくせに、また同じことをひょいと繰返してしまう。

あまり懲りないのが人間の習性みたいだ」

この点については、恋愛も結婚もあまり変わらないとおもう。

結婚前も結婚後も、十年一日のごとく同じ失敗、同じ喧嘩をくりかえし、「成長していないなあ」とため息が出る。

それでもいっしょに暮らしているうちに、すこしずつお互いの欠点にたいする耐性がついてくる。ある種の諦めともいえるが、何事にも寛容かつ鈍感になる。

若くしてその境地に至ることがいいのかどうかは、各自の判断に任せたい。

辻まことの宇宙

神保町帰りに早稲田の古本街に寄る。古書現世で世間話をした後、辻まこと著『山と森は私に語った』（白日社、一九八〇年）を買った。

放浪のダダイスト・辻潤、そして雑誌『青鞜』で活躍し、関東大震災後の戒厳令下のさなか、甘粕事件で憲兵に扼殺された婦人運動家の伊藤野枝の子どもとして知られる辻まことだが、ここ数年、未知谷から復刻やアンソロジーが続々と刊行されている。今、気づいたのだが、辻まことは一九一三年九月二十日生まれだから、来年は生誕百年である。もっとも生誕百年云々とは関係なく、没後もほぼとぎれずに、辻まことの本は読み継がれている。

わたしは辻まことに関するものなら何でも読みたい。辻まことの本は何度でも読み返したくなる。といっても、熱心に蒐集しているわけではない。ふらっと入った古本屋にあったら買う。自分で歩いて見つけて、のんびり読みたいのである。そういうわけで、いまだに全集には手を出しそびれている。

『山と森は私に語った』は辻まことの遺稿集の一冊。『居候にて候』、『山の風の中へ』（いずれも白日社）も同じシリーズの函入りの画文集である。

辻まことが亡くなったのは一九七五年十二月十九日。六十二歳だった。

「人間なんて生物はハダカでは雨風に向えず、調理しなければ食べられず、はきものがなければ雪の上を歩けない。ハアハア息を切らせながらでも荷がなければタチマチ野垂れてしまう。自分一人で生きてみるための最低の場合にも文明と同伴せざるを得ないのは情ないが、まあこんなところがギリギリかと貧弱な自分を見ることも山へ登る私には喜びとなるのだからおかしなものだ」

これは『山と森は私に語った』所収の「山小屋への雑感」というエッセイの冒頭部。そのしばらく後に次のような一文が続く。

「力に満ちた健康と快活な心持、内外の自然の転回よりすばやい回復力をもつ自立性、こういった元気なしには、喜びをもって苛酷な労働には従事できない」

辻まこと、五十六歳のときの文章である。

このエッセイは『辻まことセレクション1　山と森』（平凡社ライブラリー、一九九九年）にも収録されている。

「辻まことは自然科学と哲学を血肉にした文明批評家だった」というのは、わたしの恩師で辻潤の評伝を書いた玉川信明さんの受け売りだ。それを言ったときの玉川さんはぐでんぐでんに酔っぱらっていたのだが、その言葉だけはずっと残っている。当時（二十代前半）のわたしは、山のぼりに興味もなかったこともあって、あまりピンとこなかった。

魅了されたのは『続・辻まことの世界』（みすず書房、一九七八年）の「読者の反世界」というエッセイがきっかけだった。

「教育された感情の方向から未開の感情の深みへ、その未踏の星座のきらめく宇宙へ行ってみなければ、人間は何も解ったことにはならない。

詩によって起源に向わなければ、人間の起源はすこしも明かにされないだろう」

わずか数行の中に気宇壮大な思想がつまっている。もしかしたら一生かかってもわからないかもしれない。しかしわからなくても「未開の感情」の世界を想像するだけで、心の領域がひろがっていく気がする。

『山と森は私に語った』の「山の画文——山登りの思想」は、山の雑誌『アルプ』の講演録。ここでは人の夢を見る能力について語っている。

ある無人島にシカを数頭入れたところ、約四十年後に三百頭に増えた。一エーカーに一頭の割合で生息していることになる。それから三年後の一月から三月のあいだに半数に減り、翌年にはシカは八十頭になっていた。

さらにネズミ（スカンジナビア・レミング）の実験の例もあげる。箱の中のネズミが一定数以上に増えると、副腎機能がやられたり、狂乱状態になったりする。

「もし人間に想像力が全くなければ、さしづめ東京などはとっくに人変じてシカとなり、ネズミとなってしまっているわけですが、詩を読んでみたり、絵を見てみたり、音楽を聴いてみたりすると、いくらでも宇宙を広げることができる。ゴマ化しにすぎなくとも、夢のおかげで人間は今日生命を保っているんじゃないかと思います」

子どものころ漫画やゲームに夢中になっていると、親から「そんな役に立たないものばかり好きになって」とよく怒られた。しかし、もし役に立たないものがなかったら、わたしは自分をとりまく現実に耐えられなかったとおもう。考えようによっては、芸術、いや、科学も宗教も、あらゆる文化は人口過密の心労が生み出した夢のようなものといえる。

「居候には意見がない。意見などあれば、とうてい居候はつとまらない。そこがいやになったらあすこに移ればいいし、あすこがだめなら、あさってに向えばいいのである」(「居候にて候」/『居候にて候』所収、白日社、一九八〇年)

一見、身軽で気ままな生き方におもえるが、居候には居候のきびしさもある。

幼少期から転々と居候を続け、肩身のせまい生活を強いられてきた辻まことは、詩や絵や音楽(彼はギターの名手でもあった)によって、自分の中の宇宙をひろげてきた。生涯を通して、定職らしい定職をもたなかった。

辻まことは書斎の思考に疑問をもっていた。山にひとりで登り「自分の速度と生きる知恵の発見」を自らに課した。

書斎の思考——心労が生み出した夢——に疲れると辻まことの本を読みたくなる。今、むしろように山や森で遊びたい気持になっている。

男と女の三十歳

ついこのあいだのようにおもえるが、わたしが三十歳になったのは一九九九年の秋である。フリーライターをはじめて十年目、社交性がなく、仕事をもらっても数ヶ月で編集者ともめ、何かと面倒をみてくれた同業の先輩とも疎遠になっていた。

週三日か四日、アルバイトして、ひたすら古本屋をまわる。古本や中古レコードを転売して、酒を飲む。

ようするに、くすぶっていた。

それまではフリーランスは人と同じことをやっていては食っていけないとおもいこんでいた。その結果、社会人の基本をまったく身につけることなく、履歴書の職歴がまっ白のまま、三十歳になった。

そのころJR中央線の高円寺の行きつけの飲み屋の常連だった岡崎武志さんに誘われて『ｓｕｍｕｓ』という書物同人誌に参加し、古本に関するエッセイを書くようになった。もちろんお金にはならない。逆に書いた頁数に応じて印刷代を払う。

背水の陣といったら大ゲサだけど、「これでダメだったら、東京を離れて関西に移住しよう」と真剣に考えていた。アパートの立退きをせまられ、次の引っ越し代を捻出できない状況だった。いざとなったら、家にある蔵書をぜんぶ売り払って、風呂なし四畳半からやり直してもいいとおもった。

『ｓｕｍｕｓ』は、京都在住の同人が中心になって作っていた雑誌だった。そのころ、関西では『モダンジュース』や『ブッキッシュ』といったミニコミが登場していた。いろいろな仕事をしながら、自分の興味のあるテーマをすごく時間をかけて掘り下げている人たちと知り合い、ずいぶん刺激を受けた。

ところが、関西行きの話をすると、「こっちはもっと食えへんで」といわれた。その言葉で東京にふみとどまることにしたのだが、三十代後半くらいまで、アルバイトと古本の転売で食いつなぐ生活が続いた。

どうしてこんな話を書いているかというと、先日、高円寺の西部古書会館で『私の三十歳　男が人生と出会うとき』と『私の三十歳　女が自分と出会うとき』（いずれも大和書房、一九九二年）という本を買って、自分が三十歳くらいのころのことをおもいだしてしまったからだ。

この本は、大和書房の「創立30周年記念企画」で刊行された書き下ろしエッセイのアンソロジーである。

「男が人生と出会うとき」は赤瀬川原平、加太こうじ、串田孫一、黒岩重吾、斎藤茂太、塚本邦雄、常盤新平、山田太一、吉行淳之介ら二十四人、そして「女が自分と出会うとき」は犬養智子、大橋歩、加藤タキ、岸田今日子、小林カツ代、斎藤史、澤地久枝、萩原葉子、馬場あき子、安井かずみら二十六人。

総勢五十名の三十歳のころの回想を通読したのだが、何というか、時代や世の中の変化に翻弄されたり、大病したり、結婚したり、離婚したり、失業したり、転職したり、みんないろいろ苦労している。

それぞれの本の帯には「男の30歳は、人生の方向が見えてくる」「女の30歳は、人生のターニングポイント」とある。

読後感は「女が自分と……」のほうが、エネルギッシュにおもえた。今より結婚や出産を経た女性が仕事を続けることがむずかしかった分、「自立」することへのおもいも強い。

「三十代、何しろ元気、やる気パワフル、徹夜など屁のかっぱ、丁度よいではないか、書けよ、書け！」（安井かずみ）

「女の三十歳は『激変』に出会うとしごろ、そしてそのすべてをのりこえるタフなエネルギーを秘めた年齢といえそうに思う」（澤地久枝）

「突然降って湧いたようにやってきた年子の子育て、仕事、家事。雑事、その他諸々の嵐をとにかく乗りこえ乗りこえ、いまにいたる前ぶれが、私の輝かしき三十歳！」（小林カツ代）

「男が人生と……」では、赤瀬川原平の「限界必要説」がおもしろかった。

若いころは自分の力を過信し、やることなすこと空回りする。とにかくムダが多い。しかし三十代になり、自分の限界を知るにつれ、その力の使い方がわかってくる。

力まかせに大振りするのではなく、ミートを心がけたほうが結果としてヒットを量産できる。そんなたとえ話をしながら、限界の効用を語る。

「そんなわけで、人間には体力の限界というのが必要なんだなと思う。能力の限界、頭脳の限界というものがあってはじめて有効にその力が働く。若いうちは何でも無限だ、みたいなことをいうけど、無限のうちは何もできない。寂しい原理かもしれないが、これは定理のようだ」

二十代のころのわたしは「あれもしたい、これもしたい」という欲望にふりまわされていた。当然ながら、お金や時間には限りがある。三十代になると体力も落ちてくる。疲れもとれにくくなる。なんとなく、何もかもひとりでやろうとすると行き詰まることがわかってくる。自分の資質、向き不向きを考えながら、やりたくないことはなるべくせず、できないことは諦めるか、できる人に頼ることをすこしずつおぼえていった。

わたしが古本マニアの道に限界をかんじたのも三十代だった。本の置き場がなくなり、コレクターになることを断念せざるをえなくなった。

何を残し、何を売るか。そんな模索をしているうちに、自分の方向性らしきものが見えてきた気がする。もちろん見えたら見えたで、新たな迷いが生じるわけだが……。

できれば、『私の四十歳』や『私の五十歳』も読んでみたいものだ。

世界怪奇スリラー全集

困ったときは初心にかえるというのは妥当かつ穏当な古来から伝わる人間の知恵のひとつだが、わたしは困っていてもいなくても、すぐ初心あるいは童心に戻りたくなる。その傾向は三十代半ばをすぎたあたりからより顕著になってきた。古本屋や中古レコード屋めぐりをしていても、未知のジャンルよりも、子どものころに好きだったものが目に入ると、ついつい後先考えずに買ってしまいがちだ。

本でいえば、小学校の図書室に置いてあった「世界の科学名作」シリーズ、あと郷里の家にあった秋田書店の「世界怪奇スリラー全集」(秋田書店、一九六八年) という全六巻シリーズも好きだった。

著者とタイトルは、次のとおり。

(一) 中岡俊哉著『世界の魔術・妖術』
(二) 山内重昭著『世界のモンスター』
(三) 中岡俊哉著『世界のウルトラ怪事件』
(四) 真樹日佐夫著『世界の謎と恐怖』
(五) 中岡俊哉著『世界の怪奇スリラー』

（六）南山宏著『世界の円盤ミステリー』

このシリーズに古書価がつくようになって（店によっては一巻あたり四、五千円すること も）、まだ親元にあるかもしれないとおもって電話したのだが、とっくの昔に捨てられていたと知り、がっかりした。

ところが、先月、JR中央線沿線の高円寺のアニマル洋子（古本屋兼古着屋）で『世界の魔術・妖術』が売られているのを見かけた。値段は千円だった。函付で状態もいい。表紙のターバンをかぶったおじさんが口から蛇を吐き出している絵を見たとたん、これは買うしかないとおもった。

「はじめに」を読むと、世界にはだいたい千五百種類の魔術や妖術があり、さらにアフリカでは「魔術通信講座」が開かれていて、卒業証明書まであるというようなことが書いてある。

いきなり怪しい。一見、実話風なのだが、本文で紹介される魔術師の話は完全にフィクションである。

たとえば、「魔術師レパリオス」は、ギニアのヤヤギ地方で部族王につぐ権力者だった魔術師の話——。

ある日、この地にコンゴから来た魔術師タタダが流れこんでくる。タタダはレパリオスが見放した子どもの病を治し、集落で評判になっていた。

噂を聞いたレパリオスは、タタダを追い払うため、「わしと術くらべをさせろ」と申し出る。レパリオスとタタダはヤクーダ山で秘術をもちいた決闘をはじめる。

「ポクア　トカニ　ククレ　ガジャ。」

「トンタ　アコ　スン　イド。」

魔術師が呪文を唱えると風が吹き、火が巻き起こる。さらに呪文で雨を降らせ、火を消す。月をふたつにしたかとおもえば、短剣を魔術ではねとばし、部族王が「引き分けじゃ」と決闘を止めようとするも、魔術師同士がお互いに「ドムダッ！」「クバーッ！」と必殺の術をかけあい、タタダは息絶え、レパリオスは顔の左半分の肉をきられ、骨をうちくだかれる重傷を負ってしまう……。

ほかにも死者を甦らせる魔術の話、不治の病を治す魔法医、呪われた魔剣や手鏡、呪いの泥人形、女魔術師が生き埋めにされた悪魔の島、念力、お米を出す魔術、人を動物にかえる妖術、ワニを獲る魔術など、世界各地の魔術・妖術絡みの怪奇譚が綴られる。

本文中には「世界の魔神」というコラムがあり、チベットの魔神ズウー、インドのラカジブ諸島の海の魔神ヨーブ、カンボジアの魔神ワーラス、中国の魔神チャングー、ブラジルの風の魔神ダスザなどを紹介している。

中岡俊哉（一九二六〜二〇〇一年）は、怪獣、ＵＦＯ、宇宙人、超能力、心霊現象などに関する膨大な著作（おそらく二百冊以上はあるとおもう）がある。また本名の岡本俊雄名義で中国関係の本も出している。

子どものころのわたしは中岡俊哉の本が好きだった。魔術か妖術をかけられたかのように微塵も疑わずに読んでいた。もしかしたら当時のほうが物語を楽しめていた気がする。

大人になるにつれ、「ホントかウソか」ということを考えすぎて、「ウソだけど、おもしろい話」にたいする感性がどんどん磨り減ってしまった。

今読むと、『世界の魔術・妖術』は人権への配慮もなく、原住民に関する描写などはポリティカルコレクトの観点からすれば、いろいろ問題がある。最後に収録された「山窩《さんか》の妖術女」なんて完全にアウトだろう。

でも当時の児童書は、総ルビとはいえ、かなり難しい漢字をつかっているし、世界各地の国名や地方名も頻出するから、地理の勉強にもなる。

ようするに、どんな本からでも学ぼうとおもえば、いろいろなことが学べるのだ。

理屈も何も通じない人智を超越した力が存在すること——ちょっと、いや、かなりうさんくさいけど、そうした神秘や怪奇というものは人間の想像力の産物である。あまりにも常識で雁字搦めの世の中で暮らしていると息苦しくなる。

「世界怪奇スリラー全集」のような古本を読むと、なんとなく、気宇壮大な心持になり、好奇心も刺激される。

秋田書店からは「世界怪奇スリラー全集」だけでなく、「世界怪奇ミステリー全集」も刊行されている。こちらも中岡俊哉の作品がはいっている。

だが、両シリーズをバラで安く揃えるのはけっこうたいへんそうである。ここは禁断の魔術〝大人買い〟を使うべきかどうか。いや、やはり初心忘れるべからず。地道にこつこつ古本屋をまわりたいとおもう。

文学は勝手放題のネゴト

わたしが郷里の三重から上京したのは一九八九年の春、後に「バブル」と呼ばれることになる空前の好景気の時代だった。

当時、風呂なしトイレ共同の四畳半に住み、部屋にはテレビも電話もなかった。ようするに、貧乏だった。でも古本趣味はお金がなければないなりに楽しむことができる。高い本がおもしろく、安い本がつまらないなんてことはない。逆に、古書価がついているような本よりも、まだ評価の定まっていない安い本の中にこそ「鉱脈」があるともいえる。

八〇年代末から九〇年代のはじめごろ、ここ数年、古書価が上がっている田中小実昌や後藤明生の本は古本屋の均一棚でしょっちゅう見かけた。後に彼らの本が値上がりするとは夢にもおもわなかった。

おそらく今も古本屋の均一棚には未来の古本屋における人気作家が眠っているはずだ。それが誰なのかはわからない。わからないからおもしろいのである。

古本における「鉱脈」というのは将来値上がりする作家や作品だけではない。文学史の本流から外れたところに自分にとっての「鉱脈」というべき一生の本を見つけることも古本屋通いの楽しみだ。

ひとつのジャンル（わたしの場合、近代文学や私小説）を追いかけていると、表通りや裏通り、さらに入り組んだ細い路地があるということがすこしずつ見えてくる。そうした路地に迷いこむうちに、次から次へと変人奇人たちに出くわす。

二十歳前後のわたしは辻潤（一八八四～一九四四年）に眩惑され、以来、文学の袋小路から抜けられなくなってしまった。

辻潤は一文無しで放浪したり、精神病院に入院したりもした。しかも最期は餓死している。常識外れで、ぐだぐだで、自堕落。いわゆる国語の教科書にとりあげられるような作家とはまったくちがう。

辻潤は浅草の札差の家に生まれるも、明治維新とともに没落。少年時代には伊勢の津で三年ほど暮らしていた。

東京に戻り、神田の開成中学に入るもすぐ中退。その後、国民英学会、自由英学舎などで学び、小学校の代用教員、上野高等女学校の英語教師になる。教え子の伊藤野枝（後に大杉栄の妻）と恋愛し、上野高女を失職……。

「僕は少年の時分から早く世間の苦労をさせられたせいか、今考えても早熟なマセタ不愉快な少年だった。それに体質が元来丈夫ではなかったからすこぶる陰気でもあった——十二、三の頃から世の中というものはあまり愉快なものじゃない。イヤなところだということをしみじみ頭の中に注ぎ込まれた——だから、世間並の少年のように運動や遊戯をあまり好まなかった——黙って一人でなにか考えこんでばかりいた。学校へ行くことなどももちろんあまり好きで

はなかった」(「自分だけの世界」/玉川信明編『辻潤選集』五月書房、一九八一年。※「青空文庫」にも収録)

少年時代の辻潤は「全体世の中というのはなんであるか?・」「人間とはなにか?・」というようなことをぼんやりと考え続け、文学書や哲学書を乱読した。

後に、辻潤はマックス・シュティルナー(スチルネル)の『唯一者とその所有(自我経)』を翻訳する。

「僕はスチルネルを読んで初めて、自分の態度がきまったのだ。ポーズが出来たわけだ。そこで初めて眼が覚めたような気持になったのだ。今迄どうにもならないことに余計な頭を悩ましてきたことの愚かなことに気がついたわけだ。自分の読んだ書物の中で恐らくこの位自分を動かした本は一つもない」(同前)

わたしは辻潤が訳したシュティルナーの本を理解しているとはいえない。それでも辻潤が自分にとっての「鉱脈」を掘り当てたときの喜びはものすごく伝わってきた。

「自分だけの世界」では、シュティルナーの哲学を「人は各自自分の物尺によって生きようというのである」と説明している。辻潤は命がけでそれを実践し、己の言葉と思想に殉じた。その結果、変な人になってしまった。

『辻潤選集』は九百頁ちょっとある。単行本未収録エッセイも数多く収録されている。無内容というか、ほとんどが愚痴や弱音だ。しかし誰が何といおうが、わたしはそういう文学が好きなのだ。

辻潤は、文学とは「『勝手放題なネゴト』の異名」という言葉も残している。

「生まれた以上、人間は自分の与えられた運命（たいてい碌でもないが）を忍受して生きていくというより仕方がない。それ以外に、なんの方法もありはしない。さんざんありもしない知恵を絞って考えた結論が、たったそれだけではまことになさけないが、如何にせん自分にはそれが実感なのだからどうしようもない」（「妄人の秋」／『辻潤選集』）

「何を書いたらいいのか？」「何を書いたらいいのか？　何か書いてみよう」という西山勇太郎が発行していた『無風帯』という同人誌に発表した随筆でも、ひたすら情けない身の上や心境を綴っている。

これからどうして生きていったらいいのかわからない。寝場所はあるけど、仕事をする部屋はない。ゼニがないと隠遁もできない。ただ食ってゴロゴロしていたい。終始腹が減っているから、何を食ってもまずいものはない。水でも飲んで酔っぱらえないものか。どこかの別荘の番人にでもなりたい。赤ん坊から人生をやり直したい。

どうでもいいこと、何の役にも立たないことばかり書いているのだが、どうにもやる気がでないときに読むと気が楽になる。

わたしの考える文学の「鉱脈」はそこにある。それ以外は考えられない。

もちろん「ネゴト」とおもっていただいてかまわない。

正岡民と中馬民

ときどきインターネットの匿名掲示板でプロ野球関係のスレッドを見る。応援している球団の近況や観戦しそびれた試合の経過、ファームの情報なども知ることができて楽しい。しかし、いわゆるネットスラングがわからなくて、戸惑うことがある。

たとえば、「正岡民」と「中馬民」という言葉がある。はじめて見たときはまったく意味がわからなかった。

二〇一一年放映の「第31回高校生クイズ」(日本テレビ系)で、「ベースボールをはじめて『野球』と訳し、選手時代はセカンドを守っていた人物は?」という問題にたいし、実況スレの野球ファンたちが「正岡子規」と書き込んだ。ところが、出場校の開成高校の生徒は「中馬庚《ちゅうまんかなえ》」と回答する。実況スレの住民たちが、その答えを馬鹿にしていたら、実は「中馬庚」のほうが正解だった。

そこから「正岡民」(野球の知識の浅い人)という言葉が生まれ、その反対語が「中馬民」となった。正岡子規からすれば、迷惑以外のなにものでもない。

子規は一高(旧制第一高等学校)時代はピッチャーとキャッチャーをしていた。数ある雅号の中に「野球」もあった。これは「の・ボール」と読む。幼名の升(のぼる)をもじっている。

いっぽう中馬庚は、ベースボールを「野球」と訳しただけでなく、日本初の野球専門書「野球」の著者でもあった。

また中馬について書かれた本には、後藤善猛著『ああボッケモン　〃野球の名付け親〃中馬庚脇中校長伝』（教育出版センター、一九八三年）、城井睦夫著『〃野球〃の名付け親　中馬庚伝』（ベースボール・マガジン社、一九八八年）などがある。

一八八八年、中馬は一校に入学し、「べーすぼーる会」に入る。当時の一高は国内無敵のチームで、中馬は国際試合でも活躍した。『ああボッケモン』によれば、中馬庚はベースボールの案内書作りを依頼されたとき、ベースボールの適当な訳語はないかと考えあぐねていたそうだ。

「ある日、中馬氏が『野球』と訳したらよからんと申し出られました。その理由は〃Ball play in field〃である故に、野原で遊ぶ球遊びという意で『野球』ということで大阪の前川書店で発行致しました」

中馬庚が「野球」という言葉を編み出したのは一八九四年の秋（※子規が雅号として「野球」の二文字を選んだのはその四年前）。

子規は「打者」「走者」「四球」など、いくつかの野球用語を訳しているが、ベースボールについては「弄球」や「投球」と試訳していた。

なぜ子規は「野球」の翻訳者とおもわれるようになったのか。

子規の弟子の河東《かわひがし》碧梧桐《へきごとう》は「ベースボールを訳して『野球』と書いたのは、子規が嚆矢であった」と随筆に綴った。以来、子規自身が「ベースボールは未だ曾て訳語あらず」と明言したにもかかわらず、「野球という訳語の翻案者・子規説」が広まってしまった。

『中馬庚伝』では、「ベースボールを『野球』と訳したのは俳人・正岡子規だとするのが長い間の通説であった」といい、熱心な研究者が中馬説を唱えてきたにもかかわらず、なかなか子規説は覆されなかったと嘆く。

司馬遼太郎も『坂の上の雲』で子規が「野球」の訳者であるかのように書いたが、後に訂正した。

中馬庚が亡くなったのは一九三二年三月、享年六十二。

その後、教え子だった幸田昌三の尽力により、一九七〇年に中馬庚は野球殿堂入りした。そのレリーフには「野球」の最初の訳者であり、明治草創時代の学生野球の育ての親としての功績が刻まれている。


神田順治著『子規とベースボール』(ベースボール・マガジン社、一九九二年)は、過去の研究をふまえた上で、中馬説を認めつつも、最後の章で「それでも子規は『野球の名付け親』のひとりである」と記した。

著者は、中馬庚が「野球」の二語を案出するにあたり「雅号にベースボール好きの大学の先輩・正岡子規が『野球(のぼうる)』の文字をしばしば使用していることを脳裏に浮かべていたに違いない」と推測する。

子規は中馬より三歳年上で同じチームでプレイしたことはなく、ふたりに接点があったかどうかは文献では確認できない。

しかしわたしも子規の雅号の「野球」は、単に「のぼる」の当て字ではなく、「ベースボール」の意味もこめられていた気がする。「野球」の名付け親、翻訳者とするのは微妙かもしれないが、すくなくとも中馬庚よりも先に「野球」という言葉を作った人物であることはまちがいない。


では、最後にクイズ――。

明治二十三年、日本初のベースボール小説を書いた人は誰でしょう？　答えは『子規とベースボール』から引用しよう。

「この日本の野球文学の最初の小説『山吹の一枝』は、郷里・松山の友人である新海非風《にいのみひふう》との連作の形をとった十七回からなる長編で、第一回を子規が書くと第二回は非風が書き、第三回はまた子規が書く……というようにリレーして書いたものだ」

署名が「花ぬす人稿」となっていたため、作者不明だったのだが、上野・松坂屋古書部が偶然、買い受けた雑書の中から発見し、鑑定の結果、子規の自筆書であることが判明した。日本初のベースボール和歌を作ったのも正岡子規である。

一九〇二年、子規は三十四歳で亡くなった。それから百年後の二〇〇二年に子規は野球殿堂入りしている。

メロウでプラスチックな八〇年代

夕方、散歩する。古本屋をまわって喫茶店に入る。珈琲を飲みながら、さっき買ったばかりの本の頁をめくる。旅先でもその行動は変わらない。どこに行っても古本屋と喫茶店に入る。

二十一世紀に入って、インターネットの古本屋が普及し、家にいながら、いつでも古本が買えるようになった。自分の足で探すよりもはるかに楽だ。交通費その他を考えると、ヘタすれば店で買うより値段も安くすむ。

とはいえ、古本屋通いの楽しみは、単に目当ての本を早く安く見つけることではない。自分の知らないおもしろそうな本を探すこと。本そのものが醸し出している雰囲気や時代性を感じとること。

これればかりは直接手にとってみないとわからない。仕事で必要な資料はインターネットで購入しがちなのだが、なるべく趣味の本は散歩のついでに古本屋で買いたい。

最近、わたしは冬樹社の本を探し歩いている。長尾みのる著『自魂他才でグッドモーニング珈琲』（冬樹社、一九八一年）という本に心を奪われたからだ。長尾みのるは本の装丁や挿画を手掛け、エッセイやルポも書いていたイラストレーター。

この本は、ふつうの単行本（四六判）よりも横に長い。背表紙の文字が五色。挿画も多数収録され、欄外のコーナーがあったり、囲み記事があったり、本の袖（表紙の折り返し部分）の文章が横斜めに印刷されていたり、デザインやレイアウトも斬新な工夫がほどこされている。

冬樹社は一九九一年に廃業した出版社なのだが、かつては『坂口安吾全集』や『山川方夫全集』を刊行し、ポストモダンがブームのころには『GS』という雑誌を作っていた。一九八〇年代の冬樹社の本は判型や装丁の変わった本が多い。

たとえば、高平哲郎著『スラップスティック・ブルース』（一九八一年）や太田克彦著『クロスオーバーメッセージ』（一九八〇年）はビニールカバー付で通常の四六判と比べると縦に長い。文字組も一段組と二段組がまざっていて、なんとなく雑誌っぽい。高平著の装丁とイラストは安西水丸、太田著の装丁とイラストはヘタウマ文化を牽引した河村要助である。

流行のサイクルは三十年という説がある。本も刊行されてから三十年くらい経つと古本っぽさがほどよく出てくる。

今から三十年前、一九八〇年代前半の空気を味わいたければ、当時の冬樹社の本を読んでみるといい気がする。

たとえば、長尾みのる著『自魂他才でグッドモーニング珈琲』に「あるときメロウな感覚の時代」というエッセイがある。

「スナック、バーあたりで、カラオケが流行りだしたよ、と初耳の頃だった、空の桶なんぞを連想したのは……。桶とは、古くさいものを、若くない証拠である」

そんな書きだしから「メロウな感覚が、ともかく流行しだした」という話になる。

メロウなファッション、メロウなミュージック……。メロウ（mellow）とは、（果実が）熟した、（酒が）芳醇な、（人格が）円熟した、穏健なといった意味だそうだ。

長尾みのるは、メロウの流行にたいし、次のように分析する。

「はっきりした個性ではないから、はっきりした拒否のされ方もない。ようすを眺めながらしだいに食いつきの良い形に、メロウなものを普及させればいいのである」

太田克彦著『クロスオーバーメッセージ』所収の「プラスチック感覚」も一九八〇年代っぽい言葉だ。

白系ロシア人でモデルのアイリーンが「だってパンク・ロックもアートも、いまウケているのはみんなプラスチック感覚じゃないの」という。かつてプラスチックには「本物ではない、安っぽい代用品」という印象があったのだが、生まれたときからプラスチックに囲まれて育った子どもたちからすれば、「いいプラスチックと悪いプラスチックかという選択があるだけだ」。

この本のタイトルに使われている「クロスオーバー」はジャンルを越えて融合するといった意味である。

「今起こりつつある文化現象で、いちばんハッキリしているのは、集中していたものが解体し、多様化しはじめたという事実」（「クロスオーバーの時代」／同前書）

高平哲郎の『スラップスティック・ブルース』所収の「パロディからカリカチュアの時代へ」の執筆時は七〇年代後半だが、八〇年代の雰囲気がただよっている。

民放のラジオ番組で視聴者からパロディを募集したところ、どうしようもない話が送られ、司会のタモリが困惑する。

雑誌『ビックリハウス』が売れ、筒井康隆、横田順彌、かんべむさしの小説がよく読まれているという状況などから、「ナウなヤングの間では、パロディが話題になっとるな」と番組の関係者は安易に考えていたのではないかと苦言を呈す。そしてさまざまな実例や証言をもとに、今、受け入れられているパロディは物真似のようなもので、カリカチュアではないかという説を唱える。


強引にまとめると、八〇年代はメロウでプラスチックでクロスオーバーでカリカチュアの時代だった。あと「〇〇時代」と名づけることが流行った時代といえるかもしれない。

というわけで、古本の世界にも流行り廃りがあるのだけど、八〇年代の冬樹社のエッセイ集はもっと再評価されてもいいのではないか。復刊もむずかしそうだし、古書としてもかなりいい味が出てきているとおもう。

今回紹介した長尾みのる、太田克彦、高平哲郎の本はナウなヤングにもおすすめです。

岸部四郎の古本人生

古本マニアのタレントといえば、岸部四郎（岸部シロー）である。

グループサウンズ時代はザ・タイガースのメンバー、その後、俳優（テレビドラマ『西遊記』の沙悟浄役など）や司会者（『ルックルックこんにちは』の二代目司会者）としても活躍した。

岸部四郎の父は、京都で、店舗を持たずにリヤカーで古本を売る商売をしていた。

『岸部のアルバム　「物」と四郎の半世紀』（夏目書房、一九九六年）は、自らの蒐集哲学を綴った異色のエッセイ集である。

第一章「ノスタルジーとしての初版本」によると、古本が好きになったのは子母沢寛原作のドラマ『父子鷹』（関西テレビ、一九七二年）に出演したのがきっかけだった。

幕末を舞台にした時代劇『父子鷹』に出演したさい、その原作を読み、岸部四郎はたちまち本の世界に魅了される。

「それまでは音楽に夢中であまり本を読む習慣がなかったが、それからはもう江戸の風俗や勝海舟、坂本竜馬、西郷隆盛をはじめとする幕末群像に関するものを、むさぼるように読みはじめた」

さらに西山松之助、三田村鳶魚《えんぎょ》らの江戸文化の時代考証もの、明治期の日記、評論も読みふけった。二十代前半の岸部四郎の読書傾向はかなり渋い。

それから夏目漱石に耽溺し、明治の文人の初版本を集めるようになる。

「近代日本の象徴ともいうべき漱石の大ファンになってしまったぼくは、作品を読めば読むほど、あるいはこれら弟子たちの書いた漱石を読めば読むほど、もっともっと漱石のすべてを理解したくなった」

そのためには当時の雰囲気を感じながら読まなければいけない。

岸部四郎はそう考えた。

初版本だけでなく、読書環境もなるべく漱石の時代に近づけたいとおもい、アパートを借り、六畳一室を自称「漱石山房」にする。明治の家具や什器を揃え、座布団も芥川全集の装丁の布とそっくりなものを民芸屋で探してもらい、わざわざ作った。

暖房もガスや電気ではなく、火鉢に炭を使い、部屋にいるときは和服ですごす。

漱石、安倍能成、芥川龍之介、内田百閒、森鷗外、永井荷風、島崎藤村、志賀直哉と近代文学を次々と読破し、その初版本かそれに類する本を集めた。

漱石の次は芥川龍之介も熱心なコレクションの対象になった。神保町の古本屋・三茶書房の店主・岩森亀一が自ら額装した芥川の全集の木版刷り（売り物ではない）も頼み込んで譲ってもらった。

「芥川を蒐めだしたころは、ぼくは三茶書房のご主人がその道の権威だとは知らなくて、ただの偏屈な古書店の親父だと思っていた」

続いて興味は芥川から永井荷風に移る。

「荷風に凝れば、どうしても私家版の『腕くらべ』『濹東綺譚』『ふらんす物語』が欲しくなるのは人情だ。これらはコレクターズ・アイテムのシンボルみたいなもので、だれでも欲しがるが、もう最近ではほとんど市場に出てこない」

『腕くらべ』の私家版は友人たちに配られたもので限定五十部。岸部四郎が探していたころ（おそらく一九八〇年前後）の古書相場は五十万円くらいだったそうだが、一九九〇年代半ば、店によっては二百万円くらいになった。『ふらんす物語』は発禁になり、印刷工場に残っていた予備を好事家が装丁したもので、『腕くらべ』が五十万円のころ、三百五十万円くらいしたという。

しかし自称「漱石山房」は妻との離婚により幕を閉じ、蔵書の大半も売却することになった。中には売りたくないものもあったが、「それを隠したのでは値段がつかない」。

自分の不要な本だけ売っても、なかなか高値で買い取ってもらえない。

古本屋がほしい本（店に並べたい本）をどれだけ混ぜるか。このあたりの駆け引きは古本を売るときの醍醐味といえる。

岸部四郎の趣味は、絵画、骨董、玩具、楽器、オーディオ、ヴィンテージバッグ、ヴィンテージジーンズなど、かなり広い。

「趣味は貯蓄」といい、八〇年代にはお金儲けに関する本（『岸部シローの暗くならずにお金が貯まる』、『岸部シローのお金上手』いずれも主婦の友社）を刊行していた彼が自己破産に陥ってしまう。離婚の慰謝料、借金の保証人など、様々な事情もあるのだが、蒐集対象を広げすぎてしまったこともすくなからぬ遠因になったとおもう。

岸部四郎といえば、二〇一一年一月、昼の情報番組の企画で風水に詳しい女性タレントが部屋の運気を上げるという名目で、彼の蔵書を某古本のチェーン店で売り払ってしまうという〝事件〟があった。

蔵書の中には『吉田健一著作集』（全三十巻・補巻二巻、集英社）もあったのだが、買い取り価格は六百四十円……。

著作集や全集の古書価は下がっているとはいえ、今でも吉田健一は古本好きのあいだでは人気のある作家で、数年前までは十五万円くらいで売られていた。

放送後、番組にたいし「岸部さんが不憫すぎる」といった批難が殺到した。ただ、この騒動のおかげで岸部四郎が漱石、芥川、荷風から、英文学者でエッセイストの吉田健一まで読み継いでいたことを知り、ただ単に「物」としての本ではなく、心底、文学が好きな人だとわかったのは収穫だった。

ちなみに、『岸部のアルバム』には、自称「漱石山房」時代、同じアパートの別の階に森鷗外の長女の森茉莉も住んでいて、その交遊も記されている。

森茉莉ファンにとっても、貴重な資料かもしれない。

稲垣書店のこと

東京・三河島の稲垣書店は、映画関係専門の古本屋である。映画の本、スチール写真、プレスシート、ブロマイドなどを扱っている。店主の中山信如には『古本屋「シネブック」漫歩』(ワイズ出版、一九九九年)、『古本屋おやじ　観た、読んだ、書いた』(ちくま文庫、二〇〇二年)の著作がある。『古本屋おやじ』を読んで、専門の道を切り開いていくには、何よりも覚悟が必要なことを教えられた。

「たまに、店にやってくる仲間があきれ顔で忠告してくれることもあるが、それでもイヤなものはイヤ、メシのおかずを落とせばすむかぎり、やらない」

中山さんは「地域住民に密着した」「客のニーズに応える」ような古本屋になる気はなかった。店にはエロ本や実用書を置かないことにした。

専門店になるためには、漫然と商品を集めて売ればいいというものではない。

古本業者の市でほしい品をせり落とすためには知識と勇気と経験がいる。作品や資料が、どのくらいの価値があるのか。また資料探しには当然ライバルがいる。強気で高い値段でせり落とせば、それだけ高く売らないと元がとれない。売れなかったら大損。その価値を正確に測り、ギリギリせり落とせる値段を見切ることは生易しいものではない。

中山さんの古本にたいする情熱は本の売り買いにとどまらない。「映画を、学問に！」と映画史の空白を埋める文化資料の発掘にも尽力している。

長年、日本の映画研究は、明治、大正、昭和初期までの資料が見過ごされてきた。

「なるほど必要データが刷り込まれているパンフレットやポスターなら誰でも扱えるが、ひとたびブロマイドやスチール写真となると、それが誰であるか、なんという映画であるか、専門的な知識なくしては一枚たりとて売ることができぬ」

しかもその知識は調べようにも資料が少ない。稀少ゆえ、値段も安くない。それゆえ、研究が先に進まない。

『古本屋おやじ』所収の「喜劇映画文献の悲劇的現状」では、喜劇映画史の研究が進まない理由を次のように推測している。

「そもそも古本屋の経験則からいえば、喜劇文献蒐集家に金持ちはいない。しかも組織に属さぬ一匹狼がほとんどと見る。推察するに喜劇研究を目指そうとする者には、世の中でいまだ〈志〉を得ていない者が多いのではなかろうか」

彼らの多くは矜恃があっても、金儲けが下手で、おもうように資料が買えない。専門の古書店もたいへんだが、そうした店で扱うような文献資料を探し求めている在野の研究者たちもたいへんなのである。

さらに喜劇映画を研究するにあたって、出演役者の出自も大きな壁になる。映画に出るまでの「前史」をさかのぼろうとしても、ストリップ小屋のボードビリアン、バンドマンなど、資料がほとんどなく、その全貌がなかなか明らかにならない。しかもその研究はどれほど精緻を極めようと一部のマニアをのぞいて何の役にも立たない。

別に誰に頼まれたわけでもなく、好きでやっている。好きでやっていることだからこそ、いいかげんなことは許されない。

あるとき中山さんは地道に澤田正二郎の文献を集め、『日本古書通信』の目録で「以上6冊にて沢正全著作完揃」と掲載した。

すると、ある研究者から「ほかにもまだある」と指摘されてしまう。昭和二年に刊行された『三千六百五十日』という四十五頁の冊子だ。その後、届いた手紙の中には「そんな曖昧さを許してしまうことから、後年の研究は惑わされ振りまわされ、百歩も二百歩も遅れてしまうのだ」というようなことが記されていた。

中山さんは深く反省する。

映画畑にかぎらず、興味のない人から見れば、どうでもいいような瑣末な事とおもうかもしれないが、一古本好きとしては、書誌の研究家たちにはほんとうに頭が下がる。

そういう意味では、中山さんの『古本屋「シネブック」漫歩』は、資料としても読みものとしても抜群におもしろい本だ。

殿山泰司、溝口健二、小林久三、石井隆、和田誠、阿久悠、田中小実昌、阿奈井文彦、長部日出雄、川本三郎、小津安二郎、原節子、笠智衆、高峰秀子、岡田嘉子、塚田嘉信、辻恭平、川島雄三、佐藤重臣、竹中労、内田吐夢、美空ひばり、大友柳太朗、伊丹十三、伊丹万作らに

関する本（著作リスト付）を自らの回想をまじえながら紹介する。

映画本の探索の旅は、見切り発車の行き当たりばったりで寄り道の連続だ。

読者は、出口がどこにあるのかわからない映画本の迷路をさまよい、貴重かつ稀少な本の書影（小津安二郎の原節子宛の署名本など）にため息をつき、独特のテンポの文章の妙に酔いしれることだろう。というか、この本の読みどころのひとつは本題に入るまでのやたらと長い「前説」や「余談」なのだ。

「肝心の本読みが間に合わなくなるにつれ、〈前説〉がヘンに長くなる。これが当欄における前説多寡の法則である。ときには苦しまぎれに前説だけに終始してしまうことさえもある」

それで途中で紙数がつきて「以下次号」。

映画の語り口だけでなく、生き方も自由奔放。


そういえば、『古本屋おやじ』には「いかに少なく働き、いかに多くの余暇をひねりだすか」が生涯最大のテーマだとも綴られていた。

日本屈指の映画専門の古本屋にもかかわらず、年に何日（何十日？）も売り上げゼロの日があるらしい。それはそれで、すごいといわざるをえない。

結城昌治の仕事と趣味

結城昌治のエッセイが読みたくて古本屋をまわっていたのだが、ありそうでない。探していたのは『昨日の花』(朝日新聞社、一九七八年)と『明日の風』(朝日新聞社、一九八六年)の二冊。

この二冊を探すようになったのは、『死もまた愉し』(講談社、一九九八年。後に講談社文庫)を読んだのがきっかけだ。『死もまた愉し』を読んだのは、常盤新平がこの本のことを「僕の座右の書」としてあげていたからだ。

わたしが常盤新平のファンで、常盤さんは結城昌治のファンだった。読書というのはそういうふうにつながる。

『死もまた愉し』は、最晩年の語りおろしで没後刊行された本である。

「私は趣味を訊かれたら、まず俳句と答えます。いうまでもなく、私の俳句は仕事ではありません。仕事というのは、生活を支えているもの、それで食べているということです」

小説は仕事、俳句は趣味——。

作家になる前は、東京地検の事務官をしていたが、病弱だったため、自分は勤め人に向いていないとおもっていた。

三十二歳のとき、勤めをやめたい一心で小説を書きはじめ、『エラリー・クイーンズ・ミステリ・マガジン』日本版の第一回短篇コンテストに応募し、入選する。

小説家になりたかったが、母は堅気に暮らしてほしいと反対した。ところが、コンテスト入選の翌年、母が亡くなり、「もう、おれが死んでも、さして悲しむ者はいないだろう」と開きなおり、「自分ひとりなら、どうなってもいいや」と勤め先に辞表を出す。

結城昌治は一九二七年生まれ。『軍旗はためく下に』で直木賞を受賞。推理小説、ハードボイルド小説、時代小説、落語、俳句の本など、幅広いジャンルで活躍した。

「もの書きになって、三十六年になっていますが、書きたいものはあらかた書いてしまったし、ざっくばらんに言って、もう書くネタがない。書くべきものは、出しつくした感じです。創作力が涸れている。（中略）むかしの小説家は、だいたい十年ぐらいしか書いていません。十年というのが、創作力の限度だろうと思います。漱石にしろ、鷗外にしろ、そんなもんでしょう。体験したことを全部ひっくるめても、ものを考える容量があるみたいで、それを超えると、やはり無理をして書くしかないわけです」

デビューからほぼ十年後の一九七〇年に『軍旗はためく下に』を刊行。それまでに三十冊以上の本を出している。

こんなに多才な作家が「十年というのが、創作力の限度だろうと思います」と語っているのである。この言葉は重い。もちろん例外はいくらでもあるだろうし、十年という数字自体にはこれといった根拠はないのかもしれない。でもよく考えると、十年にわたって一線で活躍できるような人はかなり恵まれた人なのだ。それくらい厳しい世界ともいえる。

結城昌治の創作についての考えをもっと知りたい。

体力に自信がなく、駆け出しのころから、仕事の量を制限してきた。仕事はかならず余裕をもって引き受け、一日に何枚書けば締め切りに間に合うか計算し、机に向かう。

調子の出ないときは、机のまわりを片付けたり、仕事と関係のない本を読んだりもする。それでも度々、徹夜で仕事をすることになって苦労した。

『昨日の花』の「推理小説の行方」では、創作の苦労を次のように述べている。

「単に小説と呼べばいいものを、わざわざ推理小説と呼ぶにはそれなりの理由があって、しかもつねに新しいアイデアを求められるから、そうは安直にひねり出すわけにいかない。下手にひねり出せばたちまち読者に叩かれるのである」

推理小説には制約（ヴァン・ダインの二十則やノックスの十戒など）も多く、トリックのパターンも定石化されている。

その中で新しいアイデアやパターーンの組み合わせを次々と考え続ける。やがて限界をおぼえ、停滞の時期をむかえる。

そこからどれだけ無理ができるか。それもまたプロの腕の見せ所だろう。

だが、五十代後半になって、結城昌治は無理をしない道を選んだ。

『明日の風』の「泉への道」というエッセイでは、余生の身の処し方を綴っている。

「自由業本来の不安定なすがたにかえり、締切り仕事は御免こうむるのである。そして好きなときに書きたいものだけ書いて、短篇、長篇にかかわらず、書き上げたら編集者に渡すようにする」

残りの人生は気ままにつかい、ゆっくりとやる。締め切り間際に何が起こるかわからないという理由で連載をすべて断った。仕事だけでなく、人付き合いも減らした。

『死もまた愉し』は、それから十年後の老境を語った本である。

「若いうちは、ふつうに生きているだけで、楽しめるものがいっぱいあります。食べる楽しみ、飲む楽しみ、スポーツもあれば、色恋の楽しみもある。年をとるということは、そういう楽しみをひとつひとつ奪われていくということです。何もできなくなったときに、俳句をつくるとか、短歌をつくるとか、絵を描くとか、趣味があれば、楽しみを磨くことができます」

冬支度とは遺書を書くことに尽く

そんな句をつくった結城昌治は一九九六年一月二十四日に亡くなった。

享年六十八。

見事な余生だとおもう。

スポーツと超能力

上京して四半世紀、スポーツらしいスポーツをまったくしていない。

布団で寝っころがっているときやコタツに入っているときなどは元気なのだが、一歩外に出ると、別人のようにおとなしくなる。

もうすこしからだを動かしたほうがいいのかもしれない。まだ気づいていないだけで、自分には何らかのスポーツの才能があるのではないか。開発されていない未知の能力が眠っているのではないか。ある日、突然、その力が目覚め、四十代半ばにして、見たことも聞いたこともないような異国のスポーツのアスリートとして大成する可能性がないとはいえない……。

そんなことを考えながらマイケル・マーフィー、レア・A・ホワイト著『スポーツと超能力極限で出る不思議な力』（山田和子訳、日本教文社、一九八四年）という本を読んだ。日本教文社は某宗教法人の出版社で、一九八〇年代に「コズモブックス」という〝ニューエイジの百科全書〟を刊行していた。このシリーズ、古本屋では滅多に見かけない。アマゾンのユーズドでは『スポーツと超能力』には、五桁の金額がついている。

著者のマイケル・マーフィーは、一九六二年にリチャード・プライスと「エサレン研究所」を開設した人物である。共著者の図書館司書であり超心理学の研究者のレア・A・ホワイトは

「スポーツ界の特異な霊的現象」の調査をしてきた。

その研究対象は「光明による啓示、離魂体験、時空の変容感覚、体力と忍耐力の離れわざ、恍惚状態（エクスタシー）」といったものだ。「ゾーン」や「至高体験（ピーク・エクスペリエンス）」と呼ばれる究極の集中状態もそうした現象の一種だろう。

「超能力」といっても、魔球を投げたり、高速移動で分身したり、試合中に対戦相手の骨格を透視したりするわけではない。

『スポーツと超能力』は、アメリカンフットボール、野球、バスケットボール、ゴルフ、テニス、水泳、陸上、さらには日本の空手、合気道まで、広範な分野にわたるスポーツ選手の「神秘体験」の証言（資料）を分析した本でもある。

試合中に自分を後方から眺めている感覚を味わった人もいれば、最高のプレーをしたにもかかわらず、競技をしているあいだのことをほとんどおぼえていなかった人もいる。自分のまわりがスローモーションになった人、オーラや光輪が見えたという人もいる。

「長期間の没入、集中の継続、創造性、自己等方性、神聖なる時間と場所の設定、能力の限界への挑戦は、スポーツと宗教上の修行とに共通しているものである」（「スポーツと神秘主義」／前掲書）

この本がアメリカで刊行された一九七八年ごろは、こうしたスポーツ選手たちの証言は「超常的な力」だとおもわれていた。

マイケル・マーフィーは『王国のゴルフ』（山本光伸訳、春秋社、一九九一年。新装版は二〇〇三年）の著者としても知られる。

哲学小説の趣もあるのだが、スポーツにおける神秘現象を洞察していて、その後のスポーツ心理学にも影響を与えた。

第一部はシーヴァス・アイアンズという不思議なプロゴルファーと一緒にコースをまわった「異例ずくめだった一日の話」を綴った小説、第二部はシーヴァス・アイアンズが書き残した（という設定の）ノートを解釈した批評という形式――。

『王国のゴルフ』は、「内なる肉体」や「高位の自我」や「真の重力」など、シーヴァスのノートに記された用語を考察した難解な精神宇宙論としても読める。

アメリカでの刊行後、作品中に描かれているような超常現象を体験した人たちの声が次々と寄せられた。それでフィクションではなく、ノンフィクションの形でスポーツの神秘体験を世に問うた本が『スポーツと超能力』なのである。

精神と肉体の調和とは？　無意識のファインプレーとは？

禅やヨガなどの東洋思想の知見が随所に見られるのも『スポーツと超能力』の特徴であり、ニューエイジ運動（アメリカの西海岸で起こった反科学、反西洋文明のムーブメント）の流れも受け継いでいる。

そもそもトップアスリートは、一般の人からすれば、存在自体が超能力者のようなものだ。卓越したバスケットボール選手や舞踊家は「空中で一時停止」しているように見える。伝説のバレエダンサーのニジンスキーは宙に留まる秘訣を聞かれ、「ただ飛び上がって、そこでちょっと休めばいいんです」と答えたらしい。

ボストン・マラソンに初めて出場した女性のひとり、キャシー・スウィツァー（作家／テレビコメンテーター／マラソンランナー）はこう証言する。

「走っている間明晰に考えられる自分を見いだしたことでありました。……私は執筆のこと、学業のことを考えましたが、何もかもがとても明瞭に思い浮かぶのです」

最初は半信半疑で読んでいたのだけれど、いつの間にかスポーツ選手たちの不思議な感覚の世界に魅了されてしまった。予想以上に刺激の多い本だった。「超能力」かどうかは別として、スポーツにかぎらず、作家や芸術家が創作に没頭すると、周囲の音が聞こえなくなったり、時間の感覚がなくなったり、謎の威圧感を発揮してしめきりをのばしたりする話はよく聞く。もしかしたら何かに没頭すること自体が「超能力」といわれるような卓越した力の源泉なのかもしれない。

わたしも古本屋に行くと、本の念をかんじるときがある。『スポーツと超能力』を手にしたときもそうだった。

『まんが道』と古本

今から六十年前の一九五四年――。

富山から二人で一人の漫画家が上京した。

安孫子素雄と藤本弘。

のちの藤子不二雄（藤子不二雄Ⓐと藤子・F・不二雄）である。

彼らが東京で最初に住んだのは両国（江東区森下）の二畳間、それから手塚治虫が仕事部屋として使っていた豊島区椎名町（現・南長崎三丁目）のトキワ荘十四号室に引っ越す。

トキワ荘は、木造二階建て、上下二十二部屋の四畳半のアパート。敷金三万円、家賃は三千円。敷金は、手塚治虫がそのまま残していった。

一九五四年の公務員の初任給が八千七百円（週刊朝日編『値段史年表』朝日文庫）だったことを考えると、当時の都内の風呂なしアパートの家賃は高かった。

藤子不二雄Ⓐの『まんが道』（藤子不二雄Ⓐデジタルセレクション）は満賀道雄（安孫子素雄）と才野茂（藤本弘）の高校時代から話がはじまる。

高校を卒業後、満賀道雄は地元の新聞社に、才野茂は製菓会社に就職する。

才野は一日で会社を辞めるが、満賀は一年八ヶ月くらい新聞社で働く。その間、漫画の投稿を続け、デビュー作となる足塚不二雄名義の『UTOPIA　最後の世界大戦』（鶴書房、一九五三年）を刊行した。

この漫画は、一九九〇年代に二百万円、テレビ東京の「開運！　なんでも鑑定団」では三百万円という値段がついたこともある。小学館クリエイティブが刊行した復刻版の中野晴行の解説にはオークションで四百万円になったという話も紹介されている。

古本漫画界、屈指のお宝本だ。

わたしは田舎にいた子ども時代、『まんが道』を読み、東京でのアパート暮らしに憧れた。今でも大好きな作品だ。

久しぶりに『まんが道』を読み返すと、上京してすぐ、満賀道雄と才野茂が集英社の『おもしろブック』の打ち合わせのため、神保町に行くシーンがあった。

「お茶ノ水駅から、大学街の坂道を下っていくと、神田の神保町へ出る。神田には、古書店がズラリと軒を並べている。そしてまた、出版社も、この近くに多い……」

編集者に「上京はちょっと早すぎたんじゃないですか⁉」といわれ、落ち込んだふたりは「せっかく古本街へきてるんだから何か参考になる本を探してみようじゃないか」と古本屋めぐりをする。

そこで『世界探検叢書　ヒマラヤ謎の雪男』という本を買う。

「この本おれたちが東京へ来て初めての記念すべき買物だ！」（満賀）

「うん！　そうか」（才野）

この日、神田の古本街で買った『ヒマラヤ謎の雪男』を読み、「雪男をテーマにしたセミ・ドキュメンタリー」漫画を描くことになる。この「海抜六千米の恐怖」は『漫画少年』の一九五四年六月号に掲載された。

藤子不二雄著『トキワ荘青春日記』（光文社カッパ・ノベルス、一九八一年）にも古本屋通いの記述がある。この本、一九九六年に藤子不二雄Ⓐ名義の『いつも隣に仲間がいた…　トキワ荘青春日記』（光文社）という再編集版もあるのだが、「藤子不二雄、トキワ荘の同窓生と語る」などが収録されているカッパ・ノベルス版のほうが、資料価値及び古書価は高い。二〇一四年三月現在、四千～五千円といったところだろう。

一九五七年九月三十日の日記には、「午前、椎名町方面を散歩して古本で『伊藤整の作品と生活』（¥50）を買う」とある。

ほかにも江戸川乱歩『我が夢と現実』（¥２７０）、梅崎春生『馬のあくび』（¥１５０）、幸田文『おとうと』（¥２８０）を「買いたし」と綴っている。

実は、『トキワ荘青春日記』の中に、ずいぶん前から気になっていた本がある。

一九五七年十月二十七日の日記――。

「さっき買ってきた森卓夫という明治の青年の書いた日記『灰するが可』を読む。蘆花に送ったら『灰するが可』とだけノートに書いて送り返してきたという。明治時代の青年の悩みが書いてあるのだが、つながる感じがあって十一時まで読む」

この『灰するが可』は、探しても探しても見つからず、諦めていた。ところが、最近、出隆《いでたかし》著『哲學青年の手記』（彰考書院、一九四九年）という本があることを知った。

さらに出隆は『新潮』（一九四七年二月号）に、「明治末の哲学青年の手記」という文章も発表している。

さっそく『哲學青年の手記』を取り寄せて確認したところ、まさしくそうだった。

この本は、明治末期の岡山県津山生まれの森卓夫のノートが「編者である私の手許に残された」という形で書かれた出隆の手記で、「灰するが可」ではなく、「灰にするが可」という言葉も出てくる。

出隆は一八九二年（明治二十五年）岡山生まれの哲学者で、内田百閒の随筆にも「二山君」として登場する。

出隆の著作は大正から昭和にかけての学生たちのあいだで広く読まれていたから、二十三歳の安孫子青年がこの本を手にとっていたとしても不思議ではない。

長年の謎が解けてほっとした。

めでたし、めでたし。いや、まだ終われない。わたしには『まんが道』の中でつきとめなければならない古本が残っている。

上京後、ふたりがはじめて買ったとされる『世界探検叢書　ヒマラヤ謎の雪男』だ。おそらく架空の本だろう。だが、モデルになった本はきっとあるはずだ。

はたして、その本とは……。

紙数が尽きたので次号に続く。

ヒマラヤ謎の雪男

誰に頼まれたわけでもないが、「雪男本」を捜索することになった。

藤子不二雄Ⓐの『まんが道』（藤子不二雄Ⓐデジタルセレクション）に出てくる『世界探検叢書ヒマラヤ謎の雪男』という本だ。

一九五四年に富山から上京した満賀道雄（安孫子素雄）と才野茂（藤本弘）は電車で御茶ノ水駅に出て、集英社の『おもしろブック』編集部を訪ねる。

『まんが道』は自伝風の作品でありながら、かならずしも時系列は正確ではない。

このときふたりは編集部に「旋風都市」を持ち込んだ。しかしこの作品は一九五三年の夏休み増刊号に収録されている。

つまり上京前に描いた作品だ。

また『まんが道』では一九五四年一月二十日に上京しているのだが、『トキワ荘青春日記』（光文社カッパ・ノベルス、一九八一年）によると同年六月二十八日が上京の日になっている。

わたしはこの五ヶ月の差のことをすっかり忘れていた。

満賀道雄と才野茂が『おもしろブック』編集部を訪れた帰り道、「せっかく古本屋街へきてるんだから何か参考になる本を探してみようじゃないか」と古本屋に入る。そして『世界探検叢

書　ヒマラヤ謎の雪男』という本を買う。

「この本おれたちが東京へきて初めての記念すべき買物だ！」

不覚にもこのセリフを信じてしまった。

『まんが道』では東京で買った『ヒマラヤ謎の雪男』をもとに「海抜六千米の恐怖」を描いたことになっている。ところが、このヒマラヤを舞台にした漫画は『漫画少年』の一九五四年六月号に掲載──。

ふたりの上京は六月二十八日だからこれも上京前の作品の可能性が高い。

だとすれば、神保町の古本街で『世界探検叢書　ヒマラヤ謎の雪男』を買ったシーンは完全にフィクションだったことになる。そもそも『ヒマラヤ謎の雪男』も架空の本だ。だが、きっとモデルになった本は存在するはず……。

わたしは「雪男本」探しの手がかりをつかむため、實吉達郎著『謎の雪男追跡！』（徳間書店、一九七五年）を読むことにした。

雪男には宇宙人説、類人猿説、クマ説、ラングール（ヒマラヤラングール）説、パンダ説、ネアンデルタール人説などがある。

はじめて「雪男の足跡（?・）」の写真撮影に成功したのは、エヴェレスト踏査隊のエリック・シプトンで一九五一年十二月──。

作中に登場する『ヒマラヤ謎の雪男』にもシプトンやシェルパ族のセン・テンジンの名前が出てくることから「海抜六千米の恐怖」の資料に使われたのは、この写真撮影以降に出た本と考えていいだろう。

ちなみに、角幡唯介著『雪男は向こうからやって来た』（集英社、二〇一一年）にもシプトンの写真についての章がある。

刊行年はあるていど絞ることができた。次は「ヒマラヤ」「雪男」などのキーワードで本を探してみた。

レーフ・イザード著『雪男探検記』（村木潤次郎訳、ベースボール・マガジン社）という本があるのだが、刊行は一九五七年。香山滋の『獣人雪男』（東方社）も一九五五年。いずれも「海抜六千米の恐怖」の後に出た本だ。

エヴェレスト初登頂は一九五三年五月二十九日、英国探検隊のエドモンド・ヒラリーとテンジン・ノルゲイが達成した。

おそらくその直後に、エヴェレスト関係の本がたくさん出版されたはずだ。

さらなる捜索を続けた結果、世界探検紀行全集第十四巻、藤木九三の『エヴェレスト登頂記』（河出書房）という本が見つかった。

この本は一九五四年二月の刊行だ。

「世界探検叢書」と「世界探検紀行全集」という類似点もあるし、この本の中には「人獣〝雪男〟の足形」と題した文章も入っている。

「ヤティは半人・半獣で、背たけは五フィート六インチぐらい、全身赤味がかったクリ色の毛でおおわれていました……」

これはセン・テンジンの目撃談。ヤティ（イエティ＝雪男）との距離は二十五ヤードくらいだったという。

『まんが道』の中でふたりが読んでいる本にも同じ証言が紹介されている。雪男の足形とピッケルが並んだ写真（『まんが道』では絵）も同じである。

『ヒマラヤ謎の雪男』と『エヴェレスト登頂記』の装丁も、なんとなく似ている気がする。まちがいない、この本だ。

いや、自信はない。

しかし、これ以上、深入りするのは危険と判断し、わたしの捜索はここで打ち切ることにする。

昨年、雪男の正体＝古代ホッキョクグマ説が報じられ、（UMA好きのあいだで）話題になった。イエティのものだとされる毛皮とノルウェイ北端で見つかったホッキョクグマのDNAが一致したという。

とはいえ、雪男＝人獣説が完全に否定されたわけではない。

雪男といえば、實吉達郎著『謎の雪男追跡！』に「作者は忘れたが、怪奇探偵小説で『雪男《ヤティ》』という作品があったのを思い出す」という記述があった。

ノルウェイあたりの北欧美人が、雪男のことが知りたいというおもいにかられ、キラチという名前のガイドを雇い、ヒマラヤに入るサスペンスらしい。

この小説も気になるなあ。

いつの日か第二次「雪男本」捜索隊を派遣するつもりだ。

ハナモゲラとは何ぞや

今、古本の世界でタモリの本が人気である。おすすめは初期の本——。

とくに面白グループ編『空飛ぶかくし芸』（住宅新報社、一九七七年）、筒井康隆、山下洋輔、奥成達ほか著『定本ハナモゲラの研究』（講談社、一九七九年）、滝大作、赤塚不二夫、タモリ、高平哲郎著『ＳＯＮＯ・ＳＯＮＯ』（アイランズ発行、山手書房発売、一九八一年、後に大和文庫）は、わたしも好きな本だ。

ほかのタモリの本だと『タモリのケンカに強くなる本』（ワニの豆本、一九七八年）やタモリ、松岡正剛著『愛の傾向と対策』（工作舎、一九八〇年、後に『コトバ・インターフェース』大和文庫）が入手難になっている。

『空飛ぶかくし芸』を作った面白グループが結成されたのは一九七七年。

メンバーは、放送作家の滝大作、編集者で評論家の高平哲郎、赤塚不二夫。ようするに、飲み仲間である。

『ＳＯＮＯ・ＳＯＮＯ』も同じメンバーで作っている。この本はベストセラーになった下森真澄、宮村優子著『ＡＮＯ・ＡＮＯ　スーパーギャルの告白メッセージ』（ＪＩＣＣ出版局、一九八〇年、後に徳間文庫）のパロディー本でもある。

『空飛ぶかくし芸』の裏表紙に掲載された〝タモリ一義〟のプロフィールには、「赤塚不二夫氏やピアニスト山下洋輔氏に見いだされ、サラリーマンから芸人へ。ハナモゲラ語なる珍語を弄しテレビなどに出演。この人の芸は『差別』の上に成り立ちテレビではその真価が発揮されない。恐怖の密室芸人の異名を持つ。昭和20年生れ」とある。

当時のタモリはハナモゲラ語、中洲産業大学の教授、四カ国語麻雀、ワニコンクール、寺山修司の物真似などが持ちネタだった。

タモリの芸を「密室芸」と名づけたのは、詩人で編集者の奥成達（他にもペンネームがたくさんある）だ。

『定本ハナモゲラの研究』の奥付の著者名は「筒井康隆、山下洋輔、奥成達ほか」だが、執筆者は二十二人。赤瀬川原平の「ハナモゲラ語の乱れについて」、上杉清一の「不思議な国のハナモゲラ」、高信太郎、そして糸井重里と湯村輝彦の「ハナモゲラ漫画」、『ぴあ』の表紙イラストで知られる及川正通の「ハナモゲラ劇画」、ＳＦ作家の鏡明、横田順彌の「ハナモゲラ碩学二人」という対談（司会・山口泰）などが収録されている。

古本好きからすれば、「笑っていいとも!」のグランドフィナーレに匹敵するくらいの豪華メンバーといっていいだろう。

この本のＳＦ作家の鏡明、横田順彌の対談の頁の端でジャズサックス奏者の坂田明とタモリは「柱対談」をしている。

「タモリ　なんですか、この左右対談というのは。われわれをバカにしているじゃないか」

「坂田　されているんだろ、きっと。一行以内でしゃべれなんて」

ページの右の欄外がタモリ、左が坂田明。

本のつくりからして遊びまくっている。

そもそもハナモゲラとは何なのか。

簡単にいうと、外国人には日本語っぽく聞こえるデタラメな言葉だ。

一例をあげると、「ヘレケネラマケ、サネマカクーレカ、ヘケノホマラケ、ソバヤソバーヤ」(坂田明の「ソバヤ」)などがある。意味はない。

山下洋輔と奥成達の対談「歴史　ハナモゲラ語の発生と発展」で、当初はこのデタラメ言語のことを「メチャクチャ言葉」もしくは「ハチャメチャ語」といっていたのだが、後に「ハナモゲラ」と坂田明が命名した。

さらに「ハナモゲラ」誕生以前には中村誠一(テナーサックス奏者)の「日本語の物真似」があったそうだ。

もうすこしさかのぼると、大橋巨泉がパイロット万年筆のCMで発して流行語になった「はっぱふみふみ(みじかびの　きゃぷりきとれば　すぎちょびれ　すぎかきすらの　はっぱふみふみ)」や筒井康隆のSF小説に登場するデタラメ言語が「ハナモゲラ語」にあたえた影響も小さくないという。

その後、山下洋輔、中村誠一、坂田明らジャズのミュージシャンが移動中やライブの打ち上げで遊んでいるうちに「ハナモゲラ語」にさまざまな活用形が生まれる。

「ハナモゲラ語」には「ハネモコシ語圏」（俗語）と「ハラヘリ語圏」（雅語）があるそうなのだが、もちろんそうした設定もデタラメである。

ジャズマンの内輪のノリが生んだ言葉遊びが、徐々に発展し、洗練されて、「ハナモゲラ語」になった。

『ＳＯＮＯ・ＳＯＮＯ』のあとがき（四段組で面白グループの四人が一段ずつ五頁にまたがって書いている）で、高平哲郎は新宿の「ジャックの豆の木」に高信太郎に連れていかれて、店の常連の赤塚不二夫やタモリと知り合ったいきさつを綴っている。

「面白グループというのは、中心は四人だが、四人としては飲み仲間全部が面白グループだと思っているから、その数は膨大になる」

その中には堺正章、小松政夫、団しん也、所ジョージ、山本晋也、日高はじめ、喰始、河野洋、研ナオコもいた。

ちなみに、タモリにサングラスをかけることをすすめたのは面白グループの高平哲郎である（それまでは片目にアイパッチだった）。

初期のタモリの本を読んでいると、音楽、文学、放送作家、漫画家など、さまざまなジャンルの人たちが大真面目にふざけて遊んでいた一九七〇年代末から八〇年代はじめの雰囲気がちょっと羨ましくなる。

あなたはタバコをやめられる

煙草がからだによくないことは知っているつもりだ。しょっちゅう値上げするから、煙草代もバカにならない。できればやめたい。もしくは吸う本数を減らしたい。

だが、そう簡単にはやめられない。

先日、ハーバート・ブリーン著『あなたはタバコがやめられる』(木々高太郎訳、ハヤカワ・ポケット・ブック)を古本屋で見つけた。

ずっと探していた本だ。この本はもともと林髞訳で一九五六年に刊行されている。

林髞は、慶應義塾大学医学部の教授で推理作家だった木々高太郎の本名ですね。一九三七年に『人生の阿呆』で第四回直木賞を受賞しています。

わたしが買ったのは、一九六〇年の新装版の十六刷。当時のベストセラーだが、古本屋で探すとけっこう見つからない。インターネットの古本屋の相場だと八百円〜千円くらいかな。そんなに高くはない。

ハーバート・ブリーンはアメリカの探偵作家でタイム誌やライフ誌の編集スタッフでもあった。代表作には『ワイルダー一家の失踪』(西田政治訳、ハヤカワ・ミステリ、一九五三年)などがある。

昔は作家も編集者もヘビースモーカーが多かった。わたしがライターの仕事をはじめた一九八九年ごろは、どこの編集部も煙草の煙でモクモクしていた。今は分煙がすすんで、喫煙室、もしくは携帯灰皿を持って外で吸う。わたしもそのひとりだ。

『あなたはタバコがやめられる』は、最初の頁で、もしこの本を読んで、煙草がやめられなかったら、本の代金を返すという旨が記されている。ただし、本は郵送ではなく、「小社まで直接御持参下さい」とある。なお、有効期間は昭和三十六年一月十五日まで。アメリカ版でも同じ趣旨のことが書かれているそうなのだが、「金を返せ」といってきた人はほとんどいなかった。

訳者の木々高太郎は「これは、たとえ煙草はやめられなくとも読んだだけで十分満足するからであろう」と解説している。

たしかに、この本はおもしろい。読まされてしまうのだ。

殊更、煙草の害を強調することなく、禁煙の利点をテンポよく紹介する。それだけでも愛煙家の心理を熟知した書き手による本だとわかる。

禁煙の効能は、ぐっすり眠れるようになり、風邪にかかりにくくなり、胃弱や食後の胸焼けもなおり、二日酔いも楽になる。さらに歯は本来の美しさと清潔さを取り戻し、朝起きた時の「運転手の手袋の内側のようなにおい」が残らなくなり、食物も美味しくなるそうだ。

そのとおりだろう。だけど、わたしはまだやめる気にならない。もうすこし読みすすめることにしよう。

ブリーンは、煙草を吸う理由について次のように解説する。

煙草は「気持を落着けるのに効く」と。しかし、それが習慣になると、とくに鎮静作用を必要としない局面でも、ひっきりなしに煙草に火をつけてしまう。これは喫煙者なら誰しも身におぼえがあるとおもう。

ブリーン曰く、煙草をやめるために最も重要なのは「煙草をやめようかと思うこと」。また「その日ではなくともよい、しかし、いつか近いうちに、禁煙を実行してみるぞ」と考えはじめることが大切だという。

ブリーン自身、もともと喫煙者であり、何度か禁煙を試みている。煙草に関する本を読み、禁煙の意味や方法について考え続けた。そしてこんな結論に至る。

「禁煙してから二、三週間のあいだは、なんでも大目に見ることです」

食べたいものを大いに食べ、酒が好きなら遠慮なく飲めと助言する。煙草をやめた分、倹約しているので、そのくらいの贅沢をする権利がある。

あとはガムやキャンデーなど、煙草を吸いたくなったときに口に入れるものを常に用意しておく。ソーダ水を飲むのもいいらしい。

「禁煙をはじめるまで、毎日、煙草はやめると自分に云い聞かせよ。はじめたら、自分はもう煙草のみではない、だから煙草はほしくない、と云い聞かせよ」

寝る前に「明日も煙草をのまないぞ。煙草はまずい。明日も煙草は……」と睡《ねむ》くなるまで繰り返す。朝起きたら、「今日は煙草を喫《の》まない」という。

この禁煙法は、心理学にもとづく「自己暗示」なのである。この方法は禁煙以外にもいろいろなことに応用可能かもしれない。

ブリーンが自ら禁煙中に綴ったノート「10日ごとに」も読ませる。禁煙をはじめてから二週間の記録なのだが、煙草を断ってイライラしたり、また吸いたくなったりしたときの適切な助言とエールが記されている。

たとえば、禁煙四日目。

「今日はこう考えてください——

ほかのことはなにをしても構わないから、そのかわり、煙草に逆戻りすることだけは絶対にしない。いまが勝負の瀬戸ぎわだ。もうあまりにも多くのものを賭けてしまった。いま後に退くわけにはいかない——どうしても、戦いぬくほかはないのだ——と」

わたしも過去に何度か禁煙を試みたことがあるが、四日目くらいがいちばんつらかった。

同じ作者と訳者で『あなたは酒がやめられる』(早川書房、一九五九年)という本もある。この本はさらに現在入手難だ。今のところ、お酒をやめる予定はないが、やはり飲む量は減らしたい。

おそらく禁煙法の応用でどうにかなるのではないか。

煙草をやめてないので説得力はないが。

お化けを守る会

平野威馬雄《いまお》は、奇才かつ多才だった。

一九〇〇年東京青山生まれ。一九二〇年に『モーパッサン選集』（新潮社）を訳し、「十八歳の翻訳家」として話題になった。

金子光晴は、若き日の平野威馬雄を「天才の卵」と絶讃している。詩集、歌集、児童文学、伝記、ユーモアコントや艶笑譚、ＵＦＯやお化けの本など、その著作は三百冊ちかい（松戸淳名義でも数々の翻訳をしている）。

ある本のプロフィールには、「自分でも、自分は何をしているのか、はっきりわからないまま今日に至る」とある。

最近読んだ永六輔著『奇人変人御老人』（文藝春秋、一九七四年）の冒頭に「平野威馬雄サンと……」が収録されている。

「一九七三年の夏、平野威馬雄サンから電話があって、『お化けを守る会』をつくったから会員になれとのこと。

平野サンはいつも一方的に電話をして、一方的に話をして、一方的に電話を切ってしまう人だから、結果として、僕がなんにもいわない内に会員になったことになっている」

わたしは「お化けを守る会」がいつごろ作られたのか、ずっとわからなかった。たとえば『お化けの住所録』（二見書房、一九七五年）には、「ぼくが、妙なきっかけから『お化けを守る会』という、変な名の会をつくったのは、一昨年（一九六八年）の夏のことで、最初はただ漫然と人集めをしたのだが、世のなかには物好きな人が多く、第一回にして八十人の人が集まった」との記述がある。

その後、この会にはミッキー・カーチス、西丸震哉、加太こうじ、水木しげる、小沢昭一、渥美清、中山千夏、和田誠、矢崎泰久、林家正蔵（八代目）も「加わってくれた」そうだ。

とはいえ、一九七五年に出た本の「一昨年」が「一九六八年」になっているのが、どうもひっかかる。平野威馬雄の性格からすると、会を結成して五年も経つまで、永六輔を誘わないとは考えにくい。

永六輔の「一九七三年の夏」だと一九七五年に刊行された本の「一昨年の夏」とも符合する。と、おもいきや『お化けの住所録』の姉妹本の『日本怪奇名所案内』（二見書房、一九七六年）という本には「４年前から、死後の生存の確証をつかむ目的」で「お化けを守る会」をつくったとある。

なんと一九七二年説も浮上……。

頭がこんがらがってきた。

いや、関係者に聞けば、すぐわかる話なのかもしれないが、できれば、わたしはあの世にいる平野威馬雄から直接教えてほしい。

『日本怪奇名所案内』によれば、「あの世から、はるばるこの世にやってきた亡霊たちを温かくむかえ、心から回向してやることも、会の仕事のひとつ」だった。

平野威馬雄、西江雅之著『貴人のティータイム』（リブロポート、一九八二年）という対談集では、あまりにも「お化けの平野」として有名になりすぎて、「ぼくのことをフランス文学者だと言う人は一人もいないんですよ（笑）。これじゃやりきれないから、テレビも全部断ってお化けの会をやめちゃったんですけどね。やめたからお化けがないって意味じゃないんです」と語っている。

そもそもお化けに興味をもったのは「十万億土っていう死の国へ行くのに、だれも行って来た人がない」し、「だれ一人として死の旅行案内を調べた人がいない」という疑問があったからだ。

「死の経験者がいたら、その経験を通していろんなことを知るわけでしょう。お化けですよ、死の経験者は。（中略）もしもお化けが本当にいて、お化けと何かコミュニケーションができたら、どんなに便利かわからないでしょう」

「お化けの会」では、参加者がそれぞれ自らのお化けの体験をしゃべる。ところが「体験の話をする人が、話し終わると両方の肩が痛く歩けないんですって。何かにとっつかれるような気がしてね。それで、みんなこわがって体験談をしゃべらなくなった」らしい。

京都で「お化けの会」をやったときには、三百人くらい集まった。そこに平安時代のお化けが出てきて、その場にいた美輪明宏がしきりに謝って事無きを得たとも……。

文化人類学者の西江雅之は琉球のお化けや南米のお化けの話をし、「この世の中で何かを見ようと思って修行したら、それが見える人が必ずいるんですよね」という。

「平野　自分は見たことがないから存在しないって理屈は成り立たない。
西江　そりゃおかしい。絶対そういう理屈は成り立たないですよ。
平野　ああ、ほっとした（笑）」

ちょっと「お化けを守る会」の話とはズレるけど、『平野威馬雄二十世紀』（大和書房、一九八〇年）の中に「夏と芝居と幽霊と」というエッセイがある。

「歌舞伎芝居の幽霊は、一般に夏の上演種目だが、いったい、なぜ芝居では夏にゆうれい、冬に忠臣蔵と、不文律みたいなくりかえしにとらわれているのだろうか」

とくにお盆（新と旧を含めて）に、これだけ幽霊物が上演されるのには「隠微なわけ」があると考え、その理由を「浮かばれない霊魂」を舞台の上でなぐさめる「菩提心」のようなものがあったからだと考察している。

つまり、演者や役者が無心に幽霊になりきり、演じることは「立派な法要」なのだ。

「お化けを守る会」というか、平野威馬雄のモットーは「お化けの存在を頭から否定しない」だった。

古本を通して、故人の言葉に触れることも、霊界とのコミュニケーションといえるだろう。

「お化けを守る会」がつくられた年も、いつかわかる日が来ることを信じている。

ウィザードリィ日記を読む

三十歳のはじめごろ、ゲーム断ちをした。

といっても、完全にやめたわけではなく、パソコンの中に入っている上海とかソリティアとか将棋とか麻雀とかは気分転換で遊んでいる。やたらと時間のかかるロールプレイングゲーム（ＲＰＧ）をやめたのだ。

まだ見ぬ敵やアイテムを求めて、どこまでも突き進む覚悟はあったのだが、キリのいいところでゲームを中断する意志がなかった。ゲームのしすぎで体調を崩し、仕事に支障をきたしたこともあった。

最後に遊んだＲＰＧはプレイステーション版の「ウィザードリィ　ディンギル」である。「この旅が終わったら、もうゲームはやめよう」と心に誓ったことをおぼえている。

わたしが「ウィザードリィ」をはじめてプレイしたのはファミコン版だった。世の中にはこんなにおもしろくて、むずかしいゲームがあるのかとおもった。

そのころ、ゲーム好きのあいだで話題になった本がある。

矢野徹著『ウィザードリィ日記　熟年世代のパソコン・アドヴェンチャー』（角川文庫、一九八九年。単行本はエム・アイ・エー、一九八七年）だ。

「矢野徹って、ヤノテツ?」とピンときた人は、たぶんＳＦファンだろう。そのとおり。ロバート・Ａ・ハインラインをはじめ、数々の海外のＳＦ作品を訳していた矢野徹である。一九二三年生まれのＳＦ翻訳家でＳＦ作家。ＳＦの同人誌などに参加し、日本ＳＦ作家クラブの設立にも関わり、二代目の会長をつとめている（初代は星新一です）。いうなれば、ＳＦ界の重鎮。そんな矢野徹は還暦をすぎてから、突然「ウィザードリィ」にのめりこむ。

この本はその記録である。

日記は一九八六年五月二十日からはじまる。安田均著『ＳＦファンタジィゲームの世界』（青心社、一九八六年）を読んで、「中でも、〈コンピュータ・ゲーム〉の節の〈ウィザードリィ〉の紹介に感心した」といい、パソコンのゲームの進歩を知らなかったことを悔やむ。

それからパソコン雑誌に掲載されていたゲーム・ディスク・ソフトのリストを作り、コンピュータ関係の本も読むようになった。

「ファミコン（ＦＣ）の驚くべき普及率を考えると、日本人の読書の質が変わり、電子機器を媒体とするものになるのは、考えていたよりずっと早いのかもしれない」

日記を書きはじめて数日後には、ＮＥＣのＰＣ８８０１ＭＫ２ＭＲを購入し、わかりにくいマニュアルと格闘の末、五月三十日、ついに「ウィザードリィ」を開始――。

矢野徹は「戦士２と僧侶２と魔法使い２」の六人のパーティでダンジョンに入る。暗い廊下をまっすぐ進んだり、曲ったりしていると「虎みたいなコヨーテ」に出くわし、六人のうち、三人が死に二人がケガをする。ケガをした二人を残し、いったん城に戻り、別のチームを編成し、救出に向かう。

翌日、本職の仕事をするのだが、「どうもゲームと翻訳のどちらが仕事かわからないような気分になってきた」という状態になる。

いっぽう、ゲームをしているうちに、キーボードに慣れてくるという効能を発見する。

六月二日の日記によると、すでに四十人以上の勇士がダンジョン内で帰らぬ人になったらしい。初期の「ウィザードリィ」は非情かつ過酷かつ不条理だった。敵は強いだけでなく、苦労して手にいれたアイテムを盗む奴もいる。迷宮の中には落とし穴などの罠がたくさんあり、宝箱をあけるのに失敗するとエライ目(わけのわからないところに飛ばされ、運がわるいと壁に突っ込んで全滅することも……)に遭う。ダンジョンの地図も自分で作らないといけない。かなり面倒くさい。

矢野徹はデータの保存のミスで鍛え上げた六人の仲間を失い、がっくりきて、「しばらくはウィザードリィの世界から離れよう」と旅に出る。行き先は神戸と名古屋。そして旅から帰ってきて、「こんどはじっくりやるぞ」と迷宮探検を再開する。

日常とゲームの世界を行き来し、ちゃんと仕事をしたり、パソコンやワープロの勉強をしたりもする。

八月二日の日記には「この日から二週間、毎日十時間をウィザードリィに費やし、毎日何度も、恐怖の地下十階に突入することになった」とある。

最大の敵ワードナを倒すと、喜びのあまり、夜中にもかかわらず、知人に電話をかけまくる。矢野徹、六十三歳。「ウィザードリィ」のおかげで「ゲームをすれば、世界が広がる」ことを知った。

『ウィザードリィ日記』は、一九八八年に星雲賞（ノンフィクション部門）を受賞。その後、『続・ウィザードリィ日記　未来はバラ色』（ビジネス・アスキー、一九九一年）という本も出している。この本は、パソコンの話だけでなく、天皇制、天安門事件、イラクのクウェート侵攻など、時事問題についての記述が多く、「ウィザードリィ」どころか、ゲームの話はほとんど記されていない。さらに本の半分以上は、矢野徹と読者が交わしたパソコン通信の記録の抜粋である。

もともとパソコン雑誌（『ＥＹＥ－ＣＯＭ（アイコン）』）に連載していたときの題は「未来はバラ色」だったのだが、編集部の意向で『続・ウィザードリィ日記』になってしまったようだ。タイトルと中身はズレているが、インターネットが普及する以前のパソコン文化を知りたい人には、すごく参考になる本だとおもう。

古本屋で探すのはちょっとむずかしいかもしれません。

古書殺人事件

古本屋が舞台のミステリーといえば、紀田順一郎の『古本屋探偵登場』（文春文庫）や『古本屋探偵の事件簿』（創元推理文庫）、横田順彌著『古書狩り』（ちくま文庫）、最近の作品だと、乾くるみ著『蒼林堂古書店へようこそ』（徳間文庫）、三上延著『ビブリア古書堂の事件手帖』（メディアワークス文庫）のシリーズ、てにをは著『古書屋敷殺人事件　女学生探偵シリーズ』（KADOKAWA／アスキーメディアワークス）、マーク・プライヤー著『古書店主』（澁谷正子訳、ハヤカワ文庫）などがあります。

わたしはミステリーは守備範囲外なのだけれど、ミステリー作品を蒐集している古本マニアには一目も二目も置いている。なんといっても、時間やお金のかけ方がちがう。それこそ、事件のひとつやふたつ起こってもおかしくないくらいの熱の入れようの人が何人もいる。といっても、古本屋で事件はそんなに起きないですけどね。

というわけで、今回はマルコ・ペイジ著『古書殺人事件』（中桐雅夫訳、ハヤカワ・ミステリ）という本を紹介したい。

この本は、何年か前に、福島県いわき市の「平読書クラブ」という古本屋で買った。わたしが持っているのは一九八五年に出た改訂一版（改訂二版は一九九六年に出ている）。邦訳の初版は一九五五年だから、けっこう息の長い作品といえるだろう。

稀覯本を扱う古書店を舞台にした作品で、盗まれた本の行方と殺人事件——その両方の謎を解くという趣向である。

訳者あとがきによると、マルコ・ペイジは「一九三八年から五二年まで、三冊の著作しかない」そうだ。ハリー・カーニッツ名義でも何冊か作品を発表していて、『古書殺人事件』の邦訳が出た同じ年に、東京創元社の『現代推理小説全集』十一巻の「殺人シナリオ」の原著（訳者は山西英一）が刊行されている。こちらは映画業界を舞台にしたミステリーである。

ハリー・カーニッツは、オードリー・ヘプバーン主演の映画『おしゃれ泥棒』（一九六六年）の脚本家でもある。あと有名な作品だと、ビリー・ワイルダー監督の『情婦』（一九五七年）の共同脚本を担当、ピーター・セラーズ主演の『暗闇でドッキリ』（一九六四年）の原作者である。

一九〇八年アメリカ生まれで一九六八年に亡くなっている。『古書殺人事件』の刊行時には「一九〇八年生まれという以外には、随分調べたが、くわしい履歴はわからなかった」というくらい謎の人物だった。

海外のサイトをいろいろあたってみると、ペンシルベニア大学を卒業後、本や音楽のレビューをした後、一九三七年（刊行は一九三八年）に『古書殺人事件』を書いたらしい。

古書商のジョエル・グラスがゾラの手紙を七十ドルで競り落とすシーンからはじまる。妻のガーダは「いいお仕事だわ、こんなくだらない手紙にお客がつくとでも思ってらっしゃるの？」と嫌味をいう。

それから「ドンキホーテの初版本」の盗難事件の話になる。エイブ・セリグというニューヨークの古書商の使用人ネッド・モーガンが盗難の容疑で捕まってしまうのだが、本の保険金目当てに濡れ衣をきせられたのではないか。しかもエイブ・セリグの娘とモーガンは恋仲だった。デートをする金ほしさにすぐに足がつくような稀覯本を盗んでも売りさばくことは困難だ。すこしでも古本市場のことを知っていれば、そんなバカなことはしない。

ジョエル・グラスは二十七歳で古書商の世界に入り、その七年後には十万ドル相当の古書のストックを持つようになった。

「彼はこの商売には広い知識があり、国中の図書館や蒐集家を知っていた。そして値打ちのある本や絵画の保険を引き受けている保険会社は、まもなく、何か珍しいものがなくなった時には彼に通告すればいいことを知った」

ジョエルは失われた「ドンキホーテの初版本」の行方を追いかける。

この本、海外の古本に関する蘊蓄も勉強になる。主人公は十五歳のときから稀覯本に興味をもっていたという設定なのだが、著者自身もそうだったのかなとおもうくらいだ。

ちなみに、訳者の中桐雅夫も興味深い人物である。一九一九年福岡生まれ。田村隆一、鮎川信夫、黒田三郎らがいた『荒地』という詩のグループに参加していた。田村隆一はアガサ・クリスティ、鮎川信夫はコナン・ドイルの「シャーロック・ホームズ」シリーズの翻訳もしている。日本の翻訳ミステリーには、詩人がけっこう、というか、相当深く関わっているのだ。

中桐雅夫は、読売新聞の政治部の記者をしていた。ミステリー作品以外だと、英国詩人のW・

H・オーデンの詩や評論の翻訳も手がけている。

『中桐雅夫詩集』（思潮社、一九六四年）をぱらぱら読んでいたら「詩人と探偵」という詩があった。

《だが、その嘘とほんのすこしの本当から
真相を発見するのがおれの仕事だ。

おれは詩人だ、おれは探偵だ》

中桐雅夫は、詩人と探偵の目を持っていた。一九八三年に中桐雅夫が六十三歳で亡くなった後、妻の中桐文子が『美酒すこし』（筑摩書房、一九八五年）という本を出している。

中桐雅夫はかなりの速読で「本を読んでも映画を観ても、細部まで目から印刷されるようだった」と回想している。

戦時中、海軍情報部員としてシンガポール従軍を命じられたが断った。その理由は「シンガポールには古本屋がないから」。

そんな人物が訳した『古書殺人事件』――おもしろくないわけがない。

富士山大爆発を予言した男

今年九月末に御嶽山の噴火があって、その後、富士山の噴火に関する記事があちこちの雑誌で掲載された。中には来年あたりが危ないと指摘している学者もいた。

火山の噴火はいつどこで起きてもおかしくない。今、わたしが書いている原稿が印刷されて書店に並ぶまでのあいだに、富士山が噴火しているかもしれない。

大丈夫でしたか?

それならよかったです。

しかし備えあれば憂いなし。もしものときのために、古本屋で相楽正俊著『富士山大爆発運命の1983年9月X日!』（徳間書店、一九八二年）という本を購入した。

本の裏表紙には「一九八三年九月、日本のシンボル富士山が、二七五年間の沈黙を破って大爆発を起こす。相前後して、東京を直下型大地震が襲う」とある。

当時、ベストセラーになった本で、山梨県の議員が政府に質問状を送って、国会で議論されるという騒動もあった。

著者は一九二〇年生まれ。専門分野は天気の長期予報。一九三八年から二十五年間、気象庁に勤務し、一九六六年に気象情報株式会社を創設した人物である。

この本の刊行された一九八二年は、アメリカのセントヘレンズ山（三月十九日）、メキシコのエルチチョン山（三月二十九日）、日本では浅間山（四月二十六日）が噴火した。

相楽正俊はこの年の正月に浅間山の噴火を予言し、的中させている。

そして火山の噴火と異常気象のピークが、一九八三年九月十日前後。そのあたりで「富士山大爆発」が起きると予言。また一九七九年、スイスのジュネーブで開催された世界気候会議では、地球は小さな氷河期に入り、寒冷化が進むという発表があった。

『富士山大爆発』でも、寒冷化に対処するため、農業は北から南に移し、「ササニシキやコシヒカリは、四国や九州でつくるといい」と助言——。

また地球の自転速度が鈍り、「西暦二〇〇〇年頃には、地球は横倒しになりかねない」との記述もあった。この予言が当たらなくてほんとうによかった。

しかし相楽正俊によれば、予知は「いつ、どこで、どのくらいの規模で起きる」ということをいわなければ無意味なのだ。

「私には、自分の信じる理論がある。それを立証する歴史的な、周期的な事実がある。それにのっとって、『一九八三年は、富士山が危ない』といっているのだ。地球が横転することも、理論的にありうるから、予告している」

そして一九八三年九月十日から十五日のあいだに富士山が大爆発を起こす可能性は九〇％以上と予告した。

九月は台風の季節で、火山に大量の雨が降りそそぎ、水が地下に流れこむと、水蒸気爆発を起こしやすい。

今年九月の御嶽山の噴火の前にも大型の台風が来ていたことを考えると、大雨と火山の噴火が連動するという説は、一考に値するだろう。何より一九八〇年代のはじめころまでは富士山を休火山とおもっていた人も多かった（わたしも子どものころはそうおもっていた）。

現在ではいわゆる〝トンデモ本〟扱いを受けている本書だが、火山に関する啓蒙書としての役割はけっして小さくない。

富士山大爆発の予言を外した後、どうなったのかも気になるところだ。

一九八七年に相楽正俊は『危機迫る！　富士山大爆発　第2関東大地震　経済大恐慌』（データハウス）を刊行している。

「一九八三年九月に富士山大爆発の危険があると発表したが、現実には爆発は起こらず、わたしは世間を騒がせたと非難された」

そのころ、富士山の群発地震が頻発していて、「大沢崩れ」などの前兆現象は認められた。しかも一九八三年十月三日、富士山と同じフィリピン海プレート上にある三宅島の大噴火が起こった。その噴火のエネルギーによって、富士山の爆発は「一時的」にまぬがれたにすぎないと『危機迫る！　富士山大爆発』の中で弁明している。

「わたしはここ数年内に、富士山の大爆発が起こると確信している。おそらくその前、宝永の大噴火のときのように関東、東海道を中心とした大地震が起こるだろう」

富士山大爆発を予言後、「根拠のないデマを飛ばすな」と批判され、地元の観光業者、不動産業者、富士吉田市の市長から「信用棄損」「業務妨害」との抗議を受けた。

そうした批判にたいし「地震や火山噴火予知についての研究の歴史は浅いのだから、危険を示すデータがそろったら堂々と発表すべきだとわたしは考えている」といい、「わたしの予想がはずれれば、これは最高にハッピーなことだ」と反論している。

「自然現象なのだから、99％の確率で予測しても、1％のために外れることだってある。外れたあとの体面を考えて発表せず、そのために対策が後手にまわって被害を大きくするのは愚の骨頂だ」

結局、『危機迫る！　富士山大爆発』における「三年～四年以内」に「富士山が噴火する」という予知も外した。それ以降、相楽正俊の名前はほとんど聞かなくなった。

一九九五年に『カウントダウン　首都圏大地震』（出帆新社）、一九九七年に『危機迫る　首都圏大地震　生きのびるにはどうしたらよいか』（政経通信社）といった本も刊行しているが、話題になった記憶がない。

ただし「日本は事故が目前に迫るか、起こってからでないと安全対策に乗り出さない」という相楽正俊の警告は、残念ながら的中し続けている。

ふたりの藤本義一

上京してまもないころ、高円寺の西部古書会館で藤本義一著『洋酒ふるこーす　111のドリンクス物語』（PHP研究所、一九八四年）という本を買った。てっきり直木賞作家の藤本義一の本だとおもっていたら、表紙（装丁は柳原良平）を見ると、「サントリー宣伝部　藤本義一」とある。

わたしは藤本義一がふたりいることを知らなかった。

もうひとりの藤本義一は、開高健、山口瞳がいたサントリー宣伝部の出身でお酒に関する本を何冊か出している。

すこし前にオール讀物創刊55周年記念増刊『ビッグトーク』（文藝春秋、一九八五年。文春文庫版は一九八六年）を買ったら、この中に「同姓同名間違いもまた楽し！　藤本義一×藤本義一」という対談が収録されていた。

対談では「会社員の藤本義一」「作家の藤本義一」となっている（以下、「会社員」「作家」という形で進行する）。

藤本義一（会社員）は一九二七年十一月一日兵庫生まれ。藤本義一（作家）は一九三三年一月二十六日大阪生まれ。

《会社員の藤本義一　最初にぼくと同性同名の人がいるらしいと思ったのは、昭和三十年ごろです。ぼくのところへ手紙やら電話やらがあって、「藤本さん、おめでとう」とか「ようやったな」とか言われましてね。「金魚」というラジオドラマを書かれた時です。

作家の藤本義一　ＮＨＫの懸賞の……、あれ昭和二十九年ぐらいですわ》

藤本義一著『やさぐれ青春記』（旺文社文庫）で懸賞ラジオに投稿していたころの話を回想している。浪速大学（現・大阪府立大学）の学生で賞金目当にラジオドラマを書いていた。そのときの最大のライバルが上智大学の井上厦《ひさし》だった。後の井上ひさしである。

会社員の藤本さんは、さくらクレパスの宣伝部で働きながら、詩の雑誌を出していた。

《作家　ぼくが意識したのは、キタの新地で飲んでたら、ママが「藤本さん、開高さんが喜んでたよ」言うの。開高健さんは作品で知っていたけれど、全く会ったことないでしょう。ママは「開高さんはよく知ってるよ、あなたのことを。詩も書いていたの?」ちゅうて。

会社員　ええ。（笑）》

そのころ作家の藤本義一はこどもの詩誌『きりん』に掲載されていた詩をもとにラジオドラマを書いたことがあった。『きりん』編集部には、詩人の竹中郁、作家の井上靖、足立巻一、そして会社員の藤本さんもいた。だから、編集部の人たちは、作家の藤本義一のドラマを会社員の藤本さんが書いたものだとおもいこんでいたらしい。

ふたりは同時代に同じ関西で同じ名前で、しかもわりと近いジャンルにいた。

たしかに、ややこしい。

そうこうするうちに「神戸屋パン事件」が起きる。

あるとき、パンの「神戸屋」の新聞広告に出てほしいと作家の藤本義一が頼まれた。撮影当日、妻と子どもと自宅で待っていたのだが、いつまで経ってもカメラマンが来ない。電話をすると、「もうそっちへ向かいました」。

当時、会社員の藤本さんは「神戸屋」のPR雑誌のアルバイトをしていた。編集部は作家の藤本義一に依頼したにもかかわらず、カメラマンは会社員の藤本さん一家を撮影し、そのまま新聞に載せてしまった。

《会社員　新聞に出たぼくや嫁さん、子供の写ってる写真の説明が、脚本家になってたんです。それでまた藤本さんの奥さんがもう怒らはったというか、困らはったというのか……。

作家　こっちも新婚でピーピーで、子供が食べかけるのを押さえて押さえて、「いま向かっています」言うけど、何か事故でもあったんと違うかとか言って。(笑)》

ふたりは結婚した時期も上の子どもが生まれた時期もほぼ同じだった。

会社員の藤本さんが東京に引っ越すさい、挨拶状を送ったところ、それを見た放送局の人が作家の藤本義一の住所を変更してしまったこともあった。

それからしばらくして、作家の藤本義一が司会をしていた「11PM」の同姓同名の人を姓名判断するという企画で会社員の藤本さんがゲストに招かれた。

それが初対面だった。

《会社員　おかげさまでテレビに……。(笑)

作家　名刺交換しましてね。どっちもおんなし字で。（笑）》

同姓同名トラブルはまだまだ続く。会社員の藤本さんが『洋酒伝来』（東京書房社、一九六八年）を刊行したとき、こんどは作家の藤本義一が作者とまちがえられてしまう。ただし作家の藤本義一はホテルで酒を飲んでいると、バーテンダーから酒に詳しい人間とおもわれてよかったと語っている。

さらに会社員の藤本さんのところに作家の藤本義一の原稿料が振り込まれたり、講演の依頼がきたり、まちがえてサインを頼まれたりすることもあった（作家の藤本義一は会社員の藤本さんの本にサインしたことがあると告白している）。

作家の藤本義一の直木賞の受賞パーティーのとき、戦時中、会社員の藤本さんが航空隊にいたころの上官だった老人がわざわざ九州から大阪にかけつけたことも……。

《作家　九州からおいでになった人ですから、「はッ、上官」言うて、ぼくはなりすましましたがね。

会社員　申し訳ありません》

おもしろおかしいふたりのやりとりを読んでいるうちに、若き日の自分が藤本義一の本を早とちりして買ってよかったとおもった。

東江一紀が遺した翻訳書

読もうとおもって買ったはずの本が読まないまま積み上がる。それらの本の山が仕事の資料その他の山とまざりあって、山脈を形成する。夜中、足の指をぶつけて、山が崩れる。痛いし、片づけるのが面倒くさい。そんな日々が続くと、新刊書店や古本屋に行っても「これ以上買ってどうするつもりだ」という気分になる。

しかしどんなときでも読まずにはいられない本がある。

マイケル・ルイスの新刊がそうだ。『フラッシュ・ボーイズ　10億分の1秒の男たち』（渡会圭子、東江一紀訳、文藝春秋）を読みはじめた。〝フラッシュ・ボーイズ〟は、アメリカ版の〝秒速で億を稼ぐ男〟というのはウソだが、いや、あながち間違っていない気がする。

ただし秒速といっても、マイクロ秒、ナノ秒という単位だ。ナノ秒は1秒の10億分の1。つまり〝フラッシュ・ボーイズ〟とは、マイクロ秒、ナノ秒といった単位の速度の差を利用して詐欺スレスレの取引をする投資家のこと。

ある銀行が株を買おうとコンピュータで注文しようとする。彼らはより速い回線をつかって「超高速取引」を行い、ほぼ百％の勝率で売り抜ける。そんな謎の集団に立ち向かうのが、カナダロイヤル銀行のブラッド・カツヤマ——。

マイケル・ルイス自身、もともとソロモン・ブラザーズ出身の投資銀行員を経て作家に転身した。一九八九年に『ライアーズ・ポーカー』（東江一紀訳、ハヤカワ文庫）でデビュー。金融ノンフィクションものでは、『世紀の空売り　世界経済の破綻に賭けた男たち』や『ブーメラン　欧州から恐慌が返ってくる』（いずれも東江一紀訳、文春文庫）もおもしろかった。とにかく、システムの不備や死角をめぐる攻防（頭脳戦）を描くのが抜群にうまい。

『フラッシュ・ボーイズ』では、ある日、ブラッド・カツヤマが、金融取引の異変に気づく。買い注文のボタンを押すたびに、その銘柄の価格が跳ね上がる。本来の株式市場通りに取引が行われていたら、得られるはずだった利益が大きく損なわれている。

「ブラッドは世間知らずではなかった。善人もいれば悪人もいて、悪人が勝つこともあるとは思っていたが、悪人が勝つことは少ないとも信じていた。しかし今やその信念が試練にさらされている」

ウォール街では二軍扱いのカナダロイヤル銀行のブラッドとその仲間たちは、電子取引の欠陥をついて儲けに走る超高速取引業者、そして大手ブローカーによる私設取引所の「ダークプール」の秘密を解き明かし、公平な取引の場を取り戻すために戦う。

この本のすごさを秒速で誰かに伝えたい、よし飲みに行こうとおもいながら、「訳者あとがき」の「最後に、本書の翻訳にまつわる事情について、少しお話しさせていただきたい」という文章を読み、呆然となる。訳者の東江一紀が今年の六月に亡くなっていたとは……。享年六十二。

最初に読んだ東江訳の本は『デイヴ・バリーの日本を笑う』（集英社）だった。今年はトム・ラックマン著『最後の紙面』（日経文芸文庫）も読んでいた。『フラッシュ・ボーイズ』が出る前、ほぼ同じころ、九月末に刊行されていたジョン・ウィリアムズ著『ストーナー』（作品社）を買うかどうか迷っていた。東江訳の本には興味はあるが、そのときはあまり小説を読みたい気分ではなかった。

結論をいうと、読んでよかった。この先、海外文学ではいちばん好きな作品になるかもしれない。一九六五年にアメリカで刊行された本で、一部の愛書家には読み継がれていたが、一九九四年にジョン・ウィリアムズの没後は、半ば忘れられた作品になっていたらしい。

主人公ウィリアム・ストーナーは何者か。一八九一年、ミズーリー州中部の村の小さな農場に生まれ、十九歳で大学の農学部に入学する。性格は謹厳実直。家は貧しく、ストーナーは働きながら、大学に通う。いずれは家の農場を継ぐつもりだった。ところが、五十代半ばの中年の講師と出会い、文学の世界に魅了されていく。

「図書館では、何万冊もの本を収めた書庫のあいだを歩き回って、革の、布の、そして乾きゆくページのかびくささを、異国の香のようにむさぼり嗅いだ。ときおり足を止め、書棚から一冊抜き出しては、大きな両手に載せて、いまだ不慣れな本の背の、硬い表紙の、密なページの感触にくすぐられた。それから、本を開き、この一段落、あの一段落と拾い読みをして、ぎこちない指つきで慎重にページをめくる。ここまで苦労してたどり着いた知の宝庫が、自分の不器用さのせいで万が一にも崩れ去ったりしないようにと」

まだ十八頁。ここまで読んでしまったら、もうやめられない。本を読む喜びをおもいだし、同時に、ストーナーよりも恵まれた境遇で積ん読生活をしていることが申し訳なくおもえてくる。さらに読み進めていくうちに、ストーナーの静かな喜びと哀しみが心にしみわたってくる。

布施由紀子の「訳者あとがきに代えて」では、作品解説とともに東江一紀のことも綴っている。さらに訳者のプロフィールを読んで、「楡井浩一」名義の訳書も多数刊行していることを知った。

最近、新潮文庫に入ったビル・ブライソン著『人類が知っていることすべての短い歴史』（上下巻）も楡井浩一訳である。

単行本（ＮＨＫ出版）は六百頁をこえる大著で、初読のときはむずかしいところを飛ばしながら読んだ。

これから慎重に「知の宝庫」を崩さぬよう、この本を再読したい。

武満徹の対談がすごい

古本屋の棚を見て、次々と読みたい本が目に飛び込んでくるときと背表紙の文字に何も心が動かされないときがある。

夢中になって追いかけている作家やテーマがないと古本を探す力も衰える。ブックガイドを参考にしながら、定評のある本を順番に読む。しかしそういう読み方だけでは物足りなくなってくる。

古本にかぎらず、趣味の世界を突き詰めていくと、「自分がほんとうに好きなものは何か」という問いにぶつかる。

わたしも二十代のころは「このくらいは読んでいないと恥ずかしい」というような理由で、古典や名作を読もうとしていた。そういう時期が無駄だったとはおもわないが、どこかしっくりこなかった。

今、自分が知りたいこと、考えたいことは何か。自分はこれから何がしたいのか。

そんなことをぐだぐだ考えながら、古本屋に行く。今日、読みたい本をその日の気分や体調に合わせて買う。

荻窪のささま書店の入り口付近に音楽の棚があって『音楽の庭　武満徹対談集』（新潮社、一九八一年）を買った。

武満徹は作曲家でエッセイにも定評があった。代表曲には、尺八と琵琶、オーケストラによる「ノヴェンバー・ステップス」などがある。

この対談集では、小澤征爾をはじめとする音楽家だけでなく、作家、評論家、詩人、映画監督、建築家、数学者とさまざまなジャンルの人と語り合っている。

古本屋を出て駅に向かう途中にある喫茶店に入って、武満徹と寺山修司の対談を読む。

ふたりはジャズとの出合いを語り、話題はジャズの歴史、そして「即興」に移る。

「また受売りになりますけど、ナット・ヘントフがジャズを勉強して行く過程で、かれが黒人と接して感じたこと、とくに即興について感じたことは、その即興が本当にその人の履歴というか、自分のことを本当に喋っているかどうかということ、そしてその喋っていることが本当に手数料を払って喋ってるのかどうかっていうのね」（武満）

白人が即興がうまくいかないのは「手数料」を払っていないからではないか——とジャズ評論家で小説家のナット・ヘントフは考えた。黒人のジャズマンは、昼間ずっと働いて、夜に演奏する。白人のジャズマンは昼間も音楽の勉強をしている。黒人のジャズマンからすると、それは「手数料」を払っていないということになる。

いっぽう、寺山修司は「書斎で書物を読んでるということと、沖仲士をやりに夜肉体労働に出かけてゆくということは、同じように『労働者』だという認識をもつことができる。と同時に、どっちも思想的行為だということもできる、と思うのです」と反論する。

ジャズにおける「手数料」なんてものは「裏返しの偏見」みたいなものだと……。

たしかに、寺山修司がいうように、そんなものは幻想なのかもしれない。名門の音楽大学を卒業し、素晴らしいジャズマンになったプレーヤーはいくらでもいる。ジャズではないが、経歴詐称の作曲家に騙されてしまうことだってある。

音楽なら音楽以外、文学なら文学以外の経験は、演奏や作品にどれくらい影響を及ぼすのだろうか。

アメリカ・コラムニスト全集のナット・ヘントフ集『ジャズに生きる』（堀内貴和訳、東京書籍、一九九四年）によると、「手数料」をこんなふうに説明している。

「〃手数料を払う〃とは、ジャズ・ミュージシャンの用語で、ギャラが少額かつ不規則ななかで、個性的な音とスタイルを模索している時期のことを言う。ときには、生計を立てていけるだけの充分なジャズ関連の仕事がないことさえある。そして、かけ出しの連中は、日雇いの仕事という最高に辛い手数料の支払いを強いられる」（ジャズの変化）

ジャズの黎明期には、最初の楽器が手作りのバンジョーやブリキの缶や鍋を利用したパーカッションという者も珍しくなかった。当時のジャズマンたちは、壊れていない楽器を手に入れることが一苦労だった。

しかし不利な条件からスタートし、足りないものを埋め合わせるための工夫が、何かしらの独創性を育むこともある。

武満徹は十六歳のときに進駐軍放送を聴いて、ほぼ独学で音楽の道に進むことを決めた。横浜の駐留軍PX（PX＝PACEXの略／倉庫地区）でボーイのアルバイトをしながら、ホールのピアノがあいているときに練習していた。彼が「手数料」という言葉に反応したのは、そうした自らの履歴も関係しているだろう。

わたしは現代音楽やクラシックにまったく興味はなく、武満徹の曲もさっぱりわからない。それでも『音楽の庭』は、音楽の話をしつつも、それ以外の世界にも通じる何かを語ろうとしていておもしろかった。

「私は、同時代の思想や感情とつねに接触していたい」（後記）

ピアニストで作曲家の高橋悠治との対談で、武満徹は四十代になって、まわりの多くの作曲家が「自分の穴を深く掘ろう」として孤立化し、曲を書かなくなると語っている。しかし書くのをやめると「自分が拡がるきっかけ」を得られない。

音楽の話だけど、趣味でも何でもそういうところがある。ひとつのジャンルを追いかけていくうちに、行き詰まってくるし、まわりの人と話が通じなくなる。かといって、守備範囲を拡げすぎると、自分を見失う。

今のわたしは見失っている最中なのだが、当面は「手数料」を払いながら、「即興」で本を買っていきたいとおもう。

釣りの達人の研究

珍しく午前中に目がさめたので、高円寺の西部古書会館の古書展の初日に行く。

ここのところ、古本に関しては釣りの本ばかり買っている（釣り竿、釣り道具の類は何ひとつ持っていない）。釣り以外の本を読んでいても、「釣」とか「竿」といった文字に反応するようになった。

郷里（三重）にいたころは、たまに川釣りや海釣りをした。それも中学生くらいまで。上京してからは釣りをしなくなった。

ところが、四十歳をすぎてから、また釣りのことが気になるようになった。家にこもる時間が長くなるにつれ、海や川に行きたくなる。完全に現実逃避である。

釣りの本を読んでいると、心のウキが動く。釣りの世界にはわたしの（今はまだわからないけど）知りたいことがあるという予感がした。未知のジャンルは、手あたりしだいに読むしかない。非効率であればあるほど、わからないことを知る楽しみは大きくなる。

今回買った本は、産報出版の「フィッシングの本」というシリーズの佐々木一男編『釣り達人たちの裏話』と『続・釣り達人たちの裏話』の二冊だ（現在は廣済堂出版の「フィッシングライブラリー」に入っています）。

釣り初心者というか、入門以前のわたしが読んでもこの本はおもしろかった。あと緒方魚仏、鈴木魚心、新関魚談といった魚系のペンネームの人に親近感がわいた。

編者の佐々木一男も〝一女魚〟という筆名をもっている。

鈴木魚心は城山三郎著『毎日が日曜日』（新潮文庫）の「趣味のひと」の南洋帰りの釣りキチとして登場する魚仙さんのモデルということもこの本で知った。

『釣り達人たちの裏話』を読んでいてわかったのは、釣り人は変わった人が多いということだ。そして釣り人にかぎらず、常軌を逸するくらい何かに夢中になっている人は素晴らしい文章を書く。

「釣りが本当に自分の趣味だと思うようになるのは、結婚して子供もでき、その子が成長し、釣りに同行をせがむようになってからではないだろうか。妻や子供の目をのがれて、無口で仕掛けづくりや釣具の手入れ、弁当も自分でつくるようになってから『とうとう釣りにのめり込んでしまった……』と実感させられる」（小林浩己「鮒に終りたくないが……」）

若いころは釣果に心を奪われがちで、「海と語り、川と話合い、渓に融け込んで自然を愛でるような心境」にはなれないらしい。そうした心境に到達するにはそれなりに「年期」がいる。

そんな小林さんは、磯釣りのとき、小便の途中で魚がかかり、あわてて竿にとびついた。気がつくと、左足に力が入らない。どうやらアキレス腱が切れたらしい。

だがしかし――。

「痛みがないことを理由に、私は再び釣りを始めた」

その後、入院。ギブスがとれ、リハビリ期に入ると、家人に知られないよう釣り道具を玄関脇に用意し、早朝、家を出て、鮒釣り場に向かう。

じゅうぶん注意していたつもりだが、堤防でつまづいて、岩盤に落ちてしまう。

右ヒザに激痛が走った。

「あたりは暗いので、手当てのしようもなく、坐り込んだまま竿を継ぎ、仕掛けをセット、準備をして夜明けを待った」

自己診断によると、ヒザの皿に細いヒビが入り、完治直前の左足のアキレス腱は半分切れていると……。

ちなみに、小林さんの職業は医師で、戦時中は海軍軍医長を務めていた。潜水艦で釣りをしたこともあるそうだ。

山口一鱗の「鮎・開眼・快釣・災難・懺悔」は、「サラリーマンが釣りに凝り呆けて、頭のなかが仕事よりも釣りでいっぱい」になると出世はおぼつかないと自嘲し、釣りの「災難」をいろいろ綴っている。

「私は、満州、北支、フイリッピンと戦場の第一戦で6年間もすごしたが、カスリ傷一つしなかったのに、よりによって大好きなアユ釣りで骨折を2回もし、入院生活三度。(中略)余生は釣りで……と、求めて宇治川畔に茅屋を建てて移り住んだのだが、それが、いまはままならない」

あきらかに仕事や生活に支障が出るくらい釣りにのめりこんでいる。達人になったからといってこれといった見返りがあるわけでもない。なのに何故、そんなにしてまで釣りに行くのか。いや、そうではない。どんなに釣れなくても、大ケガをしても、家族から冷たい目で見られても、何があっても釣りに行く。周囲の人が呆れるくらい釣りが好きでないと、奇人変人……ではなくて、達人にはなれないのだ。

『続・釣り達人たちの裏話』も釣りにとりつかれた人たちの逸話に事欠かない。

もちろん仕事と釣りのバランスがちゃんととれていた人もいる。将棋の棋士の関根茂九段もそのひとりだ。

「私にとって将棋は職業、釣りは趣味。これは当然だが、さらにこの二つを混同することはまったくない。第一釣りの片手間に出来るほど将棋の勉強、研究は簡単なものではないといえる」（「私とヘラ釣り」）

関根九段にとって、釣りは対局で疲れた心身をいやす手段だった。釣り場を目指し、夜通し車を飛ばすような強行軍はしない。それでも地方での対局や大会の審判などの仕事があるときは、釣り道具一式持参していた。

達人といわれる人というのは、卓抜した知識や技術がある人ではなく、それ以上に、実人生や私生活に何が起ころうが、それさえあれば楽しくなれるというものを持っている人なのではないか。そのくらい好きなものがあって、はじめて達人の世界の入り口に立つことができるのかもしれない。

『ガロ』の漫画家たち

かれこれ二十五年くらい自伝、エッセイ、対談集、インタビュー集など、漫画家の活字本を集めている。中でも好きなのは対談集なのだが、出版点数は少ない。

先日、仕事部屋の本棚の整理をしていたところ、『対話録　現代マンガ悲歌』（青林堂、一九七〇年）が出てきた。佐々木マキの装丁、永島慎二が扉絵を描いている。漫画家の対談集としては、かなり初期のものかもしれない。

青林堂は多くの漫画家を輩出した『ガロ』を刊行していた出版社で「原稿料が出ない（例外あり）」ことでも有名だった。

シュールあり、耽美あり、ヘタうまあり、何でもあり。二十代のころのわたしはガロ系の漫画を手当たり次第に読み漁っていた。

『現代マンガ悲歌』に登場する漫画家は、水木しげる、林静一、つげ義春、滝田ゆう、佐々木マキ、永島慎二、楠勝平、つげ忠男、勝又進、赤瀬川原平、池上遼一。いずれも古本屋で人気のある漫画家だ。青林堂の単行本は初版の部数が三桁のものがけっこうあり、入手難の作品も多い。

前置きはさておき、『ゲゲゲの鬼太郎』の水木しげると評論家の鶴見俊輔の対話を読む。

一九二二年生まれの水木しげるは、いわゆる戦中派世代である。戦時中、ラバウル島で左腕を失った。はじめは紙芝居作家、それからしばらくして漫画家になったのだが……。

「めし食えなかったから魚屋とかいろんなことしてました。そんなことやってもしょうがない、好きなことやって死のうと決心したんです」

漫画の話だけでなく、水木さんは無政府主義者の石川三四郎の著作についても鶴見俊輔と語り合っていて、国境のない世界、相互扶助の世の中を夢想している。マイペースでとぼけた人物という印象はそのままだけど、思索のスケールが大きい。

対談集のおもしろさはその人の知られざる一面に触れられるところにある。そういう意味では、劇画家の池上遼一と児童読物研究家の梶井純の対談も読みごたえがあった。

中学卒業後、大阪の看板屋に就職。その後、印刷屋、写植屋などを転々とする。それから貸本向けの漫画家になり、一九六六年に「罪の意識」という作品で『ガロ』に入選する。その作品が水木しげるの目に止まり、「アシスタントにならないか」と声をかけられ、上京する。

大阪にいたころの池上遼一は民青同盟（日本共産党系の青年組織）に入っていた。しかし労働者のためのマンガでなければ駄目だといわれ、だんだん描けなくなってしまう。

「結局、ぼくの結論は、彼らはああいうことをやるのが好きなんだということになってしまったんです。ぼくがマンガを描くのが好きなのと同じようにね」

この対談は一九七〇年三月、学生運動（安保闘争）が盛んだったころに行われている。そんな時期に労働者向けの漫画を「そういうマンガっておもしろくないですよ。もったいつけちゃってね、反撥をおぼえちゃうんです」と発言する二十五歳の池上遼一に凄みをおぼえた。

雁谷哲原作の『男組』、その後、小池一夫原作の『傷追い人』や『クライングフリーマン』など、原作者と組んだ作品を数多く手がけている職人気質な漫画家だとおもっていたので、池上遼一のこうした経歴はかなり意外だった。

池上遼一の対談に触発されて、久しぶりに権藤晋著『ガロを築いた人々　マンガ30年私史』(ぽるぷ出版、一九九三年)を読み返した。この本には「池上遼一　白土三平さんの『革命的宣言』に応える劇画正統派作家」という章があって、『ガロ』誌上に発表された白土三平の檄文が紹介されている。

「この雑誌『ガロ』を土台にして新人マンガ家がぞくぞく誕生することを期待する。まず、おのれの実験を発表してみなければおのれを知ることはできない。また他の者の実験は、他の者への刺激となるであろう。その実験と刺激の中でこそ成長がある」

白土三平の宣言は一九六五年に発表された。当時は『ガロ』でさえ、作家性の強い実験作が雑誌に掲載されると、若い読者から「独善的」「ひとりよがり」といった批判が寄せられていたらしい。

若い漫画家も読者も貸本時代の劇画観、少年誌の漫画観から自由ではなかった。

いつの時代も既成の価値観からはみだすような才能には、逆風が吹いている。『ガロ』はそんな才能を応援する雑誌だった。

『現代マンガ悲歌』には、つげ忠男と権藤晋の対談も収録されている。

つげ忠男は中学卒業後、東京・葛飾の採血会社に就職する。十代後半に貸本漫画を描きはじめたのを機に会社をやめるも、再び元の仕事に戻っている。

「会社勤めをしていたのは、やっぱりよかったですね。経験したものは描き易いんです」

つげ忠男は漫画とは関係ない仕事をしながら、一見どうでもいいような「すいすいと生活している人たちとして見過ごしちゃっている部分」や「路地裏の会話」を描いた。

『ガロを築いた人々』によると、当時のつげ忠男の暗く重く文章がやたら長い作品にたいし、「もうあれではマンガじゃない!」という批判を耳にすることもあったそうだ。

しかし権藤さんは「つげ忠男作品に全幅の信頼をおくことが、私たちの世代の倫理である」とおもい、支持し、擁護した。

実験と刺激、そして世間の無理解にさらされている作品を徹底して擁護すること。初期の『ガロ』をふりかえると、新しい才能の発掘と育成に大切なものは何かを教えられる。

奨励会という鬼の棲家

先日、大崎善生著『将棋の子』（講談社文庫）を再読し、将棋の奨励会の厳しい世界に打ちのめされた。この本は気持がたるんでいるときに読み返したくなる。

興奮さめやらぬまま、インターネットで奨励会の三段リーグの話をいろいろ読み漁っていたら、昨年末の「しんぶん赤旗」の「プロめざし三段リーグ再挑戦　がんとたたかう将棋の赤旗名人　天野貴元さん」という記事を見つけた。

天野さんは一九八五年生まれ。十六歳で三段に昇段するも、プロ目前で十年ちかく足踏みし、二〇一二年三月に奨励会三段リーグを退会した。

その後、二〇一四年十一月、赤旗名人戦に出場し優勝、アマ日本一になった。この棋戦は、優勝すれば奨励会三段リーグの編入試験の「受験資格」を得ることができる。

この編入試験は奨励会の二段相手に八戦中六勝で合格となる。

天野貴元著『オール・イン　実録・奨励会三段リーグ』（宝島社）によれば、若くして三段リーグに入ったときの天野さんはプロになることよりも「早くタイトルを取らなくては…」とおもっていたらしい。四段（プロ入り）は単なる通過点にすぎない。

羽生善治をはじめ数々のプロ棋士を世に送り出している名門八王子将棋クラブ出身——小学

生のころ「天才将棋少年」としてバラエティ番組に出演し、全国の将棋の俊英が集う奨励会に入り、十六歳で三段になれば、そうおもってもしかたがない。

ところが、天野さんは三段リーグに十九期も在籍することになる。

「僕より長く三段リーグに在籍した者はほとんどいない」

将棋の世界にはプロ入りに年齢制限がある。満二十一歳までに初段、満二十六歳までに四段にならないと奨励会を退会になる（ただし三段リーグを勝ち越しているかぎり、満二十九歳まで退会を延長できる）。

三段リーグには三十数名の棋士が参加し、上位二名が昇段する。現在は次点二回でフリークラスの棋士になれる。

「中学校を卒業後、高校にも行かず、ただひたすら将棋に明け暮れた僕は、タイトル戦どころかプロ棋士にもなれず、26歳になったところで一般社会に放り出された」

さらに奨励会を退会して一年後、ステージ４の「舌がん」を宣告され、言語障害になる。波乱万丈すぎる。

わたしは二十六歳のころ、仕事を干されて暇を持て余し、将棋に現実逃避していた。そのころから「週刊将棋」を購読し、奨励会の三段リーグの星取り表（相撲の番付表みたいなもの）をチェックすることが趣味になった。同じ勝ち数でも順位ひとつの差でプロになれるかなれないのか明暗が分かれる。奨励会でしのぎを削り、プロを目指す若い棋士たちを見ていると、胸が熱くなる。

天野さんが奨励会の三段時代、大崎善生の『将棋の子』が刊行されて話題になった。

かつて奨励会員をテーマにしたテレビのドキュメンタリー番組もちょくちょく作られていた。しかし人生を賭けた対局の場にカメラが入ることをいやがる奨励会員も多く、だんだん取材の数は減っていった。

『将棋の子』では、酒やギャンブルで身を持ち崩す奨励会員が描かれているのだが、『オール・イン』の作者はその典型といってもいい。

「僕はなぜプロ棋士になれなかったのか。それをもしひとことで言えというなら、『遊び過ぎた』ということになる」

酒とタバコと麻雀と競馬とパチスロを〝中二〟からはじめた。平日は高設定のパチスロ台に開店前から並び、土日は競馬、飲んで徹夜麻雀に明け暮れる。未成年にもかかわらずキャバクラで豪遊する。多いときには一日六箱吸うヘビースモーカーでもあった。

羽生善治（一九七〇年生まれ）が奨励会に入ったころあたりから将棋界の価値観が変わってきた。

『将棋の子』にも（羽生世代以降）高校に行かずにひたすら将棋に打ち込む奨励会員よりも「体はきつくとも、かえって規則正しい生活を余儀なくされる高校組の方が将棋の成績も伸びていくという考え方が主流になった」とある。

天野さんはカジノ用語で有り金すべてをブチ込むという意味の「オール・イン」の勝負を張った。ただし、手堅く安全に勝つことをよしとせず、勝負師の美学みたいなものに「全賭け」

してしまったのではないかという気もする。それがこの本のおもしろさなのだけど……。

その生き方はプロ棋士を目指す若者にとっては反面教師かもしれない。だが『オール・イン』には、人生を賭けてボロボロになりながら掴み取った言葉の妙手がちりばめられている。文章の明るさと軽さは天性のものだろう。

プロ棋士の道はほんとうに狭き門である。「才能＋努力＋節制」の末、ようやくプロになれる。「飲む打つ」系の破滅型の棋士は昭和の末あたりで姿を消した。

『オール・イン』は、色川武大の「男の花道」や団鬼六の『真剣師小池重明』の系譜の作品といえる。まさに怪作、アウトロー文学としても読める。

先日、高円寺の某飲み屋で〝本のための家〟を建てたN岸さんと南Q太の『ひらけ駒!』（講談社、現在八巻まで刊行。続きが気になる）の話で盛り上がったのだが、この作品に天野さんがモデルの愛煙家の将棋教室の先生が出てくる。南Q太が天野さんの将棋教室の生徒だったことも『オール・イン』で知った。

天野さんは奨励会の三段リーグを「勝つことによってしか脱出できない魔境」と評している。「編入試験」を受け、再びその「魔境」を目指す。結果はともあれ、彼の「全賭け」人生はまだまだ続く。

2015.4

プロ野球の選手名鑑

まもなくプロ野球のペナントレースが開幕——。

わたしはシーズンがはじまると、だいたい昼すぎに起きて、ファームの試合や選手の個人記録などのデータをチェックし、夜のナイターに備える。

ひいきの球団が勝てば祝杯、負ければヤケ酒。仕事をしているひまがないくらい忙しい。何のためにこんなことをしているのかというのは愚問である。

先日、東京・高円寺の西部古書会館の大均一祭（初日は全品二百円、二日目は百円で本が買える）で、一九九〇年代のプロ野球の選手名鑑を五、六冊買うことができた。

昔の野球選手名鑑が何の役に立つかというのも愚問である。

たとえば、ひいきの球団がふがいないシーズンを送っているときは、チームの黄金期や優勝した年の選手名鑑を見ながら過去の栄光に浸る。また後に監督やコーチになる選手のルーキー時代をふりかえったり、一軍に上がらないまま引退した選手やまったく活躍しなかった外国人選手をおもいだしたりするのも楽しい。

単なる現実逃避ですが。

古い時刻表もそうだが、古い選手名鑑にも古書価がつく。毎年刊行される選手名鑑は、翌年になれば、捨てられてしまうことが多く、保存状態のよいものはほとんど残っていないのだ（時刻表もそうですね）。いざ、探そうとおもうと、なかなか見つからない。

ここ数年、一九五〇年前後の選手名鑑を探しているのだが、古本市でもほとんど見たことがない。

インターネットの「日本の古本屋」をチェックしてみたところ、一九五二年の『セ・パリーグ選手名鑑』（名古屋新聞社）が四千五百円で出ていた（二〇一五年二月末現在。以下同じ）。表紙と裏を合わせて十二頁しかない冊子でこの値段である。

『野球少年　臨時増刊　野球観戦宝典　昭和二十四年版』（尚文館）は数件ヒットした。『野球観戦宝典』は、日本野球八球団選手名鑑と六大学選手名鑑が収録されている。値段は千円〜八千円台。『プロ野球全選手名鑑　おもしろブック五月号付録』（集英社、一九五一年）は四千二百円。「これはほしい！」とおもったのは『ホームラン』（昭和二十五年五月号、別冊付録「選手名鑑」）で、四千八百円。

一九五〇年代はプロ野球の激動期であり、合併や球団の消滅が相次ぎ、選手の移籍も頻繁に行われていた。そのため、日本のプロ野球史の資料としても、一九五〇年前後の選手名鑑は貴重なのである。

一九四九年にプロ野球再編問題が起こり、セントラル・リーグと太平洋野球連盟（後のパシフィック・リーグ）の二リーグに分裂している。当時はセ・パ合わせて十五球団（！）もあった。再編騒動の前年が八球団だから一気に七球団も増えたことになる。

セ・リーグは、読売ジャイアンツ、中日ドラゴンズ、松竹ロビンス、大阪タイガース（現・阪神タイガース）に、新球団の大洋ホエールズ（現・横浜ＤｅＮＡベイスターズ）、広島カープ（現・広島東洋カープ）、国鉄スワローズ（現・東京ヤクルトスワローズ）、西日本パイレーツを合わせた八球団。

太平洋は阪急ブレーブス（現・オリックス・バファローズ）、南海ホークス（現・福岡ソフトバンクホークス）、東急フライヤーズ（現・北海道日本ハムファイターズ）、大映スターズに、新球団の毎日オリオンズ（現・千葉ロッテマリーンズ）、西鉄クリッパーズ（現・埼玉西武ライオンズ）、近鉄パールスを合わせた七球団である。

一九五〇年のセ・リーグ優勝チームは松竹ロビンス、パ・リーグは毎日オリオンズ。第一回の日本シリーズは四勝二敗で毎日オリオンズが日本一になった。

また一九五〇年の松竹ロビンスの小鶴誠選手は打率三割五分五厘、五一本塁打、一六一打点（！）という成績を残している。この年の小鶴選手の打点、得点、塁打数のシーズン記録はいまだに破られていない。

一九五〇年（入団初年度）のルーキーには、四百勝投手の金田正一（国鉄スワローズ）、打者で一千本安打、投手で五十勝を達成した関根潤三（近鉄パールス）がいた。

その後、西日本パイレーツは一九五一年に西鉄クリッパーズと合併してパ・リーグに移って西鉄ライオンズになる（西日本と西鉄は本拠地が同じ福岡の平和台野球場だった）。

松竹ロビンスも一九五三年に大洋ホエールズと合併し、大洋松竹ロビンスになり、大映スターズは、一九五七年の開幕前に高橋ユニオンズと合併し、シーズン終了後、毎日オリオンズと合併し、毎日大映オリオンズ（大毎オリオンズ）に……。

一九五〇年代はプロ野球ファンもたいへんだったとおもう。

検索でヒットした中でももっとも古い選手名鑑は『六大学野球選手名鑑』（野球界社）の昭和九年版。表紙欠のせいか二千円という手ごろな値段だったが、もし美本だったら五桁になってもおかしくない。

プロ野球の選手名鑑は、だいたい十年から二十年で市場から姿を消し、古書価が上がる傾向がある。すでに一九七〇年代〜八〇年代前半の選手名鑑は入手困難になっている。

そういえば、『週刊少年ジャンプ』の四月発売の号に「プロ野球選手名鑑」がついていた年もありました。時期は一九七〇年代後半から一九八〇年。江口寿史の『すすめ!!パイレーツ』が大人気だったころですね。

飲み屋で野球好きの若い人にこの話をしたら、けっこう驚いていた。「江口寿史、野球漫画描いていたんですか？」って……。

新入社員諸君!

かつて毎年四月一日に山口瞳によるサントリーの新社会人向けの新聞広告が出ていた。

わたしが印象に残っているのは一九九二年四月一日の「新入社員諸君! 君達はどう生きるか」だ。戦後、出版社に就職した友人の話をする。婦人雑誌の担当者になった友人は、文化人に会って仕事の心構えを教えてもらうことになった。友人が会った文化人は次のようなことを語ったらしい。

「婦人雑誌にも小説や随筆を載せる欄があるでしょう。尾崎一雄とか上林暁の書くもののわかる女性読者を育てよう、そう思っていればいいんです。それだけでいいんです。私小説のわかるような……」

この広告が掲載された時期は後にバブルと呼ばれる時代の絶頂かつ崩壊直前である。

尾崎一雄と上林暁は、自らの貧乏話や病気の話をよく書いていた。ふたりとも明治三十年代の生まれ——すくなくとも当時の新社会人くらいの年齢の人からすれば、名前も知らない作家かもしれない。

尾崎一雄には『暢気眼鏡』など、上林暁には『聖ヨハネ病院にて』などの代表作がある。古本屋界隈ではずっと人気作家だ。

わたしはこのふたりの作家が大好きなのだが、二十代のころは周囲から「なんで今時私小説なんか読んでいるの?」とよくいわれた。「私小説が日本の文学をダメにした」という意見も聞いた。

前述の山口瞳の広告文では、新人の編集者に英会話の勉強、ワープロの習熟、運転免許の取得もすすめている。この三つさえ身につけておけば、会社をクビになってもなんとか食っていけるだろうと……。

この話には、続きがある。

「その上で、と言って、僕の友人の昔の話をする。私小説がわからないような奴は、男でも女でも、この人生を生きたことにならない。いいか、わかったか」

わたしは一九六九年生まれなので、同世代で現役で大学に入学し、四年間で卒業し、就職した友人たちは、この広告文が出た一九九二年に新入社員になっている。

ちなみに、わたしは一浪して、大学も中退してライターになった。その後も一度も就職したことがない。

郷里の自動車工場で働いていた父の本棚には、山口瞳の初版本が並んでいた。今でも『新入社員諸君!』とか『礼儀作法入門』といった本のタイトルを見ると、山口瞳と父の両方から怒られているような気分になる。

山口瞳は一九九五年八月三十日に亡くなった。それからしばらくして、山口瞳の本の古書価が上がった。

一九六三年十二月二日号から一九九五年八月三十一日号まで三十年以上にわたって『週刊新潮』で連載していた『男性自身』シリーズの単行本も入手難になりはじめた。そうなると、どうしても読みたいとおもうのが、古本好きの性《さが》である。

大学中退後、三年か四年ぶりに田舎に帰省することにした。もちろん、父の本棚の山口瞳の本が目的だ。鞄に山口瞳の本を詰め込めるだけ詰めた。

帰途の電車の中でポケット文春の『新入社員諸君!』を読んだ。

「新入社員よ、ボヤキなさんなよ。ブウブウいうなよ。キミタチは新人なんだよ。一所懸命やれよ。勉強しなさいよ。勉強といってもいろんな勉強があるんだよ。それを知ることが勉強なんだよ」

この本の刊行は一九六六年二月、山口瞳は三十九歳だった。

自分の会社の悪口はいうな。無意味に見える仕事を嫌がるな。出入りの商人に威張るな。風邪をひいたとおもったら、すぐ会社を休め(しかし、たびたび風邪をひくな)。変な英語、略語、専門用語をつかうな。タダ酒は飲むな。会社は潰れぬと考えるな——。

半世紀近く前の本だが、今でもその教えは通用するだろう。ただし、多少古くなっているところはある。「くたばれ無責任BG」という章とか。BGはビジネスガールの略。英語だと娼婦を意味するため、つかわれなくなった言葉ですね。

『新入社員諸君!』は、現在は品切だが、古本屋ではポケット文春版よりも角川文庫版のほうが見つけやすいとおもう。

あと山口瞳によるサントリーの広告文（「成人おめでとう」「入社おめでとう」ほか）が収録された本は『諸君！　この人生、大変なんだ』（常盤新平編、講談社文庫）、『勤め人ここが「心得違い」』（小学館文庫）、『社会人心得入門』（講談社＋α文庫）などがある。

一九八二年四月一日の新聞に掲載された「ゴメンナサイ」を紹介しよう。

「新入社員諸君！　自分が間違っていると思ったら、すぐ訂正したまえ。ゴメンナサイと言える人間になりたまえ。遅刻や酒の上の失敗なんかで悩むのは損だ。『でも』『だけど』『だって』。言訳は見苦しい。新入社員諸君！　入社第一日だっていうのに、御説教したりして、ゴメンナサイ」

わたしはいまだに謝ることが苦手で遅刻や酒の失敗もよくする。タダ酒にもありついてしまう。読み返すたびに反省するが、何日かすると忘れ、同じ失敗をくりかえしている。

山口瞳は、新社会人に「この人生、大変なんだ」といい続けた。大変だからこそ、いろんな勉強をしないといけない。

この春から新入社員になった人には、山口瞳の『新入社員諸君！』とサントリーの広告文が収録された本を古本屋で買ってほしい。

背表紙を見るたびに、初心をおもいだすだろう。一生の宝になるだろう。

そして立場の弱い出入りの業者やフリーランスにたいして威張らない大人になってくれたら、わたしはとても嬉しい。

ある古書店主の文学裏街道

「私、札幌で古本屋をやっております須賀と申します。古本屋と云いましても店はありません。もう十六年ほど前から主に通信販売と、それにアルバイトで食い繋ぎ、奇跡的に生き延びて参りました」

ひさしぶりに須賀章雅著『貧乏暇あり　札幌古本屋日記』(論創社、二〇一二年)を読み返したくなった。

わたしは明るい貧乏話が好きなのだが、とくに自業自得というか、怠け癖があったり、好きなことしかしていなかったりして、気がついたら貧乏になっていた人が書いた文章に目がない。まさに『貧乏暇あり』は、理想の日記なのである。

須賀章雅は一九五七年北海道伊達市生まれ。札幌在住のネット古書店主。東京の大学を中退後、札幌で古本屋の店員を経て、一九八六年に古書須雅屋を開店、九七年から通信販売専門(当時は目録販売)に転じている。

須賀さんが通信販売専門の古書店になったのはインターネット時代に先駆けて……というわけではなく、借りていた店舗が更新のたびに数万円単位で値上げされたのがそのきっかけだ。

年二回の古書目録の売り上げだけでは生活は苦しい。弁当屋、引っ越し屋、コンビニ倉庫、荷役業、同業者の古本催事の手伝いのアルバイトなどで食いつなぐ。開業した翌年、部屋が本でいっぱいになり、結婚したばかりの妻は押し入れで寝ることに……。

ここまでの経緯は冒頭の「はじめに——どうしようもない私の弁」に書いてある。日記は二〇〇五年二月から二〇一一年十二月まで。毎日、起床時間が記されているのだが、朝起きたり、昼すぎに起きたり、夕方起きたりしている。わたしも似たような生活なので、「夕方五時起床」といった記述を読むと嬉しくなる。やたらうどんとナットウを食っている。仕事が終わると長風呂につかる。売れるかどうかわからない詩集を大量に仕入れ、妻に怒られる。知り合いからもらった米を本のセリ場でビンボー古本屋たちと分け合う。しょっちゅう雑誌に詩や俳句を投稿している。筆名は猫叉木鯖夫。たいへんそうだが、たのしそうな暮らしぶり。読みはじめるとヤミツキになってしまう日記なのだ。

日々の生活の四苦八苦ぶりもさることながら、文中に現存確認数冊の稀覯本の話や私家本、詩歌の冊子、雑誌の付録など、見たこともない本の名前が随所に出てくる。

『貧乏暇あり』は、須賀さんのブログ（須雅屋の古本暗黒世界）が元になっているのだが、古本好きの知り合いに教えてもらって以来、長年愛読している。

そして四月、須賀さんの新刊『さまよえる古本屋　もしくは古本屋症候群』（燃焼社）が出た。昔の日記、エッセイ、小説、さらには漫画の原作も収録されている。

この本には古本屋以前の話から古本業界に足を踏み入れ、通販専門の古書店になった経緯も詳細に記されている。

店の在庫の大方を同業者の市場で処分し、自宅ちかくにアパートを借りた。しかし負債は増え続ける。ローンを組んで購入した中古マンションを売り、アパートを引き払い、自宅兼事務所の賃貸マンションに引っ越した。

「移転後は年に数回出してみた古書目録の売上も捗々しくなく、古本市の稼ぎも微々たるもので、時折、同業者がやる催事の陳列や片付けの手伝いなどして糊口を凌いでいた。もう古本屋なんてやめておけ、と親類縁者からは諭され、侮られながら、だが他にツブシの利かない私はなんとかして古本屋であり続けようと、依然空廻りを繰り返し、もがき続けていた」（「枯葉と犬と私と」『さまよえる古本屋』所収。以下同）

職種はちがうけど、わたしもずっとライターの仕事では暮らしていけず、同業者の手伝いやアルバイトで食いつないでいた身なので、他人事とはおもえない。

須賀さんが二〇〇四年に古本専門誌『彷書月刊』主宰の第四回古本小説大賞を受賞した「ああ　狂おしの鳩ポッポ」は、売れない古本屋の生活を描いた作品。これまでの日記と合わせて読むと、誇張なしに身を削って書かれた小説ということがわかる。

通販専門の古書店主が、生活をかえりみず、売れない本（詩集など）を買い集める。出る本より入る本のほうが多くなり、値段をつけていない未整理本が積み上がる。

「パチンコだの、麻雀だの、やる者の気が知れなかった。こちらの方がよっぽど面白くて、しかも確率のいいギャンブルなんだぞ、と古本ゲームに血道を上げ、ウツを抜かしていたのである」

須賀章雅原作、笹木桃画の「奈落の住人」という漫画（書きおろし）は貧乏な古本屋のお父さんと娘の話だが、この作品でも古本のギャンブル的要素が見事に描かれている。

安く買った本が高く売れる。逆に、高く買った本が売れ残り、元手を回収できないこともある。古本商売もギャンブル同様、勝ったり負けたりのくりかえし。いちどハマるとなかなかやめられないところも似ている。

『さまよえる古本屋』の中でいちばん好きなのは「古本監獄」というエッセイだ。

「本の山など自分には誇れるものではない。多少珍しいものがあったとて古本屋なのだから自慢にならぬ。こんな人生を夢みていたのかと寂しくなる」

道を踏み外して……じゃなくて、道なき道を歩み続けてきた古書店主が、軽妙な文体で愚痴りまくる。須賀さんは三十年以上古本業界に携わり、生活に追われながらも創作意欲がまったく衰えない。

本が好きな人、古本屋になりたい人はもちろんのこと、作家志望の人にも読んでほしい本である。

詰将棋の楽園の奇才たち

いつも仕事前に詰将棋を何問か解く。

たぶん、本を読んだり、文章を書いたりするときと詰将棋を解いているときでは、頭のちがう部分をつかっている気がする。頭がすっきりする。

詰将棋をしていると、初手がすぐ見えるときと見えないときがある。調子がよくないと、三手や五手の短い詰将棋でも、なかなか解けない。そういう意味では、ウォーミングアップと頭のコンディションの把握にも詰将棋は役に立つ。

将棋には打ち歩詰めといって、持ち駒の歩で相手玉を詰ますのはいけないというルールがあり、そこで飛車や角が龍や馬に成らないことで、敵玉に逃げる隙をあたえ、打ち歩詰めを回避する技術がある。詰将棋では、そういう問題がよく出題されるのだが、「駒は成るもの」とおもいこんでいると、いつまで経っても解けない。詰将棋のおもしろさには、自分の先入観が打ち砕かれる快楽もある。

当たり前のことだが、詰将棋は解くよりも、作るほうがむずかしい。一分もかからずに解ける詰将棋だって、それを作ろうとおもえば、ものすごく時間がかかる。

しかし、そこそこ将棋が好きな人でも詰将棋作家の名前は知らないことが多い。

英文学者でナボコフの『ロリータ』の翻訳者、そして海外文学、ミステリ、ＳＦなどの多岐にわたる文学の案内者でもある若島正は、詰将棋、そしてチェス・プロブレム（チェスのパズルのようなもの）の世界では知らない人はいないくらい有名な人物だ。

わたしが若島さんの名前を最初に知ったのは詰将棋の本だった。

若島さんには『詰将棋パラダイス』（略して『詰パラ』）という小冊子に群がる詰将棋マニアのことを綴った『盤上のパラダイス　詰将棋マニアのおかしな世界』（三一書房、一九八八年）という本がある。わたしは若島さんの文学関係の本も愛読しているが、『盤上のパラダイス』を読んだときの衝撃はすごかった。

九×九の枡目の中には、無限の可能性がある。詰将棋の中には、何百手の詰将棋もあれば、「曲詰」といって詰め上がりの図が文字や絵になる作品もある。こうした詰将棋は、崇高な芸術といえる。

「私が指将棋より詰将棋をやるようになったのは、一人っ子だったという環境が大きく影響している」

指将棋（実戦）は、相手がいるが、詰将棋はひとりでもできる。小学生のころ、将棋好きだった若島さんは、デパートの古本市で詰将棋の本を見つけ、詰将棋は解くだけではなく、作る楽しみもあることを知った。

中学生になると、自己紹介で「趣味は詰将棋です」といって黒板に自作の詰将棋を書いた。級友たちは詰将棋そのものよりも、若島さんが上下反対の文字をすらすら書いたことに驚いたらしい。その顛末を将棋雑誌に投稿し掲載されると、読者から『詰将棋パラダイス』の存在を教えられる。

若島さんの人生は大きく変わる。『詰パラ』に載っていた駒三十九氏作の五手詰の詰将棋が解けない。解答しめきりの月末まで何度も挑戦したがわからない。『詰パラ』では初心者向けの作品なのだが、答えは「あらゆる可能性を試したつもり」の若島さんがまったくおもいつかなかった手順だった。

「どんな世界でもそうだが、他人の作品に感動することはその世界での原体験となる。小説を読んで感動したのがきっかけで小説を書きだすのと同じで、駒三十九氏の5手詰に驚愕した私は詰将棋に本格的に取り組みだした」

それから常軌を逸するほど詰将棋にのめりこみ、ついに自作の詰将棋が『詰パラ』に掲載され、自分の名前が印刷されるようになる。あまりの熱中ぶりに、親は将棋盤や将棋の本を隠したこともあった。しかしすでに盤がなくても自分の頭の中で将棋が指せる域に達していた若島少年は詰将棋を作り続ける。

ここまではまださわりの部分である。つづいて『詰パラ』の主幹だった大酒飲みの鶴田諸兄《もろえ》の波乱万丈の半生の話になり、さらにおもしろさは加速する。

昭和二十五年に創刊された『詰将棋パラダイス』は経営困難で、三年二ヶ月で廃刊した。しかし昭和二十九年八月、四十三歳で警察を退官した鶴田は『詰パラ』を赤字覚悟で再刊する。一般の書店では売っていない『詰パラ』にたどりつく読者たちもみな一癖も二癖もある人物ばかりだ。

若島さんは詰将棋マニアに変わり者が多い理由として、「自分一人を狭い盤上に追いこむと、そこには異常な自我の肥大が発生する」からと分析している。

詰将棋作家と解答者のやりとりはミステリ作家が仕掛けるトリックをめぐる読者との攻防にも似ている。作者の罠を見破るのも引っかかるのもどちらも楽しい。

とにかく『詰パラ』から発する熱は、多くの詰将棋マニアの心をとらえ、詰将棋の天才、奇才たちを生み出した。ある人は盤と駒をつかって詩を作り、ある人は抽象画を描く。たとえ「知の限界に達するような大傑作」を作ったとしても、詰将棋で生活できる人はいない。詰将棋にのめりこみすぎて、妻に逃げられてしまった「詰将棋の鬼」といわれた作家もいる。詰将棋の欠陥を指摘する検討者だった後藤周平の生涯も壮絶だ。

一文にもならないことの虜になり、身を捧げている人の話を読むと、わたしは勇気づけられる。「人生に意味はない」といったありふれた意見より、よっぽど生きる意欲がわいてくる。

詰将棋に無限の可能性があるなら、人生だってそうにちがいない。

辻征夫の年譜を読みながら

今年二月、岩波文庫から『辻征夫詩集』(谷川俊太郎編)が刊行された。ここ数年、日本の現代詩では『自選　谷川俊太郎詩集』と『茨木のり子詩集』も岩波文庫から出ているが、辻征夫はちょっと意外だった。

辻征夫は一九三九年生まれ。一九六二年、二十三歳のときに『学校の思い出』(思潮社)を自費出版。二十四歳、一年留年して大学を卒業、小学校の事務員になるが、翌年三月末日に退職する。出版社などのアルバイトを転々とし、二十七歳のときに思潮社に入社する。そのころから詩を書きはじめ、三十歳で思潮社を退社。一九七一年、三十二歳、新聞の求人広告で知った都営住宅サービス公社に応募し、採用される。

自筆年譜には「出版界からは離れた場所に身を置き、詩を書くことを決意」とある。

『ユリイカ11月臨時増刊　谷川俊太郎による谷川俊太郎の世界』(一九七三年)に「こっちは曇辻征夫の一日」というグラビア頁がある。わたしは辻征夫のことを詩よりも先に朝起きて、電車に乗り、会社で仕事をしている姿を写真で知った。中でも辻征夫が職場で卓球をしている写真が印象に残っている。

岩波文庫の『辻征夫詩集』で編者の谷川俊太郎は「辻征夫という詩を書いている男の一日を、

写真でリポートするという私の発想が、雑誌『ユリイカ』で実現したのはもうずいぶん昔の話ですが、詩と実生活がどうつながっているのかという私の一貫した関心は、辻さんに出会ったことで広がりと深まりを増したと思います」と綴っている。

一九七四年、辻征夫は三十五歳で結婚。

前橋文学館の『辻征夫　『学校の思い出』から『俳諧辻詩集』まで』（一九九七年）のインタビューで結婚後の生活について聞かれ、「そうだねえ。ようやく、安定してさ（笑）。そしたら、なんか縛られて、自由な時間なんてなくなっちゃったんだけど、その方が、書けるようになった」と答えている。

『辻征夫詩集』の年譜を読みながら、二十代の半ばごろの仕事を転々としていたころの辻征夫のことを考えていた。たしか、この時期を書いていたエッセイがあったはずだ。辻征夫の『ロビンソン、この詩はなに？』（書肆山田、一九八八年）の「それ行けチンドラボッチ」がそうだ。チンドラボッチは、遠藤まさをの漫画『チンドラボッチの冒險』（文園社、一九四八年）のことだろう。わたしはこの作品は見たことがない。それはさておき——。

「一九六四年の秋から、六六年の春まで、私はゴルフと理工学関係の本を出す出版社で働いていた。二十五歳と、二十六歳のときである」

仕事は「業務部販売課」で、京浜東北線沿線の書店を担当し、書籍、雑誌の売り込みをしていた。店主や仕入れの担当者に、商品を説明する。しかし、いつも困ってしまうことがあった。

「実をいえば、書店でこのような会話をはじめて、五分もたつと、私の全身は汗をふき出しはじめるのである。ごく自然に話をしていた相手の視線が、おや？　という感じで、私の額のあたりに注がれるようになってくる」

そんな日々をすごしていた二十五、六歳の辻征夫は茨木のり子の第三詩集『鎮魂歌』の中の一篇を読み、息をのむ。

《大人になってもどぎまぎしたっていいんだな
ぎこちない挨拶　醜く赤くなる
失語症　なめらかでないしぐさ
子供の悪態にさえ傷ついてしまう
頼りない生牡蠣のような感受性》

この詩を読んで、辻征夫はどうしたか。それはここには書かない。大人になっても、何てことのない会話でさえ苦労している人はたくさんいる。

わたしも二十代、三十代のころはそうだった。四十代以降は、シラフのときはむずかしいが、だいたい日付が変わるくらいの時間になるといいかんじで酔っぱらって、体調さえよければ、初対面の人ともそれなりに話ができるようになった。

辻征夫の『私の現代詩入門』（思潮社詩の森文庫）の「むきだしの悲しみ――中原中也の詩」では、中原中也のことを「この世の中でどういう風に人と付き合っていったらいいのか、わからない人だったような感じである」と評している。しかし、この論考は詩人論では終わらない。「この世の中で、どう生きたらいいのか――というといささかおおげさだから、どう人と付き合っていったらいいのか、どう振る舞って生きていったらいいのか、と私はいい直しているのだが、こういう人が、予想よりはるかに多く存在しているのが、私たちがいるこの世の中ではないだろうか」

大人になっても、人付き合いが苦手な人はどうすればいいのか。場数を踏むとか気合で克服するとか、いろいろな方法があるのかもしれないが、いずれにせよ、どこかに身を置き、働いていかねばならない。

辻征夫はこんな詩を書いている。

《あんまり仕事がない
ぼんやりした
小使いさんになりたかったのさ》(「夢は焚火の丸太に」/詩集『河口眺望』書肆山田)

詩人にとって、創作の支障にならない仕事を見つけられるかどうかは切実な問題だ。どうやって食っていけばいいのかという問題は、詩人にかぎった話ではないだろう。創作ではなく、趣味だってそうだ。のめりこめば、かならず仕事や生活に支障が出る。仕事は仕事、趣味は趣味と簡単に割り切れるようなら、苦労はない。

それと同じくらい社会の荒波にもまれながら、「頼りない生牡蠣のような感受性」をすり減らさずにいることもむずかしい。

たぶん辻征夫はそれができた詩人である。

高見順没後五十年

古本屋めぐりをしていて、ときどき著作権の保護期限のことが頭に浮かぶ。死後五十年をすぎると著作権が切れる。自分でもちょっとせこいとおもうが、著作権が切れると、入手難で高値がついている古本が、復刻されるかもしれず、今、買うべきかどうか迷う。たいてい迷った末に買ってしまうのだが……。

一九六五年に亡くなった作家といえば、小山清、梅崎春生、谷崎潤一郎、高見順がいる。それから江戸川乱歩もそうだ。

一九六五年の時代風潮についてはよくわからないが、わたしの文学史では「文士の時代」が、この年の夏、終わったことになっている。七月十九日に梅崎春生、二十八日に江戸川乱歩、三十日に谷崎潤一郎、そして八月十七日に高見順とひと月足らずのあいだに次々と亡くなった（小山清は三月六日）。

文士らしい文士が、これだけ短いあいだに世を去った時期というのは、調べたら他にもあるかもしれないが、けっこう特別な気がする。中でも高見順は「最後の文士」と呼ばれていた。その後も「最後の文士」と呼ばれる作家は、何人か出てくるのだが、この呼び名は、高見順がいちばんしっくりくる。

先日、部屋の掃除をしていたら『本の手帖　特集　高見順追悼号』（一九六五年十月号、昭森社）が出てきて、読みふけってしまった。巻頭に「感想」（遺稿）が掲載されている。この遺稿は、高見順の最後の日記で三十文字×十三行、原稿用紙一枚分くらいの短い文章である。

「——しかし一時は、ほんとに親愛感を抱いたのだ。さういふ気持が相手に通ぜず、逆に社交辞令のごとくに思はれたといふのは悲しいことだ。これはこの場合だけのことではない。人生には、かういふ場合が実に多い。それを思って、これを書いたのだ。人生とは、かういふことの連続とも言へるだらう」

自分の親愛感が相手に伝わらない。いっぽう誰かに親愛の気持をよせられても、自分は気づいていないことがあるのではないか。そのことを知らずに死ぬことが悲しい。これが高見順の最後の「感想」だった。いい話でしょ。いい話というか、わたしはこういうことを悲しくおもえる高見順の感覚が好きだ。

遺稿を読んで、ひさしぶりに高見順の『文壇日記』（岩波同時代ライブラリー、一九九一年）を本棚からとりだす。

一九六〇年三月六日——。

「日記書く気がしない。

こんな私生活を書きとどめて、なんになる。

こんな書き方では、なんにもならぬ」

一九六一年五月十日——。

「小説にどうしても取りかかれぬ。一度、穴に落ちこむと（あるいは、曲ると――という感じ）もうダメだ。ノイローゼ体質のためか。誰でも、こうなのか」

ほかにも「宿酔。夕方まで寝る」「仕事にかかる。駄目」「遅筆をみずから歎く」「仕事。五時までおきていたが、さして、はかどらない」「泥酔（前夜も泥酔）」「純文学では生活が不可能なのである」「今日は何か気がのらぬ」「仕事は、二時間乃至三時間つめてやるとクタクタ。クタクタから立ち直るのに、数時間を要する」といったかんじの愚痴がいっぱい綴られている。

写真で見ると、気難しそうに眉間にしわを寄せている高見順だが、日記を読んでいると、親近感がわいてくる。

一九六二年十月二十二日の「寝すぎて頭がモーローー」という一文も好きだ。たしかに「朦朧」という字は、モーローとした状態では書きたくない。神経質で癇癪持ちだったと伝え聞く高見順は日記の中だとおもしろい。

一九六三年一月十四日――。

「朝六時に寝た。寝酒をつい飲みすぎた。これではまだ寝られないと、サントリーをチビチビ飲んでいるうちに、つい飲みすぎ。宿酔気味。しまった、どうしてこうなんだろうと自嘲。水をガブガブ。二時までねる」

このころ、高見順は『激流』と『いやな感じ』の執筆中である。さらに中間小説やエッセイを書き、文芸家協会、ペンクラブ、日本近代文学館の設立のための会議や交渉に奔走していた。講演やテレビにも出演する（いやいや）。次作の資料探しのため、古本屋にも通う。五十六歳。

編者の中村真一郎は「何物かに追われているかのような慌ただしい日常」「異様な速さで走っている車を見るような不安」とこの時期の高見順の生活を評している。しょっちゅう「原稿を書く気がしない」「仕事をする気がしない」と愚痴をこぼしながら、暴走にちかい多忙の日々を送っていた。

一九六三年二月十八日——。

「趣味——臥床。寝床にもぐっていることが一番楽しい。ただただ黙って寝ていて病気をなおしている犬の如し」

不摂生をしているようだが、体調に気をつかっている。風邪気味のときは、からだの表面が痛くなる。そういうときの高見順は、ひたすら安静を心がけている。

一九六三年八月七日——。

「しかし、日記は、やはり毎日書かねばならぬ。なんのために？　なんのためだか分らぬ。だから、書く。書けるのである」

高見順が日記を書き続ける理由は、自分の日々の体調や精神状態を把握したかったからではないか。小説を書く前のウォーミングアップ、もしくは書き終えたあとのクールダウンの効果もあったかもしれない。「小説に没頭」しているときは、日記は淡泊でおもしろくない。

わたしは高見順の仕事に追われてボロボロになっているところを見て見ぬふりをして、飲んだり怠けたりしている部分ばかり読んでいる。まちがった本の読み方だと自負している。なんのために？　わからないから、読むのである。

柳原良平の仕事

新聞社では、事件や著名人の訃報に関する社内放送が流れる。新聞社で打ち合わせ中、チャイムのようなものが聞こえてきたので「何だろう」とおもったら、柳原良平の訃報だった。享年八十四。

亡くなったのは八月十七日。この日は柳原良平の誕生日（一九三一年生まれ）でもある。

しばらく黙り込んでいると、担当者に「ファンだったんですか」と聞かれた。

「もちろん、大ファンです」

サントリーのキャラクター「アンクルトリス」の生みの親のイラストレーターで絵本作家。

寿屋（現・サントリー）の宣伝部で開高健、山口瞳といっしょに働いていた。柳原良平が編集にかかわっていたサントリーのＰＲ誌『洋酒天国』（豆本版もある）は古本屋でも人気がある。当時『洋酒天国』を目当にトリスバーに通う客もいた。

柳原良平著『アンクル・トリス交遊録』（旺文社文庫、一九八三年刊／単行本は大和出版、一九七六年）によると、『洋酒天国』は一九五六年四月創刊——創刊号は吉田健一、春山行夫、中谷宇吉郎、佐野繁次郎らが執筆していた。最初は三万部くらいだったが、最後のほうは五十五万部に達している。

編集方針は「伊達と酔狂」。

「たのしみの少なかった私たちの青春時代にとってこの仕事は大きなたのしみだったようである」

一九五八年に『洋酒天国』初代編集長だった開高健が「裸の王様」で芥川賞を受賞。当時の候補作には大江健三郎の「死者の奢り」もあり、宣伝部ではどちらが受賞するか賭けをしていた。柳原良平は大江健三郎に賭け、後にそれがばれて開高健に怒られたらしい。

「普段付き合っている開高健の言動を知りすぎている私にはとても大小説家になる人とは思えなかったのであった」

その後、二代目の編集長になった山口瞳は「江分利満氏の優雅な生活」で一九六三年に直木賞を受賞する。

開高健、山口瞳、柳原良平は「サントリー宣伝部の三羽烏」と呼ばれていた。アンクルトリスが登場する「人間らしくやりたいナ」（開高健）、「トリスを飲んでＨａｗａｉｉへ行こう！」（山口瞳）はいまなお広告の名作として語り継がれている。

わたしの父（一九四一年生まれ）は昔からサントリーが好きだった。

家の本棚には山口瞳の本が並んでいた。家にはサントリーのウイスキーのおまけのグラス、サントリーレッドのアンクルトリスのつまようじ入れもあった。つまようじ入れはアンクルトリスの顔の部分が蓋で、胴体は赤いジャケット、左手にピストル、右手にウイスキーが描かれている。

昔のサントリーの販促用のグッズは古道具の世界の人気商品で、インターネットのオークションにかかることもある（木製のアンクルトリスのつまようじ入れは高額＝八万円～十万円で取引されている）。

アンクルトリスは、開高健、柳原良平、コマーシャル担当の酒井睦雄の三人で人物像を話し合いながら作った。

主人公の年齢は定年退職前くらい。

「小市民的に小心ではあるが時々思い切ったことをする。少し偏屈だが気はいいところもあり、義理人情にもろいが一面合理主義的、女嫌いなところとエッチなところを持つ、といった具合だ」

柳原良平といえば、アンクルトリスだけでなく、本の装丁でも有名である。自らも船や港をテーマにした本（『柳原良平　船の本』至誠堂など）も刊行している。『船の模型の作り方』（至誠堂、一九七三年）は入手難の一冊で、古書相場は五千円～一万円といったところだ。わたしもずっと探している本なのだが、遠藤周作＝文、柳原良平＝絵の『恋の絵本』（平凡出版、一九五九年）も今では古書価は一万円以上だ。

二〇〇三年には『柳原良平の装丁』（DANぼ）という装丁作品集を刊行――。この本の「吾が装丁回想録」では、装丁をはじめたきっかけや思い出の装丁を語っている。

三百冊以上の装丁を手がけている柳原良平が、もっとも多くコンビを組んだのは山口瞳である。山口瞳の作品の八割近くにかかわっている。『週刊新潮』の連載「男性自身」の挿画も描いていた。

『週刊新潮』の連載は、水曜の夜に電話がかかってきて、木曜日にオートバイが絵を取りにくるわけね。で、水曜日の夜に山口さんがテーマを教えてくれて。その時はまだね、山口さんは文章を書いていていないんです」

あるとき「屑屋さん」の絵を描いてくれといわれて、男性の屑屋さんの絵を描いたら、女性の屑屋さんだったことも……。

「これは唯一の失敗作だった（笑）」

他にも数学者の矢野健太郎、異色歴史家の八切止夫、ノンフィクション作家の上坂冬子、鉄道紀行作家の宮脇俊三の本も柳原による装丁が多い。

もともと柳原良平は寿屋に入社したときは商業デザイナーだった。レイアウトなどの仕事をした後、イラストを描くようになった。『アンクル・トリス交遊録』では、デザイナー、イラストレーター志望の人にこんなアドバイスをしている。

「イラストレーションは個人でも仕事ができるが、デザイナーは共同作業の場合が多いからどうしても組織の中にいる方がいい仕事ができる。結局、個性的な絵の描ける人はイラストレーターになった方が楽しいかもしれない」

柳原良平の絵や装丁は、一目で誰の作品か分かる。誰にも似ていない。

まちがいなく一時代を築いたイラストレーターだったとおもう。

雨の神保町、下駄履きで早稲田

家にこもりがちの日が続くと、外に出るのが億劫になる。何もする気がしない。そんなときは散歩エッセイを読むにかぎる。

ひさしぶりに本棚から西江雅之著『異郷の景色』（晶文社、一九七九年）をとりだしてみたら、古本屋のレシートがはさまっていた。高円寺の都丸書店。二〇〇八年三月十日、午後三時七分と印字されている。この日、何をしていたのか、まったくおぼえていない。この本が、経済学者の某氏宛の署名本だったことも忘れていた。

『異郷の景色』を買ったのは、署名本だったこともあるが、目次に「神保町　雨あがりの古本屋街」という文字を見つけたからだ。

せっかくの休日なのに外はどしゃぶり。しかしどこかに行きたい。映画に行くか、新宿の高層ビルを階段でのぼるか、駅の地下街を散歩するか。

「しかし、一番いいのは、結局は古本屋巡りではないかと思い付く」

西江さんのアパートは目白にあった。部屋から簡単に行ける古本屋の密集地は神保町、本郷、早稲田、中央線沿線……。さて、どこへ行くか。

そんなかんじで家を出るまでの思案の過程が綴られている。

とはいえ、どしゃぶりの中、古本屋巡りをすることが「一番いい」とおもうのはちょっとヘンだ。わたしも雨の日に古本屋をまわることはあるが、いつも「なんでこんな日にこんなことをしているのだろう」とおもうことが多い。

先日、猛暑日の午後二時に古本屋をまわって、ふらふらになった。もちろん「一番いい」選択とはおもっていない。涼しい部屋で、買ったまま読んでない本を読んだほうがいいに決まっている。

「本好きというのはある種の病気に違いない。もっとも一口に本好きといってもそのなかには本の内容が好きな者と、物としての本自体が好きな者がいる。そしてその各々の側の中にはまた趣味の違いから互いに袂を分かつ者がいるのでその実態は複雑だ」

西江さんは「本の内容」派で、ひたすら読みたい本を読んでいた。でも読まない本も買う。外国語の本を専門に扱う店も好きだった。ロシア、イタリア、スペイン、中南米、中国、東南アジア関係の本を探す。

「一方では実際に足で歩く散歩をしながら、他方では足を停めて本の中で想像の世界や思い出の世界を散歩する」

神保町を歩きながら、外国を散歩している気分になれる。古本屋めぐりには、そういう楽しみ方もある。

『異郷の景色』の「神保町」を読んでいるうちに、阿奈井文彦の『喫茶店まで歩いて3分20秒』（PHP研究所、一九七八年）も読み返したくなった。この本の中には「古本屋で文学全集」という散歩エッセイがある。

「何をするにも億劫な気分になったとき、下駄をつっかけて、なんとなく古本の棚の前で時間をすごし、それから映画館に入る」

当時の阿奈井さんは、ふらっと下駄履きで古本屋と映画館に行ける早稲田のアパートに暮らしていた。このエッセイでは、早稲田の古本街を歩いて、二千円の予算で刊行年も出版社もバラバラの「日本文学全集」を編もうとする。

バラの全集は五十円〜百円で売っている。

漱石、鷗外、芥川……と次々と全集の端本を買う。木山捷平や葛西善蔵も買う。

西江さんの「神保町」の初出は『面白半分』の一九七六年八月号、阿奈井さんの「古本屋で文学全集」は『オール讀物』の一九七七年十一月号だ。

西江さんは一九三七年、阿奈井さんは一九三八年生まれだから、ほぼ同世代といってもいい。初出時は三十九歳。エッセイを読むかぎり、そんなに裕福そうではない。あまり仕事をしているかんじもしないが楽しそう。

あくまでも推測だけど、ふたりとも文章の書き方も散歩のように行き当たりばったりだったような気がする。

ふらっと古本屋に行く。何を買うかはわからない。途中、寄り道したり、ものおもいにふけったりする。どこにたどり着くかわからない。散歩のリズムがそのまま文章になっている。

『喫茶店まで歩いて3分20秒』には「新宿から歩く」というエッセイがある。

「たとえば日曜日の午後、フラリと家を出て、何という目的もなく歩いてみる。陽が昏れて疲れてきたら、最寄りの駅から電車に乗って帰ってくる」

新宿から三鷹まで。午前十一時二十五分に新宿を出発、南阿佐ケ谷の喫茶店でアイスコーヒー、荻窪でラーメン、五日市街道の松庵二丁目あたりでまた喫茶店に入る。井の頭公園で休憩、三鷹に着いたのは午後十六時二十五分、駅前の大衆食堂で生ビールを飲む。

『異郷の景色』の「吉祥寺〝マーケット〟のある街」で、西江さんは「散歩というのは目的地を持たずにぶらつくことである。したがって行先やコースを前もって決めておく必要はない」と綴っている。このエッセイでは漠然と「北の方角」に向かって歩こうとだけ決めて、吉祥寺を散歩する。

井の頭公園などがある吉祥寺の南側にはなじみがあるが、北側はよく知らない。

「ひとたび行く所が定まってしまうと、距離の遠近にはかかわりなく、まるで近寄らない場所が多いという人間の習性によるところもある」

わたしは東京に暮らして四半世紀以上になるのだが、古本屋の密集地帯以外の場所をほとんど知らない。目的のない散歩もしなくなっている。

気が滅入ってきたら、外に出る。目的はなくていい。むしろ、ないほうがいい。

これからどこへ行こうか。

叩き上げの出版人に学ぶ

夜、気分転換をかねて、サンダル履きで近所の高円寺の古本酒場コクテイルに行く。店内の壁やカウンターには古本が並んでいる。背表紙を眺めながら、酒を飲む。文士料理をつまみながら、手にとった本をパラパラ読む。もちろん店の本は買うこともできる。

この日は、カウンターに小川菊松著『出版の面白さむずかしさ』(誠文堂新光社、一九五九年)という本があった。

半世紀以上前の出版事情を知って何になるのか、とおもうような人は、古本好きにはなれない。古くなった情報の中にも、再評価すべきものはいくらでもあるし、今現在のものも何年後かには古くなる。何が古くなり、何が古くならないか。新しいものにもおもしろいものもあれば、つまらないものもある。それと同様に、古くてもおもしろい、むしろ、古いからこそ、おもしろいものもある。

この本は出版業の経営、ベストセラーの功罪、編集者の心得、宣伝、印刷や製本の知識、販売や税務の対策などを詳細に論じた実用書だが、出版史の貴重な資料でもある。

著者の小川菊松(一八八八年〜一九六二年)は、一九〇三年に茨城から上京、大洋堂や至誠堂(出版取次)で十年ほど修業し、一九一二年に誠文堂(後、誠文堂新光社)を創業する。同社は『子供の科学』『無線と実験』『農耕と園藝』『愛犬の友』といった雑誌を刊行している創業百年をこえる老舗出版社ですね。

小川菊松は、戦後初のミリオンセラー（三百六十万部）になった『日米会話手帳』（一九四五年）を作った人物としても知られている。

瀬沼茂樹著『本の百年史　ベストセラーの今昔』（出版ニュース社、一九六五年）によると、「その日（八月十五日）、房州に出張していた誠文堂新光社々長小川菊松が、天皇の重大放送を岩井駅で、多くの人々と涙を流しながら聞き、帰郷の車中で、日米会話に関する出版を考えついた」とある。

帰社するとすぐ社員に日米会話の本の出版を提唱し、一九四五年九月十五日（！）に三十二ページの『日米会話手帳』を作った。いきなり三十万部印刷した。瀬沼茂樹は「出版界に一種の〝伝説〟となったエピソード」と述べている。

山本夏彦著『私の岩波物語』（文春文庫、一九九七年／単行本は一九九四年）にも、小川菊松は再三にわたって登場する。

十五歳で上京し、神田の取次店と出版社を兼ねた店での小僧時代には、東京中の書店を大八車を引っ張って回った。山本夏彦は、小川菊松のことを「インテリではない最後の出版人」と評している。

そんな〝伝説〟の出版人・小川菊松の経営方針は「出版の本道は石橋を叩いて渡れ」というものだった。

「商売であるからには必ず儲かるとは限らない。従って、どんなにうまそうな仕事にも注意をすることが必要だ。失敗は失意の時よりも得意の時が多い」

出版は生存競争が激しい業種だから、「ほんとうの勉強心と腹の据え方と、実生活に対する認識を持たない限り、社会の落伍者となってしまう」と編集者志望の若者にその心がまえを説く。さらに「気むずかしい著者や、画家の原稿とりに苦心し、本を読んでも映画をみても楽しむというよりは、なにかよいプランのネタはないか、というわけで大体は頭を休める暇がない」「馬車馬の如く働いても才能がなければ、また、齢をとれば廃品にならないまでも、余りパッとした余生は送れない」と厳しい言葉が続く。

出版人・小川菊松は「企画第一主義」だった。第一に「自分の属している出版社、雑誌の性格、あり方、読者層に対して十分な研究と調査を持っていること」。第二に「企画のたて方は、半年位を見通す力を備えていなければならない」。第三に「企画はタイムリーなことでなければならない」。第四に「平均主義の企画は、一般に成功しない」。第五に「誰に何を書かせるか」。雑誌の性格や出版社によって「いい企画」はちがう。企画には「新味」が必要で、編集者には先を見通す力が問われる。また「民主的」な議論を経たプランよりも「独断的」なプランのほうが「成功する率」が高い。多くの人の意見をとりいれた企画は、どうしても角《かど》がとれて無難なものになりがちだ。

玉音放送を聞いてすぐ『日米会話手帳』を刊行しようとしたとき、社内には反対意見もあったが、小川菊松は「独断」で押し通した。彼には「ぜったい売れる」という確信があったのである。

企画のヒントを得るためには、若い人たちの「喜ぶものは何か」に興味を持つ必要があるという。その例として「うたごえ運動」や「マンボ流行」をあげている（いずれも一九五〇年代に流行した）。

「（いい企画とは）それが新しい知識を与えるにせよ、娯楽を与えるにせよ、人を喜ばせるものでなければ生きてこないということを知るべきである」

人を喜ばせるものは時代によって変わる。いっぽう「喜び」の根幹にあたるものはそれほど変わらない。

読者が喜ぶものとは何だろう。

この本のタイトルにもそのヒントがある。いい企画は「面白さ」だけでも「むずかしさ」だけでもいけない。

ゲームだってそうだ。簡単すぎるゲームはすぐ飽きる。あるていどのむずかしさがなければ、達成感は得られない。かといって、むずかしすぎて大半の人が途中で挫折してしまうようなゲームでは困る。

面白さむずかしさ——そのさじ加減はどうすればいいのだろうか。それがいちばん難題なのかも……。

二軍と戦力外の戦い

野球のことが気になってしかたがない。これまで何度「ファンをやめたら楽になるのに」とおもったことだろう。でもたぶん無理だ。もはや自分の意志でどうにかできることではない。ペナントレースだけでなく、二軍の選手のことも気になる。アマチュア時代にエースや四番だった選手が、プロの壁にぶつかる。

一軍に上がるためには、何が必要なのか。何が足りないのか。

先日、赤坂英一著『プロ野球　二軍監督——男たちの誇り』（講談社、二〇一一年）を読みながら、そんなことを考えていた。

プロの世界は実力主義といっても、完全に公平なわけではない。実績のある選手であれば、すこしくらい不振が続いても、起用されるが、一軍に上がったばかりの選手は、結果を出さなければ、すぐ二軍に落とされてしまう。「たまたまその日は調子がよくなかった」なんて言い訳は通じない。試合に出られる人数は限られている。まずチーム内の競争を勝ち抜かなければならない。

同じポジションに自分より力のある選手がいれば、控えにまわらざるをえない。どうにかレギュラーをつかんだとおもっても、助っ人やＦＡで入ってきた選手にポジションを奪われることもある。

「一軍と二軍は、需要と供給の関係にある。二軍の選手たちを一軍の需要に見合った戦力に変えて供給するのが、二軍の指導者の仕事だ」

二軍監督はそのときどきのチーム事情に合わせて、一軍で使える選手を育てなくてはならない。一軍の試合に出るためにはチームにとって「使い勝手」のよい選手になれるかどうかも問われる。でも、それは簡単ではない。選手にもそれぞれのプライドや持ち味がある。打ち勝つ野球か、守り勝つ野球か。監督が目指す野球観によっても、求められる選手は変わってくる。

そうした周囲の思惑にふりまわされ、伸び悩む選手もいる。「需要と供給」の関係は無視できないが、プロの世界では「これだけは曲げられないっていう信念」も必要なのだ。

監督、コーチと二軍の選手のやりとりを読んでいると、教えられることがたくさんある。二軍でくすぶっている選手が、一軍に必要とされる選手になるためにはどうすればいいのか。とにかく出番が欲しければ、自分を柔軟に変えていく必要があるし、プロの世界で生き残るためには、これだけは誰にも負けないという個性もいる。

ペナントレースが一段落して、ドラフトが行われ、毎年、新人が入ってくる。二軍にいられる時間だって限りがある。プロ入りして数年以内に結果を出さなければ、クビが待っている。

今年刊行された赤坂英一著『プロ野球「第二の人生」 輝きは一瞬、栄光の時間は瞬く間に過ぎていった』（講談社）は、プロ野球選手の現役時代、そしてその後の生活を描いたスポーツノンフィクションである。

入来祐作、前田幸長といったドラフト一位で入団し、一軍でも活躍した選手だけでなく、ケガその他で不遇な現役生活を送った選手たちも登場する。『プロ野球　二軍監督』と合わせて読むと、本人の才能だけではどうにもならないプロの世界の厳しさ、また苦労人だからこそ、たどりつける境地があることを教えられる。

「どれほど盤石の地位を築いた主力であっても、いずれは別の選手にその座を追われる。現役を続けている限り、主砲は代打要員に、エースはリリーフに回らざるを得ないときが必ず来る。そして、最後には誰もが、戦力外通告を受ける運命から免れられない」

二〇〇〇年にドラフト七位で巨人に入団した小野剛投手は、一度も一軍のマウンドに上がることなく、二年で戦力外を通告された。

当時、日刊ゲンダイの記者だった赤坂英一はルーキーのころの小野投手を取材したが「一行も記事にしていない」。

小野は野球を続けたいという一心で、月七万円の給料でイタリアのセミ・プロチームでプレーすることを決断する。

オリーブオイルとガーリックソルトをかけただけの塩パスタを食べる日々――。

アマチュア時代は、力まかせの投球でも抑えられたが、プロでは通用しなかった。しかし捨て身で渡った海外で、同じチームの元3Aの投手から、これまで自分の欠点だとおもっていたシュート回転するボールをもっと活かすようアドバイスされる。

「まったく、日本人はアウトローにきれいな真っ直ぐを投げるのが一番だと思ってるんだからな」

シュート回転を矯正せず、自分の癖球を武器に変えた。彼は再び日本のプロ野球に挑戦するのだが……。

死に物狂いで二軍や戦力外から這い上がる。その先にはさらなる苦難が待っている。ボロボロになりながら「このままでは終われない」「まだやれる」と一日でも長く現役を続けるためにあがくのがいいのか。引退後に備えて、第二の人生を考えたほうがいいのか。

赤坂英一にはタイトルに「プロ野球」という言葉を冠した本は三作ある。『プロ野球　コンバート論』（ＰＨＰ研究所、二〇一三年）もその一作だ。投手から野手になって大成した選手もいれば、様々なポジションの変更を強いられた選手もいる。

赤坂「プロ野球三部作（今のところだけど）」は、いずれもプロの世界で生き残るための苦闘や葛藤を描いている。毎年年末に放映される「戦力外」のプロ野球選手をとりあげる番組を観て、「他人事ではない」とおもいながら、涙を流す習慣のある人は、ぜひ読んでほしい。

ギャンブルとスポーツ

神保町のスポーツ本専門の古本屋でアイラ・バーカウ著『ヒーローたちのシーズン　ベスト・スポーツ・コラム45』（新庄哲夫訳、河出書房新社、一九九〇年）を買った。

アイラ・バーカウは一九四〇年シカゴ生まれ。ニューヨーク・タイムズ紙のスポーツ・コラムニスト――。

一九九〇年代は、海外のコラムが数多く翻訳されていた。その中でもこの本は屈指のおもしろさかもしれない。

「何が三十勝投手を狂わせたのか」というコラムは一九六〇年代にデトロイト・タイガースの投手として活躍したデニー・マクレーンの話である。

一九六八年、マクレーンは三十一勝六敗という成績を記録した。当時二十四歳。

マクレーンは一九六九年にも二十四勝をあげ、二年連続でサイ・ヤング賞を獲得する。前途洋々だった。が、その翌年――。

「コミッショナーは彼を賭博行為で六ヶ月間の出場停止処分にしたのだった。あろうことか、胴元になって、タイガースのロッカールームから賭博客に電話をかけていたのであった」

その後、マクレーンは、体重が増え、腕に痛みをおぼえ、全盛期とはほど遠いピッチングしかできなくなり、一九七三年に現役を引退する。

「あまりにも早い没落であった」

さらに四十歳のとき、麻薬の密売、恐喝など、すべての容疑が有罪なら「九十年間の禁固刑」という罪状で司法当局から告発される。たしかに「何が」あったのか気になる。

彼には美しい妻と三人の子どもがいた。球界でもトップクラスの年俸を稼いでいた。野球だけに専念していれば、一生遊んで暮らせるくらいの富を築くことができたにちがいない。ところが、ナイトクラブ、ペンキ会社、航空会社、不動産など、いろいろな事業に手を出し、莫大な借金を抱えることに……。

この本にはピート・ローズの野球賭博疑惑に関するコラムも収録されている。『ヒーローたちのシーズン』の元になった原書の刊行時は、ピート・ローズのスキャンダルが起こる前だったが「コラムニストがこの事件にどう対応したかを日本語版に収録するのが、日本の読者に対する当然の義務である」と考え、新たに二編のコラムが加えられた。

一九八九年、シンシナティ・レッズの監督時代、ローズは野球賭博に手を出し、球界から永久追放されてしまう。四二五六安打の通算安打記録をはじめ、数々のメジャー歴代一位の記録を持ちながら、野球殿堂入りはできなかった。

本書の「悲しきギャンブラー」によると、ピート・ローズは深刻なギャンブル狂で精神科医の治療を受けていたらしい。

バーカウはこの事件の前にギャンブル症候群（依存症）の治療プログラムを取材している。

ギャンブルの虜になってしまった人間は、賭けの誘惑に無力であり、誰かの助けがなければ、更生できない。

「(ギャンブルは)ほかのさまざまな中毒、たとえば酒を飲むことからクラックをやることに至るまで害悪は変わるところがないけれど、一般に世間はそうみなしていない」

バーカウは、ローズに贖罪や悔悛の機会を与えるべきだと主張し、「ローズに殿堂入りの資格が回復すれば、投票権を持つ私は、彼に一票を入れることにやぶさかではない」と擁護する。

野球賭博そのものは許されることではない。しかし「永久追放」という処分が正しいのかどうか。

先日、日本のプロ野球界でも現役選手の野球賭博が問題になったとき、わたしはどんなに重い処分を科されたとしても「自業自得だよな」と考えていた。

その後、『サンデーモーニング』(TBS系)で張本勲が、野球賭博に関与した若い選手に「更生の道をあげたい」と発言したことで、インターネットで炎上騒動が起きた。ネット上では張本氏を批判する意見が多かったが、わたしは罪を憎んで人を憎まずの精神を支持したい。

野球賭博の再発防止に尽力するのは当然として、「更生の道」は残したほうがいい(マクレーンの六ヶ月の出場停止処分は甘すぎたのかもしれないが……)。

いちおう断っておくと『ヒーローたちのシーズン』は、スポーツとギャンブルについて論じた本ではない。野球、テニス、アメフト、バスケットボール、ゴルフ、体操、ボクシング、競馬、さらにはスポーツジャーナリズムの舞台裏まで、広範囲にわたって、アメリカのスポーツ事情をとりあげている。

また「ゲームは——そして私の人生も——つづく」というコラムもある。

四十三歳のアイラ・バーカウは、寄せ集めのメンバーでバスケットボールの試合に参加している。

バーカウは二十代半ばで一度バスケットボールから身を引き、テニスやジョギングなど「大人のスポーツ」に切り替えようとした。でも結局、再びバスケをはじめる。

「一体いつやめるべきなのか。やめられない——やめたくない——ま、決めるのはあしたでもいいのではないか」

バーカウは日本語版ではないオリジナルを編集するさい、「時間を超えると思われる側面を持った文章だけを収録するように心掛けた」そうだ。

四半世紀以上前のバーカウの温かい筆致で綴られたスポーツ・コラムは、時間を超えるだけでなく、時間を忘れるくらい楽しく読めるだろう。そして今なお、考えさせられることがたくさん記されている。

エッセイはむずかしい

古本屋に行く。探している本が見つからない。店に入った以上、なるべく手ぶらでは帰りたくない。そんなときは何でもいいから、エッセイ集を買う。

適当な頁を開いて、一篇のエッセイの最初の数行か最後の数行を読むと、その作者が自分の好みかどうか、だいたいわかる（例外はある）。小説の場合、そういうわけにはいかない。百頁くらい読んでから、急におもしろくなる作品はいくらでもある。

ほんの数十秒の立ち読みで、当たり外れが見分けられる。だからエッセイは怖い。

エッセイは気がふさいでいるとき、疲れているときに読むもの——というのが、わたしの持論だ。年中、ぐったりだらだらしている身としては、こってりしたものより、あっさりしたものが読みたい。短い文章ばかりなので、気にいったら気楽に何度でも読み返せるのもいい。さらっと読めるにもかかわらず、腕のいいマッサージ師のように「ほどよく気持いい痛み」を感じさせてくれるエッセイはありがたい。

小説家の中で〝エッセイの名手〟といわれる人をあげるなら、わたしは吉行淳之介がまっさきに浮かぶ。

「小説でも随筆でも、吉行さんの作品を読んで裏切られたことは一度もない」

これは吉行淳之介著『軽薄のすすめ』(角川文庫)の解説にあった山口瞳の言葉。わたしはこの本にも収録されている「戦中少数派の発言」を読んで、エッセイのおもしろさと怖さを知った。本を読むことは、知らないことを知るだけでなく、自分の考え方や感覚を一変させてしまうこともある。

さらに、山口瞳はこんなことも書いている。

「小説を書けば情緒纏綿《てんめん》、随筆を書けば無味乾燥という作家がいる。文筆業者としては、随筆のほうが勝負がはっきりしていると言えるかもしれない。随筆では体当たりや研究は通用しないのだから」

吉行淳之介の作品を読むと、山口瞳は「これなら私にも書けるのではないか」とおもう。しかし、原稿用紙に向かうと、それが錯覚と気づいて、打ちのめされる。

山口瞳の『男性自身 困った人たち』(新潮文庫)の解説で、阿刀田高はエッセイには「蘊蓄、新体験、心情吐露」の三つの方向があるといい、蘊蓄では丸谷才一、新体験では野坂昭如がさまざまな〝試み〟で読者を楽しませていると綴っている。

そして山口瞳は——。

「山口さんの世界は筆者の心情吐露が読者のシンパシイと結びつく世界だ。

どのくらいの読者のシンパシイと結びつけばよろしいのか?

極度に普遍的なシンパシイを得ようとすると、かえって退屈なものになりかねない。(中略)シンパシイの範囲が狭過ぎてもいけない。広過ぎてもいけない」

つまり、やさしすぎてもむずかしすぎてもいけない。〝エッセイの名手〟といわれる作家はそのさじ加減が絶妙なのだ。不特定多数に向けて書かれた文章にもかかわらず、「自分のような人間に向けて書かれたものだ!」とおもわされてしまう。そうした作者の術中にはまるのも読書の楽しみだ。

もちろん「シンパシイの範囲」を見極める大切さは、文学だけでなく、映画、演劇、演芸、漫画、音楽、美術など、あらゆる表現にいえることかもしれない。それゆえ、文学以外のジャンルの人でも〝エッセイの名手〟は数多く存在する。

だからエッセイは怖い。

文芸における異種格闘技といっても過言ではない。

エッセイ集は、ほかにも随筆集、随想集、感想集、散文集、短章集、コラム集、雑文集など、いろいろな呼び名がある。それらの本は、かならずしも文芸の棚に並んでいるわけではない。とくに古本屋だと、どこにあるのか見当がつかない。作者を知らないと、手にとって読んでみるまでエッセイ集かどうかすらわからないことも多い。

『街角の煙草屋までの旅』『二流の愉しみ』『人生仮免許』『低空飛行』『白いページ』『余禄の人生』『半身棺桶』『ペンの散歩』『紅茶の時間』『雑雑雑雑』『木洩れ日拾い』『たたずまいの研究』『あるきながらたべながら』『八面のサイコロ』……。作者の名前はふせたが、いずれも(わたしが一目惚れした)エッセイ集の題名である。

今はそういうことはなくなったが、若いころは一篇のエッセイでその作家を好きになったり嫌いになったりした。

人生観や思想のちがいといった大ゲサな話ではなく、些細な言い回しから「この人は面の皮が厚そう。傍若無人っぽい。たぶん鈍感にちがいない」と勝手に邪推し、全人格、全作品を否定していたこともある（身のほど知らずでした）。

自分を大きく見せないこと。といって、卑下しすぎると嫌味になる。エッセイはそのあたりのバランスもむずかしい。

エッセイを書いているとき、自意識をどう扱えばいいのか。これもむずかしい問題だ。

そろそろ若手の立場で書くのが苦しくなってきた。とはいえ、ベテランの立場で書けるほどの実績もない。俺はどうすればいいんだー（心情吐露）。

そんな葛藤を経て、推敲を重ねまくり、心血を注いで書いたところで、いいエッセイになるとは限らない。力を抜いて気楽に書けるかといえば、それができれば苦労はない。

もし人生をやり直せるのであれば、何か他の道で大成してから、余技でエッセイを書ける身になりたかった。と、現実逃避したくなるくらい、今、悩んでいる。

クセモノのヒーロー

「ほるぷ自伝選集　スポーツに生きる」（一九八一年）というスポーツ選手の自伝を集めたシリーズがある。全二十一巻。

その構成は、野球（長嶋茂雄、王貞治、鶴岡一人、川上哲治、タイ・カップ、ベーブ・ルース、ジャッキー・ロビンソン）、相撲（前原太郎、時津風定次、大鵬）、ゴルフ（宮本留吉、ジーン・サラゼン）、陸上（村社講平、南部忠平）、テニス（ロッド・レーバー）、水泳（古橋廣之進）、柔道（三船久蔵）、プロレス（力道山）、ラグビー（バリー・ジョン）、サッカー（釜本邦茂）、アイスホッケー（V・トレチャク）となっている。インターネットの古本屋では、五千円〜八千円くらいの巻が何冊かある。バラで揃えるのはちょっとたいへんかもしれない。

わたしは古本屋で全巻セットを見かけたとき、買うかどうか迷った。全二十一巻の判型がバラバラだったから。一巻の前原太郎著『呼出し太郎一代記』はやや大きめの新書判、二巻〜十四巻までは四六判（普通の単行本）、十五巻〜十六巻はA5判、十七巻〜二十巻はB5判、二十一巻の川上哲治著『わが生涯の野球』は、横215ミリ×縦260ミリのAB判である。はっきりいって、判型を変える理由がまったくわからない。本棚にも納まりにくい。結局、買ったんだけど、後悔している。

そんな「スポーツに生きる」シリーズの中から一冊紹介するなら『タイ・カップ自伝』(近年は「タイ・カップブ」と表記されることが多い)と迷ったのだけど、『ベーブ・ルース自伝』を選びたい。

わたしがベーブ・ルースの名前を知ったのは一九七六年、小学一年生のころだ。王貞治が七一四号、七一五号ホームランを打った年である。たぶん、その翌年くらいにベーブ・ルースの漫画を読んだ。病床の少年にホームランを打つ約束をして、ほんとうに打っちゃうエピソードくらいしか覚えていない。

自伝というものは、偉大な業績を残した人物の順風満帆な人生が記されていてもつまらない。まず、少年時代は落ちこぼれでなければならない。

ベーブ・ルースは手のつけられない悪童だった。七歳のときに素行不良の子どもや孤児たちを集めた全寮制の学校(セント・メリー工業学校)に入れられてしまう。そこでマシアス修道士と出会い、野球を教わる。「ぼくにとって人生のきっかけ——大リーガーになるきっかけをつくってくれた一人のすばらしい人物に会えたことは、私にとって最高の収穫だった」

一九一四年、十九歳のとき、オリオールズに入団。ルーキー時代のキャンプ中、まわりが驚くほどの大食いっぷりを見せつける。はじめて見たエレベーターに感激し、暇さえあれば昇降をくりかえし、頭を挟まれかけ、危うく死にかける。

同年七月、レッドソックスに移る。一九一六年には二十三勝十二敗(年間防御率は一・七五)。一九一八年、第一次世界大戦がはじまり、主力の野手が出兵していなくなると、ルースは投手をしながら外野手として試合に出場するようになる。十三勝七敗。打者としては十一本塁打でホームラン王を獲得する（当時、飛ばないボールの時代だった）。

現在も十勝十本塁打の記録を達成したのはメジャーリーグではベーブ・ルースのみ。日本では二〇一四年に北海道日本ハムファイターズの大谷翔平選手が達成し、話題になったことは記憶に新しい。

一九一九年のオフに金銭トレードでルースはヤンキースに移籍する。

ヤンキース移籍後の一九二〇年には五十四本のホームランを打つ。ベーブ・ルースの出現によって、ベースボールが一変した。

しかし、ルースの大食いの野生児っぷりは変わらず、金づかいも荒かった。

ファンの野次にキレて、スタンドに駆け上がる（相手はナイフを持っていた）。大の女好きでもあったが、〝自伝〟には詳しく記されていない。球団は、彼を「説教」するため、たびたびマシアス修道士を呼んだ。

現役生活の晩年、一九三四年のシーズン終了後の十一月、ベーブ・ルース来日——。「東京のブロードウェーともいうべき、銀座の通りは何キロにもおよぶ歓迎の列が並び、ぼくたちはまさに英雄のような扱いを受けた」

この遠征でルースは打率、本塁打、打点の打撃三賞を独占する。一九三四年の日米野球は、日本が職業野球を結成するきっかけにもなった。

一九四八年八月十六日、ベーブ・ルースは五十三歳でこの世を去る。

昨年秋に邦訳が刊行されたビル・ブライソン著『アメリカを変えた夏　1927年』（伊藤真訳、白水社）に「6月　ザ・ベーブ」という章がある（この章だけでなく、ほぼ全編を通してベーブ・ルースは登場する）。

一九二七年はベーブ・ルースが六十本塁打を記録した年である。ビル・ブライソンは〝自伝〟では語られていない逸話を紹介している。

「ルースの底なしとも思える性欲と食欲も絶えず人びとを驚かせた」

遠征先のホテルの床で寝たまま葉巻を吸い、ピーナッツを食い続けるルースの上に娼婦が乗っていたこともある（チームメートが目撃し、呆れる）。

浪費癖も凄まじく、野球史上最高の年俸を得ながら、所得税の支払いに困ることがあった。周囲との衝突も絶えず、自分を批判した監督を列車の後部デッキの手すりの外側に逆さ吊りにしたことも……。

ベーブ・ルースはヒーロー、タイ・カッブはヒールとして語られることが多いのだが、ルースもかなりのクソ、じゃなくてクセモノである。いっぽう『アメリカを変えた夏　1927年』に出てくるタイ・カッブは清々しいまでに性格が悪くて笑える。

竹中労への招待

一九八九年二月——。

受験のために上京したわたしはＪＲ神田駅で降り、途方に暮れていた。

「神田の古本街はどこ?」

世界最大といわれる古本街は神保町（千代田区神田神保町）にある。

今では〝本の街・神田〟というより〝本の街・神保町〟というほうがポピュラーだし、前もってインターネットで調べることもできるから、まちがえて神田駅で降りてしまうようなおっちょこちょいもいなくなったかもしれない。

わたしは神田……ではなく神保町に行って、竹中労の本を探そうとおもっていた。

中でも「80年代ジャーナリズム論叢」というシリーズが読みたかった。この叢書は、『芸能の論理』『仮面を剝ぐ』『左右を斬る』『人間を読む』（いずれも幸洋出版）の全四冊。続刊も予定されていたが、未刊に終わっている。

表紙は竹中労の父、竹中英太郎が描いている。竹中英太郎は、江戸川乱歩、夢野久作、横溝正史らの本の挿絵で知られていた人物である。『芸能の論理』『仮面を剝ぐ』『左右を斬る』の三冊は郷里にいたころ、名古屋の古本屋で買うことができた。ところが『人間を読む』が見つからない。

東京で暮らしはじめてからは何度か古本屋で見かけた。はじめて見たときは三千円。「もっと安く買える」とおもっていたら、見るたびに値段が上がる。次に見たときは五千円。その次は八千円……。「しまった、あのとき買っておけば」と悔んだが、もう遅い。

本との出会いは一期一会。

迷ったら買え。

そう決意するきっかけになった本が『人間を読む』なのである。

結局、「80年代ジャーナリズム論叢」が揃う、つまり『人間を読む』を入手するまでには十年以上の月日を要した。

「ルポルタージュは、うつつにうつつを見る営為である。人間&社会を読み、〃虚実の皮膜〃に深層=真相をさぐり記録する・時の狩猟者《かりゅうど》。若かりしころ私はそう想い、みずからを慰めた。地位と金銭に縁のないこの職業こそ、まさに自立しているのだ、と。その確信に、いまも変りはないのだが」（『人間を読む』）

八〇年代の竹中労は『現代の眼』『新雑誌X』という雑誌でよく執筆していた。両誌の編集長は丸山実。二十代半ばのわたしは『新雑誌X』（その後『新雑誌21』に改名）の編集部にすこしだけ出入りしていた。『新雑誌X』も「80年代ジャーナリズム論叢」と同じ幸洋出版の雑誌である。

編集部に出入りしていた人の中には竹中労と親しかった人、喧嘩した人、右（極右）から左

（極左）までいろいろな人がいた。

竹中労は一九九一年五月に亡くなった。没後、『無頼の墓碑銘　せめて自らにだけは、恥なく瞑りたい』（KKベストセラーズ）という本が刊行された。

久しぶりに読んだら、やっぱりおもしろい。詩人であり煽動家――読者を幻惑する彼の文章は〝竹中節〟と呼ばれていた。改行、句読点、行またぎの語句に細心の注意をはらう。たまに難しい漢字もつかうが、なるべく文章（記事）が白っぽくなることを心がける。その文章の端々には、老荘思想、唐宋の漢詩、江戸の戯作、大正アナキズムなど、渾沌とした教養の断片がちりばめられている。

もともと竹中労は、トップ屋（週刊誌のトップ記事や特ダネを書く人）として活躍していた。芸能ゴシップの土台を築いた人物といっても過言ではない。

しかし「喧嘩屋」「壊し屋」の異名をもつ彼は、ひとつの仕事に安住しない。

竹中労は年金を払っていない。国勢調査に応じない。国税局に所得を申告していない。五十五歳まで国民健康保険にも加入していなかった。ルポライターは「文筆の日雇い労働者」であり、「いずれ野垂死」を覚悟すべき職業であるというのが彼の持論だった。

『無頼の墓碑銘』の中に「戦争はおとぎ話しじゃないんだ」という竹中労の談話（『ポップティーン』一九九一年四月号）が収録されている。一九九一年はイラクと多国籍軍（連合軍）による湾岸戦争が勃発した年、竹中労、最晩年の発言だ。

「戦争ってのは、どちらか一方が徹底的に悪で、片一方が徹底的に善なんていう、おとぎ話しみたいなことは、ありようがない」

「ぼくははっきりいいますけどサダム・フセインの味方です。ほんらいアラブには国境はなかった」

「これは永久戦争の始まりです。炎はもうアジアまで来ている、対岸の火事どころではないだろう」

「子どもを戦争にやるなって？　ほかの国の子どもだったら戦争に行っていいのかよ」

「単純に、戦争賛成か反対かっていう考えでやっていくと危ないよ。それじゃ、足元すくわれるんじゃないの」

二十五年後の今、この談話を読むと、ティーン向けの雑誌にこんな過激な文章が載っていたことも信じられない。といっても、当時の『ポップティーン』は、今のようなギャル向けのファッション誌ではなく、どちらかといえば、ヤンキー色とエロ要素が売りの雑誌だったけど、それにしても隔世の感を禁じえない。

竹中労がいなくなった四半世紀のあいだに世の中はずいぶん変わった。

わたしも変わった。図らずも心ならずも。

それでも家の本棚の竹中労の本を見るたびに古本屋通いをはじめたころをおもいだす。

汝、志に操を立てよ。過程に奮迅せよ。迷ったら買え。

『ニューヨーカー』と常盤新平

昨年十二月、若島正編『ベスト・ストーリーズⅠ　ぴょんぴょんウサギ球』（早川書房）という『ニューヨーカー』のアンソロジーが刊行された。全三巻の予定らしい。

一九二五年二月にハロルド・ロスが創刊した『ニューヨーカー』は、おそらくもっとも有名なアメリカの週刊誌である。

収録作家はリング・ラードナー、ドロシー・パーカー、E・B・ホワイト、ジョン・コリア、ロバート・ベンチリー、ジョン・オハラ、メアリー・マッカーシー、シャーリイ・ジャクスン、エドマンド・ウィルソン、フランク・オコナー、ジェイムズ・サーバー、V・S・プリチェット、リリアン・ロス、ナディン・ゴーディマー、アーウィン・ショー、ジョン・チーヴァー、エリザベス・ハードウィック、レベッカ・ウェスト——。

どうでしょう。何人くらい知ってますか。知らなくても読んでほしい。一癖も二癖もある一級品揃い。それぞれの文章の技巧やユーモアを味わうもよし、気にいった作品が見つかったら個別に作家を追いかけるもよし。

第一巻は創刊から一九五九年までの作品を収録しているのだが、まったく古さを感じさせない。

訳者は片岡義男、岸本佐知子、木原善彦、佐々木徹、柴田元幸、谷崎由依、中村和恵、藤井光、古屋美登里、桃尾美佳、森慎一郎、若島正（五十音順）。

若島正は「編者あとがき」で、常盤新平が手がけた『ニューヨーカー短篇集』（全三巻、早川書房、一九六九年）、『ニューヨーカー作品集』（月刊ペン社、一九七一年）、『ニューヨーカー・ストーリイズ』（新書館、一九七五年）などの書名を挙げ、その功績を讃えている。

わたしが『ニューヨーカー』のアンソロジーを読みはじめたのは一九九〇年代の終わりごろ——当時、ほとんど絶版になっていた。それまで日本の私小説や随筆ばかり読んでいたので海外文学に疎く、古本屋で探すのにけっこう苦労した。愚痴ではない。探すのが楽しくてしかたがなかった。文学の世界がどんどん広がっていく気がした。

ちなみに『ニューヨーカー短篇集』は、常盤新平編・訳『フランス風にさようなら—ニューヨーカー作品集』（旺文社文庫、一九八五年）と収録作は同じである。また『ニューヨーカー・ノンフィクション』（新書館、一九八二年）と『サヴォイ・ホテルの一夜—ニューヨーカー・ノンフィクション』（旺文社文庫、一九八五年）もほとんど同じだが、文庫版には単行本のときに原稿が見つからなくて収録できなかったレベッカ・ウェストの「主婦の悪夢」が入っている。ほかにも常盤新平訳『ザ・ニューヨーカー・セレクション』（王国社、一九八六年）もある。

『ニューヨーカー』の創刊者ハロルド・ロスは、「一つ一つの文章に正確さと充分な理解と率直な文体」を求めた。

「『ニューヨーカー』の作家たちはある様式に従って書くようにしこまれるとひろくいっぱん

に信じられているけれども、作家たちに言わせれば、雑誌にきまったスタイルはない。彼らの語るところによれば、『ニューヨーカー』のスタイルを創造するのは、むしろ、ロスを先頭に、その下のすべての編集者による調査《チェック》とリライト、再調査《リチェック》——完全を目ざす不断のすさまじい執念——である」（アレン・チャーチル「ロスと『ニューヨーカー』」／『フランス風にさようなら——ニューヨーカー短篇集』所収）

一九五一年にハロルド・ロス編集長が亡くなったあと、『ニューヨーカー』を継承したウィリアム・ショーンは、雑誌の編集方針を訊かれ、「時代に抗すること」だと答えている。

『晴れた日のニューヨーク』（旺文社文庫、一九八七年。単行本はＰＨＰ研究所、一九八四年）で常盤新平は一九八〇年の秋にウィリアム・ショーンを訪ねたときの話を書いている。

「私は、『ニューヨーカー』のような雑誌が存在することは、ニューヨークが素晴らしい街であり、将来を楽観できることだと言った。これはお世辞でもなんでもない。私がショーン氏に会いたかったのは、感謝をこめてそのことを言いたかったからだ」

ベトナム戦争時、『ニューヨーカー』は戦争を批判する論陣を張った。

レイチェル・カーソンの『沈黙の春』やトルーマン・カポーティの『冷血』も『ニューヨーカー』の連載である。カポーティは、十七歳で『ニューヨーカー』のスタッフになっている。

当代随一の名文家といわれたＥ・Ｂ・ホワイト、ユーモア小説のジェイムズ・サーバー、野球コラムのロジャー・エンジェル、小説、脚本、書評と多岐にわたって活躍していたドロシー・パーカーも『ニューヨーカー』の編集者兼執筆者だった。

雑誌と編集者の物語も『ニューヨーカー』の魅力だろう。

そういえば、常盤新平も早川書房の元編集者である。そのころから『ニューヨーカー』の作品を紹介していた。

常盤新平は二〇一三年一月二十二日に亡くなった。没後しばらくして、『私の「ニューヨーカー」グラフィティ』(幻戯書房、二〇一三年)というエッセイ集が刊行された。

「若いころはいろんな雑誌を古本屋で買っていた。(中略)現在、私が読んでいるのは『ニューヨーカー』一誌だけで、それで十分に満足している」

常盤新平にとって、寝る前に辞書を引きながら『ニューヨーカー』を読むことは「一生つづけたいこと」だった。

二日目の古書展

稲生典太郎著『暖かい本』（沖積舎、一九八六年）所収の「古書マニアの帰宅」を読み返していたら、「この頃の古書展には初日の朝の雑踏を避けるために二日目の昼ごろを見計らって行く」とあった。この随筆の初出は一九六九年九月。

以前は古本の即売会があると、初日の開店前から上野松坂屋の古書展に並んでいた。会場のある五階までエレベーターをつかわず、駆け上がった。一九一五年生まれの稲生さんがまだ三十代前半のころの話だ。

「あの様な元気は今いずこ、我ながら腑甲斐ない」

わたしも年々、古書展初日の混雑を避けるようになっている。いや、二十代のころから二日目によく行っていた。

安くていい本はすぐ売れる。ほりだし物を買いたければ、初日の午前中に行ったほうがいい。同じ本が二冊あれば、安いほうが先に売れる。人気の稀少本は二日目だとほとんど買えない。古本の即売会に関しては、残り物に福があることは少ない。

ただし、二日目の午後は客も少なく、押し合いへし合いがないから、ゆっくり本を見ることができる。古雑誌のバックナンバーを目次を見ながら探すときには都合がいい。早起きしなくてすむのもいい。

それはさておき、『暖かい本』は三十年前に刊行された本なので、てっきりもう品切になっているとおもっていたのだが、今も新刊で買えることがわかった。古本随筆のロングセラーといっていいだろう。

戦前の学生時代の話から、戦中の北京時代、大学の教授時代の話など、半世紀以上におよぶ古本生活を味わい深い筆致で綴っている。いずれも短い文章だが、長い時間が凝縮されていて、暖かい余韻が残る。

学生時代、稲生典太郎は世田谷の某書店で古本を値切ろうとして、「本屋は本屋として相当な値をつけてあるのだから、勝手に値切っては困ります。学生は学生らしくキチンとした買い方をしなさい」と店主に怒られたことがあった。

古本の世界には古書相場があるが、店ごとに値段がちがう。本の値段は、古書店主の価値観のあらわれでもある。本を値切るのは古本屋に失礼な行為だと、わたしも古本道の諸先輩から教わった。

ほかにも、本は水に弱いから濡れた傘は店内に持ち込まない、本の上にぜったい荷物を置かないなど、古本屋にはいろいろマナーがある。

都内では、神保町、高円寺、五反田の古書会館で古本の即売会が開催されている。わたしが上京した一九八九年ごろは、高田馬場のＢＩＧＢＯＸの古本市はいつも人だかりができていたし、中野サンプラザでも大きな古本市をやっていた。

稲生典太郎は文学博士で諸家の伝記、帝国議会時代の議会報告書、明治初年以降の歴史教科書など、近現代史の文献のコレクターだった。考古学や外交思想史に関する著作も多数ある。

戦中、北京に六年ほど暮らしているあいだも、古本屋通いを続け、一万冊くらいの蔵書を集めたが、一冊も持ち帰ることができなかった。

「神田は遠くに在りて懐うもの」は、一九八〇年八月に書かれた随筆である。稲生典太郎は一九五三年の春に中央大学文学部の講師になる。中央大学は一九七七年に多摩キャンパスが完成し、神田駿河台から移転している。

「近年は町なかの大学が、校地の広い空気の佳い郊外の地を求めて、移転して行くのが、一つの流行であるとか」

そう綴ったあと、まだ神田の古本街にキャンパスがあったころのことをふりかえる。

大学院の学生たちに「一杯やりましょう」と誘われた稲生先生は「そんな無駄な金があるなら、一人千円以内で、今から一時間以内に、何でもよいから、これはと思う本を買って来て、何故これが面白いかを自慢する会をやろう」と提案したことがあったそうだ。

そうした遊びができたのも、大学の近所に古書店街があったおかげだ。

わたしが古本好きの学生だったのはかれこれ二十五年くらい前だが、大学の先生といっしょに古本屋をまわった経験はない。ただ、口うるさく「本を買え」「本を読め」という大人はけっこういた。

毎日古本屋に行き、何かしらの本を買う。お金がないときは三冊百円五冊百円の均一台の文庫を買った。アパートの部屋の壁が本に埋まり、台所や玄関にも本が溢れた。古本に取り憑かれ、まわりが見えなくなっていた時期もある。

『暖かい本』をはじめて読んだのもそのころだ。「集書に熱中するあまり、玩物喪志の弊に陥らないこと、阿漕な振舞に及ばないこと、この二つだけは心して来たつもり」云々という文章にはっとさせられた。

昔は古書会館やデパート展の初日は、殺伐としていた。よく突き飛ばされたり、怒鳴られたりもした。

もしかしたら自分もそういう古本マニアになってしまうかもしれない。そうはなりたくなかった。

わたしが古書展二日目派になったのはそういう理由もある。また稲生典太郎の「北京の一万冊」には及ばないが、わたしも二十代から三十代にかけてアパートの立ち退きを二度経験し、蔵書の大半を手放すはめに陥った。古本コレクターの道を諦めた結果、やる気のない読書家になってしまった。

とはいえ、即売会の最終日に古本猛者たちが通りすぎた後の隙間だらけの棚を眺めていると、「我ながら腑甲斐ない」という気持になる。

横井庄一に学ぶ健康術

『小説すばる』二〇〇八年一月号からひっそりとスタートした「古書古書話」が今月号で百回目を迎えた。

初心忘るべからず……第一回目は何だったかなと確かめると、横井庄一著『無事がいちばん不景気なんかこわくない』（中央公論社、一九八三年）を紹介していた。

そのころのわたしは横井庄一ブームだったのである。飲み屋でもしょっちゅう横井さんの話をしていた（今でもたまにします）。

この本は高円寺の「ZQ」という古本屋で買った。ZQは変なタレント本やプロレスの本などが売られていて、CDも充実していたのだが、今はもうない。深夜一時すぎまで営業していた古本屋で大好きな店だった。

横井庄一は一九一五年三月三十一日生まれ。一九四四年三月にグアム島に上陸し、日本の敗戦を知らないまま、一九七二年一月二十四日に〝発見〟されるまでの約二十八年間、ジャングルの中を彷徨っていた。

帰国後の記者会見の第一声「恥ずかしながら、帰ってまいりました」はその年の流行語にもなっている（「恥ずかしながら生きながらえておりました」など諸説あり）。

ジャングルではお金があっても役に立たないし、病院も薬もない。水や野菜はかならず火を通した。草に毒があるかないかは「虫や鹿が食べるかどうか」で見分けた。

ジャングルでもっとも貴重品だったのはワイングラスを割って作ったレンズである。レンズがあると簡単に火が起こせるからだ。

『無事がいちばん』を読み、「生き延びる」ための知恵や技術に深い感銘を受けたわたしは横井庄一に関する著作を集めるようになった。

中でも『自然に生きる　横井庄一氏が語る28年の生活』（社会保険新報社）は珍しい本かもしれない。

縦よりもすこし横に長い大判の本でカラーのイラストや写真もふんだんに使われている。しかし刊行年は記されていない。文中に「帰国して一年」という箇所があったので、一九七三年ごろの本だろう。おそらく健康保険組合向けに配布した本で、カバー付のものもあるのかもしれない。そのあたりの事情を知っている人がいたら教えてほしい。

なお、版元の社会保険新報社は二〇〇九年に倒産している。

『自然に生きる』は三部構成で第一部は横井さんの語りおろし、第二部と第三部は、横井さんの健康や衣食住について、医学や生活の専門家がそれぞれの見解を述べている。

二十八年ちかくにわたって、ジャングルでサバイバルを続けた横井さんは生活の知恵の宝庫だった。

「生活道具は全部自給自足で、フェデリコやハゴの木の皮の繊維で作った網で魚をすくい、竹製のビクに入れて持って帰る」

食器は割ったヤシの実を使い、軍隊にいたときの水筒を割って煮炊き用の鍋にした。

横井さんは軍隊に入るまでは洋服店の仕立職をしていた。ヤシの繊維を織って布を作り、服や袋やロープを作った。

手に職があったからこそ、二十八年もジャングルで生き延びることができたのだろう。「栄養のバランスとれた自然食」という項目では、ジャングルでは食塩がなかったが、横井さんは「獣は塩がなくても生きているのだから、獣と同じ物を食べていれば人間だって生きていられるはずだ」とおもっていた。

主な食料は、フェデリコ（ソテツ）、パンの実、パパイヤの木の根っこ、ヤシの実、ガマガエル、カタツムリ。川でウナギや川エビをとった。川エビは粉末にしてダシにつかうことが多かった。

「私は、あるものを栄養など考えずに食べていただけですが、お医者は栄養的にバランスがとれていたと言っておられます」

横井さんいわく「〝腹八分目〟が命の恩人」。腹八分目まで食べたら、残りはとっておいた。

帰国後の横井さんの健康状態は、極めて良好で、同世代の人たちと比べても老化していなかったらしい。

「私の体験からも『自然に帰り、自然に生きる』ということは、健康上、非常に大切なことだと思っています」

横井さんはジャングルで二度胃潰瘍になっているのだが、そのつど水筒にお湯を入れて腹をあたためて自力で治した。

ホラ穴生活、逃亡生活では塩分もとれないし、夜間行動が基本である。さらにひとりで獣のような生活を送りながらも、言葉を忘れず、社会性を失わなかった。

帰国後の横井さんの主治医だった精神科医は、「戦後物資の足りなかった頃は神経症患者が少なくて、物が豊かになって神経症患者がふえ出しました。つまり不満の重圧がかかっている状態のほうが人間は安定している一面もあるわけです」と語っている。

『無事がいちばん』には、「退屈と孤独をまぎらわすために、動物とつきあうようになりました」とある。

横井さんは小ネズミや小鳥を飼っていた。ネズミに川エビを与えると、殻を残して身だけを食べる。小ネズミは大きくなったら食べるつもりだったが、その前に逃げられた。鳥の巣をのぞき、卵からヒナにかえった様子を見ると、その日はなんとなく嬉しくなった。

「人間の喜びなんて、どこにでもころがっているものです」

逃亡生活中、何度となく、窮地に陥っているにもかかわらず、横井さんの語り口は終始穏やかである。

そのあたりに横井さんの健康の秘訣があったようにもおもえる。

横井庄一が亡くなったのは一九九七年九月二十二日。享年八十二。

晩年の父の読書

今年の五月末に父が亡くなった。七十四歳だった。父は自動車の部品の型枠を作る工場で働いていた。仕事から帰ってくると酒を飲んで本を読んで寝る。

会社を定年になってからも七十歳まで熟練工として週四日くらい工場に通っていた。とにかく無口で父とは会話らしい会話をした記憶がほとんどない。ただし読書傾向はけっこう重なっている。父もエッセイやコラムが好きだった。

わたしは一九八九年の春に上京したので二十七年以上、親と離れて暮らしている。たまに帰省すると、父の本棚をチェックする。

晩年の父は江國滋の本を愛読していた。

今、江國滋の本は、新刊ではほとんど入手できない。おそらくブックオフのイオンモール鈴鹿店（旧・ベルシティ）で買ったにちがいない。帰省すると、父の運転する車でブックオフに連れていってもらった。それまで父は古本とは無縁の生活を送っていた。

イオンモールのブックオフが二〇一四年の夏に閉店したとき、「白子にもブックオフがあるよ」と父に教えた。

父は週三、四冊くらいのペースで本を読んでいたのではないか。工場での重労働によるからだの疲れとバランスをとるために本を読んでいたのかもしれない。

二〇一一年の秋、父は七十歳のときに癌の告知を受けた。いろいろ癌に関する本を読んでいるうちに『おい癌め酌みかはさうぜ秋の酒　江國滋闘病日記』（新潮社、一九九七年／新潮文庫、二〇〇〇年）を知ったのだろう。それから江國滋に興味を持ち、落語や俳句の本、旅行記なども揃えていた。

昔から父はひとりの作家を好きになると、ずっとその作家の本を読み続けていた。そういうところもわたしは父に似た。

地元のブックオフでは入手しづらいとおもわれる『男性作法』（旺文社文庫、一九八二年）を送ったら、本の感想を滅多に語らない父が珍しく「おもしろかった」といった。

江國滋は一九三四年八月十四日生まれ。

一九九七年二月に食道癌の宣告を受け、同年八月十日に亡くなった。享年六十二。

闘病中、江國滋は大学ノート十一冊の日記と五百句以上の俳句を書いていた。一九六九年から小沢昭一、永六輔らと東京やなぎ句会を結成し、日本経済新聞の「日経俳壇」の選者もつとめていた。

俳号は滋酔郎――。

病院で検査をしたとき、医師の第一声は、「高見順です」。高見順も江國滋と同じ食道癌だった。

江國滋は癌を告知されてから退院するまで闘病俳句を作り続けようと決意する。

「この重大事態に、よく俳句など詠めるものだ、と人さまは感心してくれるかもしれないが、自分の本心は自分でわかっている。現実と相対する勇気がない上、何か考えはじめたら、どうしたって『死』に行きつく、それが怖いために、現実逃避のために、俳句を選んだというだけのことだと自覚している」

この日の日記のあと、江國滋はこんな句を作った。

「残寒やこの俺がこの俺が癌」

日記にはその日の食事や薬、治療の経過が克明に記される。

医師には「入院まで、ビール・酒はよろしい」「タバコは絶対に不可」といった説明を受ける。

江國さんはタバコをやめ、禁煙パイポをくわえる。

「何の効果もなし」

「ただただ、たばこが恋しい」

そういえば、晩年の父もタバコをやめ、禁煙パイポをくわえたり、ガムを嚙んだりしていた。ひょっとしたら「何の効果もなし」という一文にくすっと笑ったのではないか。

江國滋の随筆は、ボヤキが持ち味だった。

四月二十四日の日記には、ナースが用意したなまぬるいお茶を一口飲み、「ちっともうまくない。感動もない」と綴る。

「『まずいお茶』などといってはバチが当たる――と自分に言い聞かせるものの、まずいものはまずい」

見舞客に手術のあれこれをおもしろおかしく披露し、「ほとんど〝芸〟になりかかっている」。江國滋の闘病日記を父はどんな気持で読んだのだろう。

父は、手術をはじめ抗がん剤や放射線治療など、医師がすすめる治療をすべて断っていた。江國滋のような「闘病」はしなかった。

最後の入院（緩和ケア）のときはかなり衰弱していたが、入院する二週間前までは近所を散歩したり、本を読んだりしていた。

父が亡くなる一週間前の古書展でわたしは江國滋の『にっちもさっちも』（朝日新聞社、一九七八年）を買った。今度、見舞いに行くとき、手渡そうとおもっていた。

冒頭のエッセイ「からくれないの」にこんな文章があった。

俳句をはじめて十年、ちっともうまくならないという愚痴を綴り、そして――。

「いっそのこと、病気にでもなって、入院でもして、手術の一つでも受けたら、あッとおどろくような病床名句があとからあとから雲のごとくわいてくるかもしれない。子規を見よ、三鬼を見よ、波郷を見よ。すぐれた俳人のすぐれた俳句はみんな病床から生まれているではないか」曰く「名句は病床から」。

この文章を書いてから約二十年後、江國滋は入院し、あッとおどろくような名句を作り続けた。すぐれた小言まじりの日記も。

父が読めなかった江國滋の本を読む。

亡き父の分まで酒と読書の日々を送りたい。

2016.9

池上鈍魚庵物語

高校時代から三十年ちかく古本屋通いを続けているが、いまだに芥川賞作家でもよく知らない人がけっこういる。

長谷健もそのひとりだ。名前は知っていたが、作品を読んだことがなかった。

一九〇四年福岡生まれ。小学校の先生をしながら同人誌などに小説を発表し、一九三九年に『あさくさの子供』で第九回芥川賞を受賞している。

長谷健の名は同郷の作家火野葦平とともに語られることが多い。

ふたりは『九州文学』の同人だった。

火野葦平は一九〇七年生まれ。『麦と兵隊』など、兵隊三部作を書いたベストセラー作家であり、一九三七年に『糞尿譚』で第六回芥川賞受賞——。

戦後、売れっ子の火野葦平は福岡と東京を行き来する生活をしていた。

長谷健の『當世怪談集』（河出新書、一九五六年）は長谷健と火野葦平がいっしょに暮らしていた「鈍魚庵《どんこあん》」を舞台にしたユーモア小説である。火野葦平は実名で登場する。

昭和三十年代の河出新書は小説や随筆が充実している。

小説の舞台は大田区池上界隈——。

かつて馬込文士村と呼ばれていたところだ。

染谷孝哉著『大田文学地図』（蒼海出版、一九七一年）の「酒友　長谷健と火野葦平」によれば、戦災で池袋の家が焼けた長谷健は、なけなしの金をはたいて大田区池上に家を買い、東京での宿舎に困っていた火野葦平を連れてきたそうだ。その恩に報いるかのように火野葦平は生活に困窮していた長谷健を助け続けた。

「長谷健と火野葦平の良き酒友は、三年ほどの共同生活の間に、池上界隈にさまざまな武勇伝やら酔虎伝やらを残していった」

彼らが共同生活をしていたのは一九四九年から一九五二年くらい。その後、火野葦平は阿佐ケ谷に引っ越した。彼は阿佐ケ谷の家も「鈍魚庵」と名づけている。

『當世怪談集』には、東京での住居に困っていた長谷健と火野葦平のために建築設計家の緒方一三が池上の家を譲ってくれたとある。

長谷健と火野葦平が暮らす「鈍魚庵」には次から次へと珍客が訪れる。「怪夫婦の巻」では、『九州文学』ならぬ『西方文学」の同人で「肉体の秋」という代表作を持つ関根直が「なめくじ夫人」と呼ばれる妻を連れて上京し、「鈍魚庵」に住み込むのだが、毎晩のように夫婦喧嘩をくりかえし、周囲を閉口させる。

関根はすでに三度結婚していて「なめくじ夫人」は四度目の妻。初婚の妻は女性に淡泊になってしまった夫が許せない。それが喧嘩の原因である。

ちなみに『九州文学』の同人には矢野朗という作家がいて、代表作「肉体の秋」は芥川賞候補（第十回）になっている。おそらく関根直のモデルは彼だろう。

さらに『當世怪談集』は、「怪女房の巻」「怪紳士の巻」「怪女中の巻」「怪作家の巻」「怪女優の巻」「怪青年の巻」「怪女給の巻」と続く。「怪作家の巻」では、佐賀の中学を出て警察署で給仕をしている作家志望の青年から弟子入り志願の誤字脱字だらけの手紙が届く。その手紙には「たとい火野先生程にはなれなくとも、長谷先生位にはなりたいと思いますが、どうでしょうか」となんとも失礼な一文が……。

これまでも鈍魚庵には作家志望の若者が頻繁に訪れていた。みな、家出同然の身だ。ある少女は郷里の家に連絡したら青酸カリを飲むと脅し、そのまま住み込んだ。佐賀から手紙を送った青年も「おれは、ほんとは親父とけんかして、来とるとけ、誰がさがしに来ても、教えんでもらわんと、困りますと……若し教えたら、これやけん……」と髪剃刀《かみそり》を見せる。

長谷健は人がよくてなかなか断れない。結局、青年の就職先が決まるまで面倒をみることになり、彼の職探しに奔走するのだが、仕事はなかなか決まらない。

そうこうするうちに、青酸カリの少女と髪剃刀の青年が恋仲になってしまう。

長谷健は九州にいる火野葦平と電報でこんなやりとりをする。

「カミソリトセイサンカリニハホトホトテコズ　ツタ」ハセ
「カミソリトセイサンカリヲモトニカエセ」アシヘイ
『當世怪談集』は、題に「怪談」の文字が入っているが、怖い話というわけではない。

長谷健と火野葦平のふたりが怖れていたのは妻だった。

火野葦平は『鈍魚の舌』（創元社、一九五二年）という随筆集で「恐妻会」「再び恐妻会について」「三たび恐妻会について」と恐妻ネタをくりかえし書いている。

酒好きの長谷健は酔っぱらって家に帰ると、妻に碁石をぶつけられた。その間、長谷健はひたすら防御に徹し、喧嘩が終わると、散らばった碁石を片づけていたらしい。

「私も長谷も恐妻会のオルグだが、会員は幾何級数的に増えるばかりだ。しかし、恐妻会は秘密結社であるから、会員名簿を公表するわけにはいかない」

また『當世怪談集』に登場する関根直のモデルとおもわれる矢野朗は『鈍魚の舌』にもしばしば出てくる。火野葦平は「嫌色一代男」と題した随筆で矢野朗を「十四歳で、淋病になった」「四人の女房をとりかへたが、晩年は女房を満足させることのできない身体になつてゐた」などと暴露している。

長谷健、火野葦平の共同生活をもっと知りたいが、ふたりに散々なことを書かれた矢野朗のことも気になる。一段落したら「肉体の秋」を読んでみたい。

人生相談は時代を映す鏡

古本屋で買った本は、すぐ読むとは限らない。忘れたころに自分でもなんで買ったのかわからない本を読むのも味わい深いものだ。

二年前の秋、フリーランスの書店員兼編集者の郷里の長野に稲刈りを手伝いに行った。それから長野駅周辺の古本屋を何軒かまわり、「団地堂」という、本とガラクタが雑然と並んだ不思議な雰囲気の店で『人生相談　'70年代をいかに生きるか』（佼成出版社、一九七〇年）という本を買った。

「何かいい本あった？」と訊かれたとき、この本を出したらウケるかなと……。すっかり忘れていたのだが、本を手にすると旅の記憶が甦ってくる。

まず目を引いたのは本の扉の「すいせんします」の豪華な顔ぶれだ。

「人生相談、身の上相談は、大衆社会時代における、大衆の微妙な『人間的コミュニケーション』への希求のあらわれだと私は思う。（中略）人生相談がもう一度見なおされなければならない時代である」（小松左京）

「身の上相談の発生は、明治十九年九月号の『女学雑誌』であるとか。（中略）いまここに優れた解答者を網羅した『身の上相談』の原典が登場した」（楠本憲吉）

「現代人の直面する問題点や各種の悩みを分類し、それぞれの分野での最高権威者の具体的で親切な回答を求めたものだ」（大宅壮一）

「現代ほど悩みの多い時代はなかろう。（中略）この本は、現代を生きる人びとの典型的な悩みに有識者が答えた『人生の書』である」（入江徳郎）

本書は、「生きがい」「孤独」「性のモラル」「結婚」「お金」「くらし」「親と子」「不安」というテーマ別の相談にたいし、作家、評論家、学者、企業家、宗教家が対談（座談会）形式で答える。回答者は、小林茂、紀野一義、草柳大蔵、松下寛、白石浩一、俵萠子、遠藤周作、上坂冬子、土岐雄三、庭野日鑛、内田昌孝、戸頃重基、大和勇三、伊藤桂一、高田敏子、本多顕彰、宮城音弥、会田雄次、梅原猛ら十九人。

二十七歳のサラリーマンの「童貞であることへのあせり」という相談は、年下の女の子とデートし、彼女のアパートで二人っきりになったのに手も握らずにいたら「あんた、まだ女を知らないのね、不潔よ」と突き飛ばされたエピソードを告白する。それにたいし、白石浩一と俵萠子は「相手がわるかった」「ふさわしい女性はかならずいる」と慰め、「童貞であることはむしろ誇り」と励ます。

また「結婚」に関する悩みには、遠藤周作と上坂冬子が答えているのだが、全文紹介したいくらい読みごたえがある。

「結婚したいが金がない」という二十九歳の印刷工は、貯金が十万円になったらプロポーズしようと決めていたのだが、相手の女性に他の人と結婚するといわれた。男性は、病弱な母と高校生の妹のために手取り五万円の給料のうち、四万円を家計に入れている。

上坂冬子は「当分は貧乏暮らしだけど、それでよかったらついてこい……みたいな迫力というか自信を持つことが必要でしょうね」、遠藤周作は「今は苦しいけど、妹が学校を卒業するまで三年間は共かせぎしてくれ、あとはオレががん張る、という根性ですね。こういうファイト、自信みたいなものが、十万円のおカネより、よっぽど女性には魅力だと思うんですがね」と答える。

三十一歳で家業のお菓子屋を手伝う「婚期を逸したわたし」の女性は、兄が京大卒、弟が慶大卒のエリートという理由から「学歴も低く、将来性もない男性とは結婚したくない」と相談する。今のインターネットの掲示板でこんな投稿があったら、即「釣り」認定されそうな内容である。

遠藤周作は、「わたしは男性側に立ってモノを考えますとね、こういう見栄っ張りなところは、やはり直さなければいけないと思いますよ」と釘をさすが、上坂冬子は、エリートと結婚したいという理想を曲げたくないなら「その自尊心を武器として独身でも生きていけるみたいな、そんな強さを持てばいい」と、夢を追うのであれば、生活の基盤を作れと助言する。

対談（座談会）形式の人生相談は、回答がひとつに振り切れないよさがある。あまりにも意見がバラバラで混乱することもあるかもしれないが、恋愛や結婚の相談は、同性と異性の意見が両論併記されることでより的確なアドバイスにつながる。今でも十分通用するいい企画だとおもう。

一九七〇年十月に刊行された本だが、相談内容はお金、夫婦、親と子の諍い、「なんのために生きているのだろう」という漠然とした不安、老後の心配など、今も昔も変わらぬ悩みが収録されている。中には「全学連に走ったムスコが心配」といった時代を感じさせる相談もある。「全学連」は、全日本学生自治会総連合の略。ちょうど一九七〇年あたりは学生運動のピークだったんですね。

東京で学生運動をしている我が子を心配する新潟の五十歳の母親にたいし、回答者は「多くの人は、社会人になると、ガラリと変わるんですよ」（宮城音弥）、「平凡なサラリーマンと化してしまうのですね」（土岐雄三）と楽観している。

人生相談の本を読んでいると、相談者のその後がどうなったのか知りたくなる。二十九歳の印刷工の男性やエリートと結婚したい三十一歳の女性はどうしているのかなあ。ご健在なら今、七十代か。幸せになっていればいいのだが。

かけだしのライターだったころ、元「全学連」の編集者がけっこういて、飲み屋でしょっちゅう説教されたこともおもいだした。「古本ばかり読んでいないで、もっと今の現実と向き合え」って……。

陶工は息が長い

高円寺の西部古書会館で皿を買った。かれこれ半年くらい、炒飯や焼きそば用の皿を探していたのだが、ようやく理想のサイズと色のものが見つかった。五百円。

古書市や古書展では皿や茶碗、民芸品（こけし）などがよく出品される。自慢ではないが、わたしはラジオや電気ポットや小型の掃除機、双眼鏡なども古書会館で買っている。

それはさておき、すこし前に常世田令子著『土と焔の青春　やきものに憑かれた若者を追う』（白金書房、一九七五年）という本を読んだ。こんなに一心不乱に頁をめくったのは久しぶりである。

装丁は田中一光、カバー版画は原田維夫。田中一光は日本を代表するグラフィックデザイナーでＬＯＦＴや無印良品のロゴタイプなども手がけている。原田維夫は、挿絵を担当した作家が次々と文学賞を受賞し、「文学賞請負人」ともいわれる版画家である。

この本は、備前、丹波、信楽、越前、瀬戸、常滑の「六古窯」の窯場で働く二十代から三十代前半の陶芸家たちを取材したルポルタージュ。

「沖縄、あの熱い島。榕樹《がじゅまる》の木陰の南蛮鉄砲窯で、私は一人の若者に会った。くずれ落ちかかった赤丸瓦と白い漆喰の屋根の下で、彼は泥にまみれて終日ろくろをまわし、職人たちにまじって静かに土をかたちづくっていた。そして、読みたい古本を手に入れる僅かの金さえも持っていなかった」

備前焼の清水政幸さん（三十一歳＝当時）は師匠のもとで八年修行しながら、自分の窯を作っている。自分の火で自分のやきものを焼く。煉瓦や薪、土もすこしずつ集めた。

三十歳で独立し、結婚——。

「結婚したって翌日から家建て、窯築き、土台から二人で働いて仕事場の土間をたたいて、もうくたくた、毎日けんかしてました」

修行中は真剣に雑用をこなした。薪をくずれないように積む。薪の重さや乾燥して形が変わることも計算した。自分の火となる薪を知っているかどうか。その差は作品にかならず出る。土づくりもそう。ろくろを回す時間は一日二時間くらいだった。

映画もネオンもなく、異性との接点もほとんどなかった修行時代をふりかえり、清水さんはこんなふうに語る。

「じっとじっと抑えてどうにも抑え切れなくなったときの爆発力、それが本当のものをつくる力じゃないか、と思うんですね。（中略）欲望を次々と満たしてゆくのも一つの勉強でしょうが、欲望を力いっぱい抑えるのも勉強です。これは僕の信念です」

同じく備前焼の駒形節男さん（三十歳＝当時）の半生もおもしろい。

東京の大学に進学するも、能面に魅了され、野村万蔵師の弟子になろうとしたが、きっぱり断られてしまう。それからやきものをやろうと備前を訪れる。その後、沖縄の壺屋を拠点に萩、苗代川、唐津などで修行し、再び備前に戻った。

「旅をしているときって、何から何まで全部捨ててきちゃってるんでしょ、何もないからもう、することっていえば拾うことだけなのよね。守るもの何にもないんだから、これがまた何でも拾えちゃうのよね。あはは、着るものから食べるものから、ね、ほんと」

食うや食わずの貧乏旅で苦労した駒形さんは自分の家に旅の人が来たら、一畳でも半畳でも寝る場所を作ってあげたいという。

その後、清水さんも駒形さん（現在は駒形九磨）もそれぞれ備前焼作家として一家をなしている。

著者が前途有望な若手陶芸家を選んで取材したからかもしれないが、この本の目次に出ている十一人の名前を検索すると、丹波焼の清水千代市、信楽焼の沢（澤）清嗣、小林弘幸（勇超）、越前焼の五島哲、瀬戸で修行後、熊本で独自の陶磁器を作り続ける前田和、常滑焼の小川孝二、平野祐一が今なお陶工として活躍していることがわかった。前出の清水さん、駒形さんを合わせると、十一人中九人（消息不明の人は改名している可能性もある）が現役続行中なのだ。まさかの八割超。四十年以上前の本で、こんな結果が出るとはおもわなかった。

以前、七〇年代に起業した若者たちを取材した本を読んだとき、今もその会社や店が残っているかどうか調べたら、一割にも満たなかった。

そう考えると、陶芸、神ってる（この言葉、四十年後にも通じるだろうか……）。

たしかに、修行は厳しい。窓のない三畳間に住み、寝る間を惜しんで勉強した職人もいれば、就職した友人たちと酒を飲むと自分だけ金がなくて情けないと語った職人もいる。よそ者に厳しい土地もある。いい土を手に入れるのも一苦労だ。でも、ギリギリの生活をくぐり抜けた人は強い。

常滑焼の小川孝二さんの言葉も興味深かった。

「つくり、いうて頭でするもんじゃなくて、手ていうか体ぜんたい、人間ぜんたいでつくるもんなんやね」

こうした感覚は、何度も何度も失敗をくりかえし、体得するしかない。

常世田さんは、窯場に魅かれる若者たちの取材を経て、こんな感慨を述べる。

「やきものというのはどうも、そうなまやさしいものではなさそうである。あれは取り憑くというではないか、取り憑かれるだろうと思う。取り憑かれたら最後、それは業《ごう》となって、明快な分別とは逆へ逆へと引きずりこむだろう」

やきもの、おそるべし。

わたしも取り憑かれるくらい古本にのめりこみたいものだ。

皿を買って喜んでいる場合ではない。

三十年前の東京ガイド

中年になると、二十年くらい前のことが、つい最近のようにおもえる。古本にしても、九〇年代に刊行された本の大半は新刊書店で品切になっているにもかかわらず、新しい本のように感じる。

ところが、三十年前の本になると〝古本感〟が出てくるから不思議だ（あくまでも個人の感想です）。

すこし前に古本屋で『便利本（'87年版）』（小学館、一九八七年）という本を買った。副題は「東京暮らしのじてん」とある。つまり、三十年前の東京のガイドブック兼一人暮らしのマニュアル本である。

長年、わたしは「東京暮らし本」を集めている。こういう実用書は古書価が付かない。ゆえに、探すとなると、けっこうたいへんなのだ（古本屋に売らずに捨ててしまう人が多い）。

目次を見ると「おっシャレーでいたい」「アーバンライフの基礎知識」「食べたいものが美味」「友達をなくさない交際法」「なにか面白いことない？」「ショップが面白い」「東京カントリー」など、東京のマップやお店の情報、実用ネタが収録されている。

「おっシャレーでいたい」は、原宿や青山のマップ、ＤＣブランドショップやシティホテル徹底ガイドなどが紹介されているのだが、「もっとマリンスポーツ」という項目で「ヨットのオーナーをめざすなら仲間との共同購入がベスト」という見出しが……。

これが「バブル」というやつか。

また「充実のナイトライフ」では「今、一番注目されているゲーム、ビリヤード」「ナイター・テニスでオシャレ人間に」という記事がある。「眺めが美しいレストラン」では「東京ろまん・女心にせまる店」として、羽田東急ホテル（二〇〇四年閉鎖、解体）のバーを推している。「空港とジェット機の灯がキラキラする中での食事となれば、もう女の子の心は揺れることまちがいなし！」

そして八〇年代の「ナイトライフ」といえば、ディスコは欠かせない。

「今夜はビシッときめてみたい　いざ、アダルトディスコへくり出そう！」

ディスコに行く場合は「サンダルばきやGパンのような軽装はダメ、男性のノーネクタイもダメ」と注意する。当時のディスコは「ドレスコード（服装チェック）」が厳しく、ラフな格好だと入店お断りだった。

また「アーバンライフの基礎知識」の「歌舞伎町探検」は風俗初心者向けの記事で、「今、評判の店リスト」にはソープランド、ファッションヘルス、のぞき、テレクラ、キャバクラなど、新宿の風俗店の店名と電話番号と料金が載っている。

「なにか面白いことない？」の「高額アルバイト」の項には「裏ビデオ、裏本のモデル」（一回十万～三十万円）など、怪しいバイト情報（さすがに詳しい連絡先は記されていない）あり。

いっぽう「家事便利メモ」では「トックリは卵の殻で洗う」「桟や窓わくにロウをぬってお
く」「やかんで冷ごはんを蒸す」などの実用ネタが満載だ。

風俗情報とおばあちゃんの知恵袋みたいな情報が一冊の本の中に詰め込まれている。

さらに「避妊講座」「宝くじ必勝法」「般若心経のススメ」という記事があったり、痔の治療法でカタツムリを灰色に焼いて患部につけるといった民間療法を紹介していたりもする。カオスすぎる。

一人暮らしの本の定番ともいえる部屋探しの記事（「アパマン情報」）を読むと、一九八七年の東京の「人気の街」のトップは下北沢、その次が自由が丘とのこと。同記事の「下見のためのチェック・リスト」には「コンビニエンス・ストアが近くにある」という項目もあった。

今回、もっとも熟読したのは「在京球団応援ガイド」。当時の在京六球団（西武・日本ハム・ロッテ・巨人・ヤクルト・大洋）のファンの声を取り上げているのだが、西武ファンの「去年は大物ルーキー清原の大活躍、そして優勝。充実した1年でした」というコメントが泣かせる。同記事では、一九八八年完成予定の「後楽園エアードーム」という新球場についても触れているのだが、これは「東京ドーム」のことですね。

三十年前のガイドブックらしさを感じたのは「自分ネットワーク」と題した「パソコン通信」に関する章——。

「パソコン通信は、ひとことで言えば、パソコンと電話（回線）をつなぐことである」

当時は「草の根ＢＢＳ（電子掲示板）」が続々と誕生していた。

「人気ＢＢＳになると、アクセス（電話回線を介してパソコン同士がつながること）するまでエラい時間がかかる」

いっぽう「ＰＣ－ＶＡＮ」「ＡＳＣＩＩ　ＮＥＴ」など、企業が展開するパソコン通信が登場したのは八〇年代半ば。この本の刊行時には、日本最大のパソコン通信ネットワークの「ＡＳＣＩＩ　ＮＥＴ」で会員数は約二万人だった。知らなかったけど、知ってどうするという気にもなる。

三十年前の『便利本』の記事の九割くらいは、今、読んでも役に立たない。だが、そこがおもしろい。どんな本でも三十年くらいの歳月を経ると、貴重な時代資料になる。実用性を失った実用本の儚さを楽しむのも、古本の「おっシャレー」な読み方といえよう。

ちなみに、この『便利本』シリーズ、今のところ、「’86年版」と「’87年版」、タイトルが変更された『東京暮らし便利本　’88年版』の三冊（いずれも小学館）は入手済なのだが、他の版もあるのかどうかは現在調査中である。

『漫画少年』という雑誌があった

先月、富山県の高岡市に行ってきた。金沢の知り合いのミュージシャンのライブを見に行き、その帰りに途中下車したのだ。

高岡は藤子不二雄（安孫子素雄・藤本弘）のふたりが育った町だ。長年のファンとしては、高岡はいちどは行ってみたいとおもっていた土地だった。藤子不二雄Ⓐの『まんが道』でおなじみの高岡大仏も参拝し、高岡古城公園へ。

高岡を訪ねたあと、新潟に足をのばした。

新潟はトキワ荘のリーダーの「テラさん」こと寺田ヒロオの出身地。赤塚不二夫（生まれは満州）も新潟にいた。昔から新潟は漫画家を多数輩出している県だ。冬のあいだ、雪で外に出られず、子どものころから家にこもって漫画を描いているから……という説があるのだが、たぶん、ウソだとおもう。

それはさておき、二十代から三十代にかけて、わたしはトキワ荘関係の資料を蒐集していた。そのとき、なかなか見つけられなかったのが、寺田ヒロオ編著『「漫画少年」史』（湘南出版社、一九八一年）である。

梶井純著『トキワ荘の時代　寺田ヒロオのまんが道』（筑摩書房、一九九三年）を読み、『「漫画少年」史』の存在を知った。九〇年代半ばにはすでに幻の本になっていた。今、インターネットの古本屋の相場だと、一万五千円くらい。

寺田ヒロオは一九三一年新潟県西蒲原郡巻町（現・新潟市西蒲区）の生まれ。代表作に『スポーツマン金太郎』『背番号0』などがある。もともと野球少年で、漫画家になる前は、電電公社（現・NTT）の社会人野球チームの投手をしていた。

「『漫画少年』には、昭和二十三年四月号に出合った。

一読、『これぞ理想の雑誌』と感動」（寺田ヒロオ『漫画つうしんぼ』前後」／『「漫画少年」史』より）

『漫画少年』は一九四七年十二月創刊——。

若き漫画家たちの登龍門だった学童社の漫画誌である。

それから五年後の一九五三年、寺田ヒロオは漫画家を目指し、新潟から上京し、当時、手塚治虫が住んでいたトキワ荘に入居する。

藤子不二雄Ⓐの『まんが道』でおなじみのトキワ荘のメンバーが、キャベツ炒めをつまみに焼酎をサイダーで割った「チューダー」を飲む「チューダー・パーティ」を考案したのも寺田ヒロオである。

『「漫画少年」史』は、第一章が『漫画少年』の代表作品の復刻、第二章が「思い出の文集」、第三章が「全巻作品目録集」。

当時の『漫画少年』は、漫画だけでなく、佐藤紅緑、吉川英治、菊池寛、下村湖人といった人気作家の読み切り小説も掲載していた。手塚治虫の「ジャングル大帝」も同誌の連載である。

第二章では『漫画少年』の元編集者、アルバイト、トキワ荘のメンバーのほか、投稿者だった詩人の清水哲男、作家の眉村卓、グラフィックデザイナーの田名網敬一、横尾忠則、絵本作家で画家の田島征三といった人たちが文章を寄せている。「投稿漫画入選」の欄を見ていたら、楳図一雄（＝楳図かずお）やイラストレーターの黒田征太郎の名前もある。さらに大林宣彦、小松左京、筒井康隆、篠山紀信、和田誠といった名だたる顔ぶれもかつて『漫画少年』の投稿者だった。

しかし数々の才能を世に出した『漫画少年』は一九五五年十月号で休刊してしまう。『「漫画少年」史』巻末の「編著者個人史」には「昭和四十年頃から、白い紙より白い雲に乗ることが多くなり、ひとり旅に溺れる」も「突如『漫画少年』消滅の危機を感じて誌史編纂に狂奔」とある。

寺田ヒロオは『漫画少年』全一〇一号を集め、その記録をとりはじめる。

川本三郎著『時には漫画の話を』（小学館、二〇一二年）に「『テラさん』の残した夢——寺田ヒロオ」というエッセイがある。

一九九六年、川本さんは市川準監督の映画『トキワ荘の青春』（劇場公開は同年三月）の試写会でたまたま女性と隣り合わせになる。寺田ヒロオの妻・旺子さんだった（作曲家の中村八大の実妹）。

「不器用なかわいそうな人です。まわりは皆さん、天才ばかりでしたし」

晩年の寺田ヒロオは漫画を描くのをやめ、酒びたりになり、一九九二年九月二十四日に六十一歳で亡くなっている。

前出の梶井純著『トキワ荘の時代』の終章「最後に『漫画少年史』」には、寺田ヒロオの執念の編集作業の様子が記されている。

「借り集めた貴重な全巻が手元にそろったのは一九八〇年の終わり近く、冬が迫っていた。（中略）寺田は、もし火災によってこの一〇一冊を失いでもしたら取り返しのつかないことになるのをおそれ、その冬は自宅で石油ストーブを使うのをやめた」

一九八一年四月、『「漫画少年」史』刊行。奇しくも同じころ『2年B組仙八先生』の放映がはじまり、ドラマに出演していた三人がシブがき隊（布川敏和、本木雅弘、薬丸裕英）を結成する。そして十五年後、本木雅弘は『トキワ荘の青春』で寺田ヒロオの役を演じることになる。

寺田ヒロオの娘の紀子さんは「驚きました。父のような地味な人間が主役なんですから」といっていたそうだ（『時には漫画の話を』より）。

わたしが持っている『トキワ荘の青春』のビデオ（古本屋で買った）には「追悼　藤子・F・不二雄」というシールが貼ってある。F先生は一九九六年九月二十三日に亡くなった。享年六十二。

新潟から帰ってきて、久々に『トキワ荘の青春』を観ようとおもったら、ビデオデッキが壊れていた。

2017.5

神戸はミステリーと古本の町

本棚の整理をしていたら、陳舜臣著『神戸というまち』（至誠堂新書、一九六五年）が出てきた。「今、インターネットの古本屋だといくらくらいだろう?」と検索してみたら、予想外の値段がついていた。

日本の古本屋が五〜六千円、アマゾンの中古本が八千九百円（二〇一七年三月末）。

わたしが持っているのは二刷（一九六九年二月）でカバー、帯付。

『神戸というまち』は、神戸の風土文化史＋ガイドブックといったかんじの本なのだが、神戸にいた作家の話や当時の古本屋事情も綴られている。

神戸市生まれの推理作家の西田政治、横溝正史らのグループは、若いころ、古本屋で海外の探偵小説を物色していた。

「神戸には在留外人も多く、外人旅行客でも、ホテルで本を読みすてる者がいた。また外国船で船内図書室の本が古くなると、神戸で払い下げることもある。そんなわけで、神戸の古本屋には、外国の通俗小説類がかなり多かった」

大正末、大阪にいた江戸川乱歩は、関西在住の同好の士を紹介してもらうため、探偵小説雑誌『新青年』の編集長だった森下雨村に手紙を出した。そして西田政治、横溝正史の住所を教えてもらった。

乱歩が西田の家を訪ねたのは一九二五年四月一日――。

そのとき探偵趣味の会が結成された。

「日本の推理小説が神戸ではじまったとはいわないが、神戸という町がミステリーと深い関係があったことはたしかである」

陳舜臣は、神戸でミステリーが盛んだったのは海外の小説が入手しやすかっただけでなく、神戸市民には「かわった趣向」を好む気質があると指摘する。

歴史小説作家の印象が強い陳舜臣だが、デビュー作は神戸が舞台の推理小説「枯草の根」である。この作品は一九六一年に江戸川乱歩賞を受賞している。学生時代からミステリーと古本屋めぐりが好きだった。

「神戸駅前には、ときどき雑誌のバック・ナンバーで掘出物のみつかる店がある。

元町にはいって、まず五丁目に三軒ある。この三軒はそれぞれ特色をもっている。俳諧関係につよい店、国文学関係につよい店、そしてH館の古書部は文人墨客的なにおいが濃厚なようだ。

四丁目には二軒ある。西のM書店の棚には演劇関係の本がならんでいるが、これは主人がかつて演劇運動に熱心だったからであろう。もう一軒のM書院は、いかにも古本屋らしい古本屋である」

五丁目の俳諧関係の店は俳文堂、国文学関係は黒木書店だろう。H館の古書部は宝文館書店古書部。四丁目のM書院は元町書院、演劇関係のM書店は……わからない。

さらに三丁目にはセンター街から移ってきた古本屋があり、センター街にはG書店とA書房の二軒の古本屋があった。G書店は神戸でもっとも大きい古本屋だったという。

以上が一九六〇年代の陳舜臣の神戸の古本屋巡回ルートである。センター街のG書店は、三宮センター街の後藤書店にちがいない。創業明治四十三年の神戸を代表する古本屋だったが、残念ながら二〇〇八年一月に閉店した。A書房はあかつき書房か。

「いまのセンター街から生田神社にむかう筋にも、戦前は朝倉書店というかなり大きな古本屋と、洋書専門のロゴス書店があった。昭和十六年ごろ、朝倉に『謹んで谷崎潤一郎先生に呈す』と書きこまれた本が、ずいぶんならんだことがある。当時、岡本にいた谷崎潤一郎が、集まりすぎた献本を処分したのであろう」

若き日の陳舜臣が、朝倉書店で本を見ていたら、店員が来て「立ち読みもええ加減にせんかい」といわれたことがあった。

「それ以後、この店へ行くのはやめた。それまでしょっちゅう本を買っていた」

久しぶりに『神戸というまち』を手にとり、パラフィン紙をかけようと、カバーを外したところ、裏表紙にある作家の推薦文が印刷されていた。

「作家陳舜臣氏は私の学友であり、いまも詩文の友である。この感受性と学殖のゆたかな畏友について語るには、こういう短文はふさわしくない。(中略)神戸の語り手としては、陳氏以外の適任者はないだろう」

一瞬、自分の目を疑った。もともと至誠堂新書はビニールのカバー（ビニカバ）がついている。もしかしたら初版は表紙のカバーがなかったのかもしれない。

推薦文の筆者は司馬遼太郎である。

陳舜臣は一九二四年二月十八日生まれで、一九四一年に大阪外国語学校印度語学科（現・大阪大学外国語学部）に入学。司馬遼太郎は一九二三年八月七日生まれで、一九四二年に同学校の蒙古語学科に入学。

司馬遼太郎対談集『日本人を考える』（文春文庫）に所収の陳舜臣との対談（一九七〇年九月）では「どうも話しにくいな、外語で一年先輩というのは。（笑）それに陳さんは大変な秀才だったし……」と語っている。

さすがの司馬遼太郎も大学時代の〝先輩〟には頭が上がらなかったみたいだ。

『神戸というまち』の第二刷は一九六九年二月だから、陳舜臣が一九六八年に「青玉獅子香炉」で直木賞を受賞したことによって増刷が決まったのだろう。そのとき、新しいカバーと「直木賞受賞作家の郷土風物誌」と記された帯を付けた。その結果、司馬遼太郎の推薦文が隠されてしまった。

本を買ったら、とりあえずカバーを外してみること。『神戸というまち』を買ってから十年以上、司馬遼太郎の推薦文に気づかなかったのはちょっと悔しい。

シャーロキアンと「妖霊星」

古本好きは「古」という文字に反応しやすい。わたしも電車に乗ってぼーっと外を見ているときに「古木」とか「古市」といった看板が目に入ると、一瞬、「古本?」「古本市?」と見間違え、よくドキッとする。

五、六年前になるが、高円寺の古書会館で斉藤国治著『古天文学《こてんもんがく》の散歩道』(恒星社厚生閣、一九九二年)という本の背表紙を見たとき、「古天文学」を「古本文学」と勘違いし、おもわず手にとってしまった。

「古天文学」は、斉藤国治の造語で「古代人が残した天文遺跡・遺物、天文記録、文学、習俗などの文化遺産を現代の天文学によって検証し、真贋を判定する学問」のこと。

一九一三年生まれ。東京天文台(現・国立天文台)教授などを経て、退官後の一九七四年から「古天文学」の研究をはじめた。

『古天文学の散歩道』の第1章は「シャーロック・ホームズと天文学」。

斉藤氏は天文学者であると同時にシャーロキアンで「日本シャーロック・ホームズ・クラブ」の会員でもあった。ホームズは「自分にとって天文学は無用の長物である」と発言し、ワトソンはホームズの知識と能力の調査リストの一覧に「天文学についての知識　ゼロ」と記している（『緋色の研究』）。

シャーロキアンの斉藤氏は、ホームズの天文学の知識について「ワトソンの見解をそのまま受け入れるわけにはいかない」と反証を試みる。

「マスグレーヴ家の儀典書」の中に「それは天文学者のいわゆる個人誤差を勘定に入れなくてもよいのだからね」という一文がある。「個人誤差」とは「恒星の子午線経過を『目耳法』によって観測する天文学者の間で問題になった一種の系統誤差のこと」。斉藤氏からすれば、こうした専門術語を知っているホームズが「天文オンチ」とは考えられない。

また「ギリシャ語通訳」には、ワトソンとホームズが太陽の黄道傾斜角について議論する場面があるし、『恐怖の谷』でホームズは宿敵モリアーティ教授の著書『小惑星の力学』を「純粋数学の頂点」と評している。ほかにも専門家の「目」で深く細かくホームズ・シリーズの天文学に関する記述を読み解きながら、ホームズの「天文知識」が「ゼロ」でないことを証明していく。

『古天文学の散歩道』は『万葉集』『枕草子』『太平記』、芭蕉の俳句、中国の古典などの天文記事について考察した本なのだが、中でも第6章「『太平記』の妖霊星」が圧巻だ。

斉藤氏は「天王寺のや、ヨウレボシを見ばや」という記述に着目し、「ヨウレボシ=妖霊星」の謎に迫る。

「星の文学者」として知られる野尻抱影も「妖霊星」に興味を持っていたひとり。

野尻氏は『太平記』の「ヨウレボシ」の背後には、何らかの天上の異変があったのではないかと考えた。

鎌倉末期の一三二六年、北条高時は執権の職をゆずって、入道となり、一三三三年に自刃した。そうした史実をふまえて、野尻氏は「妖霊星」が出現した時期を「一三二六年から一三三三年までの間にしぼられる」と推測する。

そして「妖霊星」の第一候補を彗星とし、「元徳二年三月十九日（一三三〇年四月七日）、今夜彗星戌亥《いぬい》の方（北西）に出現。二十四日（四月十二日）、今夜も彗星出現」という『師守記《もろもりき》』の記録を挙げている。ただし、この彗星の記録は、元や高麗の史書に残っていないため、信憑性がないと自説を引っ込めてしまう。

また吉川英治は『私本太平記』で「ヨウレボシ」は「弱法師《よろぼし》」であり、「妖霊星」は、単なる聞き違いとする説を掲げた。

「弱法師とは能のいわゆる四番目の中の男物狂いに属する出し物の一つ」

「ヨウレボシ＝弱法師説」は古くは吉田東伍博士、高野辰之博士が唱えていた（吉川英治もそのことを附記している）。この説を知り、野尻氏も「弱法師説」に傾く。

だが、斉藤氏は、〝新説〟を提唱する。「妖霊星＝彗星」ではなく「妖霊星＝熒惑《けいこく》」と考えた。

『晋書』の「天文志」に「熒惑の運行は定めがない。出現すると戦がおこり、かくれると戦が止む」という記述がある。熒惑は火星の別称ですね。

鎌倉末期の火星の運行を調べると、一三二四年七月二十六日に「光度マイナス二・七等」の「大接近」があったことが判明する。

「日暮れから翌暁まで、火星は夜じゅう赤く輝いていたハズで、見る人にある種の恐怖心をおこさせたにちがいない」

明治十年（一八七七年）八月、九月――西南戦争の末期、薩摩軍が敗退し、城山に立てこもっていた時期にも「火星大接近」があった。当時の人々はその赤く輝く星を「西郷星」と名づけた。同年九月二十四日に西郷隆盛は自刃した。斉藤氏はこの史実から連想し、「妖霊星＝火星説」をおもいついた。

ちなみに『太平記』の妖霊星」の「追記」によると、第一番の弟子格の峰崎綾一に本書のコピーを送ったところ、一三二四年七月ほどの「大接近」ではないが、「一三三三年二月の接近の方が、高時自刃と同年であり、しかもそれより三〜四か月前の天変だから、ずっと迫力があるのではないか」という返信があったそうだ。

「筆者もまことにその通りだと思うので、感謝をこめて、ここに追記する次第である」

もともと斉藤氏は「定年後の趣味」のつもりで「古天文学」をはじめたのだが、やがて朝から晩まで天文記述探しにのめりこむようになる。

「何しろ未開拓の曠野が目の前に開けているのだからやめられないのである」

安楽椅子の天文探偵――小説の主人公にしてもおもしろいかも。

ペリカン書房のこと

すこし前に、坂本一敏著『古書の楽しみ』（弥生叢書、国鉄厚生事業協会、一九八三年）という本を買った。古本関係の本は見つけたら買うようにしているのだが、この本は持っていなかった。函入りの私家版（九十五部）もあるのだが、わたしは見たことがない。パラパラ読んでいたら、二〇一二年に九十六歳で亡くなった「日本古書通信」の編集兼発行人の八木福次郎さんの対談が収録されていた。

坂本さんと八木さんの対談の中で興味をそそられたのが、古本屋気質の話。「古本屋というのは、割合、無愛想でもできる商売ですね」と坂本さん。すると、八木さんが「そうですね。この間、ペリカンの品川さんが、著書『古書巡礼』に、ひどいどもりなので、あまりものを言わずにすむ商売ということで、おやじさんが彼に古本屋をやらせたと書いていました。あの人など、古本屋気質をもっている、ある意味での稀少な存在でしょうね」と語っている。

品川さんとは、本郷のペリカン書房の品川力《つとむ》さんのこと。一九〇四年新潟県柏崎市生まれ。二〇〇六年に百二歳で亡くなった古本界の重鎮である。

今年三月に社会評論社の公式ブログの「目録準備室」で板垣誠一郎さんの「ペリカン書房と品川力さんと、本郷の町。」という連載（全十回）がはじまり、夢中になって読んだ。

というわけで、品川力著『古書巡礼』（青英舍、一九八二年）を読むことにした。わたしが入手したのは一九九一年の復刻版。「青英舍通信2」という冊子もついていた。

この冊子では、社会運動家で俳人の唐沢柳三（唐沢隆三）が品川さんのことを「奇人中の奇人」、長年、親交のあった串田孫一は「貴人」と評していた。「奇人」にして「貴人」——謎めいた人物である。

『古書巡礼』の「この道の外に道なし」に、坂本・八木対談にもあった、父から「喋らずにすむ商売」と古本屋をすすめられた話が綴られている。

一九一八年に一家で上京し、父と神田猿楽町で「品川書店」をはじめるも、一九二三年九月の関東大震災で店が潰れ、その後、銀座の「富士アイス」で働いた。

一九三一年、本郷でレストラン「ペリカン」を開業、人気店だったにもかかわらず、一九三九年八月、突然、レストランをやめ、「ペリカン書房」をはじめる。

無頼派作家の青山光二はレストラン時代の「ペリカン」の客で、大学在学中から通っていた。青山光二、織田作之助らが作っていた同人雑誌『海風』（一九三五年創刊）の発行所もレストラン「ペリカン」だった。

店には太宰治や檀一雄も来ていた。

『古書巡礼』に「古書探索」と題した八木福次郎さんとの対談も収録されている。

古本屋をはじめようとしたとき、品川さんはカーライルの『衣裳の哲学』（栗原古城訳、岩波書店）の中に「静黙書店」という言葉を見つけ、店の名前にしようとしたところ、父に「バカ野郎め、それ以上黙っていて商売になるか」と怒鳴られた。ほんとうに寡黙な人だったようだ。

震災で焼け出された後に勤めた富士アイスは、朝日新聞の成沢玲川の紹介によるものだが、成沢は品川さんの母の弟、つまり品川さんの叔父にあたる人物で「ペリカン」の名付け親でもあった。

祖父は内村鑑三と親交があり、両親は内村鑑三の弟子。「ペリカン」は中世キリスト教では「慈悲、自己犠牲」の象徴とされている。

さらに八木福次郎さんとの対談では品川さんはレストランから古本屋になった事情を次のように語っている。

「レストランは食糧事情が窮屈になってきたので、それにその前から準備していたんです。当時割引電車というのが走っていて、それに乗って東京中の古本屋をめぐっては古本を漁っていました」

割引電車というのは、朝七時~八時の早朝割引電車のこと。昔は早朝から店を営業している古本屋がけっこうあったらしい。

品川さんは、レストランを古本屋にすることをまったく告知しなかった。

「ペリカン食堂の看板がペリカン書房にかわっていて、みんなぽかんとして、しばらく立っていた人もありましたね」

串田孫一もレストラン時代の常連客でこの本に対談が収録されている。対談のはじめに串田孫一は「私は大学の学生時代からのお付き合いですから三十数年になりますか。特に戦争中から戦後にかけて、本が焼けてしまった私に、実に多くの本を探して下さいましたし、本だけでなく、一緒にいろいろの偉い方を訪ねました」と語っている。

また『古書巡礼』の「わが客を語る」には、伊藤整との交流が綴られている。

「彼がしきりに日本文壇史を執筆していたころには、毎週二、三回は目黒大岡山の工業大学の研究室に自転車で本を届けたものである」

店のある本郷から大岡山まで片道約十八キロ。往復三十六キロを自転車で通った。

品川さんは目黒区駒場の日本近代文学館にもしょっちゅう自転車で貴重な資料を寄贈するために通っていた。日本近代文学館には、「品川力文庫」と呼ばれるコレクションがあり、肉筆原稿、書簡、稀覯書など、寄贈点数は「二万六千八百一点」もある（寄贈回数は千回以上）。

無類の自転車愛好家で「文献配達屋」を名乗っていた品川さんは、学者や研究者の資料探しに惜しみない協力を続けた。

まさにペリカン＝慈悲《チャリティ》の賜物だろう。

不撓不屈の作家入門書

先日、高円寺の西部古書会館に行ったら、本棚二列分くらい〝作家入門本〟が並んでいた。誰かがまとめて売ったのだろうか。すでに大半の本は持っていたのだが、はじめて目にする本も何冊かあった。

E・コールドウェル著『作家となる法』（田中融二訳、至誠堂新書、一九六五年）もその一冊。アースキン・コールドウェル（一九〇三〜一九八七）は、アメリカ南部の貧しい人々の生活を描いた『タバコ・ロード』（杉木喬訳、岩波文庫、一九五八年）や『神に捧げた土地』（橋本福夫訳、角川文庫、一九五八年）などの著作で知られる作家だ。

小説家になる以前は、新聞の売り子、綿摘み、石工、雑貨屋の店員、フットボール選手（セミプロ）、芝居の裏方、書評家、古本屋などの仕事をしていた。

「私にとって小説を書くことは、努力なしに、はじめから上手にできることではなかったことはたしかである」

十六歳までは、作家になりたいという欲求はまったくなかった。コールドウェルは、ハイスクールに通いながら、綿実油工場の夜業（夜十一時から翌朝七時半）をしていた。次に地元の週刊新聞の工場で印刷機をまわす仕事についた。そのうちに「ニュース記事を書いてもよい」

といわれ、中古のタイプライターを購入する。

作家への道を歩みはじめたかとおもいきや、雇い主は「君に仕事を覚えさせるのに、わしが金を払うなんて、そんなばかなことがあるものか」と言い放つ。これはひどい。

しかしこのときの経験と中古のタイプライターを武器にコールドウェルは、いろいろな新聞社、通信社に記事を送った。

ジョージア州のメイコン・テレグラフの記者には次のようなことをいわれる。

「どんなことでも、人の言葉をうのみにしてはいけない。自分自身の目で見なければ、なにごとも信じてはいけない。どんな町にでも、遅かれ早かれ、かならず書くに値することが起こるものだ。そして君がそれをおもしろく書くことができれば、それは印刷されるだろう」

この言葉はコールドウェルの心に深く刻まれた。その後、彼は働きながらヴァージニア大学に通い、学内で刊行されていたユーモア雑誌に投稿をはじめる。二十一歳のとき、アトランタ・ジャーナル社の仕事に応募する。

同社の日曜版のスタッフにはペギー・ミッチェルという女性がいた。彼女は小説を書くために仕事をやめた。コールドウェルは、三歳年上の彼女のことを尊敬していた。

後のマーガレット・ミッチェル。代表作は『風と共に去りぬ』。

コールドウェルはアトランタ・ジャーナルの仕事のかたわら、四、五十編の短編小説を書いたが、一作も活字にならなかった。

それでも彼は職業作家になるために仕事をやめてしまう。旅をしながら出版社に原稿を送る。編集者は「簡単な拒絶状」をつけて作品を返してくる。一切の忠告を聞かないコールドウェル。頑固すぎる。

ある日、スーツケースに原稿をつめこみ、ニューヨーク行のバスに乗った。

「出発するとき、私は一二ドルの現金と、バスの周遊券と、セオドア・ドライサーの『シスター・キャリー』の初版本をもっていた」

ドライサーの初版本はアトランタの古本屋で三十五セントで買ったものだが、そのころ、古書価は定価の何倍にもなっていた。

コールドウェルは、生活費のために、ニューヨークの初版本を専門とする書籍商に本を持ち込んだ。書籍商は『シスター・キャリー』の価値を認め、代金は翌日受け取れることになった。

次の日、店を訪ねる。

「私が、話しかけるや、かれは私を知らないし、話もわからないと言った」

アテが外れ、ニューヨークでひもじい日々をすごさねばならなくなった。

ちなみに『シスター・キャリー』は、ウィリアム・ワイラー監督の映画『黄昏』(一九五二年)の原作ですね。

書いても書いても原稿はボツになる。虎の子の古本は騙し取られる。苦難の連続だが、コールドウェルは挫けない。ひたすら作品を「書く、送る、送る」――ここまでが第一部(放浪と修行の時代)。そして第二部(努力と登攀《とうはん》の時代)、第三部(活躍と成熟の時代)、エピローグと続く。

『タバコ・ロード』執筆時、毎日正午前に起き、パンとチーズを食べて書きはじめた。午後遅く一時間書くのをやめてスープを飲み、散歩し、それから午前三時か四時まで書いた。窮乏生活を送るうちに、八十キロ以上あった体重は四十三キロまで落ちたこともあった（身長は百八十センチ）。

さすがに、ここまで仕事に打ち込むことはおすすめできない。健康は大切です。

エピローグには、読者からの質問にコールドウェルが答えるQ＆Aも収録――。

「問　あなたが、自分の作品のいちばん重要な要素と考えているものはなんですか？

答　できるだけ短い単語を使うこと。辞書をみなければわからないような単語は使わないこと。いつか私は、四音綴以上の単語は全部消して、自分専用の辞書をつくったことがあります」

ほかにも「ものを書くことを学ぶのにもっとも重要な階梯は何だと思いますか？」という「問」には、四つの「答」を書いている。知りたい人は本を入手して読んでください。

『作家となる法』は、『わが体験』（金勝久訳、三興出版、一九七七年）という題の邦訳もある。晩年、『全身全霊をこめて　アースキン・コールドウェル自叙伝』（青木久男訳、南雲堂、一九九二年）という自伝も刊行――こちらも名著です。

百閒は旺文社文庫で

ときどき古本好きのあいだで「学生時代に『何』文庫をいちばん熱心に読んだか」という話になる。ＳＦ、ミステリー、時代小説など、好きなジャンルによって、答えはちがうだろう。日本の私小説や随筆が好きなわたしは旺文社文庫だ。ただし、新刊書店で買った記憶がない。

旺文社文庫の創刊は一九六五年、廃刊は一九八七年――。

わたしが上京したのは一九八九年の春なのだが、すでに入手難の旺文社文庫がちらほらあった。そんな旺文社文庫の看板作家といえば、内田百閒だ。グーグルで「旺文社文庫」と検索し、スペースを空けると、最上位キーワードに「内田百閒」が表示される。

旺文社文庫の百閒本は「内田百閒文集」三十九冊＋平山三郎編『百鬼園の手紙』『百鬼園先生よもやま話』『回想の百鬼園先生』の三冊。あと文庫ではないが「内田百閒文集」の完結記念として出版された『百鬼園寫眞帖』もある。文庫の背表紙には、作家と作品ごとにナンバーが付いている。旺文社文庫の内田百閒の数字は「１２１」。たとえば『阿房列車』は「１２１／1」、『東京焼盡』は「１２１／39」である。

古本屋で内田百閒の文庫を買うたびに、自作の探求書リストの１～39までの数字をひとつずつ消していった。最後まで残った数字は「１２１／38」。

わたしが内田百閒を知ったのは吉行淳之介の『軽薄のすすめ』(角川文庫)という本がきっかけだった。厳密にいうと、『軽薄のすすめ』の山口瞳の解説である。

「その人が何かを書いたら必ず読むという作家は、私にとって吉行淳之介さん唯一人である。いつか、戸板康二さんにその話をしたら、戸板さんは、私にとっては内田百閒だと言われ、何だか妙に嬉しくなったことがある」

当時のわたしは戸板康二を知らなかったのだが、ひとりの人間にその作品のすべてを読みたいとおもわせる作家として内田百閒の名前をおぼえた。

どんなものを書いているのか、気になる。近所の古本屋に行き、旺文社文庫の『百鬼園随筆』と『続百鬼園随筆』を買った。すると『百鬼園随筆』の解説が戸板康二だった。

「内田百閒という文人が存在したことを、ぼくは明治・大正・昭和の日本文学史の上で、きわめて重要なことだと思っている」

戸板康二は内田百閒の文章に惚れ込んでいる。百閒の文章については「ボーイがボイ、スープがソップ、バッハがバハといったような書きぐせは、漱石の場合と同じで、頑固に用いられるのだが、ものの考え方や感じ方も、ほとんど若い時と晩年と、変わろうとしていないようだ」と評した。

百閒は、書きぐせだけでなく、旧仮名にも固執していた。

内田百閒著『東海道刈谷驛』(旺文社文庫)に「驛の歩廊の見える窓」という随筆がある。百閒は「新聞等で假名遣ひの扱ひが窮屈になつたので大変困る。そつちできめた方針に従ひ、人の書いた物を勝手に直さうとする。横暴とも弾圧とも言ひ様のない処置で、その新聞が掲げてゐる言論の自由だとか民主主義だとか云ふものの後味の苦さを十分に味はされる」と新仮名の導入に文句をいう。

中学生向けの文学全集に百閒の作品を収録したいという申し出があった。そのさい、収録作はすべて「新假名遣ひ」に書き直すといわれる。当然、百閒は断る。

「中学生が私などの物が読める様になつてから、その勉強をした上で読んでくれればいいので、こちらから作品の文法を改めてまで彼等に読んで貰ふ必要は少しもない」

わたしは旧仮名で書かれたものを何が何でも原文で読めというつもりはない。しかし、新仮名を拒否し続けた作家にかぎっては、なるべく旧仮名で読みたいとおもっている。

「私には私の文法がある。人から押しつけられた無理強ひに従つて自分の文法を変へたり捨てたりする事は出来ない」

内田百閒の旺文社文庫の編集部註記には、「かなづかいは原文のままとした。漢字は正字体を新字体・略字体にあらためた。ただし、人名・地名をはじめ、漢字の一部を正字体とした」とある。古本の世界で旺文社文庫が人気なのは「旧仮名／新仮名」問題も関係しているかもしれない。なお、百閒は略字も否定している。

内田百閒を読む。それは「百閒の文法」を味わうことでもある。

旺文社文庫の内田百閒文集をコンプリートするのに十年くらいかかった。途中から「定価より高く買わない」という自らに課していたルールもやめた（旺文社文庫の百閒本の定価は三百円〜四百円台)。それでも残り数冊になってから苦戦した。

「121/38」――『百鬼園日記帖』をようやく入手したときは、すでに二十一世紀になっていた。暗い穴から出た気分だった。

何度か古本屋で内田百閒の文庫の全巻セットを見つけ、心が揺らいだこともあった(バラで揃えるより安くすんだかも……)。

でも、悔いはない。毎日のように古本屋を回り、すこしずつ買い揃えながら読む。時間をかけて読んだおかげで、自然に旧仮名や百閒の書きぐせになじむことができた。そういう読書を経験できたのは幸せだった。

長年、探しあぐねていた百閒の本は、今ではワンクリックで買えてしまう。正直、その誘惑に抗える自信はない。

家の本棚に並んだ旺文社文庫の百閒の背表紙を見ると、昔の自分は「ひまだったんだな」とおもう。もし今、同じようなことができるかといえば、たぶん無理でしょうね。

「古本番付」の横綱たち

古本マニアの中には、ミステリ一筋、SF一筋といったかんじで、ひたすらひとつのジャンルの蒐集に励んでいる人たちがいる。どのジャンルにも「お宝本」といわれるレアで入手難な一品がある。

二〇〇一年に刊行された『全国古本屋地図21世紀版』（日本古書通信社）には「古本人気番付」四種が収録されている。それぞれの行司が、ジャンルごとに横綱から前頭まで稀少本を選んでいる。

「明治大正昭和小説本」の番付（行司・紅野敏郎）を見ると、明治大正の横綱が夏目漱石の『吾輩は猫である』〈三冊・カバー〉（明治三十八年〜四十年）、永井荷風の『ふらんす物語』〈発禁〉（明治四十二年）、昭和戦前の横綱が永井荷風の『濹東綺譚』〈私家版〉（昭和十二年）、井伏鱒二の『集金旅行』〈函〉（昭和十二年）となっている。

漱石の『吾輩は猫である』の初版は上中下の三冊揃いで、二年くらい前の古書相場で三百五十万円。だいたい明治大正の小説の横綱クラスは、数百万円と考えていいだろう。昭和の横綱はもうすこし安い。

ちなみに、大関は島崎藤村の『破戒』（明治三十九年）、堀辰雄の『聖家族』〈野田版　函〉（昭和十一年）である。

『聖家族』の「野田版」というのは、野田書房から刊行された限定本（八十部限定）。古本の場合、本の状態や函や帯のあるなしで値段がまったくちがってくる。

「少年少女小説・戦後マンガ人気番付」（行司・中野智之）の「少年少女小説」部門の横綱は、海野十三の『怪塔王』（昭和十四年）、張出横綱は、杉山萠圓《ほうえん》の『白髪小僧』（大正十四年）となっている。杉山萠圓（萠円）は、夢野久作の別名義ですね。夢野久作はほかにも海若藍平、沙門萠円といったペンネームもある。

「戦後マンガ」部門の横綱は、手塚治虫の『新宝島』（昭和二十二年）、張出横綱は、藤子不二雄の『最後の世界大戦』（昭和二十八年）。いずれも漫画界では有名な「お宝本」である。美本であれば、どちらも現在の古書価は五百万円くらいといわれている。『新宝島』は、戦後のストーリー漫画の歴史を変えた手塚治虫のデビュー作で四十万部（諸説あり）の大ベストセラー。通常、ヒット作には高値がつかないのだが、なぜ『新宝島』は「お宝本」になるのか。

江下雅之著『新装改訂版　マンガ古書マニア』（長崎出版、二〇〇六年）によると、『新宝島』の初版本は再版本とちがって「上質な用紙を使い、しかもハードカバー製本」だったらしい。「現在のところ、『新宝島』の初版・美本はわずか三冊しか現存を（オオヤケには）確認されていない」

『最後の世界大戦』の正式な名称は『ＵＴＯＰＩＡ　最後の世界大戦』で藤子不二雄ではなく足塚不二雄名義で刊行された。『最後の世界大戦』は、もともと貸本向けの単行本で流通量が少ない。さらに版元の鶴書房の倉庫が洪水の被害を受けたため、長いあいだ「幻の本」となっていた。

「日本古典SF（科学小説）」の番付（行司・横田順彌、北原尚彦）は、横綱がジオスコリデスの『新未来記』（上下巻）（近藤真琴訳、明治十一年）と巌垣月洲『英国征服記（西征快心篇）』（上田駿一郎訳、昭和十九年）。行司のひとり、横田順彌の『日本SFこてん古典』（1・2巻、集英社文庫）によると、『新未来記』は、翻訳SF小説の第一号作品だそうだ。その内容は「『余』なる主人公が、夢の中で二〇〇〇年後、二〇六五年のロンジアナ（未来のロンドン）」を訪れ、「科学万能の世界を見る」という話らしい。

もうひとつの横綱『西征快心篇』は日本SFの第一号で、京都在住の儒学者の巌垣月洲が、安政四年（一八五七年）ごろに書いた空想戦記である。その後、昭和十九年に巌垣月洲の孫弟子の上田駿一郎が『通俗西征快心篇　英国征服記』と改題した現代語訳を刊行した。ストーリーは「黄華という東洋の一小国（黄華は明らかに、日本を指す架空国）が、清・インドを助け当時世界に君臨していたイギリスと戦う」というもの。幕末にこんな話を書いている人がいたとは……。

「明治大正昭和詩書」の番付（行司・伊藤信吉）の横綱は、北村透谷の『楚囚之詩』（明治二十二年）と萩原朔太郎の『月に吠える』（大正六年）。

『月に吠える』は、検察官によって発禁になったが、特別に「淫猥な詩篇」を削除し、発売を許された。明治以降の日本の書籍の中でも『月に吠える』の初版の「無削除本」がもっとも高額（一千万円以上）といわれている。

透谷の『楚囚之詩』も現存する完本は四、五冊。著者名は「神奈川県士族・北村門太郎」となっている。紀田順一郎著『新版　古書街を歩く』（福武文庫）の「〝幻の書物〟をめぐる人々」にこの詩集の話が出てくる。

『楚囚之詩』は刊行後、作者自身の手で断裁してしまった。透谷は二十五歳のときに自殺し、没後、『楚囚之詩』は「明治期最大の稀本」になった。一九三〇年三月、ある古本屋が透谷の稀本と知らずに古書即売店に三十銭（当時、週刊誌の値段が十二銭くらい）で出品し、それを早稲田大学の学生が買ってしまう〝事件〟が起こった。この逸話はあっという間に古書界に広まった。幻の稀本を格安で売った店主の窪川精治も（悪い意味で）有名人になってしまった。

「しかし、この〝事件〟で一念発起した彼は明治ものに力を入れはじめ、専門書肆として知られるようになった」

さすがに横綱、大関のお宝本の入手は無理だとしても、いつの日か前頭十枚目くらいの本を見つけたいものです。もしくは百年後くらいの横綱候補を今のうちに……。

一九八〇年代の野球コラム

古本三十年周期説というのがある。今はもうすこし周期が早くなっているかもしれないが、本は三十年経つと、ほとんど消えてしまう。そうすると、古書として価値が出てくる。古本好きの感覚からすると、十年~二十年前の本だと、まだまだ新しい気がする。

二〇一〇年代の今、三十年前に刊行された本は一九八〇年代の本ということになる。

一九八〇年代というのは「軽いノリ」がもてはやされていた。その傾向は、本にも影響している。紙質が軽い。わざとチープに作った本が多い。すべての本がそうだったわけではないが、わたしが「八〇年代っぽい」とおもうのはそういう本だ。

最近、『プロ野球よ! 愛憎コラム集』(冬樹社、一九八五年)という本を買った。文芸とちがって、野球本は「雑本」という括りで、古書価は定まっていない。

『プロ野球よ!』は紙が軽いし、レイアウトがごちゃごちゃしている。八〇年代のコラム集らしいコラム集だった。蓮實重彥、海老沢泰久、関川夏央、赤瀬川原平、赤塚不二夫、糸井重里、南伸坊をはじめ、多数の執筆者が寄稿している。副題には「愛憎コモゴモ、品種改良案104種!」とある。とにかく、様々な野球に関する文章や座談会を収録したものすごく手間のかかった本なのだ。

石原慎太郎の「くたばれプロ野球」というコラムは、プロ野球について「ダルなスポーツ」「田舎者で、視野も趣味も貧しかったために、他からのあてがいぶちに甘んじて、関わり深かったアメリカからの影響で野球をごく限られた趣味の一つとして、押しつけられるまま、あがめたてまつってきたからだけでしかない」「私は日本人の野球好き（?・）を見ていると、大げさではなし、かつての一億総玉砕とか、一億総ざんげだとか、オール・オア・ナッシング的な、日本人独自の一種のヒステリィ症状、いってみれば、ファッショ的ないささかもの悲しくも危うい性格を見せつけられるような気がしてならない」といったことを延々と綴っている。興味がないのに、ここまで悪口が書けるのは、逆にすごい。ほかにも「プロ野球が嫌い」「野球がさっぱりわからない」といった執筆者が何人も寄稿しているのもこのコラム集の読みどころかもしれない。

この本が刊行された一九八五年は高校野球ではＰＬ学園のＫＫコンビ（清原和博・桑田真澄）が活躍したり、阪神タイガースが二十一年ぶりにリーグ優勝（球団初の日本一も）したり、何かと野球が盛り上がった年でもあった。

阪神ファンの西川のりおは「コラ、阪神、優勝してみぃ！」というコラムで「ズバリ今年のセリーグの優勝は、俺の直感で中日である」と見事に外している（しかも阪神は最下位と予想していた）。

わたしはこの本で劇作家の矢代静一がヤクルトファンであることを知った。

「ヤクルトは球団結成（当時の球団名は『国鉄スワローズ』以来、たった一度優勝しただけで、あとはビリか、そのちょっと上あたりで毎シーズン、日が暮れる。かれこれ三〇年近くも、こういう情けない球団に操をたてているので、どうしたって、その発想は弱者のそれになってしまう」

わたしも子どものころからヤクルトのファンなのだが、八〇年代は悲しい記憶しかない。一九八五年のヤクルトは五位と十一・五ゲームも差をつけられてダントツの最下位だった（ちなみに、矢代氏はヤクルトを五位と予想している。惜し……くないか）。

また『プロ野球よ！』には囲み記事で「建設的意見」と題した無署名のコラムもいくつか入っている。中には「首位打者が打率ではなく安打数で争われたら」という提言もあった。首位打者が打率を維持するために「ズル休み」をするケースがある。安打数であれば、最終ゲームまで正々堂々と勝負するのではないかと……。

最多安打がタイトルに制定されたのは一九九四年にイチロー選手が史上初の年間二百安打を記録したのがきっかけで、それまではタイトルとして表彰されていなかった。

ほかにも「何故、奪三振王のタイトルがないのか」という提言もあった。最多奪三振が、タイトルになったのはパ・リーグが一九八九年、セ・リーグは一九九一年から。意外と最近のことなんですね。

八〇年代の野球コラム集といえば、『史上最強の野球コラム』（マガジンハウス、一九八九年）という、各界有名人百人が野球について語った本もある。今、読むと、懐かしくて面白い。コラムの最後には「好きなプロ野球チーム、嫌いなプロ野球チームはどこですか？」「過去・現在を含めた史上最強の投手と四番打者を挙げてください」「中井美穂、出光ケイ、福島敦子のうち誰が一番好きですか?」といったアンケートが付いている。

中井美穂、出光ケイ、福島敦子は、当時人気のスポーツキャスターだった。

この三人の中で「誰が一番好き」という質問にはノーコメントの人が多かったが、「美穂と昼間からラブホテル、ケイとは夕方から一パイ、家で敦子だ」と答えているジャズ評論家でエッセイストの久保田二郎はさすがだとおもった。どんな本(雑誌も)であろうと、かならず二十年後三十年後に読む人がいる。欄外の隅々まで。だからこそ、アンケートの回答で手抜きしてはいけない。わたしはそのことを久保田二郎に学んだ。

一九八〇年代はコラム集が充実していた。海外のコラム集の翻訳も盛んだった。ところが、一九九〇年代になると、コラム集の刊行は激減してしまう。はたして再びコラムの時代は来るのか。ぜひとも来てほしい。わたしは読みたい。

私小説作家と古本

三十歳前後、かれこれ十八年くらい前になるが、急に私小説ばかり読むようになった。古本好きのあいだでは、私小説はけっこう人気がある。私小説作家自身、古本好きで知られる人が何人かいる。

上林暁と尾崎一雄がそうだ。

「昔は僕も新刊書の匂いが好きであったが、この頃は古本の匂いがずっと好きになった。終戦後はことに新刊本が粗悪になったので、いよいよ古本に惹かれるようになった」

上林暁著『文と本と旅と』（五月書房、一九五九年）所収の「古本漁り」の一節である。同書の「本道楽」という随筆では「私は病気養生中で、午前執筆、午後一睡、夜散歩、という単調な日課を毎日繰返していて、散歩の途次古本屋に立寄って、一冊二冊の掘出物を抱えて帰るのを、唯一の慰めにしている」と書いた。

わたしは上林暁の随筆でかつて中央線の荻窪で古本市が開催されていたことを知った。

上林は古本市の帰り、文学仲間たちと喫茶店で戦利品を自慢し、明治大正の文学について語り合う。

「皆がさながら文学青年の昔に返ったような話しぶりだった。お互に五十にもなって、こういう文学談に熱中しているところは、はたから見ると青臭いと思われるかも知れないが、文学青年の時代からは一時代も二時代も進んだ所で、文学に対する若々しい情熱がまだ燃えていることを意味するもので、非常に好い刺戟になった」(「荻窪の古本市」／前掲書)

尾崎一雄著『わが生活わが文學』(池田書店、一九五五年)の「古本回顧談」も素晴らしい古本随筆である。

「私は学校にはあまり出なかつたが、古本屋へはほとんど毎日欠かさず顔を出した」

一九二三年九月、関東大震災のとき、尾崎一雄は郷里の神奈川県下曽我村にいた。家は全壊し、亡父の国史・国文学の本は水浸しになった。自分が集めた本が心配で、東海道を二十里歩いて下宿のある早稲田界隈まで帰った。本は無事だった。

「震災で、いかに多くの本が焼けたかは、当時痛恨の種だつたが、しかし一方、多くの蔵書家が、本を売つたため(相場が上つたのと、本どころではなくなつたといふ気持からだらうが)珍しい品物が出て来たのはうれしかつた」

もっとも学生時代に集めた本はその後の貧乏生活で売り飛ばしてしまった。古本を売った金で酒を飲んだ。

尾崎一雄著『随筆集　冬眠居閑談』(新潮社、一九六九年)に「本とつきあう法」という随筆がある。

「中学を出て上京してからは、神田を初め、本郷や早稲田、また各所に散在する古本屋を廻って古本あさりに熱中した」

尾崎は海外の作品では、チャールズ・ラムやジョージ・ギッシングが好きだった。ふたりとも古本好きに人気のある作家だ。

もともとわたしは私小説にたいして、それほどいい印象を持っていなかった。貧乏と病気の話ばかり書いている人たちくらいにおもっていた。古本屋通いをしているうちに、どうも私小説作家の本は店で大事に扱われていることがわかってきた。ガラス戸の棚に入っていたり、レジの後ろの棚に並べられたりしていた。当然、値段もそれなりにした。

上林暁と尾崎一雄を読みはじめた三十歳前後のわたしは週三、四日アルバイトして、たまにミニコミ誌に原稿を書くという生活を送っていた。学生時代に集めた本を売って酒を飲み、家賃を払う。知らず知らずのうちに、昔の私小説作家と似たような境遇に陥っていた。文章が心にしみるわけだ。

私小説に描かれる貧乏作家同士の交遊は楽しそうにおもえた。みんなお金がない。いつも歩いている。家を出るときに着ていた外套を質屋に入れ、酒を飲むこともある。

尾崎一雄は古本屋の主人からよく金を借りた。借りては返し、返しては借りる。借金はどんどん増えた。古本屋の妻が涙ぐんだこともあった。それでも借りた。ひどい。

太宰治や坂口安吾も古本屋からしょっちゅう金を借りていたという逸話もある（おそらく返していないだろう）。

上林暁は一九五二年一月、四十九歳のときに脳出血で倒れた。そのすこし前に、上林暁は尾崎一雄の家を訪ねている。尾崎一雄は自分が悪い酒をふるまってしまったのではないかと気にしていた。このときは間もなくして治った。

一九六二年十一月、上林暁は二度目の脳出血で半身不随になってしまう。六十歳。それから一九八〇年八月二十八日、七十七歳で亡くなるまで、左手で小説を書き続ける。４Ｂの鉛筆をつかって寝たままの姿勢で書いた。原稿は妹が清書した。

お互い、自分の本が出ると送り合った。

上林暁が亡くなったとき、尾崎一雄は「戦友上林暁」という追悼文を書いた。

十数年にわたって病床で小説を書き続けた上林暁のことを「これほどの不屈さを示した作家が、日本はおろか、世界中で、君を措き他に求め得るだろうか」と綴っている。

先日、図書館で新聞の縮刷版を閲覧していたら、一九八三年二月十日の毎日新聞夕刊に尾崎一雄のインタビューが載っていた（別の調べ事をしていて、偶然見つけた）。

亡くなるひと月ちょっと前の尾崎一雄の暮らしぶりを知ることができた。

晩酌はウイスキー。五日でボトル一本。

「アルコールが入ると三時間ほどぐっすり眠る。夜中に起きて朝まで読書したり執筆したり。朝食をとって昼まで就寝」

本人いわく「天然自然流」。

一九八三年三月三十一日、尾崎一雄、永眠。八十三歳。

男いっぴき、古典を読む

「読書欲が減退してきたな」とおもったら、古典を読むことにしている。古典といってもいろいろあるが、ひとつに絞る。そして飽きるまで、いや、飽きても読む。

わたしは二十歳のときから、洪自誠著『菜根談』（魚返善雄《おがえりよしお》訳、角川文庫、一九五五年）を読み続けている。仕事が行き詰まったら読む。人付き合いに疲れたら読む。

『菜根談』は『菜根譚』の誤植ではない。訳者の解説に『譚』と『談』はおなじ意味で、中国の版本にも『菜根談』としたのがある」と述べている。

洪自誠（本名は応明）は、中国の明の人。生没年は不明。今井宇三郎訳注『菜根譚』（岩波文庫、一九七五年）によると、「雅尚斎遵生八牋《がしょうさいじゅんせいはっせん》」の付録として「万暦辛卯《ばんれきかのとう》（十九年＝一五九一年）の成書」とある。

日本でいえば、豊臣秀吉の朝鮮出兵が一五九二年。日本の戦国時代同様、明代の末期も鉄砲によって戦争の形が変わった時代だった（明の滅亡は一六四四年）。

当時の明は懲罰人事が横行していた。そのため優秀な人材が流出し、国力を弱めた。すこしでも失敗すれば、左遷もしくは投獄の憂き目に遭う。時には汚職に手を染めないと生き残れない。そうなると、偉くなるのも考えものだ。

洪自誠自身、若くして官職を辞し、晩年は出家遁世《とんせい》もしくは隠者のような生活を送っていたらしい。四百年以上前のダウンシフターであり、スローライフの実践者だった。

『菜根談』は、儒教・仏教・道教の教えを融合したエッセイのような本。いわゆる「清言」の書である。

「眞理をまもる人は、さびしくも一時。権力にへつらへば、末代の名折れ」

洪自誠は、立身出世よりも風流、枯淡を求めた。いっぽう処世の知恵も『菜根談』が長く読み継がれている理由だろう。

「せまい道では、ひと足よけて人をやる。うまい物なら、十に三つは人にやる。これがこの世を氣樂に渡るみち」

「世渡りは一歩ゆずるのがゆかしい。さがるのはつまり進む下地だ。他人には一分よけいにやるがよい。ひとのためが實は身のためとなる」

「先を争うから、せまくなる。一歩さがれば、それだけユックリする」

『菜根談』は、道をゆずる——争わないことをよしとする思想だ。若いころのわたしは、そういうことに無知だった。立ち話をしている人のあいだを平気で突っ切っていた。まわりが見えていなかった。それでよく怒られていた。

「氣まえは大きく、だが大ブロシキはダメ。くふうはこまかく、だがコセコセせぬよう。このみはアツサリ、だがひからびないよう。主義はハツキリ、だが行きすぎないよう」

『菜根談』は、一貫して中庸の思想を説いている。極端、過剰なものを否定し、平凡を肯定する。ちょっと説教くさいところもあるが、魚返善雄の訳は軽妙でテンポがいいから、すらすら読めてしまう。

中でもわたしの好きな訳はこの一文——。

「隅ずみまで抜かりなく、かげでもごまかさず、落ち目にもすさまなくてこそ、男いっぴきである」

ちなみに「男いっぴき」の原文は「個眞正英雄」。たぶん、魚返善雄は「男いっぴき」という言葉が好きだったようで、ほかにも「あばらやにチリひとつなく、貧しくもキチンとした髪、見たところ色氣はないが、なんとなく上品なもの。男いっぴき落ちぶれたからとて、なんで自ダラクするものか」という訳もある。こちらの「男いっぴき」の原文は「士君子」となっている。角川文庫の『菜根談』は、訳文の隣に原文が付いているので比較しながら読むのも愉しい。

『菜根談』は上下二冊の木版本だが、本家の中国のものは虫食いがひどく、半分くらいしか文字が読めなかった。いっぽう日本では、中国の文物を大切に保存していたおかげで、今でも明版の『菜根談』をそのまま読むことができるそうだ。

さらに文政五年（一八二二）に加賀藩の藩儒が重刻し、その後も明治から昭和にかけて何度となく出版された。おそらく中国よりも日本でのほうが読まれている。

戦後、魚返善雄は大学で『菜根談』を講義していた。試みに現代語に訳すと、鎌倉文庫（鎌倉文士たちによる貸本屋。後に出版社）の社長の久米正雄が出版してくれることになった。一九四八年に刊行された『菜根譚新譯』がそうだ。

魚返善雄著『人間味の文学』（明徳出版社、一九五七年）の「傷心の樹」では『菜根談』（談は譚におなじ）の原文は対句や俗語をたくみに使いこなし、内容も日常の庶民生活を説きながら一種高雅な風格をもっている」と解説している。そして「あの老大国の民族が長い年月のあいだに身につけた知恵の集まりのひとつ」とも。

「花は五分ざき、酒はホロ酔い。そこがいちばんおもしろい」

洪自誠は、物をあまり持たず、狭い家でノンビリ暮らすことの快適さを讃え、あっさりした味の食事を好み、和やかで静かな人物を理想とした。

同じ本を何度も読んでいると、齢とともに読後感が変化していく。自分の経験が読書に反映される。読めば読むほど味が出る。

四十代後半になって『菜根談』を読むと、今の自分の暮らしが余計なものだらけにおもえてくる。ホロ酔いでやめられず、泥酔する。似たような失敗をくりかえしている。

とはいえ、無理に頑張っても長続きしない——というのも『菜根談』の教えである。そのとおりだ。

2018.2

早稲田の古本市の思い出

昔から都内の古本街といえば、神保町、早稲田が有名だった。世界最大の本の街・神保町につぎ、早稲田界隈は日本で二番目に大きな古本街として知られ、東京メトロの高田馬場駅から早稲田駅にかけて、十年くらい前までは約四十軒の古本屋が密集していた。

二〇一七年三月に出た『早稲田古書店街地図帖』を見ると、高田馬場から早稲田にかけての古本屋の数は実店舗二十二軒になっている。

早稲田の古本屋は月のはじめに高田馬場駅前のＢＩＧＢＯＸで古本市（古書感謝市）を開催していた。とにかく安い。そして雑本が多い。

ＢＩＧＢＯＸの古本市は二〇〇七年五月に終わってしまったが、しばらくして復活した（今は開催していない）。

この古本市は、古本屋通いをはじめたばかりのマニアではない人でものんびり本が買えた。すこし前に出た新刊から専門店にはあまり並ばないような実用書もたくさん売っていた。古本好きからすれば、初心者向けの釣り堀みたいな気楽さがあった。

わたしは上京してしばらくしてから、古書会館に通いはじめたのだが、一九八〇年末ごろの古本催事の初日、開店前は殺気立っていた。すこしでも開始が遅れると、「早く開けろ」「何やってんだ」と怒声が飛ぶ。デパートの古本市もそうだ。棚を見ていると、突き飛ばされたり、「邪魔だ」と怒鳴られたりしたこともあった。もちろん、今はそんなことはない。昔と比べると、古書界隈の雰囲気はやわらいだとおもう。

向井透史著『早稲田古本屋街』（未來社、二〇〇六年）の第四章「古本市、はじまる」を読んでいたら、BIGBOX古書感謝市や早稲田青空古本祭が定着し、発展していく様子が綴られていた。著者の向井さんは、早稲田の古本屋古書現世の二代目である。

高田馬場にBIGBOXができたのは一九七四年五月。もともとBIGBOXがあった場所は、高田馬場駅前広場だった。一九七一年、この広場で一回かぎりの「新宿古本まつり」が開催されている。

『早稲田古本屋街』の「古本まつりへの道」という対談（五十嵐書店の五十嵐智さん、安藤書店の安藤彰彦さん）では、BIGBOX古書感謝市の前身にあたる「新宿古本まつり」について語り合っている。

高田馬場の駅前に空き地があり、そこで古本市ができないかという話になった。

「今思い出すと笑っちゃうんですけど、最初、西武高田馬場駅の駅長さんのとこにお願いに行っちゃったんです（笑）。『俺にいわれても』みたいな感じであしらわれてね。当たり前なんですけど」（五十嵐さん）

この古本まつりがきっかけとなり、BIGBOX古書感謝市が一九七四年の秋からスタートした。

「『古書感謝市』誕生」という対談（五十嵐智さん、金峯堂書店の日野原一壽さん）では、一九八〇年代のＢＩＧＢＯＸの古本市の盛況ぶりをこんなふうに回想している。

「五十嵐　あのころは机の下にも本並べたからね。ストックも並べて売っちゃう感じだったから。だから普通に机の上の本を見ている人と、机の下にもぐって見ている人がひしめきあっていてね。勇気がないと本を買えない感じでしたね。

日野原　そういえば、ほら、ある本屋が一回だけ全品一〇〇円均一やったじゃない。あれ、一〇〇万円くらい売れたんだよ、確か。一万冊だよ」

その後、感謝市は一九八七年に一階から六階に移行する。会場の端には卓球場があった。本を探していると、卓球のカコーン、カコーンという音がした。

一九九五年に六階から一階に戻る。一階といっても、館内ではなく、入口の前だったから、冬の寒さには泣かされた。寒風にさらされ、ふるえながら、古本を探す。今となってはいい思い出だ。

早稲田では毎年十月に穴八幡宮で青空古本祭も開催していた。こちらも今はない。『早稲田古本屋街』の「早稲田青空古本祭誕生」によると、一九八六年十月に開催された第一回の青空古本祭の初日は大雨で中止になったそうだ。ちなみに、第二回は最終日が雨。第三回目からテントが登場し、雨天でも古本祭を決行できるようになった。雨に備えて、テントのまわりに溝を掘るため、古書店主たちが、つるはしやスコップ持参で古本祭の会場に集まっていた。

第三回の青空古本祭は一九八八年の秋——昭和天皇が倒れて日本中が自粛ムードに包まれて

いた。同じく毎年秋に開催している神保町の古本祭は中止を決めた。

しかし、すでにテントの導入が決まっていて、やめるわけにはいかない。そこで派手な宣伝をせず、名称を「古本祭」から「古本市」と変更し、開催した。当然、人は来ない。さらに三日間、雨が降った。結果、大赤字。

わたしが青空古本祭に足を運ぶようになったのは翌年の第四回からなのだが、台風が直撃したり、天気が荒れたりすることが多かった。古本仲間のあいだでは「青空」ではなく「雨空古本祭」と呼ばれていた。

現在、『早稲田古本屋街』の著者の向井さんは、「わめぞ」（早稲田・目白・雑司が谷）の中心人物として、雑司が谷の鬼子母神通りでみちくさ市という、主催者と一般参加者が商店街の軒先で本や雑貨を売る古本フリマを手がけている。わたしも何度か参加し、古本を売った。縁日みたいで楽しい。毎回トークショーなどのイベントも開催している。

みちくさ市は、二〇〇八年十一月にはじまったからもうすぐ十年——二〇一八年一月で四十回目になる。

早稲田の古本市の歴史は形を変えながら続いている。

郷土文学がおもしろい

長年、自分には郷土愛みたいなものはなかった。早く家を出て、都会で暮らしたかった。どちらかといえば、地元嫌いだった。

わたしは三重県の工場の町に生れ育ったのだが、若いころは「こんなところに文化はない」とおもっていた。

四十代以降、郷里に帰省するたびに「いいところだな」と……。とくに母方の祖母が暮らしていた伊勢志摩の海が、むしょうに懐かしい。単なる郷愁か、それとも気の弱りか。

古本屋に行っても、郷土史や郷土文学の本をつい手にとってしまう。小説やエッセイを読むときに、以前よりも土地に注目するようになった。

自分の地元は退屈だとおもっていたが、どんな町にも文学の題材はある。

すこし前に、橋爪博著『伊勢・志摩の文学』（伊勢郷土会、一九八〇年）という本を買った。著者は一九四〇年生まれ。高校で国語の先生をしながら、郷土文学の研究をしていた。

この本の中で「庄野潤三『浮き燈臺』と安乗《あのり》」という項がある。

庄野潤三の『浮き燈臺』（新潮社、一九六一年）が、志摩の安乗を舞台にした作品だったとは知らなかった。

三重県の志摩市阿児町安乗は、人口約一九〇〇人（二〇一二年）の小さな漁村である。

木下恵介監督の映画『喜びも悲しみも幾年月』（一九五七年）は、日本各地を転々とする灯台守の夫婦を描いた作品だが、その中に志摩の安乗埼灯台も出てくる。

ほかにも伊良子清白の「安乗の稚児」という詩、生方たつゑの「安乗岬」「安乗の潮」という短歌もある。

庄野潤三著『自分の羽根』（講談社文芸文庫）所収の「志摩の安乗」というエッセイでは、学生時代に伊良子清白の「安乗の稚児」のことを詩人の伊東静雄に教わった話が綴られている。その二十年後、安乗を訪れ、『浮き燈臺』を書いた。

伊東静雄は、庄野潤三が大阪の住吉中学に通っていたころの国語の先生だった。中学を卒業したあと、大学生になってもその交遊は続いた。

庄野潤三は『前途』（講談社、一九六八年）という小説でも恩師の伊東静雄のことを書いている。この小説は、作家志望の人に読んでほしい。学ぶところが多いとおもう。

伊良子清白は、鳥取県の生まれだが、幼少期、三重県の津で過ごしていた。

『伊勢・志摩の文学』の「詩人・伊良子清白と鳥羽」によると、清白は、六十九年の生涯のうちでもっとも長く住んだのが三重県の鳥羽だった。ただし、清白は、安乗に行ったことがなかったと知人に語っている。

『浮き燈臺』では、安乗だけでなく、大阪と東京の都市の暮らしも交互に描かれている。

かつて安乗は難破船が流れ着く場所として知られていた。漁師の仕事は命がけだった。いっぽう、都会は都会で生活は苦しい。主人公の「私」は、借金して家を建てたら詐欺にあって、ひと月しか住めなかったり、株の売買で失敗し、兄弟間で金銭トラブルが発生したり、何かと窮地に追い込まれている。

『伊勢・志摩の文学』では、『浮き燈臺』の「私」がお世話になった「子安ばあさん」のモデルを訪ねている。「子安ばあさん」こと石井子安さんは一九七六年に亡くなっていたが、著者の橋爪さんは子安さんの息子と娘に会って、話を聞いている。この本の中には安乗神社を参拝する庄野潤三と子安さんの写真もある。

また安乗在住の山本光男さんは、庄野潤三と文学談義をしたさい、「人間は目に見えない糸のようなものがあって、たえずたぐり合っている」という話を聞いたらしい。

『浮き燈臺』の「私」は四十五歳——刊行時の庄野潤三は四十歳だから、いちおう別人である。小説では「安乗」という地名は一度も出てこない。といっても、すべて架空の話ではないのが、この小説のややこしいところだ。

小説では、放送局の年下の同僚から、子どものころ、夏休みに毎年訪れていた海べりの小さな村の話を聞き、「私」が「行ってみたいなあ。会社休んで、二日か三日、そういうところでぽかーんとしていたいな」という場面がある。それで「子安ばあさん」の家を紹介してもらった。その同僚は、子安さんの甥——小説では名前は出てこないが、片山克己さんという実在の人物である。

庄野潤三は、大阪の朝日放送で働いていたこともあり、おそらく片山さんはそのときの同僚だろう。

『伊勢・志摩の文学』を読んでいると、橋爪先生が、小説の舞台をよく歩き回っていることに感心する。土日休日をつかって、郷土文学の調査をしていた。まさに「足」で書いた本だ。三重に関する作品を書いた作家と手紙のやりとりも頻繁にしている。行く先々で撮った写真を見ているだけでも楽しい。

今回は三重の話を書いたが、全国各地至るところに、郷土文学の研究者はいる。

庄野潤三の『前途』のなかで、伊東静雄が「お酒を飲む金でどんどん旅しなさい」と語る場面がある。

「身も心もなく、見知らぬ土地を歩いていたら――」

庄野潤三が安乗を訪れたのは、恩師の教えが頭の片隅に残っていたからかもしれない。

わたしも旅先で作家の生家や小説の舞台になった場所を訪ねることがある。その場所を知っているか知っていないかで、作品の印象が変わる。

今度、祖母の墓がある志摩に行ったときは、安乗まで足を延ばしてみようとおもっている。

主な登場書店・本の市
〈編集部作成〉

book cafe 火星の庭　仙台 [p81]
〒980-0014 宮城県仙台市青葉区本町一―十四―三〇　火水休　仙台駅より徒歩15分ほど、南北線勾当台公園駅より徒歩10分ほど。

平読書クラブ　いわき市 [p280]
〒970-8026 福島県いわき市平字紺屋町六一　JR常磐線いわき駅より徒歩7分ほど。

古書往来座　池袋 [p81, 105]
〒171-0022 東京都豊島区南池袋三丁目八―一　各線池袋駅より徒歩10分ほど。

鬼子母神通りみちくさ市　雑司が谷 [p105, 198, 443]
東京都豊島区雑司が谷二丁目、鬼子母神通り周辺
東京メトロ副都心線・雑司が谷駅1番出口または3番出口すぐ。

不忍ブックストリート　谷根千 [p104]
谷中、根津、千駄木（谷根千）の不忍通り一帯の書店やカフェなどを紹介する「不忍ブックストリートMAP」を制作・配布。一箱古本市誕生の地。

古書現世　早稲田 [p196, 216, 441]
〒169-0051 東京都新宿区西早稲田二丁目十六―十七

ささま書店　荻窪 [p200, 297]
〒167-0051 東京都杉並区荻窪四―三一―十一　中田ビル1F　火休　中央線・東京メトロ丸ノ内線荻窪駅徒歩2分。

コンコ堂　阿佐ヶ谷 [p208]
〒166-0001 東京都杉並区阿佐谷北二丁目三八　火休

アニマル洋子　高円寺 [p225]
〒166-0003 東京都杉並区高円寺南二―二二―九　高円寺ルック商店街

西部古書会館　高円寺 [p12, 24, 96, 192, 288, 300, 312, 392, 416]
〒166-0002 東京都杉並区高円寺北二―十九―九　一般向けの即売会は週末中心に不定期開催。

古書十五時の犬　高円寺 [p60]
〒166-0002 東京都杉並区高円寺北二―二四―十四

都丸書店　高円寺 [p340]
〒166-0002 東京都杉並区高円寺北三―一―十六　中央線高円寺駅すぐ。

コクテイル書房　高円寺［p80，344］
カバー写真
〒166-0002東京都杉並区高円寺北三丁目八－十三
古本がカウンターにも並ぶ古書酒場。

稲垣書店　三河島［p244-247］
〒116-0002東京都荒川区荒川三丁目六五－二　火〜金休

ビブリオ（神保町のスポーツ書籍専門の古本屋）神保町［p204］
〒101-0051東京都千代田区神田神保町一－二五　叶ビル1F
日休

信州小布施まちとしょテラソ一箱古本市［p180-183］
メイン会場＝まちとしょテラソ（小布施町立図書館）
〒381-0201長野県上高井郡小布施町小布施一四九一－二　小布施駅徒歩2分。

高遠・週末本の町　長野［p180］
継続イベントに高遠ブックフェスティバル。
高遠町西高遠　高遠町図書館周辺及び高遠駅周辺　JR飯田線 伊那市駅下車、バスで約25分。

追分コロニー　長野［p180］
〒389-0115長野県北佐久郡軽井沢町追分六一二「油屋旅館」の東隣「柳屋」内。堀辰雄記念館近く。店舗営業日はHPで要確認。

遊歴書房　長野［p180-181］
〒380-0831長野県長野市東町二〇七－一　善光寺門前KANEMATSU内　月火休

団地堂　長野［p388］
〒380-0833長野県長野市権堂町権堂アーケード通りなかほど。
長野電鉄長野線権堂駅より徒歩五分、長野駅より徒歩20分弱。

シマウマ書房　名古屋［p72］
千種区の店舗は二〇一九年二月で閉店。同年四月に名古屋市内で移転再開予定。

五っ葉文庫 犬山市 [p181]
〒484-0085愛知県犬山市西古券六八 名鉄犬山線「犬山駅」より徒歩10分。

町家古本はんのき 京都 [p129]
古書ダンデライオン、古書思いの外、空き瓶Booksによる共同経営。〒602-8357京都府京都市上京区鳳瑞町二二五 不定休

古書善行堂 京都 [p90]
〒606-8417京都府京都市左京区浄土寺西田町八二―二 火曜定休 叡山電鉄元田中駅より徒歩15分ほど。

京の三大古本まつり 京都 [p88-91]
春の古書大即売会 (京都市勧業館みやこめっせ〒606-8343京都市左京区岡崎成勝寺町九―一)
下鴨納涼古本まつり (下鴨神社糺の森〒606-0807京都府京都市左京区下鴨泉川町五九)
秋の古本まつり―古本供養と青空古本市― (百萬遍知恩寺境内〒606-8225 京都府京都市左京区田中門前町一〇三)

ガケ書房 京都 [p90, 128, 156]
二〇一五年に現在地へ移転、「ホホホ座」と店名を改める。〒606-8412京都府京都市左京区浄土寺馬場町七一

恵文社一乗寺店 京都 [p90, 130]
〒606-8184京都府京都市左京区一乗寺払殿町一〇 叡山電鉄一乗寺駅より徒歩3分。

海文堂書店 神戸 [p90]
二〇一三年閉店。

BOOKUOKA／ブックオカ 福岡 [p105]
「福岡を本の街に」。福岡の天神地区を中心に毎年秋に開催。二〇〇六年スタートの新刊書店、古書店、版元による「本のお祭り」。

※参考
日本の古本屋
(https://www.kosho.or.jp/)
古本屋ツアー・イン・ジャパン
(http://furuhonya-tour.seesaa.net/)

あとがき

人知れず文筆稼業三十年。

一九八九年、十九歳でフリーライターの仕事をはじめたときから、ひとつの夢があった。それは雑誌の見開き頁の連載だ。

二〇〇七年十二月、ついにその夢がかなった。苦節十八年。『小説すばる』二〇〇八年一月号から「荻原魚雷の古書古書話」がスタート。二〇一八年三月号まで十年ちょっと続いた。

この本は十年ちょっと分の「古書古書話」＋同じ枚数（四百字詰め原稿用紙六枚＝二千四百字）で書いていた『本の雑誌』の連載（後に『書生の処世』として単行本化）の未収録分をまとめた古本雑文集である。

原稿用紙六枚というのは読むのも書くのもいちばん好きな長さの文章だ。

電車に乗っていて一駅か二駅で一本読める。枕もとに置いて寝る前にパラパラと読んだり、トイレで読んだりするのもいいでしょう。いつでもどこでもどこからでも読める本になっている、というか、たぶん最初から最後まで一気に読むと疲れるのでおすすめしない。

本は一冊で完結しない。一冊の本は無数の本につながっている。つながっているのは本だけではない。文学、実用書、漫画、音楽、将棋、野球、釣り、家事。ジャンルはちがっても掘り下げていけば、かならずどこかでつながる。人が歩いた後に道ができるように読書の後にも道ができる。この話、ちゃんとつながるのか心配になってきた。すぐにはつながらなくても、忘れたころにいつの間にかつながっていることもよくある。

冒頭に文筆稼業三十年と書いたが、二十六歳から三十八歳までの十二年間はほぼフリーターとして生計を立てていた。ライターとしては月に一、二本、対談や座談会をまとめる仕事くらい。週休三日か四日の日々。あとは同人誌やメールマガジンに古本エッセイや身辺雑記を発表していた。

「古書古書話」はそんな暇を持て余していた幸せな時期を経て、「よっこいしょういち」と重い腰を上げ(あとがきから読んでいる人は、第一回のエッセイを読むと、あえてこの使い古されたフレーズを書いた理由がわかる)、趣味と実益を兼ねる覚悟ではじめた連載である。これまで人に見せたことのなかった抽出や何年も片付けたことのない押入の中身を全部ぶちまけるつもりで書いた。

最初の担当者の平本千尋さん(集英社、「古書古書話」名づけ親)は「内田百閒や吉田健一みたいな渋い本ではなく、新しい古本のエッセイを書いてほしい」と依頼してきた。

望むところだ。毎回獲れ獲れピチピチの新鮮な古本ネタで勝負だ。といいつつ、内田百閒や吉田健一のことも書きましたけどね。

『小説すばる』の特集に合わせて書いた回もいくつかある（恋愛小説、スポーツ小説、ホラー小説、ミステリーの特集など）。

表紙の写真はＪＲ中央線の高円寺の古本酒場・コクテイル書房。「古書古書話」を連載中の打ち合わせはいつもこの店で行っていた。

店を撮影したのは本書のデザイナーの松本孝一さん。

本文中の切り絵カットはナカニシカオリさん。連載中のカットもずっとナカニシさんだった。ほんとうにお世話になりました。

単行本は本の雑誌社の高野夏奈さんにまとめてもらった。

打ち合わせのたびに頁数がどんどん増えていくという怪現象が起きた。

高野さんはＷＥＢ本の雑誌の「街道文学館」の担当者でもある。

まさか五十歳を前にして街道を歩く人間になるとは予想していなかったが、本書の最終回を読むとちゃんとつながっていることがわかる。

二〇一九年三月　高円寺にて　荻原魚雷

タイトル索引

人名索引

荻原魚雷　おぎはら ぎょらい

1969年、三重県鈴鹿市（東海道庄野宿）生まれ。
1989年秋から高円寺（青梅街道）に在住。
著書に『古本暮らし』『閑な読書人』（晶文社）、
『活字と自活』『書生の処世』『日常学事始』（本の雑誌社）、
『本と怠け者』（ちくま文庫）など。
編著に梅崎春生著『怠惰の美徳』など。
町の歴史と文学館を二本柱に街道をたどる「街道文学館」を連載中。

web本の雑誌［街道文学館］
http://www.webdoku.jp/column/gyorai_kaidou/

古書古書話

2019年3月25日 初版第1刷発行

著者　荻原魚雷

カバー写真　コクテイル書房（東京・高円寺）
切り絵　ナカニシカオリ
デザイン・カバー写真撮影　松本孝一（イニュニック）

発行人　浜本茂
発行所　株式会社 本の雑誌社
〒101-0051
東京都千代田区神田神保町1-37 友田三和ビル
電話　03（3295）1071
振替　00150-3-50378

印刷　中央精版印刷株式会社

定価は表紙に表示してあります
ISBN 978-4-86011-427-5　C0095